ERIK
FOSNES
HANSEN EIN
HUMMER-
LEBEN

ERIK FOSNES HANSEN EIN HUMMERLEBEN

ROMAN

Aus dem
Norwegischen von
Hinrich Schmidt-Henkel

Kiepenheuer & Witsch

Der Verlag dankt NORLA, Norwegian Literature Abroad,
für die großzügige Übersetzungsförderung.

Für Vibeke und John

> Cedric himself knew nothing whatever about it.
> It had never been even mentioned to him.
>
> F. HODGSON BURNETT: *Little Lord Fauntleroy*

1

Sie waren gerade beim Kuchen angelangt, da sackte Bankdirektor Berge am Tisch zusammen und fing an zu sterben. Es wirkte nicht echt. Er fasste sich nicht an die Brust oder an den Hals, nur seine Augen wurden groß und kugelrund, es wirkte restlos unnatürlich, künstlich, als führte er ein kleines Schauspiel auf. Gerade hatte er nach einer kleinen Dankesrede für die Einladung wieder Platz genommen. Erst lächelte mein Großvater noch, meine Großmutter ebenso; Herr Direktor Berge hatte ja nicht nur das Essen insgesamt gelobt, sondern nicht zuletzt Großmutters gewaltigen Gugelhupf mit einigen launigen Bemerkungen bedacht, und jetzt wirkte es noch einen Augenblick lang so, als machte er weiterhin Scherze. Seine Frau begriff als Erste, dass etwas ganz und gar nicht in Ordnung war.

»Bjørn!«, rief sie, sprang auf und eilte ihm um den Tisch herum zu Hilfe. Bankdirektor Berge jedoch war schon nicht mehr ansprechbar, und als er im nächsten Augenblick die Gesichtsfarbe wechselte, wurde die Dramatik des Geschehens auch allen anderen bewusst. Er sank im Sitzen langsam nach vorn, war aber zu dick, um mit dem Gesicht auf dem Tischtuch zu landen; so fiel ihm nur das Kinn auf die Brust, begleitet von einem leisen, blubbernden Ächzen, und das war es im Grunde auch schon.

Einige sich unwirklich dehnende Sekunden lang saßen die übrigen Erwachsenen erstarrt um den Tisch herum, Frau Berge selbst schien einen Augenblick ganz still in der Luft zu stehen, wie an unsichtbaren Schnüren befestigt, als könnte auch sie nicht glauben, was wir alle nicht glauben mochten, doch dann riss sie sich los und war in der nächsten Sekunde an der Seite ihres Mannes. Noch einmal rief sie seinen Namen.

Jim und ich hatten neben der Küchentür an der Wand gestanden und der Dankesrede gelauscht, bereit, den Tisch abzuräumen. Großvater wollte als Erster aufspringen, schließlich war er der Gastgeber, doch er hatte kaum seinen Stuhl zurückgeschoben, da hatten wir uns schon auf Direktor Berg gestürzt.

»Komm, Sedd!«, rief Jim, »ihm geht's nicht gut!« Als Großvater bei Herrn Bergs Stuhl angelangt war und Frau Berg immer noch verzweifelt rief, ob denn niemand ihr helfen könne, also ihrem Mann, da hatten Jim und ich ihn schon aufgerichtet; Jim schaute ihm einmal prüfend in die Augen, murmelte etwas in der Art von »Das sieht nicht gut aus, wir müssen ihn auf den Boden legen«, womit er entsetzte Rufe von Frau Berg und beruhigende oder ungläubige Bemerkungen seitens der anderen auslöste. Wir ließen Herrn Berg zu Boden gleiten und lösten ihm Krawatte und Kragen. Ich war Mitglied beim Jugendrotkreuz, hatte Erste Hilfe und Wiederbelebungsmaßnahmen erlernt und erkannte, dass jetzt wohl mein großer Augenblick gekommen war. Schon saß ich rittlings auf dem Brustkasten des beleibten, wild mit den Augen rollenden Mannes, der immer noch ein paar Ächzer und Pruster von sich gab. Mir war klar, dass es hier kein Zögern und Zaudern geben durfte, dennoch warf ich einen Hilfe suchenden Blick in die Runde der in Roben und Anzüge feierlich gekleideten Erwachsenen, um mich noch ein letztes Mal zu versichern, dass Doktor Helgen, der Bezirksarzt, und seine Frau nicht anwesend, sondern leider zu einem nachösterlichen Urlaub in den Süden gereist waren, in den verteufelten Süden, wie mein Großvater diese Weltgegend nannte, dass sie mithin nicht hier waren, dass niemand zugegen war, der besser qualifiziert war als ich, dass mithin nichts und niemand dafür sorgen konnte, diesen Kelch an mir vorübergehen zu lassen, und so bückte ich mich und legte meine Lippen auf die des Bankdirektors.

Er schmeckte schwach nach Rosinen und Kaffee, nach Kuchenteig und Zigaretten, und sein restlicher Atem traf meine Mundhöhle wie der Hauch eines ersterbenden Kamins. Ich überwand den Ekel, begriff, dass des Leibes schleimige Wirklichkeit etwas anderes war als die Übungspuppe beim Jugendrotkreuz, kniff seine Nase zusammen und blies ihm einige Male Luft ein. Wie von fern hörte ich meine Großmutter, die besorgt auf mich einredete: »Sedgewick, Junge ...«, doch sie konnte den Bankdirektor und mich nicht erreichen, wir befanden uns beide in unserer eigenen kleinen Welt, unserer eigenen Luftinsel, auf der mein Atem und der des Sterbenden sich zu einem gemeinsamen, kunstfertigen Atemholen mischten, gemeinsam kämpften wir ums Überleben, ja, ich kämpfte um mein und unser aller Überleben.

Es ging so schwer, als müsste ich mit nichts als der Kraft meiner Lunge einer Orgel Leben einblasen, und schon als ich mich für die ersten Kompressionen aufrichtete, drehte sich alles um mich, doch ich schloss die Augen und zählte in aller Ruhe mit, während ich ihm die Herzmassage verabreichte. Jemand sagte etwas in der Art, man solle telefonieren; hastige Schritte entfernten sich in Richtung Rezeption, doch es war nicht Jim, zum Glück, obwohl er sonst immer sprang, wenn jemand meinte, etwas müsse getan werden. Jim blieb ganz nah an meiner Seite, seine bloße Anwesenheit wirkte beruhigend, er öffnete dem massigen, leblosen Balg von Körper, auf dem ich saß, Manschetten und Gürtel, sagte aber nichts, und ich bückte mich zum zweiten Mal und blies, so kräftig ich vermochte.

Und so ging es weiter, der Winterabend schien kein Ende nehmen zu wollen, begleitet von Frau Berges stillem Schluchzen, sie klagte, jetzt dürfe sie ihren Mann nicht als Letzte küssen, das jedenfalls hörte ich in einem Nebel, während Jim, der Praktiker, genau beobachtet hatte, was ich tat, und irgendwann die Herzmassage übernahm, während ich um Atem rang und sauer aufstieß, um mich dann wieder mit Todesverachtung über den Mund des Sterbenden herzumachen, ja, er war hinüber, ich spürte es. Ich blies meinen Atem in ein leeres, nach Rosinen duftendes Futteral, doch nach wie vor starrte Berge mich jedes Mal, wenn ich den Kopf hob, ungläubig an, aus weit aufgerissenen, kugelrunden blauen Augen, fast anklagend, doch ohne ein Wort zu sagen, weder über Großmutters gewaltigen Gugelhupf noch über Wechsel oder Wertpapiere und Kredite oder strahlende

Zukunftspläne für unseren Ort, für die Gemeinde und uns alle, oder über die Falkland-Krise oder auch nur einige missbilligende Worte zu meinem Rettungsversuch oder über meine Lungenkapazität – freundlich sah er jedenfalls nicht aus. »Das genügt jetzt, Sedd«, sagte mein Großvater aus großer Ferne mit ganz eigenartiger Stimme, doch ich machte unverdrossen weiter, schließlich hatte ich in meinem Kurs gelernt, man solle nicht zu früh aufgeben, sondern dranbleiben, bis Hilfe kommt, also blieb ich dran, während mir etwas Feuchtes über das Gesicht rann und sich mit dem Kaltschweiß auf Bankdirektor Berges Stirn und Wangen mischte, mit Speichel und Schleim; blieb dran, als Stiefeltrampeln erst in der Rezeption, dann im Speisesaal davon kündeten, dass endlich jemand nahte, der mich ablösen und die Erwachsenen von dem beschämenden Gefühl erlösen würde, dass sie nicht ebenfalls beim Roten Kreuz Erste Hilfe gelernt hatten und somit nicht zur modernen Zeit gehörten; blieb dran, bis mich jemand behutsam, aber bestimmt wegzog und meine Bemühungen übernahm, mir auf die Beine half, und bevor mir schwarz vor Augen wurde, konnte ich nur noch mit dem letzten bisschen Luft rufen »ICH HOFFE ICH HABE ALLES RICHTIG GEMACHT UND NICHTS FALSCH UND KEINE FEHLER«, dann knickten mir die Beine ein, und Dunkelheit umfing mich.

Als ich auf dem Sofa in der Rezeption wieder zu mir kam, fuhren sie Berge gerade hinaus, die echten, gefolgt von einer immer noch schluchzenden Frau Berge; man hielt ihnen die Tür auf, und das Blaulicht der Ambulanz warf aus der Winternacht lange Strahlen in die Rezeption, dann verschwanden sie ohne Sirene.

Großvater stand ratlos am Empfangstresen. Großmutter jedoch saß bei mir und strich mir behutsam, beruhigend, liebevoll übers Haar. Ich glaube, ich weinte, denn sie flüsterte mir lauter liebe Kleinigkeiten zu, auf Deutsch, Schatzerl, mein braver Bub, mein Held und Ähnliches. Und sie umarmte mich. Meine liebe Großmutter, dieses wundersam schöne, leicht distanzierte Wesen, auf einmal war sie so nah mit ihrem wienerischen Zungenschlag, dem singenden Tonfall; Großmutter mit Ohrsteckern und Perlenkette, mit ihren sorgfältig frisierten braunen Locken und dem eleganten Make-up. Meine Großmutter mit den großen braunen, fast goldenen Augen und dem leichten Duft von Kölnischwasser und Bergamotte-Öl. Und dann sagte sie als Letztes: »Das hast du wirklich gut gemacht.«

Großvater hatte zurückgehen müssen, um die Reste der abgebrochenen Abendgesellschaft abzuwickeln, all diese Freunde, die wohl verzweifelt im Speisesaal gewartet hatten, doch jetzt kam auch er zum Sofa, legte mir die Hand auf den Kopf, groß und bergend. Und dann sagte auch er es: »Das hast du wirklich gut gemacht.«

Dann wurde ich nach oben ins Bett gebracht.

In dieser Nacht träumte ich vom Hummer. Vom Hummer namens Erling Skakke.

Es ist nicht wahr, dass Hummer stumm sind. Erstens verursachen Hummer Geräusche, wenn sie am Boden des Aquariums im Kies scharren. Man hört das leise Klicken, wenn man das Ohr an die Glasscheibe legt. Oder wenn sie verzweifelt mit dem Schwanz auf den Boden schlagen und eine ebenso verzweifelte Flucht durch das Wasser unternehmen, nur um sogleich auf der anderen Seite des Bassins an die Scheibe zu stoßen und ebenso verzweifelt zu Boden zu sinken. Und wenn sie mit ihren zusammengebundenen, überdimensionierten Nussknackerzangen nah an das Glas kommen: Sie sehen dich, sie peilen dich mit ihren Antennen an. Dort, wo die Scheren am Körper zusammenlaufen, surrt und schnurrt eine Stelle in rasender Eile. Surr, surr. Leider ist das der Mund. Sie schauen dich vielleicht nicht direkt an, aber sie richten diese schwarzen Kugeln auf dich, und du spürst, dass der Hummer ein intelligentes Tier ist.

Ansonsten wandern sie dort drinnen über den Grund, stecken kleine Reviere ab und legen sich jeder in seine Ecke. Sie belauern einander. Machen Ausfälle, ziehen sich jedoch schnell zurück mit ihren gefesselten, nicht kampftauglichen Scheren. Fast unablässig wollen sie einander ermorden, es ist ihnen aber unmöglich. Also liegen sie nur da und hoffen, dass die Bänder von ihren Zangen abrutschen und sie vielleicht als Erster zuschlagen können. Warten geduldig, harren auf eine Gelegenheit. Darum muss man stets darauf achten, dass die Scheren mit breitem blauem Gummiband von bester Qualität stramm fixiert sind. Sonst gibt es Krieg, erzählte Jim, der stets den festen Sitz der Gummis kontrollierte.

Einmal passierte es, dass Jim einen Hummer aus der Styroporkiste ins Aquarium umsetzte, bei dem die Gummis nicht richtig saßen. Es war ein besonders dickes Exemplar, Jim war in Eile und schaute nicht genau hin. Wir trugen andere frisch angelieferte Waren herein, ich half ihm, und als wir zurückkamen, hatte er bereits vier von den anderen Hummern im Bassin verstümmelt, zu etlichen hundert Kronen das Kilo, es war ein schrecklicher Anblick. Abgezwickte Zangen und Beine, Fühler und Fleischfetzen trieben über den Boden im Wasser. Drei Kontrahenten blieben sterbend auf der Walstatt, und der Übeltäter delektierte sich am vierten, der in eine Ecke getrieben bereits die rechte Zange eingebüßt hatte. In seiner kalten Unterwasserraserei hatte der Mörder allerdings den Gummi an der linken Schere seines Opfers durchtrennt, sodass der Verletzte sich jetzt tapfer verteidigen konnte.

Mit einem Entsetzensschrei griff Jim in das Bassin, packte den Sünder mit geübter Hand am Rücken und zog ihn heraus. Dann warnte er mich vor der freien Schere und legte den Hummer rücklings auf den Tresen, sodass er hilflos war. Fluchend fischte er den Gummiring aus dem Wasser und fummelte ihn hektisch wieder an Ort und Stelle. Erst als er wieder ordentlich festsaß, atmete Jim auf und fand zu seiner üblichen Ruhe und Überlegenheit im Umgang mit dem Tier zurück. Am liebsten hätte er es umgebracht, das konnte man ihm ansehen, doch er entsann sich offenbar des Kilopreises und tat den Hummer kopfüber zurück in das Salzwasseraquarium. Jetzt langte er nach dem anderen, der sich bereits von der Amputation erholt hatte und seinerseits nach möglichen Mordopfern Ausschau hielt. Gerade wollte er einen hilflosen Kollegen am anderen Ende des Bassins anknabbern, als er von dem immer noch fluchenden Jim in eine prosaischere Wirklichkeit geholt und von ihm untersucht wurde.

»Verfickte Scheißtiere«, sagte Jim. »Verdammt noch mal. Scheiße, Scheiße, Scheiße.«

Er fixierte die freie Schere auch dieses Hummers und tat ihn wieder ins Wasser.

»Ganz schön übel, was, Sedd?«, fragte Jim.

»So eine Scheiße«, sagte ich. »Verfickte Scheißtiere.«

»Das gibt einen Riesenärger mit Zacchariassen«, sagte Jim. (Zacchariassen, das ist mein Großvater.)

»Nein«, sagte ich, »ich glaube nicht.«

»Oh doch«, sagte Jim. »Das verfluchte Seeinsekt hat für zweitausend Kronen Hummer geschreddert.«

»Den kann man doch noch essen, auch mit einer Schere«, sagte ich, um ihn zu trösten.

»Bist du verrückt, Sedd? Auf gar keinen Fall. Allerhöchstens halbiert. Man kann doch keinen Hummer Thermidor mit nur einer Schere servieren, das muss dir doch klar sein.«

»Kann man nicht einfach die andere Schere mit kochen?«

»Ich bitte dich«, sagte Jim, »wo denkst du hin?«

»Warum denn nicht? Wir könnten sie einfrieren und sie dann zusammen mit dem Hummer kochen, wenn es so weit ist.«

»Nein.« Jim musste kichern. »Der Hummer muss lebend gekocht werden. Der ganze Hummer. Sonst wird er schlecht, und wenn du ihn isst, wird dir schlecht. Was denkst du, warum wir ihn sonst lebendig kochen?«

Ich blieb die Antwort schuldig. Gern hätte ich gesagt: Weil es so schön brutal ist, aber ich sagte nichts, ich hatte noch zu wenig darüber nachgedacht.

»Oh nein«, sagte Jim, »wir haben jede Menge Geld verloren, verfickte Scheiße.«

Und er hatte recht. Großvater wurde wütend, aber ich sprang Jim zur Seite, und so wurde er nur halb so wütend wie sonst, erzählte mir Jim, als er sich hinterher bei mir bedankte, und er zog Jim den Schaden nicht vom Lohn ab, dafür musste er ihm aber eines Sonntagvormittags, als er eigentlich frei hatte, bei der Reparatur der Dachrinne an der Privatwohnung meiner Großeltern helfen. Aber da herrschte schönes, sonniges Herbstwetter, obwohl es bereits Ende September war, und die beiden hatten eigentlich einen fröhlichen Nachmittag miteinander, während sie abwechselnd die Leiter erklommen und an der Dachrinne arbeiteten. Großvater gönnte sich hinterher sogar einen Schnaps, Jim blieb wie immer bei Kaffee, alles in schönster Ordnung.

Das große Hummerbecken war in die Leichtbauwand zwischen Servierküche und Speisesaal eingepasst, sodass sich die Gäste ihren Hummer selbst aussuchen konnten. Jetzt tauften wir es auf den Namen O. K. Corral, und den Mörder, das fette Exemplar, nannten wir Wyatt Earp. Wochenlang paradierte er wie der Herrscher des Aquariums herum, bis ein Kinderheimdirektor aus Larvik Appetit auf einen derart kapitalen Hummer bekam, Wyatt Earp am Rückenpanzer aus dem Wasser gehievt wurde und in Jims Hand mit sämtlichen Extremitäten zappelte. Als er das im großen Aluminiumtopf brodelnde Wasser erblickte, schien er erwartungsvoll zu seufzen, er dachte wohl, er komme in ein neues Aquarium und könne sich wieder aufspielen. Kurz über dem Wasser begriff er, dass dem offenbar nicht so war und ihm etwas ganz anderes bevorstand, er hielt die Fühler still und trat dem Tod stoisch, ohne einen Laut, wie ein Mann entgegen, wonach der Kinderheimdirektor ihn verspeiste.

Den anderen Hummer, den Überlebenden, nannten wir Erling Skakke, nach jenem auf den Kreuzzügen verletzten Wikingerhäuptling, denn er wirkte mit seiner einen Schere so versehrt. Er durfte beträchtlich länger im O. K. Corral leben als Wyatt Earp, denn ihn wollte niemand haben. Nachdem man Wyatt unter Dreingabe von Senfsoße und sonstigen Zutaten in die ewigen Jagdgründe verfrachtet hatte, spürte Erling Skakke, dass er sich entspannen durfte. Er stolzierte durch das Bassin und eroberte trotz seines Handicaps ein rekordverdächtig großes Territorium. Ganze Generationen von Artgenossen sah er kommen und gehen, manche nur für ein paar wenige Tage auf Besuch, andere blieben Wochen oder Monate. Aber alle verschwanden sie. Stiegen auf. Er blieb. Er wurde ein stoischer alter Hummer mit grünem Algenwuchs auf dem Panzer. Zwar wollte Großvater ihn zu Silvester essen und dann wieder zu Ostern, doch bat ich jedes Mal für ihn um Gnade, so wie ich es für Jim getan hatte, und ersparte ihm das Schicksal, von Großvater privat verspeist zu werden. Viele Monate lang wanderte Erling Skakke durch den O.K. Corral, zur großen Freude der Kinder, die ihn lustig fanden mit der einen Schere, und auch zu einer gewissen Freude für mich. Wenn er mich ansah, wirkte es nicht, als wollte er mich umbringen, im Gegenteil, aus seinem Blick sprach ein gewisses Verständnis. Vielleicht nicht gleich Dankbarkeit, das wäre zu viel verlangt gewesen von einem solchen Zyniker – Hummer sind hartherzig –, aber doch eine distanzierte Anerkennung. Bis zu einem Tag im Mai, als eine Lehrerin aus Oslo mit lauter Stimme verkündete, es sei doch Tierquälerei, *das arme, arme stumme Tier* so verstümmelt leben zu lassen. Es kann nicht für sich sprechen, sagte sie zu Großvater und machte deutlich, dass sie jetzt das höchst vernehmliche Sprachrohr des stummen Tieres sei. Sie bat sozusagen darum, endlich sterben zu dürfen – im Namen des Hummers.

Aber es ist doch kein Tier, dachte ich, es ist Erling Skakke. Mein Großvater schien darauf eingehen zu wollen, während Jim und ich in der Küche auf der anderen Seite der Leichtbauwand ihren Hilferufen im Namen der leidenden Tierwelt lauschten. Jetzt war sie bereits bei den Seehundbabys im Westeis und den Elefanten in Westafrika, den armen, stummen Tieren, bei eingeschlagenen Schädeln und abgesägten Stoßzähnen, und Jim murmelte, »Oh Gott, gleich fängt sie mit Wölfen an und mit den Bakterien auf Chirurgenhänden«, doch dann beruhigte sie sich, als Großvater ihr versicherte, er werde baldmöglichst etwas in der Sache unternehmen, ja, sofort. Im nächsten Augenblick stand er in der Küche, sah, dass wir gelauscht hatten, vollführte nur eine rasche Kopfbewegung, Jim nickte, holte Erling Skakke aus dem Bassin, und die Pädagogin aus Oslo auf der anderen Seite hatte ihren Seelenfrieden. Erling harrte etwas benommen einige Stunden im stählernen Spülbecken aus, plötzlich waren ihm seine Vergänglichkeit und Sterblichkeit bewusst geworden, doch nach Abreise der Lehrerin fand er sich sofort im Aquarium wieder und schien den Zwischenfall verwunden und vergessen zu haben.

Dennoch war klar und deutlich, dass er auf Abruf lebte.

»So kann es nicht weitergehen«, sagte Großvater, obwohl ich um sein Leben bat. Irgendwann kommt wieder so eine Tante und jammert herum, und dann noch eine. Irgendwann will eine von denen ihre Rechnung nicht bezahlen. Oder sie schreibt einen Leserbrief an die *Aftenposten*.

»Kein Mensch schreibt wegen eines Hummers Leserbriefe an die *Aftenposten*!«, rief ich. Doch Großvater blickte mich ernst an:

»Junger Mann«, seufzte er, »du ahnst ja nicht, weshalb die Leute Leserbriefe schreiben. Und dabei das Hotel beim Namen nennen. Tierquälerei im Berghotel Fåvnesheim.«

»Sollen sie doch schreiben«, sagte Jim.

»Jim, du weißt vielleicht nicht, *wie* schmal unsere Gewinnspanne ist, aber ich weiß es. Heute läuft es nicht mehr wie in den Fünfziger- und Sechzigerjahren, als ich das Hotel von meinem Vater übernahm. Damals waren wir der Gipfel des Luxus. Die Leute liefen uns nur so die Bude ein, Jim. Ganze Horden. Um sich verwöhnen zu lassen. Jetzt haben wir die Achtzigerjahre, und die Leute reisen in den Süden, den verteufelten Süden, nicht mehr in Berghotels. Und die Personalkosten, lieber Jim, sind auch viel höher geworden.«

Jim blickte zu Boden, nicht nur, weil er das schon öfter zu hören bekommen hatte.

»Mit anderen Worten, unser Deckungsbeitrag ist nur, nur – kurz gesagt, wir brauchen jeden einzelnen Gast. Jeden einzelnen. Wenn wir auch nur einen verlieren, weil er einen Leserbrief gelesen hat ...«

Jeder einzelne Gast, das war Großvaters Mantra, das wir tagaus, tagein von ihm zu hören bekamen.

Jim nickte schwer.

»Er kann in meinem Zimmer wohnen«, sagte ich.

»Ja, Sedd«, sagte Jim, traurig lächelnd. »In einer Schüssel unter dem Bett.«

»In einem eigenen Aquarium«, sagte ich, doch der Vorschlag verhallte ungehört.

Von da an waren Erling Skakkes Tage gezählt. Großvater verzehrte ihn zu Pfingsten im Privaten. Ich wollte nicht einmal kosten, aber Großmutter langte tüchtig zu.

Er wurde *au naturel* zubereitet, nur mit Zitrone, Dill und geschmolzener Butter. Und es wäre eine Schande zu behaupten, er hätte dem Tod ebenso tapfer ins Auge geblickt wie Wyatt Earp. Als er sah, wie sich das wallende gesalzene Wasser näherte, zappelte er vor Schreck, er zischte und fauchte, und bevor er in den kochenden Fluten versank, ließ er einen kurzen Schreckensschrei hören. Hummer können also durchaus Geräusche von sich geben. Als er wieder auftauchte, war er tot, unter dem Panzer ganz unnatürlich rosafarben, rot und verletzt. Hummer können Geräusche von sich geben, ich habe ihn schreien gehört, ich sollte das nie wieder vergessen.

Das Schaben von Hummerscheren verfolgte mich die ganze Nacht.

2

Den Tag nach dem unglücklich verlaufenen Abendessen, das so betrüblich geendet hatte, vor allem natürlich für Frau Berge, ganz zu schweigen von Bankdirektor Berge selbst, verbrachte ich im Bett. Mit hohem Fieber. Wie ich so dalag und döste, fantasierte ich davon, im leeren Speisesaal herumzuwandern. Leer war er allerdings wirklich, denn das Abendessen war die traditionelle jährliche Zusammenkunft der Honoratioren des Ortes gewesen, bei der sie in der Woche nach Ostern den überstandenen Touristenansturm feierten. Zu Ostern selbst konnten wir ein solches Abendessen nie geben, da hatten wir zu viel Arbeit, auch wenn das Hotel in diesem Jahr nur zur Hälfte belegt gewesen war. Jetzt aber war kein einziger Gast mehr da; das Hotel stand völlig leer, und so hatten wir Zeit für das jährliche Fest auf Fåvnesheim, zu dem alle kamen, alle außer einem, nämlich Doktor Helgesen, denn der war in den verteufelten Süden gereist, nach einer langen Osterwoche mit Beinbrüchen und Sonnenbrand, er hatte uns verraten, der Schurke.

Im Traum war der Speisesaal also genauso leer wie in der Wirklichkeit, und das übrige Hotel ebenso; ich schlummerte im Fieber und wanderte währenddessen von Flügel zu Flügel, zwei Stufen hinauf und drei hinab, über neue breite Flure und alte schmale, durch all die kleineren und größeren Gebäude, die über die Jahre aneinandergefügt worden waren. In ganz Fåvnesheim befand sich kein Mensch. Dennoch spürte ich keine Angst, aber das lag wohl am Fieber.

In regelmäßigen Abständen setzte sich meine Großmutter zu mir ans Bett. Das tat sie immer, wenn ich krank war. Wenn ich schlief, las sie in einem Buch oder der Zeitung, und wenn ich wach war, plauderte sie mit mir. Außerdem brachte sie Obst, Tee und Brötchen. Ich fand es etwas seltsam, dass ich Fieber hatte, ich war ja nicht krank,

Großmutter aber fand es offensichtlich nicht im Geringsten eigenartig. Wenn ich also wach war und mich nicht im Schlummer durch das leere Berghotel träumte, unterhielt sie sich mit mir über Dinge, die sie interessierten. Meine Großmutter beschäftigte sich beispielsweise intensiv mit den verschiedenen europäischen Königshäusern. So äußerte sie immer größten Respekt für unser norwegisches Königshaus, fand aber doch, es sei etwas zu jung, um wirklich ernst genommen zu werden. Ihre klare Favoritin, nicht nur, weil sie denselben Namen trug wie Großmutter, war die Königin des Vereinten Königreiches England, Schottland und Nordirland, Elisabeth. Im Fall des Hauses Windsor konnte man wirklich von Tradition reden. Und nun, da Prinzessin Diana einen Erben erwartete, war die Zukunft für eine weitere Generation gesichert. Es galt, die Fahne hochzuhalten, vor allem jetzt, da im Südatlantik auf den windzerzausten Falklandinseln, wo Himmel und Meer aufeinandertreffen, Krieg drohte.

Es kommt nicht selten vor, dass Leute sich mit dynastischer Geschichte recht gut auskennen. Zwar sind vor allem ältere Damen, zu denen man Großmutter ja definitiv rechnen musste, ziemlich gut darin bewandert, doch in Großmutters Fall lagen besonders tief gehende Kenntnisse vor. Sie kannte sich nämlich auch mit solchen Dynastien aus, die es gar nicht mehr gab, und auch über sie konnte sie lange und eingehend und über etliche Generationen reden. So zum Beispiel die Habsburger.

Im Grunde ist es schade, dass sich nicht mehr Menschen so gut mit der Geschichte der Habsburger auskennen wie Großmutter und ich. Die österreichische dynastische Geschichte ist unglaublich ergiebig und spannend. Die meisten Geschehnisse und Phänomene des Lebens, jedenfalls sehr viele, lassen sich durch Beispiele aus der österreichischen dynastischen Geschichte beleuchten, vor allem mit solchen aus der letzten Periode, der von Kaiser Franz Joseph, der fast siebzig Jahre lang regierte und mit der edlen und schönen Sisi, Kaiserin Elisabeth, verheiratet war, deren Namen Großmutter trug. Sie war die Schönste von allen, wird bis zum heutigen Tage von allen Österreicherinnen geliebt, sie schrieb Gedichte, übersetzte Shakespeare ins Griechische und ließ sich einen Anker auf die Schulter tätowieren. Es ist gewissermaßen unzutreffend, diese Epoche als dynastische Geschichte zu bezeichnen, denn Kaiser Franz Joseph war so gut wie unsterblich, er machte einfach immer weiter, während der Rest der Dynastie um ihn herum starb.

Der arme, edle Kronprinz Rudolf zum Beispiel. Der sich draußen in Mayerling das Leben nahm.

Sobald Großmutter auf die Tragödie von Mayerling zu sprechen kam, schüttelte sie betrübt den Kopf, und ich konnte mit ihr mitfühlen, denn die Tragödie von Mayerling war bekanntlich eine besonders schreckliche, die die gesamte Welt erschütterte.

Zusammen mit dem verwirrten Mädchen, sagte Großmutter, *der Vetsera*. Abermals schüttelte sie betrübt den Kopf über die junge verwirrte Baroness, die gemeinsam mit dem armen Kronprinz Rudolf in den Tod gegangen war, nur siebzehn Jahre alt, das heißt, erst erschoss er sie und dann sich selbst, aber sie hatte es so gewollt.

»Und warum?«, fragte Großmutter. Eine rhetorische Frage, denn die Antwort war mir wohlbekannt.

»Weil sein Vater ihn hasste«, sagte ich.

»Weil sein Vater ihn hasste«, wiederholte Großmutter düster. »Er misstraute ihm und hielt ihn für einen gefährlichen Aufrührer. Eine Tragödie. Eine schreckliche Tragödie. Aber mein lieber süßer Sedd! Was tue ich bloß? Ich rede über nichts als Tod und schlimme Dinge, ausgerechnet heute, ohne zu bedenken, was du ...«

»Das macht nichts, Großmutter. Es ist gemütlich so. Du redest doch immer darüber, wenn ich krank bin.«

»Nein, wir sollten über etwas anderes reden. Oder ein wenig Musik hören.«

»Das ist eine gute Idee«, sagte ich.

»Warte«, sagte Großmutter lebhaft, »ich hole ein paar von meinen Schallplatten. Und bei der Gelegenheit kann ich gleich nachsehen, ob unten alles läuft, wie es soll.«

»Tu das, Großmutter.«

»Nur ein paar Minuten.«

Sie verschwand. Ich schlief ein. Eigentlich hätte ich jetzt vom armen, edlen Kronprinz Rudolf träumen müssen, zur Feier des Tages in Gestalt eines stark verjüngten Bankdirektors Berge, der erschossen zum Beispiel in Zimmer 217 lag, gemeinsam mit Baroness Vetsera, doch davon träumte ich nicht. In meinem Traum war das Hotel menschenleer wie zuvor. Nur ich alleine befand mich darin, ich glitt von Flügel zu Flügel, von Flur zu Flur, von Zimmer zu Zimmer. Durch die Fenster fiel ein ebenmäßiges weißes Licht in das Hotel Fåvnesheim.

Großmutter war zurück.

»Schläfst du, Lieber?«

»Nein«, sagte ich.

»Schau, was ich dir gebracht habe. Ich habe Zwetschgendatschi gebacken.«

Meine Großmutter hatte in Linz die Hotelfachschule besucht. Dort war sie meinem Großvater begegnet, er hatte sie im Sturm erobert und dann hierher entführt, wie sie zu sagen pflegte. Zuvor hatte Großmutter bei Demel in Wien gearbeitet, in der berühmten Konditorei. Aber ich hatte jetzt keine Lust auf zuckerglänzende Pflaumen, sie erinnerten mich zu sehr an Rosinen.

»Stell ihn dahin, Großmutter. Ich esse ihn später.«

Sie legte mir die Hand auf die Stirn.

»Armes Buberl«, sagte sie. »Jetzt mache ich ein wenig Musik an, dann lese ich, und du kannst schlafen.«

»Das ist schön, Großmutter.«

Ich hatte eigentlich Wencke Myhre erwartet, unser beider absolute Lieblingssängerin, stattdessen legte sie eine Platte des deutschen Sängers Rudi Schuricke auf. *Wenn bei Capri die rote Sonne im Meer versinkt*, und so versank ich wieder in Schlaf. Dieses Mal träumte ich nicht, und als ich aufwachte, fühlte ich mich fieberfrei.

Großmutter saß nicht mehr an meinem Bett.

Ich blieb liegen und dachte nach. Dabei vermied ich sorgfältig jeden Gedanken an die Geschehnisse des Vortags, sondern konzentrierte mich auf lange Linien. Sich bei der Betrachtung von Geschichte auf lange Linien zu konzentrieren, ist wirklich enorm wichtig. Ohne die Tragödie von Mayerling wäre die Geschichte vollkommen anders verlaufen. Es war mehr als nur eine einfache Tragödie, wie Großmutter sagte. Es war eine sehr viel größere Tragödie. Hätte Rudolf weitergelebt, so hätte es kein Sarajevo gegeben, und ohne Sarajevo keinen Ersten Weltkrieg, ohne den Ersten Weltkrieg keinen Lenin und keinen Zusammenbruch Österreich-Ungarns, somit auch keinen Hitler und keinen Zweiten Weltkrieg und keinen Kalten Krieg, und damit wären wir bei heute.

Aus den großen Linien der Geschichte konnte man also ablesen, wie wichtig es ist, ein gutes Verhältnis zu seinem Vater zu haben. Nun hatte ich keinen Vater mehr, denn mein Vater, Doktor Kumar, war tot, ich bin ihm nie begegnet, doch wenn Doktor Kumar am Leben gewesen wäre, hätte ich darauf geachtet, ein gutes Verhältnis zu ihm zu haben, sodass er mir nicht misstrauen oder mich für einen gefährlichen Aufrührer halten würde.

Zum Glück, dachte ich, habe ich meine edlen Großeltern. Das kann nicht jeder von sich behaupten.

In der Zwischenzeit hatte Großmutter noch mehr Backwerk gebracht. Auf meinem Tisch stand eine ganze Batterie von Tellern des Hotels. Da waren Kaiserschmarrn und Marillenknödel, Millirahmstrudel und Mohr im Hemd à la Sacher. Ganz offensichtlich hatte sie einen ihrer Backanfälle. Das geschah öfter. Ob das Hotel Fåvnesheim nun viele oder wenige Gäste hatte, auf dem Dessert-Tisch standen immer mindestens sechs verschiedene Meisterwerke der österreichischen Mehlspeisen- und Konditorenküche.

Großvater knurrte, das könnten wir uns nicht leisten, zumindest in Zeiten mit wenigen oder keinen Gästen, zu viele teure Zutaten würden verdorben. Auch gemeinsam mit dem Personal konnten wir das nicht alles selbst essen. Doch Großmutter sagte, er solle ruhig knurren. Es gelte, das Handwerk in Ehren zu halten, außerdem werde ein gutes Restaurant ganz besonders aufgrund seiner Konditorenkunst beurteilt. »Man muss eine gewisse Klasse beweisen«, sagte sie und erinnerte damit Großvater daran, dass er dieses Motto selbst stets beschwor.

Es waren wirklich Meisterwerke. Doch heute ließ ich sie stehen. Recht bedacht, verstand ich nicht ganz, warum ich im Bett lag. Fiebrig fühlte ich mich auch nicht mehr. Also stand ich auf und begab mich ins Hotel.

Ins Hotel, das merkwürdigerweise genauso verlassen war wie in meinem Traum, ebenso menschenleer. Genau dasselbe gleichförmige weiße Licht flutete durch die Fenster herein. Niemand stand an der Rezeption, weder Synnøve Haugen, die Empfangschefin, noch mein Großvater oder sonst jemand. Kein Mensch im Speisesaal und in den Salons. In der Küche simmerte ein Topf mit Brühe langsam vor sich hin, doch Jim war nicht zu sehen. Auch im Privaten niemand. Kurz wollte ich glauben, alle würden mich zum Narren halten und mit mir Verstecken spielen. Einige Male rief ich leise nach Großmutter, Großvater oder Jim, oder ich gab ein hohles *Ist da jemand?* von mir, doch ich bekam keine Antwort. Das Hotel lag da wie ausgestorben. Das Licht war weiß. Ich fühlte mich auf einmal wieder schlechter und ging zurück ins Private, in mein Zimmer hinauf und zog mich aus. Als ich unter der Bettdecke lag, schlotterte ich vor Fieber und schlief sofort ein.

Als ich aufwachte, wurde es draußen schon dunkel. Jemand hatte die Lampe in der Ecke angeschaltet. Ich sah mich im Zimmer um. Der Kuchen war weg, aber im Sessel saß Großvater.

»Na, Junge«, fragte er leise, »wie fühlst du dich?«

»Ein bisschen schlapp.«

»Kein Wunder«, sagte er. »Kein Wunder. Kein Wunder.«

»Vielleicht nicht«, sagte ich.

»Ich muss schon sagen, Sedd, gestern Abend hast du dich vorbildlich verhalten.«

»Ich möchte lieber nicht darüber reden«, sagte ich.

»Nein. Neinnein. Aber du hast dich vorbildlich verhalten. Wenn du wieder auf den Beinen bist und wir etwas Zeit haben, dann finden wir eine Belohnung für deinen Einsatz.«

»Ach, eine Belohnung ist wohl nicht nötig.«

»Oh doch. Ein Besuch in Oslo oder etwas in der Art. Einer von *unseren* Ausflügen. Bei dem wir unseren Horizont erweitern und es uns gemütlich machen können.«

»Könnten wir vielleicht ein anderes Mal darüber reden?«

»Natürlich. Ja, natürlich. Ja. Wir reden ein anderes Mal darüber. Ich wollte nur nachschauen, ob alles in Ordnung ist. Ist alles in Ordnung?«

»Ja doch, Großvater. Alles in Ordnung.«

»Brauchst du irgendetwas?«

»Nein, Großvater, ich glaube, ich habe alles, was ich brauche.«

»Sisi fand es etwas traurig, dass du gar keinen Kuchen gegessen hast.«

»Ich habe heute nicht so Lust auf Kuchen, Großvater.«

»Sie hat fast den ganzen Tag in der Küche gestanden und gebacken, Sedd.«

»Ich verstehe, Großvater.«

»Nun gut. Nun gut. Dann ruh dich aus. Wenn du etwas brauchst, wir sind unten.«

Dann verschwanden wir beide. Großvater durch die Tür und ich in einen weiteren, diesmal traumlosen Schlaf.

Als ich daraus erwachte, war es draußen ganz und gar dunkel. Mir ging es gut, ich hatte kein Fieber mehr. Jetzt saß Jim im Sessel.

»Hei«, sagte er, »wie geht's?«

»Jau, Jim. Geht eigentlich ganz gut.«

»Verflucht noch mal, Sedd. Verflucht noch mal. Ich hab gedacht, ich habe schon alles erlebt. Aber das da gestern: verflucht noch mal. Wirklich, verflucht noch mal.«

»Ja«, sagte ich. »Verflucht noch mal.«

Jim war kein Mann der vielen Worte. Manchmal kann das sehr willkommen sein. Eine Weile lang schüttelten wir den Kopf und fluchten leise über das gestern Vorgefallene. Dann sagte Jim: »Ich habe dir Suppe gebracht.«

»Ja, Jim?«

»Ja. Eine ordentliche Kraftbrühe. Consommé.«

»Ich dachte, es gäbe keine mehr?«

»Ich hab neue gemacht. Heute. Weil du so schlapp warst.«
»Vielen Dank, Jim«, sagte ich. »Das ist so viel Arbeit.«
»Es war gar nicht so schlimm. Gar nicht so schlimm. Hab früh am Morgen angefangen. So. Setz dich hin, ich gieß dir eine Tasse ein.«

Es war eine absolut vollkommene Consommé. Heiß, kräftig, von der Farbe eines dunkel funkelnden Juwels. Jim hatte meine Lieblingseinlage gewählt, in Streifen geschnittene Pfannkuchen und Schnittlauchröllchen.

»Wahnsinnig gut, Jim.«
»Hmhm. Ich weiß. Genau das Richtige, wenn man krank ist.«
»Ich bin doch nicht krank, Jim.«
»Habe ich dir nicht immer Consommé gemacht, wenn du krank warst?«
»Nicht immer, Jim.«
»Na gut, fast immer. Jedenfalls, als du klein warst.«
»Ja, da immer.«
»Du hast das gestern so gut gemacht, Sedd. Verflucht noch mal.«
»Ich glaube, ich stehe jetzt auf, Jim«, sagte ich. »Ich fühle mich prima.«

Ich gab ihm die Tasse.
»Bleib mal ruhig noch bisschen im Bett, Sedd. In dem Haus hier haben wir nicht oft Gelegenheit, auf der faulen Haut zu liegen.«
»Das stimmt«, sagte ich. »Danke für die Brühe.«
»Wenn du jetzt aufstehst, wirst du nur abkommandiert, dass du mir in der Küche beim Reinemachen hilfst. Hier hat sich heute alles ein bisschen verzögert.«
»Dann werd ich mal noch im Bett bleiben, wird gemacht.«
»Gut so«, sagte Jim. Dann war er weg.

Bevor ich wieder einschlief, dachte ich daran, wie Jim sein Großes Meeresfrüchte-Büfett anrichtete. Das hatte ich erst zwei- oder dreimal gesehen.

Jim war ein Fachmann für Meeresfrüchte, obwohl wir uns so weit oben im Gebirge befanden. Das letzte Mal hatte er in dem Sommer, als ich zwölf war, sein Meeresfrüchte-Büfett angerichtet. Wir veranstalteten eine große Berghochzeit, darauf hatte sich das Hotel Fåvnesheim spezialisiert, zwei Familien wollten ihre Verbindung miteinander feiern und hatten Meeresfrüchte bestellt. Leider gönnen sich die Leute heute so etwas nicht mehr. Meist begnügen sie sich mit Suppe und Braten. Doch damals durfte Jim so richtig in die Vollen gehen.

Und das tat er. Jim war ein Träumer. Das erkannte man an den Büfetts, die er herrichtete. Sie waren stets fürstlich. Es gibt kein besseres Wort dafür. Deutlich andere Portionen als in der *nouvelle cuisine*. Für Planung und Aufbau brauchte er geschlagene vier Tage. Es begann damit, dass wir Styroporkisten und Noppenfolie aus dem Lager holten. Dann schickte er mich mit einer Schubkarre zu einem Bachbett, ich sollte runde Steine holen, große und kleine. Also sammelte ich Steine. Große und kleine. Rhombenporphyr und Quarz, Gneis und Granit. Als ich meine Fracht in den Speisesaal hineinschob, stand Jim mit verträumtem blauem Blick da. An der Längswand hatte er unterdessen einen langen, schmalen Tisch aufgebaut und darauf mit Styroporstücken und Noppenfolie die Grundlage für eine Unterwasserlandschaft gestaltet. Aus der Durchreiche schlängelte sich sogar ein kleiner Wasserschlauch auf den Tisch und verschwand unter der Noppenfolie. Dann holten wir aus der Kiste neben der Garage Sand, und zwar Streusand für den Winter. Die gesamte Ration für den Dezember musste daran glauben. Damit und mit dunkelgrüner Acrylfarbe überzogen wir Styropor und Folie, und nachdem wir die Flusssteine abgewaschen und abgeschrubbt hatten, boten sie uns einen imponierenden Meeresboden, in dessen Mitte übermannshoch eine Felseninsel aus grün bemaltem Styropor aufragte. Aus seinen Vorräten holte Jim allerlei Requisiten, die er im Laufe der Jahre gesammelt hatte, leere Jakobsmuscheln, Miesmuscheln und dazu Tang, kleine Krebse und Hummer aus Plastik.

»Weißt du, was das ist, Sedd?«

»Nein, Jim.«

»Das sind die Tiere, die auf dem Meeresgrund hausen. Die verwahre ich für Anlässe wie diesen. Lebensecht. Jim staubte sie ab und platzierte sie hier und da in unserer Unterwasserlandschaft. Ein wenig Sand und Kies rieselte zu Boden, ich holte den Besen und fegte es auf. Jim hatte Schlupfwinkel und Höhlen für die Tiere gebaut. Er trat einen Schritt zurück, einen Schritt nach links, einen nach rechts, untersuchte die Wirkung mit kritischen Blicken.

»Na, was meinst, die Gäste werden überrascht sein, hm? Genau hier unter den fetten Plastikhummer stellen wir die Platte mit dem Räucherlachs hin. Wenn die dann hochschauen und sich auf einmal Auge in Auge mit dem Biest da sehen, da erschrecken die, was meinst du?«

»Ja, Jim, werden sie sicher.«

»Gar nicht so verkehrt, wenn man den Gästen ein bisschen Angst einjagt. Wenn wir Octopussy zum Beispiel hier hintun, dann macht das so richtig was her, wenn sie sich von dem Taschenkrebs nehmen wollen.«

Ich blickte ihn fragend an.

»Schau mal in der anderen Kiste da«, sagte Jim.

Dort lag Octopussy. Octopussy war ein Gummi-Tintenfisch, groß wie ein einjähriges Lamm, mit einer Spannweite von sicher einem Meter in jeder Richtung. Er war von einer etwas kränklichen blau-lila Farbe, dazu Einsprengsel von fluoreszierendem Grün, und man hatte ihm zwei große böse dreinschauende Augen aufgemalt.

»Isser nicht hübsch«, meinte Jim.

Ich war begeistert. Gemeinsam garnierten wir ein ganzes Ende des Tischs mit seinen Fangarmen, dort, wo die Platten mit den Taschenkrebsen stehen sollten.

Jim hatte aber noch mehr auf Lager, zum Beispiel fünf echte große Flügelschnecken, die er in seiner Zeit in einem Hotel in Sandefjord hatte mitgehen lassen.

»Wie, in Sandefjord gibt es Flügelschnecken?«, fragte ich ungläubig.

»Nein«, sagte Jim, »die hatte der Hotelwirt wohl aus dem Pazifik, der war zur See gefahren. Aber sind sie nicht prächtig?«

»Oh ja, sehr.«

»Wenn du sie ans Ohr hältst, hörst du den Pazifik rauschen.«
Ich sah ihn mit gerunzelten Brauen an.
»Ich hab mir das nicht ausgedacht«, sagte Jim. »Es stimmt. Versuch mal.«
Ich legte eine Schnecke ans Ohr. Halb fürchtete ich, eines von Jims Plastiktieren könnte herausschlüpfen.
»Is nicht gefährlich«, sagte Jim.
Und er hatte recht. Da drin verbarg sich das Rauschen des Pazifiks. Jim nahm auch eine. Eine Weile lang lauschten wir den Wellen.
»Welchen Strand wir da wohl hören?«, fragte ich. Darüber hatte Jim noch nicht nachgedacht.
»Waikiki Beach«, schlug er vor.
»Bora-Bora«, sagte ich.
»Bora-Bora ist gut«, sagte Jim. »Ui, da kommt gerade ein ganz schöner Brecher. Kannst du ihn hören?«
»Ja«, sagte ich.
Ich hörte, wie die Welle sich dem Strand näherte, mit gedämpftem Grollen, und konnte sie geradezu vor mir sehen, wie sie weiß gischtend am Strand brach.
»Verdammt noch mal, der Brecher, das war ein Kawentsmann,« sagte Jim. »Hast du gehört, wie der gebrochen ist?«
»Ja,« sagte ich, »das war ein dicker.«
Wieder standen wir lauschend da.
»Aber hör mal«, sagte Jim, »für so was haben wir eigentlich keine Zeit.«
Wir legten die Schnecken an ihre Plätze.
»Gar nicht so einfach«, stellte Jim fest, »wenn du hier oben im Gebirge Fachmann für Meeresfrüchte bist. Aber ich habe eine Sonderbestellung laufen. Die Ware kommt schon am Samstag mit der normalen Lieferung.«
Keiner, der an jener Hochzeit teilnahm, kann diese Tafel vergessen haben. Es gab Austern und Jakobsmuscheln, Taschenkrebse und Hummer, Miesmuscheln, Krebse und Garnelen, Heilbutt und Lachs, geräucherte Makrelen und Heringe, kleine Sandmuscheln und große

Pferdemuscheln, alles streng bewacht durch den darüber thronenden Octopussy und einen stolzen, höchst zufriedenen Jim in weißer Kochjacke. Die Ehrfurcht der Gäste bei der Begegnung mit dem Meeresgrund war geradezu mit Händen zu greifen.

Doch seither hatten wir Jims großes Meeresfrüchtebüfett auf Fåvnesheim nicht wieder erleben können.

3

Wenn man wie ich beschlossen hat, seine Erinnerungen zu Papier zu bringen, werden einem augenblicklich allerlei Schwierigkeiten bewusst, nicht zuletzt die Frage, woran man sich erinnern sollte. Eines ist indessen sicher, nämlich dass die Zukunft der Autobiografie gehört. Von Jahr zu Jahr wird es immer schwieriger, sich literarisch etwas auszudenken, schließlich gab es alles schon mal. Wer einen Beweis hierfür sucht, braucht bloß mal einen Blick unter den Weihnachtsbaum zu werfen. Großvater zum Beispiel zog eine gute Autobiografie allem anderen vor.

Wer aber seine Erinnerungen schreiben will, bemerkt rasch, dass es nicht genügt, sich einfach munter drauflos zu erinnern.

Denn in welcher Reihenfolge genau sind die Dinge einst geschehen? Was ist wichtig, was unwichtig? Das Meeresfrüchte-Büfett zum Beispiel. Ist das wichtig? Bekannte Politiker oder Persönlichkeiten der Gesellschaft haben ein Archiv oder vielleicht Tagebücher als Erinnerungsstütze.

Ich habe nichts als ein paar Fotos aus dem Jahr, über das ich berichten will, und Tagebücher schon gar nicht.

In den Schulbüchern steht, zu einem guten norwegischen Stil gehöre, dass man Zusammenhänge schafft. Doch wie früh muss man ansetzen, um das zu tun? Ganz am Anfang?

Meine Mutter ist früh aus meinem Leben verschwunden, ich kann mich unmöglich an sie erinnern. Sie war wohl eine Hexe. Also keine richtige Hexe, aber sie wäre gern eine gewesen. Jim hat das erzählt, denn er hatte sie gekannt. Jedenfalls ein wenig. Er meinte, es habe daran gelegen, dass sie diesen einen Song von Donovan zu oft gehört hätte, *Season of the Witch*, und dann zu viele schräge Bücher über Hexerei las, bis sie dann allen Ernstes aufbrach, um den Blocksberg oder innere Ruhe zu finden, und von der Zeit verweht wurde. Daher kommt auch mein seltsamer Vorname, Sedgewick, das war der Nachname einer berühmten Hexe, also bis sie verbrannt wurde. Aber Namen sind Schall und Rauch, so steht es geschrieben, außerdem sind Namen unsichtbar. Jedenfalls solange man kein Namensschild trägt. Wenn ich also als Piccolo aushalf und das Gepäck der Hotelgäste auf einem kontinentalen Messing-Gepäckwagen transportierte, den man unablässig putzen musste, trug ich an meiner mindestens ebenso kontinentalen roten Uniform, die ich auf Großmutters Anweisung zu tragen hatte, kein Namensschild.

Ursprünglich hatte Großmutter auch darauf bestanden, dass ich dazu einen fez-artigen Hut trug, doch damit stieß sie bei Großvater und mir auf natürlichen Widerstand, also leistete ich meine Dienste barhäuptig.

Da stehen wir also. Daran erinnere ich mich genau. Bereit zum Empfang der Gäste. Synnøve Haugen, die Empfangschefin, steht hinter dem Tresen, meine Großmutter steht voller mühsam unterdrückter Nervosität im Foyer und ich selbst in meiner roten Uniform an der Tür, bereit hinauszuspringen und Gepäck jeglicher Art und Couleur entgegenzunehmen. Beim Geräusch heranfahrender Wagen oder Busse drücken wir den Rücken durch; Großvater richtet sich unnötigerweise abermals den Krawattenknoten, Großmutter führt beide Hände an ihr perfekt toupiertes Haar und hebt es noch einen Millimeter weiter an, lässt die Hand über die Perlenkette gleiten, die in perfekter Position an ihrem Halse ruht. Dann postiert sie sich an der Säule – in Wirklichkeit der verkleidete Hauptabzug der Zentralheizung –, in perfektem Abstand zum Eingang. So wirkt sie auf die Eintretenden nicht aufdringlich, zugleich aber doch entgegenkommend. Synnøve an der Rezeption lässt probehalber ihr weißestes Lächeln aufblitzen, sodass die Silberknöpfe an ihrer Tracht noch heller zu funkeln scheinen, und ich beziehe Stellung im Windfang zwischen den beiden Eingangstüren, bereit, zielstrebig hinauszutreten, sobald der Bus sich Fåvnesheim in der letzten Kurve nähert, aber keinen Augenblick früher. Es soll ja nicht so aussehen, als ob ich gewartet hätte, sondern so, dass ich trotz all der wichtigen Dinge, die ich in diesem trubeligen kontinentalen Hotel zu erledigen habe, genau im rechten Moment zur Stelle bin. Eine Sekunde bevor der Bus um die Kurve biegt, trete ich also energisch, aber ohne Hast hinaus, sodass erst die gesamte Steuerbord-, dann die Backbordseite des Busses sieht, was ich zu zeigen bestrebt bin: Dass man hier, in diesem Hotel in den Bergen, immer noch Klasse und Ordnung pflegt, dass hier alles noch so ist wie in der guten alten Zeit, der mondänen Zeit damals in den Fünfzigern, damals vor dem Krieg, damals vor dem einen Krieg vor dem anderen Krieg; kurz, hier verfügt man sogar über einen eigenen elegant uniformierten Piccolo von exotisch wirkendem Äußeren. Die Schwelle und die Eingangsplatten vor der Tür sind gefegt, knallend flattern die Flaggen an den Stangen. Naht eine ausländische Reisegesellschaft, so weht die Flagge ihrer Nationalität an der zweiten Stange vom Eingang aus gesehen, während die norwegische Fahne stets an der ersten prangt. So lautet die Regel, so ist es Schick und Brauch, das hatte Großvater mir in aller Deutlichkeit klargemacht, als ich einst die französische Trikolore an der ersten Stange gehisst hatte. Nach jener ausländischen, zum Inhalt des Busses passenden Flagge lasse ich eine weitere möglichst exotische wehen, zum Beispiel die portugiesische, die macht immer etwas her. Die Reihe der vier Fahnenstangen wird dann vollendet mit der uralten rot-weißen Flagge von Österreich, zur dauerhaften Ehre meiner Großmutter, die drinnen an der Säule gerade abermals ihre Perlenkette zurechtrückt und ihre Füße in den hochhackigen Schuhen zierlich in Position bringt, während ich bereits älteren Damen beim Aussteigen helfe, ihnen galant meine braune Hand in dem roten Ärmel reiche, in der Art eines lebenden Geländers, und sie warne, Vorsicht bei der letzten Stufe.

Diskret im Hintergrund hält sich Jim auf, rasch hat er etwas anderes übergezogen als seine weißen Kochsachen, etwas mürrisch, dass ihm Aufgaben zugemutet werden, die seiner Meinung nach eigentlich Lars zustünden, unserem Hausmeister, den wir uns aber nicht mehr leisten können – bereit, Koffer, von denen mir etliche immer noch zu schwer sind, auf den großen Gepäckwagen zu laden, damit ich diesen augenfällig effektiv ins Foyer schieben kann, wo die Gäste bereits ein Glas Sekt in der Hand haben. Synnøve und Herr Zacchariassen (denn jetzt ist Großvater Herr Zacchariassen und muss genau so angesprochen werden) teilen Zimmer zu und kümmern sich um die Formalitäten, Großmutter macht mit den Gästen gepflegte Konversation, gern über das prachtvolle Gebirge – anders, als sie es privat nennt, *diese grässlichen Berge*, denn sie hasst sie aus tiefstem Herzen.

Oft hatten die Passagiere der Reisebusse es eilig und wollten nur ein rasches Mittagessen. Die zeitgenössische Straßenbaupolitik fand in Großvater einen nur mäßig begeisterten Anhänger – jedenfalls wenn die neue Straße weiter ins Gebirge führte als bis zur Abfahrt zu unserem Hotel.

»Man kann immer leichter die ganze Strecke an einem Tag schaffen«, sagte er finster. »Und die Leute haben es immer eiliger. So ist das. Man möchte meinen, sie nutzen die Tatsache, dass sie jetzt mehr Zeit haben, und bleiben ein bisschen hier, um die Aussicht auf das Bergmassiv zu genießen, aber nein. Je schneller alles geht, desto weniger Zeit haben die Leute. So ist der Mensch nun mal, Sedd«, fügte er hinzu, »so ist der Mensch. Zu Zeiten meines Vaters war das noch einfacher. Der Fortschritt ereignete sich langsam, er diente der Freude. Aber jetzt? Vor zehn Jahren war es noch anders. Die Leute kamen, um zu bleiben. Die Leute wollten gar nicht woandershin.«

»Nur *wir* wollen nicht woandershin«, bemerkte Großmutter dann manchmal säuerlich, doch da war Großvater immer schon gegangen, oft hinaus vor das Haus getreten, um die Anlage mit einem Rundblick zu bedenken, was ihn an guten Tagen in einen Zustand intensiver Freude versetzte, an schlechten düster stimmte. Zum Beispiel wusste er genau, wie viele Fenster in allen Flügeln zu putzen waren, und doch zählte er sie abermals. Dabei brauchte er eigentlich nicht hinzusehen, vor seinem inneren Auge sah er jede einzelne Fensterscheibe bis zur kleinsten Luke, aber es schien ihm ebenso fast sichtbar auf den Schultern zu lasten wie das Gewicht der 170 000 Liter Wasser, die für das Schwimmbad geheizt werden mussten, mithin

170 gechlorte Tonnen Gewicht. Aber einen Pool musste ein Berghotel haben, wenn es heutzutage überleben wollte, das stand außer Zweifel.

An anderen Tagen jedoch, wenn das Hotel eher gut belegt war, zündete er sich die von seinem Vater ererbte elegante kleine Dunnhill-Pfeife an, schmatzte behaglich und begann zu erzählen, über die Entstehung eines jeden einzelnen Flügels des Hotels und jeden Anbaus, über die Zeiten seines Großvaters, als die Briten mit ihren Kutschen Schlange standen und so weiter. Dann musste man ihn einfach weitermachen lassen, einen ganzen Nachmittag lang, dabei an etwas anderes denken. Die Gäste entspannten sich unterdessen in ihren Zimmern oder tranken Kaffee in einem der Salons oder badeten ihre reisemüden Körper in biblischen Mengen erwärmten Schwimmbadwassers oder schwitzten in einer der beiden großen, gemütlichen Saunas oder spielten Minigolf, gratis, denn die Anlage würde nicht benutzt werden, wenn sie die Schläger mieten müssten, was der Investitionsplan eigentlich vorsah. Doch immerhin spielten jetzt überhaupt Gäste dort, an sämtlichen Löchern, frohe Gäste mit ihren Minigolfschlägern, und bald würde Großvater über die Jagd im Herbst und Angelausflüge erzählen, die wir unternehmen sollten, er und ich, und das bedeutete, bald würde ihm einfallen, die Krawatte zurechtzurücken und einen Gang durch die Gesellschaftsräume zu unternehmen, wie stets liebenswürdig und als gut gelaunter Gastgeber, und ich entkam dann endlich in die Küche, wo ich Jim bei der Zubereitung des Abendessens half.

Er arbeitete seit vor meiner Geburt hier, also seit der guten alten Zeit. Fåvnesheim ohne Jim war ganz und gar undenkbar. In regelmäßigen Abständen drohte er damit, er könne sich ein Dasein auch ohne Fåvnesheim vorstellen, doch das waren leere Reden. Fåvnesheim war Jims geistige Heimat, wie er zu sagen pflegte. Nach einem Jahr bei der Marine, zwei zur See, einem Jahr in Frankreich, einem in Bristol und einem halben Jahr im Gefängnis wegen einer Bagatelle, war, als er hier heraufkam, in sein Leben endlich Ordnung eingekehrt, und seither zog es ihn nicht mehr woandershin. Jim war ein ganz klein wenig dem Alkohol zugeneigt, trank aber nie, nun ja, höchstens einmal pro Jahr. Wo Jim herrschte, herrschten auch Ordnung und Reinlichkeit. Vor allem Reinlichkeit. Wenn er einmal für ein paar Stunden nichts zu tun hatte, putzte er die Küche gründlich, auch wenn er das am Tag zuvor bereits getan hatte. »Doch nicht schon wieder, Jim«, klagte ich oder tat so, als würde ich klagen, doch Jim lachte nur. »Du weißt nie, wann das Gesundheitsamt kommt«, sagte er und warf mir eine Bürste zu, dann legten wir los. Alles musste hinaus aus Schränken und Schubladen und dann wieder hinein, nachdem alles bis in den letzten Winkel desinfiziert worden war. Beim Reinemachen kam eine vollkommene Ruhe über Jim, genauso, wie wenn er kochte, er musste einfach unablässig etwas zu tun haben. Müde wurde er nie, putzte und schrubbte unverdrossen drauflos, und dazu pfiff er melodisch, *Three Coins in the Fountain* oder das Lied von der Ski-Weltmeisterschaft in Oslo 1966. Meist eines dieser beiden. Hätte das Gesundheitsamt einen Wanderpokal für die sauberste Küche zu vergeben gehabt, Jim hätte ihn jahraus, jahrein aufs Neue erhalten.

Bedauerlicherweise schaute das Gesundheitsamt nur selten bei uns vorbei. Zwischen zwei Kontrollen konnten Jahre vergehen. Bei einer dieser Gelegenheiten sagte der Inspektor: Hier ist es so sauer, es ist richtig langweilig. Jim lächelte beglückt. Lange zehrte er davon. Was ihn aber nicht daran hinderte, gleich am nächsten Tag eine erneute Putzaktion anzusetzen.

Nur wenn Großmutter backen wollte, musste Jim widerstrebend die Herrschaft über seine blank geputzte Küche abgeben. Dann hatten alle sich dem Mehl zu beugen.

Ich hielt mich gern in der Reinlichkeit und der Ordnung von Jims Küche auf. Ich wuchs in ihr heran. Schon als ich klein war, fühlte ich mich dort wohl, wie eine Katze sich wohlgefühlt hätte, denn es duftete, denn es war warm und sicher, es gab Leckerbissen und Gemütlichkeit. Jim beherrschte die Kunst, Gemüse und Wurzeln winzig klein zu schneiden, perfekt würfelförmig und ein Stück dem anderen vollkommen gleich, er tat das rasch und effektiv und zugleich vollkommen ruhig, und selbst das Mirepoix für eine ganz gewöhnliche helle Brühe war das reinste Kunstwerk, obgleich das für den Geschmack nicht ausschlaggebend war. Das Gemüse sollte ja bloß ausgekocht werden, seinen Geschmack abgeben, und in sämtlichen Kochbüchern steht bis zum heutigen Tage: grob geschnittenes Gemüse. Als ich ihn fragte, warum er sich die Mühe machte, wandte Jim den Blick kurz von Messer und Schneidbrett ab und schaute mich ernst an. »Es gibt«, sagte er, »eine richtige Art und Weise, die Dinge zu tun, und eine falsche.« Und dann hackte er sein Kilo Mohrrüben fertig und ließ sie in den dickbäuchigen Topf rieseln wie orange Kristalle.

Es gibt eine richtige Art und Weise und eine falsche, so viel ist sicher. Wahrscheinlich gilt das auch für die Erinnerung.

4

Die Beerdigung war erschütternd. Frau Berge weinte so herzzerreißend, ich weinte wohl auch mehr als geplant, dabei hatte ich Bankdirektor Berge kaum gekannt, kaum je an ihn gedacht, für mich war er nie etwas anderes als einer der erwachsenen Freunde meiner Großeltern, die ein paarmal im Jahr zu Besuch kamen und vielleicht an der Jagd teilnahmen, so wie der Polizeichef und der Gemeinderat, der Bürgermeister und der Arzt, der Kaufmann und der Geschäftsführer des Touristenbüros und vielleicht noch einige mehr, alle mit ihren Gattinen, und jetzt war er tot, und seine Frau weinte, und durch die Umstände seines Todes waren wir beide uns so nahe gekommen, so nah wie zwei Rosinen in einem Päckchen, und seine Frau schluchzte für uns beide. Ich selbst weinte nicht um Berge, jedenfalls nicht in erster Linie, sondern eher um meine Mutter, glaube ich, die ebenfalls nicht mehr war. Von der Zeit verweht, so sagte Großmutter immer. Später, nachdem der Sarg ihres Mannes ins Grab gesenkt worden war und alle eine Handvoll Erde darauf geworfen hatten, hielt Frau Berge mich lange bei der Hand. Ein wenig unentschieden standen wir um das Loch herum, wie es bei solchen Gelegenheiten der Fall ist, und dann kam sie zu mir, vor allen anderen zu mir, mir war das peinlich. Warum ging sie nicht zu einem Verwandten oder wenigstens zu einem Erwachsenen? In ihrer schwarzen Trauerkleidung, mit ihrem weißen Gesicht drückte sie mir lange neben dem Grab die Hand, und wenn sie lächelte, sah es aus, als täte sie es vom Inneren des Gesichts her. Sie dankte mir für alles, was ich für ihren lieben Bjørn versucht hatte – kurz schien ihr Gesicht unter dem inneren Druck zu zerbersten, dann sammelte sie sich wieder und sagte, ich solle irgendwann in den nächsten Tagen einmal zu ihr herunterkommen, nein, nein, es eile nicht, aber sie habe etwas für mich, wolle mir gern etwas geben, nein wirklich, es habe keine Eile, aber sie würde sich sehr freuen, sagte sie, und dabei wirkte sie möglicherweise noch trauriger. Und sie hielt meine hellbraune Rechte noch eine ganze Weile in ihrer weißen Hand, während sie zu Boden blickte und die Finger ihrer Linken mit dem rechten Handschuh spielten, den sie ausgezogen hatte. Bei Beerdigungen braucht man die Handschuhe nicht auszuziehen, jedenfalls Frauen nicht, dachte ich, und fragte mich kurz, ob ich das anmerken sollte, doch begnügte ich mich mit dem Gedanken, dass es kein Verstoß gegen die Etikette war, so etwas nicht zu wissen. Dieser Hinweis befindet sich ebenfalls in der *Hohen Schule der Lebensart*, ebenso wie die Regeln zum Umgang mit Handschuhen. Eine ganze Reihe von solchen Regeln gibt es dort, die den meisten Leuten unbekannt sind. Was man sagen oder nicht sagen soll, wenn man in einem unpassenden Augenblick Handschuhe anhat, und Ähnliches.

Dann wollte jemand mit ihr reden, und sie ließ mich los.

»Es tut mir leid für den Handschuh«, rutschte es mir heraus; ich hatte offenbar zu viel in der *Hohen Schule der Lebensart* gelesen. Sie blickte mich leicht verwirrt an, und ich korrigierte mich rasch und sagte, »Es tut mir leid für Ihren Verlust«, obwohl man das in Norwegen so gar nicht sagt, eher in Schweden. In Norwegen sagt man »Mein Beileid«. Auch das wissen die meisten nicht. Doch dann drehte sie sich weg, und ich war erlöst.

Doktor Helgesen, der sich im verteufelten Süden aufgehalten und auf diese Weise seiner ärztlichen Pflicht nicht nachgekommen war, stand neben mir, wohl schon seit einiger Zeit.

»Das hast du sehr gut gemacht, Sedd«, sagte er.

»Nein«, sagte ich, »ich habe mich nur versprochen.«

»Versprochen? Ich meine, was du an dem Abend getan hast.«

»Ach so. Ah ja, ach so.«

»Weißt du«, sagte Doktor Helgesen sehr erwachsen, während wir den Kiesweg, neben dem der Schnee rasch taute und schon einige Krokusspitzen zu sehen waren, hinausgingen zur Kirche und zur Freiheit, »so etwas passiert eben manchmal.«

»Ich weiß.«

»Manchmal«, sagte Doktor Helgesen, »ist so etwas derart plötzlich und heftig, dass nicht einmal die Herzabteilung im Reichskrankenhaus etwas ausrichten kann. Bjørn«, er zögerte kurz, »unser guter Bjørn war wohl schon vorher nicht recht gesund gewesen. Das solltest du wissen.«

»Nein, ich meine, ja.«

»Aber du hast nichts ungetan gelassen«, sagte Doktor Helgesen.

»Ja, ich meine, nein.«

»Niemand hätte mehr tun können«, sagte Doktor Helgesen.

Es hat ja auch niemand versucht, dachte ich, die anderen haben alle nur mit hängenden Armen dagestanden, aber ich sagte:

»Ich habe es wirklich versucht.«

»Ja, du hast sehr geistesgegenwärtig reagiert. Das muss ich sagen. Ich habe gehört, das Rote Kreuz will dir eine Silbernadel verleihen.«

»Hoffentlich nicht«, sagte ich.

»Kannst du nachts gut schlafen?«

»Ja«, sagte ich, etwas überrascht, denn ich fand das eine eigentümliche Frage, es war ja alles wie sonst. Gewiss, ich hatte ein paar Tage schulfrei bekommen und ein paar Wanderungen gemacht, um den Geschmack von Bankdirektor Berge im Mund loszuwerden, und mein Großvater redete immer noch davon, mit mir nach Oslo zu fahren, wenn die Tage wieder etwas länger und milder würden und etwas weniger zu tun sei, bevor dann hoffentlich wieder mehr zu tun sei, aber ansonsten war alles wie sonst.

»Das ist gut so«, sagte der Arzt. »Wenn du über irgendetwas reden willst, dann schau gern nach der Schule bei mir rein. Jederzeit, wirklich jederzeit. Meine Tür steht dir immer offen, Sedd. Immer.«

»Ja«, sagte ich, und dann kam Großmutter, um mich zu retten, und wir konnten endlich den Friedhof verlassen.

Ich wollte auf gar keinen Fall mit zum Leichenschmaus gehen, obwohl Großmutter mich überreden wollte, doch je mehr sie es versuchte, je mehr sie darauf hinwies, was sich gehörte und was nicht, und dass ausgerechnet wir ja immerhin, also dass es ja bei uns geschehen war und so weiter, desto bestimmter beharrte ich darauf, dass es mir reichte, und dann setzte ich mich auf die Rückbank des Wagens. »Elisabeth«, sagte mein Großvater, und er nannte sie nur höchst selten bei ihrem Taufnamen, sonst meist Sisi: »Elisabeth«, sagte er, »ich denke, für den Jungen war das jetzt genug.« Ich sah, dass sie zum Widerspruch ansetzte, doch dann gab sie nach, etwas, was wirklich nicht oft passierte.

»Du hast recht. Fahr du ihn hoch, ich gehe allein zum Imbiss.«

»Willst du nicht mit hochkommen, *Liebling*«, fragte Großvater, aber sie schüttelte den Kopf.

»Einer von uns *muss* hingehen«, sagte sie bestimmt. »Wie sieht das denn sonst aus.«

Ich wusste, dass sie sich bei der Gesellschaft weiter in Lobreden über mich ergehen würde, und Großvater blickte traurig drein, aber wir ließen sie gewähren. Das war das Beste.

»Dann komme ich in ein paar Stunden wieder herunter«, sagte er behutsam, »und hole dich ab.«

So brachte Großvater mich also zurück in die Berge, und Großmutter blieb zurück bei den Trauernden und ihrem Kaffee und dem bedenklich amateurhaften Kuchen.

»Da sind wir ja gerade noch einmal davongekommen, Sedd«, sagte Großvater während der Fahrt. »Mir vergeht bei so einem Leichenschmaus immer der Appetit.« Er biss sich auf die Lippe wegen seiner Formulierung, ich ließ mir aber nichts anmerken. Er wirkte erleichtert.

»Schluss ist eben Schluss, denke ich. Ach, Sedd, das wird schön, wenn wir irgendwann im Frühling nach Oslo fahren. Oder im Sommer. Bevor dann hoffentlich wieder mehr zu –«

»Glaubst du …«, setzte ich an.

»Was denn, Sedd?« Er richtete den Blick fest auf die Straße, obwohl er jeden Meter kannte.

»Glaubst du, in der Schule gibt es irgendwelches Gerede, wenn ich wieder hingehe? Also dass der Lehrer etwas sagt oder so?«

»Tja, schwer zu sagen. Die anderen fragen sich ja wahrscheinlich, warum du weg warst. Ob du krank gewesen bist oder so.«

»Ich glaube, das fragen die sich nicht mehr«, sagte ich.

»Nein, da hast du wahrscheinlich recht.«

»Könntest du vielleicht mit Studienrat Dahl reden, damit er möglichst nicht vor der ganzen Klasse etwas sagt, wenn ich zurück bin?«

»Tja«, sagte Großvater in einem Anfall von Aufrichtigkeit, »ich nehme schon an, dass Großmutter bereits gründlich mit ihm gesprochen hat, aber ich kann ja auch noch einmal mit ihm reden.«

»Danke, das wäre nett. Ich will kein Theater.«

»Aha.«

»Es soll einfach alles so sein wie sonst. Doktor Helgesen hat gesagt, das Rote Kreuz will mir eine Nadel verleihen oder so.«

»Wäre das denn nicht schön, Sedd?«

»Nein. Es soll einfach alles so sein wie sonst. Wenn ich diese Nadel nehmen muss, gehe ich nie wieder zum Roten Kreuz. Alles soll so sein wie sonst. Das Ganze ist nicht der Rede wert.«

»Verstehe«, sagte Großvater. »Ich werde sehen, was ich tun kann.«

5

Aber Studienrat Dahl konnte sich doch nicht beherrschen. Natürlich nicht. Ich fand das ein eher schwaches Bild, nachdem man ihn darum gebeten hatte, es nicht zu tun. Ich wollte einfach nicht, dass meine restlos missglückte Rettungsaktion noch weiter Thema war, und hätte die ganze Sache am liebsten baldmöglichst vergessen. Außerdem fand ich, das sollten die anderen auch so halten. Gut, nicht die direkt Betroffenen, die Witwe Berge oder so, das wäre dann doch zu viel verlangt gewesen. Insgesamt aber meinte ich, die Sache verdiene keine weitere Aufmerksamkeit. Es war ja nicht gerade eine historische Großtat.

Dennoch hielt Studienrat Dahl regelrecht eine kleine Rede für mich, als ich wieder in die Schule ging. Später meinte er zur Entschuldigung, ich sei eine ganze Weile weg gewesen, man wisse mehr oder weniger, was geschehen sei, und es habe Gerede gegeben. Meine eigene Meinung war hingegen, wenn es bereits Gerede gegeben hatte und alle mehr oder weniger wussten, was geschehen war, dann war es vollkommen überflüssig, es in der ersten Schulstunde allen noch einmal unter die Nase zu reiben, nur, weil ich wieder in die Schule ging. Offenbar war Studienrat Dahl da anderer Ansicht. Vielleicht war er sogar ein wenig stolz. Ja, so wirkte er, als er neben seinem Pult stand, mich willkommen hieß und zugleich meine Mitschüler darüber informierte, was geschehen sei, was ich durchgemacht hätte, was ich versucht hätte, und dass ich, obwohl das Ergebnis nicht unbedingt – äh – wunschgemäß ausgefallen sei, doch unbedingt das Richtige getan und mich ganz und gar vorbildlich verhalten hätte. Und dass ich, das müssten alle verstehen, alle miteinander, doch trotz allem von dem Erlebnis ein klein wenig mitgenommen gewesen sei, das sei ja ganz verständlich, so etwas erlebe man nicht alle Tage, Gott sei Dank nicht.

Über all dieses informierte Studienrat Dahl meine Mitschüler, und das passte womöglich ganz gut, da wir in der ersten Stunde an jenem Tage Gesellschaftskunde hatten, was seinerzeit bis zur Mittelstufe ein Teil der sogenannten O-Fächer war, nämlich der Orientierungsfächer, eine Bezeichnung, die ich persönlich sehr viel zutreffender finde. In diesen Fächern wurden die norwegischen Schüler über große und kleine Dinge orientiert, die früher einmal geschehen waren oder die es hier auf der Welt gibt, von der Pest bis Einar Gerhardsen, den ersten norwegischen Ministerpräsidenten nach dem Zweiten Weltkrieg, vom Aufbau eines Atoms bis dazu, wie der elektrische Strom ins Haus kommt.

Ich hielt es für das Beste, auf mein Pult hinabzublicken, während er redete, und ich bejahte es nur kurz, als er fragte, ob ich nicht wirklich von der Ausbildung im Jugendrotkreuz profitiert hätte – von meiner Hilfe hatte Bankdirektor Berge nun allerdings nicht so recht profitiert –, und ebenso bedankte ich mich knapp, als er nach einem ausführlicheren Aufruf, sich dem Jugendrotkreuz anzuschließen, mich willkommen hieß, zurück im Leben, so wirkte es beinahe, und all die anderen ermahnte, ja, liebe Schülerinnen und Schüler, Sedd in der ersten Zeit doch rücksichtsvoll zu behandeln. Vergesst nicht, er hat etwas Dramatisches mitgemacht. Etwas, was man nicht jeden Tag erlebt, nur ein Glück, Gott sei Dank und so weiter.

Es schien unendlich lange zu dauern, aber irgendwann war es überstanden, und wir wechselten zur Orientierung über entfernter liegende Themen. Die darum jedoch nicht weniger relevant waren. Die Rechte der Ureinwohner zum Beispiel. Wem gehören Wasser, Sonne und Erde, wie im Lehrbuch gefragt wurde? Dem norwegischen Staat, der einfach ungefragt ins Reich der Rentiere einmarschiert ist, oder den Samen, die mit ihren Rentieren sehr viel älter sind als der norwegische und der dänische Staat zusammen? Was bedeutet eigentlich der Begriff Eigentum? So etwas sollte man durchdacht haben, wenn man die heutige Welt begreifen möchte. Mit allen Kräften versuchte Studienrat Dahl, eine Diskussion in Gang zu bringen, ohne dass ich behaupten kann, meine Klassenkameraden hätten sonderlich viel Engagement an den Tag gelegt. Meist begnügten sie sich mit dem üblichen Hm-weiß-nicht und Ja-kann-sein, das war nicht gerade ergiebig. Also meldete ich mich am Ende doch, eben, damit es etwas ergiebiger wurde.

»Ja, Sedd?«, fragte Studienrat Dahl freundlich.

»Und wie verhält es sich bei den Falklandinseln? Sind dort die Briten oder die Argentinier die Urbevölkerung?«

Studienrat Dahl blickte mich verzweifelt an.

»Eine sehr gute Frage, Sedd, vielleicht ein wenig außerhalb des Stoffs unseres Lehrbuchs.«

»Mag sein, aber auch, wenn es dort keine Rentiere gibt, muss doch auf den Falklandinseln jemand ein Anrecht auf Sonne, Wasser und Land haben.«

»Da hast du recht, Sedd, ganz sicher, ganz sicher. Aber jetzt wollten wir vielleicht nicht ausgerechnet über die Falklandinseln ...«

»Die Frage ist eigentlich ganz einfach zu beantworten«, sagte ich, »wer war als Erster da? Die Argentinier oder die Engländer?«

Hinter mir stöhnte jemand, aber ich fuhr unverdrossen fort:

»Ich meine, eine Seite muss ja vor der anderen da gewesen sein?«

»Ja, Sedd, das ist ganz richtig. Einer muss zuerst da gewesen sein.«

Eine kleine Pause entstand, während der die Frage sozusagen bebend in der Luft zwischen uns schwebte. Eine absolut wichtige Frage, wenn man mich fragt.

»Und?«, fragte ich, als das Beben lange genug angedauert hatte.

»Ja?« Studienrat Dahl war voller guten Willens. »Ja, Sedd?«

Ein weiteres Stöhnen irgendwo ganz hinten in der Klasse.

»Ja, also, wer denn nun? Die Engländer oder die Argentinier?«

Studienrat Dahl bedachte mich mit einem Blick, der auszudrücken versuchte, dass dies eine komplizierte Frage sei.

»Das ist eine sehr komplizierte Frage, Sedd«, stellte er fest.

»Wieso, es ist doch wie mit den Samen und den Norwegern. Entweder kamen die ersten zuerst und die letzten zuletzt, oder die letzten kamen zuerst und die ersten zuletzt. Mehr Möglichkeiten gibt es doch nicht.«

Erneutes Stöhnen in meinem Rücken.

»Und ebenso«, fuhr ich fort, »muss es sich auch mit Argentinien und den Engländern verhalten. Entweder kamen die zuletzt Genannten zuerst und die zuerst Genannten zuletzt, oder die zuerst Genannten kamen zuerst und die zuletzt Genannten zuletzt, falls nicht noch eine dritte Partei mit im Spiel sein sollte, die ...«

Das Stöhnen wurde lauter, doch weder Studienrat Dahl noch ich ließen erkennen, dass wir es hörten. Über so etwas muss man immer erhaben sein. Also waren wir darüber erhaben.

»Ja«, sagte Studienrat Dahl, »du hast vollkommen recht, Sedd. So ist es. Entweder kam die eine Gruppe zuerst oder aber die andere. Doch welche?«

»Ja, welche?«

»Das ist nun wirklich nicht so leicht zu sagen ...«

Leider klingelte es genau jetzt, sodass die Frage ungeklärt blieb. Ich hätte gerne in der Pause weiter mit Dahl darüber diskutiert, doch hatte er es auf einmal recht eilig. Das fand ich bedauerlich, denn seit Argentinien seine Truppen auf diese windzerzausten kleinen Inseln im südlichen Eismeer gesandt hatte, bei denen Meer und Himmel einander begegnen, hatte die Frage unseren Haushalt gespalten. Großvater war der Ansicht, Margaret Thatcher und Großbritannien würden alle Versuche, einen Kompromiss zu finden, vollkommen zu Recht abweisen und müssten notfalls militärische Mittel einsetzen, denn man stelle sich einmal vor, was passiert wäre, wenn die Amerikaner 1942 ohne Gegenwehr zugelassen hätten, dass die Japaner sich Hawaii einverleiben und tatenlos abgedackelt wären? »Quatsch«, entgegnete Großmutter und wies darauf hin, dass Krieg jedenfalls ein Übel sei, das man vermeiden müsse, zumal, wenn es bei ihm um etwas so Unsinniges wie den Besitz von ein paar kleinen windzerzausten Inseln im Eismeer ginge, bei denen Meer und Himmel einander begegneten, und was hätten die Briten da eigentlich zu suchen? Direkt vor ihrer Haustür lagen die Falklandinseln ja wohl nicht. Imperialisten waren sie, die Briten, seit eh und je. Das sagte sie trotz ihrer enormen Hochachtung vor Queen Elisabeth und dem Hause

Windsor. »Du verstehst es einfach nicht besser«, seufzte Großvater, doch Großmutter stieß nur triumphierend Luft aus der Nase aus. Keiner der beiden konnte mit Sicherheit sagen, wer zuerst da gewesen war, die Engländer oder die Argentinier. »Das ist nun wirklich nicht so leicht zu sagen«, lautete auch Großvaters Antwort, als ich ihn danach fragte.

Auf dem Weg zum Schulhof dachte ich über all diese wichtigen geopolitischen Fragestellungen nach, da wurde ich von Hans eingeholt.

»Du spinnst ja«, sagte er und schlug mir leicht auf die Schulter, er meinte das freundschaftlich. Ich glaube, damit wollte er mich willkommen heißen.

»Ich spinne? Aber das sind doch wichtige Fragen, Hans. Wenn Krieg droht. Krieg im südlichen Eismeer.«

»Siehst du, ich sag's ja. Du spinnst. Und wie geht's dir sonst?«

»Geht so«, sagte ich.

Hans' Vater war der Direktor des Steinbruchs, und daher gehörte mein Klassenkamerad zu den wenigen Schülern, die über das verfügten, was meine Großmutter einen akzeptablen Hintergrund nannte. Außerdem sammelte Hans Briefmarken, genau wie ich. Wir verbrachten also relativ viel Zeit miteinander, schon seit dem Kindergarten. Wir besuchen einander und Ähnliches, auch wenn wir eigentlich nicht so viel redeten.

Weder Großmutter noch Großvater konnten sich für nennenswert viele andere meiner Mitschüler begeistern, und Großmutter verlieh dieser Haltung auch ungehemmt Ausdruck. Sie fand, das seien nichts als unkultivierte, ungehobelte, schlecht erzogene und degenerierte jugendliche Kriminelle, ohne Zugang zu Wissen oder Bildung.

Ich fand, damit ging sie etwas weit. Manche von ihnen konnten wirklich nett sein, wenn sie es denn wollten. Und manche hatten ganz gesunde Interessen. Ungehobelt und ungebildet waren sie allerdings, darin stimmte ich wohl oder übel mit Großmutter überein. Gleichwohl war es nicht unbedingt ihre eigene Schuld, wenn sie einen so beschränkten Horizont hatten, zum Beispiel in Sachen

Musik. Auch hier bin ich einer Meinung mit Großmutter, die meinte, das sei den modernen Zeiten geschuldet. Mit den modernen Zeiten hatte Großmutter schon zuvor schmerzliche Erfahrungen machen müssen, sie wusste also, wovon sie sprach, auch wenn sie diese Erfahrungen selbst nicht beschrieb, die Erinnerung schmerzte sie einfach zu sehr. Andererseits ist es wohl gar nicht so einfach, den modernen Zeiten zu widerstehen. Viele in den modernen Zeiten tätige Künstler sind durchaus fähig und überzeugend. Abba beispielsweise. Ich meine, hier war Großmutter doch allzu konservativ. Und obgleich für mich ebenso wie für sie Wencke Myhre zu den ganz Großen zählte, ging die Behauptung doch etwas weit, sie sei die größte Sängerin von ganz Europa. Vielleicht die größte von Norwegen, aber von Europa? Andererseits sollte man nicht unterschätzen, was für einen großen Teil von Europa die deutschsprachigen Länder ausmachen. Das hat sich früher schon als riskant erwiesen. Und in diesen Ländern ist Wencke Myhre nun wirklich eine Große.

Wie auch immer, man sollte hier Augenmaß walten lassen; wenn es allerdings um Songs wie *We don't need no education* von Pink Floyd ging, so fand auch ich den Text restlos destruktiv. Daran konnte es keinen Zweifel geben. Alle brauchen wir Bildung, jedenfalls, wenn man mich fragt. Das versteht sich doch von selbst. Außerdem heißt es korrekt *any education*.

»Kommst du nachher mit zu mir?«, fragte Hans.

»Okay, wenn mich später jemand bei dir abholen kann.«

Das war immer das Problem. Es war einfach sehr weit hinauf nach Fåvnesheim. Oder je nach Perspektive von Fåvnesheim hinunter. Wenn es also nicht um besonders wichtige Geburtstage ging – und manche Geburtstagspartys waren nun einmal ganz und gar obligatorisch –, war die Frage des Transports meist ziemlich heikel. Morgens pflegte Großmutter mich zur Schule zu bringen, manchmal auch Jim, und Großvater holte mich dann von der Schule ab, wenn er zugleich etwas unten im Tal zu tun hatte, bei der Bank oder so. Sämtliche Fahrten ins Tal oder auf den Berg, die außerhalb dieser Routine stattfanden, mussten im Vorwege geplant und besprochen werden, entweder mit meinen Großeltern oder Jim, gelegentlich auch mit Synnøve oder anderen Angestellten. Hinunter ins Tal konnte ich auch selbst gelangen, per Ski im Winter und sommers mit dem Fahrrad, und gelegentlich tat ich das auch, doch der Weg war steil und weit. Eine Stunde musste ich schon rechnen, und für den Rückweg mindestens zwei, je nachdem. Wenn ich die Fahrt also selbst unternahm, kostete sie mich große Teile des Tages, sie gingen ab von der Zeit für Schulaufgaben oder dafür, im Betrieb zu helfen. In unserer Branche kommt der Betrieb immer an erster Stelle. Außerdem war es nicht gerade ein Vergnügen, an den kurzen Wintertagen auf schweren Skiern den langen Weg bergauf zu stapfen und dann über Berg und Tal ins Gebirge bis in das Fåvnesdal, wo unser Hotel lag. Einmal, bei Nebel, verlief ich mich, obwohl ich neben der Straße blieb, aber an einer bestimmten Stelle verließ die Loipe in einer Kurve den Verlauf der Straße, um etwas weiter oben wieder auf sie zu treffen, schon war es passiert, und ich war in die Irre gegangen. Der Nebel war so dick wie Grütze, oder wie Soße, weiß und undurchdringlich. Ich geriet aber nicht in Panik, sondern ging in meiner eigenen Spur zurück, und siehe da, da war die Straße ja; dann kroch ich über den hoch aufgeschobenen Schnee am Straßenrand und folgte der Fahrbahn, bis die schwierige Stelle geschafft war. Nicht weiter schlimm also. Leider war ich so leichtsinnig, Großmutter davon zu erzählen. Es erging strengstes Verbot, auf eigene Faust hinunter- oder heraufzukommen, ja überhaupt etwas auf eigene Faust zu unternehmen. Das war mehr oder weniger auch der Grund, warum ich ins Jugendrotkreuz geriet, nämlich größtenteils, um Großmutter zu beweisen, dass ich ein kräftiger Gebirgler war, der sich selbst zu helfen wusste.

 Davon wurde die Entfernung aber nicht geringer. Nicht nur zu Hans, auch zu den anderen Klassenkameraden. Solchen wie den beiden, die jetzt über den Schulhof auf Hans und mich zukamen und gewiss ein paar spöttische Kommentare auf Lager hatten. Und so war es. Ich hatte mich nicht geirrt. Nicht, dass man dazu besonderer hellseherischer Kräfte bedurft hätte, denn dieser Schlag Jugendliche hatte immer ein paar freche Bemerkungen für ihre Mitmenschen parat, ohne selbst sonderlich viel Konstruktives auf die Beine stellen zu können. Diesmal begnügten sie sich damit, mich im Vorübergehen mit Misses Thatcher zu titulieren, was ich selbst allerdings eher schmeichelhaft fand. Trotz allem ist Margaret Thatcher eine bewundernswerte Frau. Es gehört für eine Hausfrau aus Grantham schon einiges dazu, es bis zur Premierministerin des Vereinigten Königreichs zu bringen, mit all der damit einhergehenden Verantwortung. Wir mögen einander politisch nicht nahestehen, dennoch habe ich Respekt vor ihr. Sie war die erste Frau in diesem Amt, noch vor Gro Harlem Brundtland, und die ist ja ein enormes Vorbild. Abgesehen davon hatte ich schon schlimmere Schimpfworte zu hören bekommen. Und außerdem sollte man über dergleichen stehen. Solchen Leuten sollte man ein paar auf die Fresse geben, aber ich bin gegen überflüssige Gewalt, und in diesem Fall wäre Gewalt nicht nur überflüssig, sondern geradezu lebensgefährlich gewesen. Sie gingen also ihres Wegs und ich des meinen.

Manchmal konnte ich trotzdem zu Hans gehen. Eine rasche Verhandlung mit Großvater vom Münztelefon in der Garderobe reichte, und es wurde vereinbart, dass Jim mich hinunterbringen und gegen halb sieben wieder dort abholen würde.

Der Rest jenes Schultags verlief ganz gewöhnlich, ohne weitere Zwischenfälle. Ich hatte Sorge gehabt, wichtige Unterrichtsgegenstände zu versäumen, doch versicherten mir sämtliche Lehrer, ich hätte schon nichts verpasst, und so schien es tatsächlich zu sein. Alle Lehrer sagten, sie würden sich freuen, mich wiederzusehen, und fänden, ich sei sehr tapfer und tatkräftig gewesen; sogar einige Schüler meinten das zu mir, und das war mir peinlich, so gut gemeint es auch war.

Zu Hause bei Hans war alles wie immer. Seine Mutter arbeitete wieder, seitdem die Kinder größer waren, seine große Schwester war irgendwo unterwegs, wie er sich ausdrückte, und der Vater war im Steinbruch bei der Arbeit. So hatten wir das Haus für uns. In der Küche machten wir uns Käsebrote und heißen Kakao, wie immer, und wie immer ließ ich es unkommentiert, dass Hans' Familie Kakaopulver in heiße Milch tat, statt Kuvertüre im Wasserbad zu schmelzen und sie dann langsam mit einem runden Schneebesen in die Milch einzurühren, wie es sich gehörte. Doch der Gedanke zählt, es genügte, wenn ich es mir selbst sagte. Wir balancierten das Tablett mit Kakaokrug, Tassen und den Tellern mit vier Käsebroten in Hans' Zimmer hinauf, wobei es stets größte Vorsicht zu bewahren galt, denn die meisten Böden waren aus Stein, und was herunterfiel, war ein für alle Mal verloren.

Oben in seinem Zimmer aßen wir und tranken den Kakao, diesmal bewunderten wir außerdem Hans' neueste Flugzeugmodelle, die ich noch nicht gesehen hatte. Tatsächlich war ich längere Zeit nicht mehr bei ihm gewesen. Hans legte ein paar Platten auf, zu denen ich nichts bemerkte, aus Gründen der Höflichkeit, denn wie gesagt, der Gedanke zählt.

Nach einer Weile erkundigte sich Hans, ob es schlimm gewesen sei.

»Schlimm, wie meinst du das?«

»Na ja, das mit dem Bankdirektor ...«

Ich musste nachdenken.

»Nein«, sagte ich, »schlimm eigentlich nicht. Vor allem dramatisch. Man rechnet ja nicht damit, dass so etwas passiert. Man ist nicht darauf eingestellt.«

Hans nickte. »Ja, stimmt.«

Nach einer Weile fragte er: »Stimmt es, dass man sich in die Hosen scheißt, wenn man stirbt?«

»Nein, Hans. Das stimmt nicht. Jedenfalls nicht bei Bankdirektoren.«

»Bist du sicher?«

»Ja, Hans. Da bin ich ganz sicher.«

»Ich habe viel darüber nachgedacht. Richtig eklig. Pfui Teufel. Wenn du sterben musst, ist das ja schlimm genug, aber sich dann auch noch vollscheißen, nein, ich glaube, das könnte ich nicht ertragen.«

»Mach dir keine Sorgen. Ich habe nichts dergleichen bemerkt.«

»Sicher?«

»Ganz sicher. Du hast Bankdirektor Berge doch gekannt. Der war viel zu höflich für so was.«

»Glaubst du?«

»Ja. Ich glaube, wenn man richtig durch und durch höflich ist, dann hat man eine stählerne Selbstkontrolle.«

»Wie die Kampfflieger.«

»Ja, genau. Eine Selbstkontrolle bis in den Tod und noch darüber hinaus.«

»Banzai«, sagte Hans.

»Banzai«, stimmte ich ein. Banzai war der Ruf der japanischen Kamikazeflieger beim Krieg im Pazifik, wenn sie sich mit ihren fliegenden Bomben in den Tod stürzten. Bekanntlich waren die japanischen Selbstmordpiloten ungewöhnlich höflich und verfügten über eine stählerne Selbstkontrolle.

»Ich glaube«, fügte ich hinzu, »wenn man sich zu Lebzeiten wirklich um Selbstkontrolle bemüht, dann kann auch beim Sterben so etwas nicht passieren.«

Hans wirkte beruhigt. Er stellte keine weiteren Fragen. Stattdessen lasen wir eine Weile Comics, schweigend, allerdings legte Hans immer wieder neue Platten auf, richtig still war es also nicht. Aber wir sprachen nicht mehr. Auf Hans' Sofa gefläzt, lasen wir Agent X-9, Das Phantom, Commando und Silberpfeil – Der junge Häuptling und hörten dazu Boney M und Supertramp. Ich wusste, dass Hans eine heimliche Vorliebe für Kiss hegte, aber das ging mir zu weit.

Als wir keine Lust mehr zum Lesen hatten, schlug Hans vor, wir könnten uns seine Briefmarkensammlung anschauen. Er habe ein paar neue, sehr schöne Briefmarken aus San Marino. Gern, meinte ich. Hans holte die Alben und zeigte mir seine Neuerwerbungen. Sein Vater hatte Verbindungen zur Marmorindustrie in Norditalien, wo auch San Marino liegt, und diese Kontakte hatten Hans die Marken beschert. Briefmarken aus San Marino sind spektakulär schön, aber von geringem Wert. Das soll nicht heißen, sie wären es nicht wert, dass man sie sammelt, es soll nur heißen, dass sie von geringem Wert sind. Man könnte sagen, auch hier ist es der Gedanke, der zählt.

Nachdem wir diese neuen Marken eine Weile lang bewundert hatten, sie waren wirklich schön, eine Serie mit Früchten, schauten wir uns einige sowjetische Marken mit Mähdreschern an, die Hans ergattert hatte, und danach einige wirklich wunderschöne schwedische Marken mit Märchenmotiven.

Doch dann fragte Hans:
»Ist er grün angelaufen?«
»Grün? Wie meinst du das?«
»Ja, also, ob er grün wurde?«
»Wer soll grün geworden sein?«
»Der Bankdirektor? Bankdirektor Berge? Ich meine, als er ...«
»Nein. Wurde er nicht. Natürlich nicht.«
»Oh ...«
»Hast du vielleicht auch ein paar italienische Marken, Hans?«
»Ich dachte, die laufen grün an. Also Leichen.«
»Ich glaube, das kommt danach. Also erst später.«
»Oh ...«
Hans wirkte geradezu enttäuscht.
»Verstehe. Aber blass wurde er?«
»Blass?«
»Ja, blass, wie in leichenblass.«
Ich dachte kurz nach. »Ja, etwas blass wurde er wohl. Ja, sicher.«
»Oh«, meinte Hans noch einmal. »Und wie blass? Wie Kreide oder eher grau?«

Für einen Augenblick war ich in den Speisesaal zurückversetzt, kauerte am Boden über dem Sterbenden, und der Duft von Großmutters Gugelhupf füllte meine Nasenlöcher. Feucht war es gewesen. Alles war feucht gewesen.

»Du«, sagte ich zu Hans, »das ging alles so schnell. Ich kam gar nicht groß dazu, nachzudenken. Und jedenfalls nicht dazu, auf so etwas achtzugeben. Auf Farben und so.«
»Oh. Lief er vielleicht ein bisschen blau an?«

»Ja. Wahrscheinlich ein bisschen blau.«
»Und wie *war* das alles für dich? So richtig?«
Ich tat so, als würde ich nachdenken. Dann sagte ich:
»Ich weiß nicht. Ich kann es gar nicht so richtig sagen.«
»Oh.«
Hans war enttäuscht. Er stellte keine weiteren Fragen. Um Punkt halb sieben holte Jim mich ab.

6

Im Auto schwieg Jim, so wie er dankenswerterweise immer zu schweigen pflegte, wenn er merkte, dass ich über etwas nachzudenken hatte.

Ich dachte an Hans' Briefmarken. Viel wert waren sie vielleicht nicht, mag sein, aber Hans pflegte seine Sammlung und hatte viel Freude beim Umgang mit Marken aus fremden Ländern.

Die Philatelie ist ein schönes und nützliches Hobby, bei dem man viel lernen kann. Zum Beispiel über Tierleben und Astronomie, Raumfahrt und technische Neuerungen, die oft auf Briefmarken abgebildet werden. Wer auch etwas ältere Marken sammelt, kann viel über Geografie und Geschichte der Länder lernen.

Es gibt so viele Länder auf der Welt. Das finde ich gut. Manche Leute finden Grenzen nicht so gut, und bei gewissen Grenzen, zum Beispiel dem Eisernen Vorhang, könnte man schon der Meinung sein, dass sie gewisse Probleme mit sich bringen. Andererseits – gäbe es den Eisernen Vorhang nicht, so könnten die Sowjets einfach so bei uns einmarschieren, und das wäre bestimmt kein reines Vergnügen, wie Großvater es ausdrücken würde. Eine Wiederholung des deutschen Überfalls auf Norwegen am 9. April 1940, nur dass wir diesmal die Sprache der Soldaten nicht verstehen würden.

Oder Großmutter zum Beispiel. Man könnte sie als lebendes Beispiel dafür bezeichnen, dass Grenzen sowohl Vor- als auch Nachteile haben. Als sie eine junge Frau war, war Wien zwischen den alliierten Mächten aufgeteilt, zwischen Amerikanern und Briten, Franzosen und Sowjets. Ganz ähnlich wie Berlin also, nur dass es in Wien schon nach zehn Jahren vorbei war. Die Russen konnte Großmutter absolut nicht leiden. Die Amerikaner zwar auch nicht, obwohl sie wirklich freundlich waren, die Briten waren die Freundlichsten, die

Franzosen auch so mehr oder weniger, aber die Russen seien einfach fürchterlich gewesen.

Die Ungarn konnte sie auch ganz gut leiden, aber Ungarn als Land nicht, sie fand, es sei Österreich nach dem Ersten Weltkrieg in den Rücken gefallen. Magyar Posta stand auf den ungarischen Briefmarken, denn Ungarn ist das Land der Magyaren. Großmutter zufolge sind die Magyaren heroisch, aber unzuverlässig. Aus demselben Grund mochte sie auch keine Tschechen oder Slowaken, Serben schon gar nicht, ebenso wenig wie Kroaten, Montenegriner, Ruthenen, Albaner, Slowenen, Bosnier, Rumänen, Südtiroler und Triestiner. Eigentlich gehörten die alle heim ins österreichische Kaiserreich, zusammen mit Ungarn, das innerhalb des Kaiserreichs ein eigenes Königreich gewesen war. Auf den Briefmarken jener Zeit steht darum ja auch *KuK Post*, für Kaiserliche und Königliche Post. Manche Briefmarkensammler sind kindisch genug, sich darüber zu amüsieren, da *kuk* auf Norwegisch *Pimmel* bedeutet. Wenn Österreich nicht gefallen wäre, wäre es heute eine zentraleuropäische Großmacht, es gäbe weder den Eisernen Vorhang noch Atomwaffen. Allerdings wäre stattdessen eine Welt voller KuK-Atomwaffen durchaus vorstellbar, das dachte ich oft, erwähnte es aber lieber nicht, denn es war nicht ganz ungefährlich, mit Großmutter, dieser eingefleischten Zentraleuropäerin, über zentraleuropäische Fragen zu diskutieren.

Regelrechten Hass empfand sie auf die Deutschen, das seien ja nicht einmal richtige Mitteleuropäer, sagte sie, sondern Emporkömmlinge, die die Ehre für Beethoven einheimsten, aber keine Schuld an irgendetwas auf sich nehmen wollten. Was für ein jämmerliches Land das sei, zeige sich allein schon daran, dass sie einen mickrigen Gefreiten zum Staatschef hatten aufsteigen lassen. In Österreich hätte ein *deutscher* Gefreiter nie im Leben an die Spitze gelangen können, und ein österreichischer *schon gar nicht*. Gegen die Schweizer hatte sie eher so allgemeine Einwände und meinte, die Schweiz halte nur dank der Berge zusammen, dank derer die Einwohner einander nicht zu sehen bräuchten. Damit sie nicht in ihren vier Sprachen übereinander herfielen, müssten sie auf Lateinisch Helvetia auf ihre Briefmarken schreiben. Außerdem seien die Schweizer geizig, nur die Liechtensteiner seien noch geiziger. Die Italiener fand sie einfach lächerlich. So gesehen haben Grenzen wohl doch ihre Vorzüge, so bleibt jeder für sich.

Um ein Land zu sein, muss man über noch mehr als Grenzen verfügen. Zum Beispiel über eine Sprache, oder auch mehrere, wie die Schweiz. Außerdem verschiedene Währungen, auch wenn es Länder mit derselben Währung gibt wie zum Beispiel Monaco und Frankreich. Nicht jeder bedenkt das. Manche Länder haben Könige oder Königinnen, zwei Länder haben Kaiser, andere Länder haben Fürsten, manche Präsidenten, andere wieder einen Großen Vorsitzenden, und eines einen Papst. Eines aber muss es überall geben, damit ein Gemeinwesen ein Land sein kann, nämlich Briefmarken. Sonst würde gar nichts funktionieren, die Leute könnten einander ja nicht schreiben. Recht bedacht, ist das ein sehr praktisches System.

Erfunden wurden die Briefmarken von den Briten, und sie erwiesen sich als eine ausgesprochen intelligente Lösung für postalische Probleme. Darum schreiben die Briten auch nie den Namen ihres Landes auf die Briefmarken, schließlich waren sie die Ersten. Alle anderen haben sie nur nachgeäfft. Seitdem ist die Welt den Briten ewig dankbar und wird es für alle Zeiten bleiben, nicht zuletzt wir Millionen Philatelisten in zahllosen Ländern.

Das Sammeln von Briefmarken ist kein besonders kostspieliges Hobby. Ein Album, durchsichtige Briefumschläge für Doubletten, eine gute Pinzette und eine Lupe, mehr braucht man nicht. Und dann natürlich noch eine Quelle für den Nachschub.

Ich für meinen Teil hatte Großvater. Aus allen möglichen Ländern kamen Briefe ins Haus, und Großvater bewahrte die Umschläge für mich auf. Auch Großmutter erhielt Briefe von Verwandten und Freunden in Wien, sie beklagte zwar, dass nur noch wenige übrig seien, aber einige waren es doch. Auf diese Weise hatte ich mit der Zeit eine ansehnliche Sammlung aufbauen können. Vor allem im Winter war das eine schöne Beschäftigung, wenn nicht viel los war und in den Bergen schlechtes Wetter herrschte. Ausländische Marken sammelte ich querbeet und eher unsystematisch, doch um norwegische Briefmarken kümmerte ich mich auf eine etwas erwachsenere Weise; meine Spezialgebiete waren die *Posthorn*-Serie und die off.sak-Dienstmarken.

Als ich jetzt neben Jim im Auto saß, wurde mir allerdings plötzlich bewusst, dass ich mich schon lange nicht mehr darum gekümmert hatte.

Wieder zu Hause, setzte ich mich also mit meiner Sammlung ins Wohnzimmer im Privaten. Auf dem Schreibtisch dort stand eine helle Lampe, und genau das braucht man, wenn man mit Briefmarken hantiert. Außerdem konnte ich dann Großvaters große Lupe benutzen, die um einiges stärker war als mein eigenes Hobby-Vergrößerungsglas.

Ich liebte solche Abende: Dank des Wunders der Philatelie öffneten sich sämtliche Länder der Welt wie ein Bilderbuch vor mir, in der Ecke tickte die alte Uhr, Großvater raschelte mit der Zeitung, und Großmutter gab anerkennende Geräusche von sich, wenn sie in ihrer Lektüre auf eine besonders schöne Stelle stieß. Städte, Länder und Meere. Tiere und Insekten. Monarchen und Diktatoren. España. Suomi Finland. Poste Italiane.

So saßen wir eine Weile friedlich da, jeder von uns dreien für sich.

Gerade hatte ich das Album auf der Seite für die norwegische Posthorn-Serie aufgeschlagen, wo es noch viele bedauerliche Lücken gab, da klopfte es an der Tür.

»Herein«, sagte Großvater.

Es war Jim.

»Guten Abend, Jim«, sagte Großvater freundlich.

»Entschuldigen Sie die Störung, Zacchariassen«, sagte Jim.

Großmutter blickte von ihrem Buch auf.

Jim räusperte sich. »Ja, also, die Sache ist, es sind nur noch vier Tage bis zur nächsten Hochzeit. Familien Carstensen und Jensen.«

»Ja«, sagte Großvater. »Das wissen wir.«

»Ich meine nur, so langsam wird es etwas knapp. Mittwoch kommt ein Bus voller Deutscher, den Donnerstag brauche ich für die Vorbereitungen, und wir brauchen die Lieferungen jetzt. Möglichst morgen oder übermorgen. Und der Weinkeller hat sich ziemlich geleert.«

»Ach was«, meinte Großmutter auf Deutsch, »Schatz, hast du noch keine Lieferung vom Weinmonopol bekommen? Das hättest du längst veranlassen müssen.«

»Es sind fast nur noch Jahrgangsweine da«, informierte uns Jim, der einen guten Überblick hatte. »Und Spirituosen werden auch allmählich knapp.«

»Gut, dass du Bescheid sagst«, meinte Großmutter.

»Die Lieferungen vom Metzger und Fisch und Milchprodukte brauche ich allerspätestens übermorgen«, erinnerte Jim noch einmal. »Ich glaube, das ist alles noch nicht bestellt.«

»Aber Liebling, das hätte schon längst passieren müssen«, sagte Großmutter erstaunt zu Großvater.

»Ja. Es ist nur so, der Vorschuss für die Hochzeitsfeier ist noch nicht eingegangen.«

»Und?«

Großvater blickte wieder in seine Zeitung.

»Solange wir keinen Vorschuss haben, können wir streng genommen nicht wissen, ob die Hochzeit überhaupt stattfindet. Ich muss schon sagen, die sind verdammt spät dran.«

Jim sagte: »Mag schon sein, aber wir brauchen die Waren jetzt.«

»So eine große Barauslage aus der Kasse, ohne dass wir sicher sein können, dass es tatsächlich nötig ist, das ist wirklich misslich.«

»Also wirklich. Es ist doch noch viel misslicher, Hochzeit zu feiern, und für die Gäste ist nicht genug zu trinken da. Sollen die etwa Brause zum Braten trinken? Abgesehen davon brauchen wir überhaupt erst mal einen Braten. So etwas kann man doch nicht im allerletzten Augenblick organisieren, *Schatz*.«

»Nein, nein, Rohwaren müssen wir schon rechtzeitig geliefert bekommen«, sagte Großvater. »Nur bei den Getränken bin ich nicht so recht sicher. Wenn aus dieser Hochzeit nichts wird, und sie haben eben ihren Vorschuss nicht gezahlt, also noch nicht, dann sitzen wir auf einer großen Menge Wein und anderen Getränken, die wir nicht brauchen.«

Großmutter sah ihn an, als hätte er etwas ganz ungewöhnlich Dummes gesagt.

»Wein hält sich, Gott sei Dank«, sagte sie. »Dann gibt es den eben bei der nächsten *Ochzeit*. Oder du kaufst ihn erst einmal und gibst den Rest hinterher zurück. Hast du denn überhaupt schon jemals erlebt, dass Gäste eine Hochzeitsbestellung storniert haben?«

»Du erinnerst dich ja sicher an die Heirat Birgerson/Brekke vor zwei Jahren. Als der junge Brekke das Fräulein Birgerson sitzen ließ oder umgekehrt.«

»Aber bezahlt haben sie doch, *Schatz*.«

»Zum Schluss ja.«

»Ich erinnere mich übrigens nur zu gut daran«, sagte Großmutter. »Erst meinten die Brekkes, die Birgersons müssten zahlen, denn deren Tochter hatte die Verlobung aufgelöst, doch dann wiesen die Birgersons darauf hin, dass der junge Brekke ein Verhältnis mit der Trauzeugin seiner Braut angefangen hatte, ihrer besten Freundin, und dass das der Grund für die Trennung gewesen sei, kein Wunder. Herzlichen Dank, *Schatz*, ich musste seinerzeit sämtliche Telefonate mit den Betroffenen führen. Erst mit den Müttern, dann mit den Vätern und zum Schluss mit den Anwälten, aber am Ende haben sie bezahlt, und darauf kommt es an, auch wenn ich nicht mehr weiß, wer es dann war.«

»Zum Schluss, ja«, wandte Großvater abermals ein.

»Offen gesagt finde ich, jetzt machst du es unnötig kompliziert. Wirst du etwa allmählich alt?«

»Mag schon sein. Nur du, Sisi, du bleibst ewig jung.« Mit einem eigenartigen Gesichtsausdruck blickte Großvater wieder in seine Zeitung. Jim war die Ungeduld anzumerken.

»Nun gut, nun gut«, sagte Großvater, »morgen früh mache ich die Bestellungen. Im Weinmonopol rufe ich einfach an und spreche mit Skarpjordet, und dann geht das klar. Das ist kein Problem. Und du, Jim, du bestellst einfach, was du brauchst.«

»Wird gemacht, Zacchariassen.«

»Großvater«, sagte ich, um die Stimmung aufzulockern, »wolltest du mir nicht noch alte Briefmarken holen?«

Er lächelte, legte die Zeitung aus der Hand und sagte, »ja selbstverständlich«. Dann stand er auf und ging in sein Büro hinunter, den Schuhkarton holen, in dem er die gebrauchten Umschläge aufbewahrte. Jim wünschte uns allen eine gute Nacht.

Großmutter vertiefte sich wieder in ihr Buch, aber ich bemerkte, dass sie zu empört war, um sich richtig zu konzentrieren.

Nach einer Weile kam Großvater zurück und stellte den Karton auf den Schreibtisch.

»Hier bitte, Junge. Und Sisi, du hast natürlich recht. Die Getränke sind haltbar. Morgen rufe ich Skarpjordet an, dann geht das klar.«

»Das will ich aber auch meinen«, knurrte Großmutter.

Großvater setzte sich wieder zur Zeitungslektüre hin.

Es war ein paar Monate her, dass ich einen Schwung neuer Briefmarken bekommen hatte, darum erwartete ich, dass der Karton voll war. Doch siehe da, er war höchstens halb voll. Ich leerte ihn aus und begann zu sortieren, und dabei fiel mir etwas Merkwürdiges auf. Es waren fast nur ausländische Marken, aus Norwegen so gut wie nur Bildermarken, also Papageientaucher und Stabkirchen und dergleichen, nur verschwindend wenige off.sak- und *Posthorn*-Marken.

»Großvater?«, fragte ich behutsam.

Er brummte hinter seiner Zeitung zur Antwort.

»Sind das nicht weniger Marken als sonst?«

»Nein«, kam es hinter der Zeitung hervor, »wie kommst du darauf?«

»Kommt mir so vor«, sagte ich. »Zum Beispiel sind da so gut wie keine off.sak-Marken dabei.«

Er ließ die Zeitung sinken: »Das ist sicher Zufall, Sedd«, sagte er.

»Und auch keine *Posthorn*«, sagte ich.

»Tja. Ich dachte, die hättest du schon alle.«

»Aber Großvater, genau die sammele ich vor allem. Das weißt du doch.«

Leise lachend stand Großvater auf.

»Ich fürchte fast, deine Großmutter hat recht damit, dass ich so langsam alt werde. Ich werde darauf achten, dass ich sie aufbewahre. Dann sind alle zufrieden. Alle sollen zufrieden sein, das ist besonders wichtig. Na, jetzt ist es aber schon spät. Wirklich spät. Ich werd dann mal ins Bett gehen, und morgen früh mache ich die Bestellungen. Gute Nacht.«

»Gute Nacht«, antworteten wir.

Er ging hoch. Großmuter las weiter. Ich saß vor meinen Briefmarken. Keiner von uns beiden sagte etwas. Wir bewegten uns nicht. Draußen wehte der Wind über die Hänge. Nach einer Weile ging auch Großmutter zu Bett, nicht ohne mich zu ermahnen, ich solle nicht zu lange aufbleiben.

Ich schaltete das alte Radio an, stellte auf Mittelwelle und ließ den Sendersuchlauf von einem hinterleuchteten Namen zum anderen wandern. *Hilversum. Motala. Kalundborg.* Überall an diesen Orten saß ein Mensch in einer kleinen, beleuchteten Kabine wie in einer stillen Tasche in der großen Stadt und war die Stimme dieser Stadt. *Köln. Stuttgart. Es ist zweiundzwanzig Uhr. Hier ist der Süddeutsche Rundfunk mit den Nachrichten.* Irgendwo in Stuttgart saß jemand, vielleicht ein Junge wie ich, und lauschte den Nachrichten. Vielleicht machte er sich Sorgen um seinen Großvater, der bei dem schlechten Wetter mit dem Auto unterwegs war, und auf der Autobahn 81 hatte es in Richtung Ludwigsburg einen Unfall gegeben. Oder jemand verstand, was es bedeutete, dass der Bundeskanzler sich in Bonn bereit erklärt hatte, die Gespräche mit der Opposition wieder aufzunehmen. Vielleicht war das für jemanden eine Beruhigung.

So weit die Meldungen.

7

Meine Großmutter konnte Hochzeiten nicht ausstehen, was nicht ganz unproblematisch war, denn sie musste sie ja ausrichten, sicher um die zehn pro Jahr. Dieses Jahr allerdings schienen es weniger zu werden.

 Großvater hatte mir erklärt, wie das Hochzeitspaket ein derart wichtiger Faktor im Geschäftsplan unseres Hotels hatte werden können. Viele junge Frauen, so Großvater, träumen nämlich derart von ihrer Hochzeit, dass es geradezu krankhaft ist. Sie stellen sich alles haargenau vor, schon im zarten Alter von sechs Jahren spielen sie im Fliederbusch Heiraten, ein armer gleichaltriger Bengel wird zum Mitspielen überredet und muss unter Tränen ins Gebüsch fürs Jawort, Siv gibt den Pfarrer und Karianne die Gemeinde, Tonje ist die Braut, die er unter die Haube bringen soll. Im Laufe der weiteren Kindheit wird der Hochzeitstraum dann immer größer und realistischer, mit rosa Tusche malen sie Kirchen und Bräute, Brautkleider und Brautkutschen. Auf diesen Bildern nimmt die große, schöne Braut viel Raum ein, manchmal in Begleitung eines notdürftig skizzierten Bräutigams, der ein wenig kleiner ist als der Vater, der zwar die Braut zum Altar führt, aber so wichtig nun auch wieder nicht ist. Wichtig ist das Kleid. In der Folge wachsen sich diese Träume – wenn ich Großvater recht verstanden habe – zu Zwangsneurosen aus, die das Seelenleben der jungen Frau unmerklich immer mehr bestimmen; bei Erreichen des Abiturs haben sie bereits Dutzende von Gästelisten angelegt, in denen jede Freundin, jeder Verwandte berücksichtigt ist, haben Sitzpläne gemacht, in denen jegliche gesellschaftliche Rücksichtnahme gewahrt ist, haben Speisefolgen entworfen und die Torte gleich mit, haben ihr Kleid gezeichnet und den Text für die Einladungskarten festgelegt: Herr Geschäftsführer Weikmann und Gattin geben sich die Ehre, Tante Tulla zur Feier der Vermählung ihrer Tochter Tonje Weikmann mit Herrn NN zu bitten. Um Antwort wird gebeten. Jetzt fehlt nur noch NN. Aber ihn wird man bald in die Krallen bekommen, und zwar, sobald man in eine neue Umgebung gelangt, in der sich junge Männer aufhalten. Sobald er an Land gezogen, präpariert und so weit einer Gehirnwäsche unterzogen worden ist, dass er um die Hand der Tochter von Herrn Geschäftsführer Weikmann und Gattin anhält, kann man beginnen, die Hochzeit zu planen, jene Hochzeit, von der sie schon mit sechs unter dem Fliederbusch geträumt hat. Nur leider ist der Traum seither immer kostspieliger geworden. Er beinhaltet nicht nur eine auf Hochglanz polierte Limousine und teure Blumenbuketts, sondern auch ein dreigängiges Menü für einhundertfünfzig Personen, freie Getränke und eine Tanzkapelle, was selbst einem Geschäftsführer ein bisschen viel vorkommen kann. Dann laufen sie also zu den Müttern und weinen, schluchzen, zittern, denn sie haben doch das ganze Leben lang davon geträumt, die Hochzeit ist der eine große Anlass für so ein Mädchen, *once in a lifetime*, und was bist du eigentlich für ein Vater, fragt die Frau Geschäftsführergattin bei einer Aussprache über dem Fischgratin zu Hause im Villenviertel am Rande von Oslo, was bist du eigentlich für ein Vater, dass du deiner Tochter diesen einen großen Tag nicht gönnen willst, von dem sie ihr Leben lang geträumt hat, diesen einen, einzigen Tag im Leben, diesen kurz gesagt unvergesslichen und unvergleichlichen Tag, und wenn dieser Vater dann sagt, die kleine Tonje hätte sich mal besser einen Schiffsreeder als Vater ausgesucht, dann knallen die Türen. Drei schlaflose Nächte auf dem Sofa lang kann er dann darüber nachdenken, was er tun soll.

Zum Gebrauch in solchen Nächten auf dem Sofa im Villenviertel, erklärte Großvater, habe er das Hochzeitspaket erdacht, einen über die Maßen sinnreichen Plan mit dem Zweck, die vielen leeren Zimmer des Hotels Fåvnesheim zu füllen. Großbetrieb bedeutet Effizienz: Wenn alle das Gleiche essen, gibt es weniger Schwund, sehr viel weniger als bei Bewirtung à la carte, und wenn der Blumenhändler sowohl Kirche als auch Hotel ausschmücken und den Brautstrauß liefern soll, lässt sich das mit einigem Vorlauf bestellen, außerdem hat so ein Blumenhändler ja freien Zugang zu Wiesenblumen und Wollgras. Der Gemeindepfarrer mochte Kalbsbraten besonders gern, und als Gegenleistung für eine Einladung zum Abendessen reservierte er hilfsbereit interessante Hochzeitstermine für feine Leute aus der Stadt. Außerdem war die alte Holzkirche schön und stimmungsvoll. Musiker und eine Volkstanzgruppe, die malerisch auf dem Vorplatz herumhüpfte, ließen sich auch organisieren. Ein in jeder Hinsicht hervorragendes Angebot, inklusive Übernachtung für sämtliche Gäste, immer noch konkurrenzfähig im Vergleich zu teuren Festsälen in der Stadt, vor allem, wenn dem Herrn Geschäftsführer auf seinem Sofa noch der Einfall kam, er könnte ja von den Gästen einen kleinen Unkostenbeitrag für die Unterkunft erbitten.

Und wenn die Limousine kein brandneues Modell war, sondern es sich bei ihr um den amerikanischen Straßenkreuzer von Herrn Vestby handelte, dem Besitzer der Tankstelle und der Werkstatt, dann war das alles immer noch exotisch und besonders genug, dass Tonje eine Traumhochzeit bekam, ohne damit des Vaters völligen Ruin herbeizuführen. Unten im Ort ließen sich außerdem Pferd und Karren beschaffen, falls man noch etwas Zeit verschwenden wollte. Dieses Genre – herrschaftliche Hochzeit auf Sparflamme – beherrschte Großvater ziemlich gut, jedenfalls bot es teilweise einen Ausgleich für all die Gäste, die mittlerweile lieber nach Benidorm flogen. »Ist das norwegische Gebirge vielleicht auf einmal nicht mehr gut genug?«, pflegte er zu fragen und erbost auf die Zeitung zu schnipsen, in der wieder einmal eine von diesen ärgerlichen Annoncen stand: *Genug gefroren? In Benidorm herrscht ewiger Sommer.*

»Es ist nur eine Übergangsphase«, sagte Großmutter dann immer. »Das haben sie bald über. Wer will schon wochenlang am Strand liegen? Und wenn sie das über haben, wollen sie wieder Skilaufen. Und die herrlichen norwegischen Berge genießen. Und die herrliche norwegische Bergluft.«

Großvater wusste genau, dass sie das ironisch meinte. »Die grässlichen Berge«, sagte sie sonst immer. Doch er erwiderte nur:

»Du hast wohl recht. Es ist nur eine Übergangsphase.«
»Eine Mode ist es«, sagte sie. »Die Leute wollen etwas Neues ausprobieren. Du solltest dir nicht so viele Sorgen machen. Alles wird gut, *Schatzerl*.«
»Ja, ich mache mir zu viele Sorgen. Bis auf Weiteres müssen wir auf die Hochzeiten setzen.«
»Pfff«, meinte Großmutter. »*Ochzeiten*.«
Sie konnte Hochzeiten eben überhaupt nicht ausstehen und bezeichnete sie konsequent als *Ochzeiten*, die Gäste mussten denken, sie hätte einen Sprachfehler. Großvater vermochte dagegen nichts auszurichten.
»Sisi«, sagte er, »Liebling, sag das doch bitte nicht immer.«
»Quatsch«, sagte Großmutter, »das merkt kein Mensch.«
»Liebste Sisi«, sagte Großvater so vorsichtig, wie er nur konnte, »man könnte Anstoß daran nehmen.«
Dann wurde es um Großmutter herum finster, dann zog ein Gewitter auf um ihr hochtoupiertes braunes Haar, ihr Blick wurde abwechselnd schwarz und glühend, und alles um uns herum verwelkte. Sie sagte nichts. Sie blickte ihn nur lange an.
»Nun«, sagte Großvater dann bei solchen Gelegenheiten, »ich muss dann mal nach dem Rechten sehen.« Wonach er eilends verschwand. Und ich ebenso, wenn ich auf meine Sicherheit bedacht war. Schnell zur Schule, zum Beispiel, wenn es ein Wochentag war, oder zu etwas anderem Nützlichen. Falls ich weniger auf meine Sicherheit bedacht war, blieb ich sitzen und lauschte dem Märchen, das Großmutter mir jetzt unweigerlich erzählen würde.
Das Märchen handelte davon, wie sie und Großvater einander in historischer Zeit begegneten und so weiter, wie sie ihre *Ochzeit* hielten, vor allem aber von all dem, was danach geschah.
Diesmal erzählte sie es jedoch nicht. Sie hatte keine Zeit dafür. Es galt, die Vereinigung der Familien Carstensen und Jensen vorzubereiten.

Willi Carstensen, so lautete der Name des armen Vaters, der für den Spaß aufkommen sollte, ein fetter, resignierter Mann, der wohl schon seit seiner Konfirmation ältlich wirkte, der Konfirmation, bei der er seine Jugendliebe Evy kennengelernt hatte, die dann im größten Teil der seither vergangenen ungefähr dreihundert Jahre Frau Carstensen und Mutter von Carstensens Tochter war, dem Goldkind Svanhild. Svanhild war blond. Ich würde sie ja gern noch mit anderen Worten näher beschreiben, aber mir fällt tatsächlich nichts Weiteres ein als eben dies: Sie war blond wie Glaswolle. In ihrem gewaltigen Brautkleid stolzierte sie durch die Räume wie eine horizontale Schneelawine. Neben ihr der Zukünftige, Egil, bereits ermattet, der auf seine Lackschuhe hinabblickte, so oft er konnte. Sie strahlten vor jungem Glück, darin waren sich alle einig. Die gesamte Hochzeit dauerte drei geschlagene Tage, Ankunft am Freitag für die übliche hysterische Veranstaltung unter Freundinnen, am Samstagvormittag panikartige Herrichtung der Braut samt darauf folgender Trauung unten in der pittoresken Holzkirche des Orts, dann drei Stunden dauernder Empfang im Hotel für die per Bus angekarrten Gäste, während Svanhild noch unten im Ort fotografiert wurde, mit und ohne Egil, mit und ohne Kirche, bis man sich gegen sechs Uhr abends endlich zum dreigängigen Essen niederließ, das fünf Stunden dauern sollte, denn der Reden waren viele, und eine war so gut wie die andere. Mit anderen Worten, die Hochzeit Carstensen/Jensen ähnelte allen anderen Hochzeiten hier oben wie ein Ei dem anderen. Bis auf den Umstand, dass etwas Betrübliches geschah.

Vielleicht während des Karamellpuddings, als die Mahlzeit in den letzten Zügen lag und Frau Evys Cousin zweiten Grades väterlicherseits endlich auch zu Wort kam. Vielleicht da. Vielleicht auch früher. Irgendwann während der Mahlzeit muss es passiert sein, während Herr und Frau Carstensen, Svanhild, Herrn und Frau Carstensens Verwandte und Freunde, Egils Eltern, deren Verwandte und Freunde und natürlich auch Svanhilds Trauzeugin, Egils Trauzeuge und Egil selbst zu Tisch saßen und die Reden genossen, während sie Jims Champignoncremesuppe, Kalbsbraten mit Rosmarinjus und

Karamellpudding mit Waldbeeren zu sich nahmen. Im Laufe dieses größeren Zeitraums verschaffte sich ein unbekannter Täter Zugang zu Evy Carstensens Zimmer und entwendete von ihrem Toilettentisch eine goldene Brosche mit drei Perlen, die sie von Carstensen zu ihrem Plutonium-Hochzeitstag geschenkt bekommen und im allerletzten Augenblick gegen eine andere Brosche mit weniger symbolischem Gehalt ausgetauscht hatte, die sich besser auf ihrem neuen Goldlamé-Kleid machte.

Derlei wird häufig erst am nächsten Morgen entdeckt, doch gehörte Evy Carstensen einer Abstinenzlervereinigung an und stellte den Diebstahl sogleich fest, als sie sich nach Kuchen, Tanz und Erfrischungen gemeinsam mit Carstensen zurückgezogen hatte. So lief sie also um zwanzig Minuten vor ein Uhr nachts schockiert und empört an der Rezeption auf, Carstensen im Schlepptau, und verlangte, der Direktor möge sich der Sache annehmen.

Bis in die Küche war sie zu hören, wo ich beim Aufräumen geholfen hatte und jetzt eine Cola trank. Ich schlich zur Rezeption, bezog hinter dem Gestell mit den Postkarten Posten und bekam alles so gut wie vollständig mit, denn Evy Carstensen wiederholte den Sachverhalt gleich mehrmals.

»Mein Gott, wieder einmal«, dachte ich hinter den Postkarten.

Als erfahrener Hotelfachmann wusste mein Großvater genau, was jetzt zu tun war, es gab nur eines, und zwar, Frau Carstensen in jeder Einzelheit beizupflichten, all ihren guten Ideen und Vorschlägen zu folgen und ihr zu versichern, dass man Himmel und Erde in Bewegung setzen würde, während Ehepaar Carstensen beruhigt den Schlaf der Gerechten schlafen konnte. Jeder einzelne Stein würde umgedreht, jedes einzelne Mitglied des Personals, ob fest angestellt oder für den Anlass angeheuert, würde im Laufe der Nacht peinlichen Verhören unter Folterandrohung unterzogen werden, dafür werde er persönlich sorgen. Die Polizei werde man hinzuziehen, und zwar ebenfalls gleich noch jetzt nachts. Und die Kriminalpolizei dazu, falls der örtliche Beamte das für geraten halten sollte. Nein, Hoteldetektive gebe es allenfalls in ausländischen Metropolen, aber er könne versichern, dass dergleichen hier im Hotel noch nie vorgefallen sei, jedenfalls nicht zu seiner Zeit, ebenso wenig zu Zeiten seines Vaters oder Großvaters, abgesehen vielleicht von jenem deutschen Offizier, dem im Jahre 1942 nach eigener Aussage sein Eisernes Kreuz mit Eichenlaub und Schwertern abhandengekommen sei, doch dabei habe es sich wohl eher um einen Akt des Widerstands gehandelt, nicht um eine kriminelle Tat – hiermit erklärte sich Herr Carstensen einer Meinung. Überhaupt schloss sich Carstensen ebenso sehr den Meinungen seiner Frau an wie Großvater, und ebenso wie Großvater empfahl er, sie sollten in ihr Zimmer gehen und sich zur Ruhe betten, während der kompetente Herr Hoteldirektor die Sache verfolge. »Aber meine Brosche, Willy, die teure Brosche, die du mir zu unserem Hochzeitstag geschenkt hast, die Brosche ist weg!« – »Ja, Liebling, es sieht ganz so aus.« – »Aber dann müssen wir etwas unternehmen, Willy!« – »Ja, Liebes, du hörst doch, Direktor Zacchariassen wird Himmel und Erde in Bewegung setzen.« – »Ja«, nickte Großvater ernst: »Himmel und Erde.«

Endlich gingen die beiden auf ihr Zimmer, Großvater schloss die Rezeption und schickte das Personal zu Bett.

»Wieder einmal«, murmelte auch Jim, während wir die Arbeitsplatten in der Küche schrubbten und den Kachelboden aufwischten. Großvater stand rauchend in der Küchentür, etwas müde; er nickte ernst und seufzte, ja, wieder einmal.

Jim und ich trockneten alles ab, machten uns fertig und löschten das Licht.

Hinter Großvater ging ich die Treppe ins Private hinauf und sah, dass seine Linke, in der er immer den Schlüsselbund hielt, zitterte, wie stets bei derlei Anlässen. Zugleich pfiff er leise vor sich hin, *Volare*. Es war also alles so wie immer. Vor meiner Tür brummte er »gute Nacht« und ging weiter die Treppe hinauf. Großmutter war schon früher zu Bett gegangen.

Am nächsten Morgen stand Großvater tadellos gekleidet hinter dem Rezeptionstresen (irgendwie ganz besonders tadellos in seiner Tadellosigkeit), morgenfrisch und ausgeruht, dabei mit verantwortungsschwerer Miene in Erwartung der nächsten Begegnung mit den Carstensens. Dank meiner roten Uniform verschmolz ich derart mit der Inneneinrichtung, dass es kaum auffiel, wie ich in Hörweite stand und auf Aufträge und Besorgungen wartete; ich hatte zum Glück immer sehr gute Ohren, wie alle Männer meiner Familie. Nur Großmutter meinte, der Verzehr von Brokkoli sei das Wichtigste für ein gutes Gehör.

Und die Carstensens kamen. Auf dem Weg zum Frühstück. Als erfahrener Hotelfachmann winkte Großvater die Bestohlenen zu sich und packte Frau Carstensen bei den Hörnern, sozusagen, zugleich bedauernd und offen, aber ernst dreinblickend. Beide Hände flach auf den Tresen gelegt, versicherte er ihnen, es sei alles nur Menschenmögliche unternommen worden, weitere Maßnahmen würden ergriffen; er habe jeden Angestellten peinlich befragt, einen nach dem anderen. Die Polizei sei telefonisch von der Sache und ihrer Dringlichkeit in Kenntnis gesetzt, der örtliche Polizeichef werde jede einzelne Person, die Gelegenheit gehabt haben könnte, in einem unbewachten Moment den Schlüssel in der Rezeption vom Haken zu nehmen, persönlich vernehmen. Herr und Frau Carstensen taten ihr Einverständnis und, bis zu einem gewissen Grad, ihre Zufriedenheit kund. Allerdings – Großvater stützte sich noch schwerer auf seine Hände und senkte ergeben den Kopf –, allerdings liege es in der Natur der Sache, dass sie höchst bedauerlicherweise nur schwer, wenn nicht unmöglich aufzuklären sei. An etwas Vergleichbares könne er sich wie gesagt nicht erinnern, das Personal sei restlos vertrauenswürdig und verfüge über beste Referenzen, kurz gesagt, jeder, absolut jeder könne, und so weiter. In einem Hotel wie dem unseren gebe es überdies Tausende, wenn nicht Zehntausende mögliche Verstecke für eine solche Brosche, und ja, von Taschen und Gepäckstücken ganz zu schweigen. Hiervon nahm er natürlich die Kulturbeutel der Gäste der Carstensens expressis verbis aus, das verstand sich von selbst; und das Ehepaar nickte unisono; das verstand sich von selbst, aber ich konnte erkennen, dass ihnen der Hinweis zu denken gab. Auf seine ruhige, vertrauenerweckende Art setzte Großvater nun als erfahrener Hotelfachmann, der er war, zum Gnadenstoß an, indem er das vertrauenerweckendste Hilfsmittel von allen zur Anwendung brachte: Er gab den beiden etwas zu tun. Ob Frau Carstensen vielleicht so freundlich sein könne, aus dem Gedächtnis eine Skizze des verloren gegangenen Gegenstandes anzufertigen, so genau wie nur möglich, samt Angaben zu Erkennungsmerkmalen, Farbe und ungefähren Maßen? Behände reichte er ihnen Papier und Buntstifte, beides hatte unter dem Tresen bereitgelegen. Angesichts des Zeichenmaterials nickten die Carstensens etwas benommen auch zu Großvaters ganz und gar sachlich vorgebrachter Anregung, den Wert des verloren gegangenen Schmuckstücks anzugeben, näherungsweise; freilich keine verbindliche Schätzung, doch für das Hotel, in dem so etwas noch nie vorgekommen sei, sei das Ganze natürlich nichts weniger als eine Ehrensache. Nichts weniger. Der emotionale Wert, sagte Großvater, die Hände jetzt gekreuzt auf die Brust gelegt, der emotionale Wert lasse sich natürlich nie auf Heller und Pfennig bemessen. Dieser Wert wohne schließlich *hier*. Behutsam drückte er die rechte Hand auf das linke Revers seiner Jacke, gleich unter dem Abzeichen des Rotary-Clubs, und das nämliche Abzeichen auf Herrn Carstensens Aufschlag funkelte gleichsam einverständnisvoll zurück. Kurz standen die beiden Männer einander wie isoliert gegenüber, Scott und Amundsen, Jerry Lewis und Tony Curtis, Alfons und Aloys Kontarsky in der Wildnis, und mir wurde klar, dass Großvater das Problem gelöst hatte. Vielleicht nicht wie Derrick oder Columbo, aber eben doch gelöst. Nun standen uns nur noch eine gewisse Aufräumarbeit und ein paar missliche Nachwehen bevor, und die Entschädigung für die Brosche würde ihn teuer zu stehen kommen – aber das Problem hatte er gelöst. Indem er sich als der vertrauenerweckende, grundsolide und ehrliche Mann erwies, der er eben war, indem er Vertrauen *erlangte*, ohne von anderen oder sich selbst Unmögliches zu *verlangen*.

Und wie erwartet: Nach dem Frühstück brachten die Carstensens eine Zeichnung samt Beschreibung des Stücks, ganz ohne irgendwelche Unruhe unter ihren Gästen verbreitet zu haben, vielleicht aber auch mit einem neuen Blick auf ihre Freunde und Verwandten – was weiß ich. Schwer zu sagen, so etwas. Überhaupt weiß man ja nichts mit absoluter Sicherheit. Der Zweifel muss nicht nur dem Angeklagten zugutekommen, sondern aller Welt, so sehe ich das. Wer konnte schon sagen, ob sich die vermisste Brosche jetzt im gestreiften Kulturbeutel eines langfingrigen Gastes befand oder in der Anoraktasche eines Mietkellners, vielleicht hielt auch Frau Carstensen ihr Abstinenzlertum nicht vollständig durch, sondern hatte ein verborgenes Laster, das es zu finanzieren galt, zum Beispiel Opium, weswegen sie Herrn Carstensen bestahl, indem sie sich selbst den Schmuck entwendete? Kurz gesagt, man kann es nicht wissen.

Doch als Herr Carstensen meinem Großvater das Blatt Papier diskret, aber feierlich überreichte, wie einen Freibrief unter Männern, und Großvater es entgegennahm, ebenso feierlich und mit fester Hand, da konnte ich sehen, dass er kurz schluckte und für einen winzigen Augenblick auf den Tresen schaute. Ich selbst schaute auf meine Schuhspitzen. So viel ist sicher.

Und dann blickte ich wieder auf.

Das Morgenlicht fiel kalt und klar in die Rezeption, und alles war wieder wie sonst.

8

Großmutter nörgelte an mir herum, wie immer. Ich tat so, als bemerkte ich nichts. »Bald solltest du aber mal«, sagte sie. »Ja, ja, morgen«, sagte ich. Es war ja nicht so, dass ich es nicht vorgehabt hätte, aber warum ausgerechnet heute? Oder ausgerechnet morgen? Das war doch wirklich lästig. Ich meine, wenn man etwas vorhat, dann hat man es eben vor sich und tut es nicht sofort, aber das bedeutet doch nicht, dass man es vergessen hat; ich halte das für einen ganz entscheidenden Unterschied. Bisweilen liegt sogar ein Vorteil darin, mit dem Vorhaben zu warten, nicht unbedingt, weil man sich davor graust, sondern durchaus auch, weil man sich darauf freut, das kann kein Außenstehender wissen. Niemand kann einem anderen ins Herz blicken, das ist nun mal so. Man muss selbst entscheiden, wann man es tut, außerdem war mittlerweile der Frühling da, jedenfalls hier und da. Ich wanderte draußen herum und fand wertvolle Dinge in diesem Frühling. Zum Beispiel ein eingetrocknetes totes Schneehuhn, es lag auf dem Schnee und war fast reinweiß, immer noch im Winterkleid, also war es wohl etwas weiter bergan im Schnee eingefroren gewesen, wo weder Tiere noch Insekten es hatten anknabbern können. Es war völlig unversehrt, und ich nahm es mit nach Hause und tat es in den Tiefkühler. So konnte Großvater sich bei seinem nächsten freien Wochenende seiner annehmen.

Aber Großmutter nörgelte an mir herum, wie es in derlei Dingen ihre Gewohnheit war. »Bald solltest du aber wirklich mal«, sagte sie, und ich sagte, »Ja, mach ich doch. Morgen«, sagte ich. »Morgen, morgen, nur nicht heute, sagen alle faulen Leute«, murmelte sie nur und kniff mir sacht ins Ohr. Das tat sie manchmal, wenn ich ihr Anlass zum Tadeln bot, jetzt hatte sie es eine ganze Weile nicht mehr getan, also kam es etwas unerwartet, mir aber gefiel es, schließlich bedeutete es, dass sich alles normalisierte, und genau das wollte ich ja. Dieser Kniff ins Ohr, ein Erziehungskniff, mit dem sie selbst erzogen worden war in ihrer unendlich schönen und ereignisreichen Kindheit in Wien, der Weltstadt, wirkte auf mich ganz und gar positiv.

Also fand ich alles im Grunde gut so, wie es war, und ließ Großmutter kneifen. Irgendwann ließ sie es sein, änderte nicht einmal die Strategie, sondern gab es einfach auf und nörgelte auch nicht mehr an mir herum. Das war eine Situation, mit der ich leben konnte, denn ich hatte ja fest vor, es zu tun, es war in meinen Gedanken vorhanden, vielleicht nicht in denen, die ich ständig im Kopf hatte, aber auch das hatte ja sein Gutes. Außerdem standen demnächst die Halbjahresprüfungen an, und wir hatten jede Menge Hausaufgaben. Vor allem in Deutsch. Natürlich war ich in Deutsch besonders gut, aber es war eine Sache, besonders gut Deutsch zu können, und eine andere, sämtliche Beugungsformen der starken Verben auswendig parat zu haben und so zu beweisen, dass man gut Deutsch konnte.

Beweisen, bewies, bewiesen.

Doch eines Tages gegen Ende Mai, als die Sommerferien schon von ferne sichtbar zu werden schienen wie ein enormer Bergesgipfel am Horizont, weiß und in der Sonne schimmernd und müßig, da fing es wieder an: Jetzt solltest du aber wirklich bald mal. Ich wollte es nicht hören. Dann kam aber auch Großvater damit an, wirklich, jetzt solltest du bald mal.

»Du musst verstehen, Sedd«, sagte er, »Yvonne zieht bald um.«

»Yvonne?«, fragte ich. Wen sollte er damit meinen?

»Frau Berge«, sagte Großvater irritiert und setzte kurz sein Zacchariassen-Gesicht auf. »Das weißt du doch wohl.«

Recht bedacht wusste ich das tatsächlich. »Großvater«, setzte ich an, doch er blickte nur streng, jetzt durch und durch Zacchariassen, und als er weitersprach, sank mir das Herz in die Hose, denn mir wurde klar, jetzt half mir kein Hinauszögern mehr:

»Wahrscheinlich hast du keine Ahnung, was wir dem armen Bjørn und ihr alles verdanken. Zum Beispiel, als wir '74 die Schwimmhalle bauen wollten, wer hat da wohl für die Finanzierung gesorgt, nachdem alle anderen dankend abgelehnt hatten?«

Fast hätte ich gesagt, der Weihnachtsmann, aber da kam er schon selbst damit: »Denkst du vielleicht, der Weihnachtsmann? Und wer hat uns den Kredit für die Minigolf-Anlage gegeben, diesen grässlichen Geldfresser? Bjørn Berge, Bjørn Berge und die Sparkasse, aber Bjørn noch viel mehr als die Bank selbst. Es wird Zeit, dass du das begreifst, Sedd«, sagte er, immer noch durch und durch Zacchariassen. »Schließlich sollst du eines Tages den Betrieb übernehmen. Du musst begreifen, dass *Beziehungen* alles sind. Warum war Bjørn so oft zum Essen hier oben, Hunderte Male, er und die anderen? *Weil Beziehungen alles sind*, Sedd. Und dann geht er hin und stirbt ausgerechnet hier oben bei uns ...«

Unvermittelt wurde er wieder zu Großvater. »Ja, ja, Sedd, ich verstehe gut, dass du keine besondere Lust dazu hat. Es ist ja auch nicht gerade verlockend. Aber Yvonne zieht bald um, sie zieht nach Oslo.«

»Was will sie denn da?«, fragte ich, vor allem, um etwas zu sagen, denn jetzt gab es keinen Ausweg mehr, und ich hatte bereits mit der geistigen Vorbereitung begonnen. »Wohnen will sie da«, sagte Großvater. »Ihre Tochter lebt in Oslo mit ihrem Mann und Yvonnes Enkeln, sie will näher bei ihnen sein. Außerdem gehört die Villa der Bank.«

»Wie, sie haben doch immer da gewohnt.«

»Nicht immer«, sagte Großvater.

»Aber sehr lange«, sagte ich.

»Ja, sehr, sehr lange, Sedd. Schon seltsam, eigentlich.« Er wirkte nachdenklich. »Die Sache ist die, Yvonne hat dich nicht drängen wollen, aber sie hat da etwas, was sie dir gern geben würde, zur Erinnerung an Bjørn.«

»Muss das unbedingt sein?«, fragte ich.

»Oh ja«, sagte er. »Sie will dir doch nur danken, das wirst du sicher verstehen.«

»Das war doch nicht der Rede wert«, sagte ich.

»Vielleicht hast du es noch nicht ganz eingesehen«, sagte Groß-

vater. »Und vielleicht hast du recht. Aber Bjørn hat uns so oft geholfen, und Yvonne war immer so liebenswürdig, und überhaupt. Du musst, Sedd, und zwar ohne Ausflüchte und andere Scherze.«
»Ich mache keine Scherze.«
»Nein, gewiss nicht. Aber jetzt musst du dich verantwortungsbewusst verhalten und es einfach endlich tun.«

Wie gesagt, mit den mentalen Vorbereitungen hatte ich bereits begonnen, denn so ist es in manchen Dingen, man muss einfach in den sauren Apfel beißen, begreifen, dass Polen verloren ist, und sich der Aufgabe stellen. Ich sah es bereits deutlich vor meinem inneren Auge, wie ich am nächsten Tag, einem Samstag, in den Ort hinunterfuhr, vielleicht mit dem Fahrrad, ich brauchte es nur ein wenig aufzupumpen und zu ölen. Ich würde im schönen Wetter die Hänge hinuntersausen, mich etwas riskant in die Kurven legen, bis ich den Ort erreichte, die richtige Abfahrt fand, die Villenstraße hinauffuhr, an den hässlichen Fertighäusern vorbei, bis zu den schönen Häusern und schließlich hinauf zum schönsten von allen, der stattlichen gelben Direktorenvilla, wo der Direktor seit unvordenklichen Zeiten gewohnt hatte, bis zu seinem Fortgang, dann würde ich das Fahrrad an den Zaun lehnen, etwas widerwillig und nervös zu der majestätischen Eichentür hinaufgehen und die Messingklingel unter dem Messingschild betätigen, auf dem mit großen Messingbuchstaben BERGE stand, und als ich es am nächsten Tag dann tatsächlich tat, war es dank dieser Vorbereitungen so, als wäre es bereits erledigt. Es muss seltsam sein, eine Haustür zu haben, dachte ich, wahrscheinlich fühlt man sich da ganz anders, man hat eine einzige Tür, mit einer Klingel und einem Schild, dem zufolge man hier wohnt, nur man selbst, und diese Tür kann man hinter sich zuziehen und einfach da sein, niemand sieht oder hört einen, nur man selbst, wahrscheinlich ist besonders das so anders, während wir in Fåvnesheim jede Menge Türen haben und die ganze Zeit fremde Leute bei uns wohnen oder sagen wir, die meiste Zeit, jedenfalls sehr oft, und Jim ist da und Synnøve und all die anderen, und der große Haupteingang führt dort hinein, wo alle sind, während eine sehr viel kleinere Seitentür in den Windfang führt, hinter dem der Gang entlangführt, hinter dem das Büro liegt und das Private, zu dem eigentlich keine Tür führt, nur eine ganz gewöhnliche Treppe, die man hinauf- und hinuntergehen kann.

Frau Berge öffnete in einem hellen Kleid. Beinahe blendete es mich. Es war im selben Gelb gehalten wie das Haus.

»Sedd«, sagte sie, »wie schön, dass du da bist.«

Schwimmen, schwamm, geschwommen, dachte ich.

»Komm herein. Möchtest du vielleicht eine Tasse Tee? Oder Kaffee? Nein, lass die Schuhe ruhig an, zurzeit kommen ständig Leute ins Haus, etwas abholen.«

Ich sah mich um. Abgesehen von ein paar Kartons in einer Ecke des Eingangs deutete nichts darauf hin, dass hier Umzugsvorbereitungen im Gange waren, aber sie war sicher eine von diesen Damen, die stets alles effektiv und ordentlich und in der richtigen Reihenfolge anpacken. Manche Leute sind einfach so, sie können keine Unordnung schaffen, so sehr sie sich auch bemühen. Auf der Kommode des Eingangs, der in so einem feinen Haus allerdings wahrscheinlich Entree genannt wurde, stand eine schöne Vase mit Tulpen, auch sie gelb.

»Oder vielleicht eine Limo, ein Solo?«, fragte sie. »Du hast sicher Durst nach der langen Fahrt.«

»Ja bitte«, sagte ich. Wir gingen ins Wohnzimmer. Kristall glitzerte, blankes Mahagoni schimmerte, das Parkett knirschte beeindruckend.

»Hier warst du ja schon manchmal, Sedd«, sagte sie. Ich nickte. Das stimmte. Doch nie allein und auch nicht mitten am helllichten Tage, und selten ohne ein Micky-Maus- oder Superman-Heft oder höherwertigen Lesestoff, in den ich mich vertiefen konnte, während die Erwachsenen ihren eigenen Dingen nachgingen, und daher hatte ich die Umgebung früher nicht recht beachtet. Und jetzt war es vorbei, das war seltsam, jetzt, da ich erstmals bemerkte, wie schön das Wohnzimmer eigentlich war, wie nobel, jetzt sollte alles eingepackt und weggeschafft werden.

»Kommt denn jetzt ein neuer Bankdirektor«, entschlüpfte es mir. Kurz huschte ein schmerzlicher Zug über ihr Gesicht, ich bedauerte, dass mir das herausgerutscht war, was wiederum sie mir ansehen konnte, sie ging rasch in die Küche und holte das Solo, brachte es in einem schmalen Trinkglas mit feinen Einkerbungen, das Glas stand auf einem Tüchlein auf einem Tablett, daneben die Solo-Flasche, auch sie mit gelbem Inhalt.

»Ja, das wird eigenartig«, sagte sie. »Von der Bank her könnte ich wahrscheinlich sogar weiter hier wohnen, aber das fände ich nicht richtig. Schließlich war das Bjørns Wirkungsstätte. Seine Wirkungsstätte für lange Jahre.«

»Verstehe«, sagte ich.

»Und jetzt ist es vorbei.«

»Ja«, sagte ich.

»Achtzehn Jahre lang, weißt du, seit wir hier angefangen haben. Janne wohnt ja längst in Oslo. Du erinnerst dich doch an Janne?«

Sie nickte zu einem Familienfoto, ich nickte bestätigend, denn wenn ich ein wenig nachdachte, würde ich mich wahrscheinlich an Janne erinnern.

»Achtzehn Jahre, das ist lang«, sagte ich.

»Ja. Eine kleine Ewigkeit.«

Es lief eigentlich gar nicht so schlecht. Ich saß auf dem Sofa, trank mein Solo und führte eine halbwegs brauchbare Konversation. All die Jahre in einem Hotel waren schließlich auch zu etwas gut. Es war nicht einmal schwierig, über Bjørn Berge zu reden. Frau Berge holte noch eine Limo und setzte sich neben mich. Ich wappnete mich innerlich, denn jetzt kam es wahrscheinlich. Ich hatte mich nicht getäuscht:

»Also, Sedd«, meinte sie ernst.

»Ja«, sagte ich ernst.

»Ich möchte dir gern für alles danken, das du an dem schlimmen Abend für meinen Bjørn getan hast.«

Ich wusste, was ich darauf zu sagen hatte:

»Der Mensch denkt, und Gott lenkt.«

Sie stutzte. Wahrscheinlich hatte sie erwartet, ich würde etwas sagen à la ich hätte gern mehr ausgerichtet, oder ich hätte nur getan, was jeder Ersthelfer des Jugendrotkreuzes tun würde, doch fürchtete ich, das würde dann kein Ende nehmen, denn sie würde gleich entgegnen, nein, du hättest gewiss nicht mehr ausrichten können, oder alle sollten einen Erste-Hilfe-Kurs beim Roten Kreuz absolvieren, nein, du hättest wirklich nicht mehr ausrichten können, worauf ich wieder hätte einwenden müssen, doch, doch, ich hätte so gern mehr ausgerichtet, und so würden wir dasitzen und um den Wert meines Einsatzes feilschen, ihn herauf- und herunterhandeln, und das wäre mir würdelos erschienen.

Sie blickte mich etwas verwirrt an.

»Das ist gewiss so«, sagte sie nachdenklich. »Der Mensch denkt, und Gott lenkt.«

»Ja, ja«, sagte ich nachdenklich.

»Nun gut«, meinte sie nach einer kleinen Pause, »wie auch immer, ich wollte mich bei dir bedanken. Das war wirklich mutig von dir.«

Auch hier hätten wir wieder in einer Verhandlungssituation landen können. Ich würde betonen, wie wenig mutig ich gewesen war, sie würde auf dem Gegenteil beharren, aber ich antwortete:

»Ach, Mut ist relativ.«

Eine unwiderlegliche, absolute Aussage, die glücklicherweise rein gar nichts besagte, und ich war dieser Binsenweisheit dankbar, unterdrückte jedoch ein Lächeln, denn ich konnte erkennen, wie beeindruckt sie angesichts meiner geistigen Reife war, und das gefiel mir. Doch dann sagte sie:

»Das war sehr zupackend, Sedd, das muss ich schon sagen. Bjørn würde dir gewiss auch danken wollen.«

Das hatte ich nicht vorhergesehen, doch ich dachte blitzschnell nach. Das ist nur möglich, wenn man dank gründlicher mentaler Vorbereitung innerlich gestählt ist. Allerdings bescherte mir auch kein blitzschnelles Nachdenken eine abschließende Bemerkung.

»Wenn er nur überlebt hätte«, meinte ich schließlich.

Sie blickte mich lange an. Legte mir die Hand aufs Knie. Tätschelte mir die Wange. Mir wurde heiß im Gesicht.

»Reden wir nicht mehr darüber«, sagte sie dann. »Ich habe etwas für dich.«

»Das wäre aber nicht nötig«, sagte ich.

»Doch, doch«, meinte sie und legte mir wieder die Hand aufs Bein, etwas höher diesmal. »Ich möchte dir etwas geben.«

»Aha«, sagte ich.

»Du siehst sehr gut aus, weißt du das? Ein gut aussehender Junge bist du.« Dann stand sie auf. »Komm, ich zeige es dir.«

Ich folgte ihr ins Obergeschoss. Die Zimmer hier waren kleiner und auch niedriger, es duftete nach Putzmittel und Lavendel. Durch eine halb geöffnete Tür erhaschte ich einen Blick auf ein gelbes Doppelbett und einen Kleiderschrank, den sie offenbar gerade ausräumte.

»So, hier bitte.« Sie öffnete die Tür am Ende des Flurs. Das Zimmer sah aus, als wäre es Bjørn Berges Rückzugsort gewesen. Ein Schreibtisch, an den Wänden überall Gewehre und Jagdtrophäen, auf der Kommode eine Karaffe mit braunem Inhalt. An der Wand ein schmales Bett.

»Wie gut, das alles hinter sich zu lassen«, sagte sie. »Ja, hier hat Bjørn die letzten Jahre über gewohnt.«

Ich nickte.

»Schau mal«, sagte sie und öffnete einen Pappkarton. »Bitte schön. Das hat Bjørn gehört, ich glaube, eine ziemlich professionelle Ausrüstung. Du sollst sie haben.«

Blank und schwarz und teuer glitzerte es in dem Karton.

»Das kann ich aber nicht annehmen«, sagte ich.

»Doch, doch. Sonst wird es verkauft oder weggeworfen. Ich fotografiere nicht, und Janne und ihr Mann ebenso wenig. Nimm ruhig. Bjørn wäre es nur recht gewesen.«

»Ich kann es aber auf dem Fahrrad nicht mitnehmen«, wandte ich ein, um dann rasch hinzuzufügen, damit es wie eine rein praktische Bemerkung wirkte: »Ich muss Großvater bitten, es die Tage mal mit dem Auto abzuholen.«

»Mach das, Sedd«, sagte sie. Ihr Stimme klang ganz eigenartig. »Mach das. Ich ziehe nächste Woche aus, also mach es bald.«

»Tausend Dank«, sagte ich. »Tausend, tausend Dank.«

»Es ist mir ein Vergnügen«, sagte sie. »Ich weiß, dass du gern wanderst und interessante Dinge sammelst. Vielleicht magst du ja auch fotografieren. Bjørn sagte immer, wenn man die Kamera dabei hat, findet man immer ein schönes Motiv. Vielleicht findest du ja auch etwas Schönes, Sedd?«

»Tausend Dank«, sagte ich abermals. »Das ist wirklich sehr großzügig.«

»Ach was«, sagte sie. »Nicht der Rede wert.«

Sie brachte mich zur Haustür und gab mir zum Abschied erst die Hand, dann umarmte sie mich. Als ich mich zum Gehen umdrehte, fasste sie mir an den Hintern. Beinahe war es ein kleiner Klaps. Es mochte eine zufällige Berührung gewesen sein, aber ich hörte dazu ein leises Geräusch, ein Prusten, Keuchen, Kichern. Ich drehte mich um und blickte sie fragend an.

»Alles, alles Gute, Sedd«, sagte sie.

»Alles Gute auch Ihnen«, sagte ich. Dann drehte ich mich zu meinem Fahrrad um.

Gehen, ging, gegangen.

Am Mittwoch darauf fuhr ich mit Großvater hin und holte die Kamera samt Zubehör ab, da waren wir also nicht allein, Yvonne und ich, und ich sah die fröhliche Direktorenwitwe nie wieder.

9

Es wäre wohl angebracht, ein paar Worte über mich selbst zu schreiben. Das heißt, nicht über mich selbst im engeren Sinne, sondern über das, was Großmutter meine Provenienz nennt. Das ist ein präzises und nützliches Wort, auch wenn außer Großmutter und mir nicht gerade viele Leute es verstehen dürften. Die meisten Menschen wissen wahrscheinlich weniger über ihre Provenienz, als ihnen bewusst ist, und darüber sollten sie wohl froh sein. Ich hingegen weiß mehr als die meisten. Ja, mehr als mir eigentlich guttut, so würde Großvater sagen. Und Jim ebenso. Dass es nicht guttut. Aber so ist es nun mal, wenn man erst mal etwas weiß, dann weiß man es und kann es nicht wieder vergessen, nur weil einem diese Kenntnis nicht guttut. Dies ist eines der großen Geheimnisse des Lebens, du kannst dich nicht zwingen zu vergessen, was du weißt. Natürlich kannst du so tun, als hättest du es vergessen; oft ist das am besten. Doch wenn du es nicht wirklich vergisst und dich eigentlich nicht mehr daran erinnern kannst, dann erinnerst du dich, weil du dich genau dagegen nicht wehren kannst. So etwas kann man nicht selbst entscheiden. Alles, was ich über meine Provenienz weiß, hat sich mein Gehirn ganz von selbst aus dem zusammengepuzzelt, was ich hier und da aufgeschnappt habe, meist hier, also aus dem, was ich von Großmutter und Großvater gehört habe. Das Gehirn ist ein seltsames Ding. Ohne dass man es darum gebeten hat, rechnet es zwei und zwei zusammen und ergänzt das Ganze zu einem Bild, wenn also hinter einem Türchen im Adventskalender bereits ein Engel gewesen ist, darf man damit rechnen, dass hinter der nächsten nicht abermals einer ist, sondern zum Beispiel ein Schaf oder, wie es in religiösen Zusammenhängen eher heißt, ein Lamm.

Freilich, manche Dinge weiß man nicht. Ich hatte durchaus meinen Frieden mit der Tatsache gemacht, dass meine Mutter nicht mehr bei uns war. Alle wussten das. Das war nichts Neues. Sie war von der Zeit verweht worden. Allerdings wusste ich beispielsweise nicht, warum sie nicht mehr da war, abgesehen davon, dass sie eine Hexe werden wollte, außerdem wusste ich nicht, wo sie sich jetzt befand. Und dies wussten auch die anderen nicht, davon war ich überzeugt. Doch wenn ich sie fragte, flackerte ihr Blick ausweichend.

Vieles weiß man also nicht. Doch ich kann ja mit dem beginnen, was ich wusste: dass meine Mutter einst hier gewohnt hatte, in demselben Zimmer wie ich, dass sie hier aufgewachsen war, ebenso wie ich. Verantwortungsgefühl und Hilfsbereitschaft waren ihre unverbrüchlichen Richtschnüre gewesen. Ich erinnere mich nur noch sehr verschwommen an sie, ein fuchsroter Schimmer in der Luft, etwas Warmes, das vorbeistrich. Manchmal träume ich davon. Im Traum stehe ich in meinem Gitterbettchen, und sie ist da. Ich weiß, dass sie da ist, denn ich kann sie sehen, allerdings nur von der Seite oder eigentlich halb abgewandt. Das Gesicht sehe ich nicht. Das ärgert mich, denn ich wecke mich selbst immer aus diesem Traum auf. Ich glaube, in diesem Traum tut mir etwas leid, ich höre jemanden weinen. Ich glaube, wenn ich ihr Gesicht sehen könnte, würde ich mich daran erinnern, aber es gelingt mir nie. Typisch. Das Konfirmationsfoto, das hinter Glas gerahmt auf dem Tresen steht, sieht ihr jedenfalls überhaupt nicht ähnlich. Da bin ich mir ganz sicher. Sogar Großmutter gibt zu, dass es ihr nicht besonders ähnlich sieht. Ich glaube, sie sah vollkommen anders aus. Ein anderes Bild von ihr gibt es nicht. Auch nicht in den Fotoalben. Vielleicht hat jemand die Fotos entfernt. Obwohl, doch, Großmutter hat eines, in der Nachttischschublade, aber in der habe ich nur zwei, drei Mal heimlich nachsehen können. Gut, vielleicht auch vier oder fünf Mal. Ein Foto von ihr als Kind, es ist aber so verschwommen und verblichen, dass es aussieht wie mit Wasserfarben gemalt. Als einziges erkennt man das rote Haar und zwei schmale Striche, mit denen sie in die Sonne blinzelt. Ein Porträtfoto, auf dem die Pupillen nicht zu sehen sind, sagt nichts aus. So sehe jedenfalls ich das.

Meine Mutter hieß ebenfalls Elisabeth, so wie Großmutter und eine ganze Dynastie von Elisabeths, Mutter und Tochter, Mutter und Tochter und so weiter, zurück in alle Ewigkeit, ungefähr bis in die Zeiten von Karl V. So hält man das in Österreich. Die Mütter heißen Elisabeth, und die Töchter auch. Sie wuchs, und alles war gut – hier rede ich von meiner Mutter, der vorerst letzten Elisabeth der Reihe –, doch dann geschah etwas Schlimmes. Mir ist nicht recht klar, worin dieses Schlimme bestand, doch Großmutter zufolge war es die Zeit. Die Zeit, und vielleicht auch Norwegen. Wäre meine Mutter zum Beispiel in Österreich aufgewachsen, wo alles etwas ordentlicher zugeht und die Auswirkungen der Zeit nicht so schrecklich sind, dann wäre wohl alles anders gekommen. Doch in Norwegen dürfen die Menschen allzu sehr ihrem eigenen Willen folgen, darum sind die Dinge so undeutlich. Es mangelt ihnen an Präzision. Nehmen wir zum Beispiel jene Leute, die verlangen, Norwegen solle eine atomfreie Zone werden. Ich verstehe genau, was sie meinen, dennoch wäre es natürlich ein wenig problematisch, wenn alle Atome verschwänden. Sie wollen ohne Atomwaffen leben, was man begreifen kann, doch warum sagen sie es nicht so? Auf der anderen Seite, ohne Atome wäre auch Norwegen nicht mehr da, und darüber wäre Großmutter bisweilen hocherfreut, glaube ich.

Was dann geschah, ist nicht restlos klar. Die Zeit verwehte sie, die Hexe, sie verschwand und kam nie wieder. Im Ort wurde erzählt, sie sei nach Amsterdam gefahren. Jim seinerseits hatte eine Postkarte aus Indien erhalten, leider kam sie ihm abhanden. Meine Großeltern sagten nur, sie wüssten nicht, wo sie ist, und sie wollten auch keine Spekulationen darüber anstellen. Wie auch immer: Sie war und blieb verschwunden. Ohne mich. Ich war nicht weg. Ich war noch da. Doch vor ihrem Verschwinden musste etwas vorgefallen sei, über das meine Großeltern nicht reden mochten. »Deine Mutter hatte ein schwieriges Temperament, Sedd«, sagte Großvater. »Ein schwieriges Temperament.« Dann verschloss sich seine Miene, und er wollte nichts mehr sagen. Großmutter sagte: »Sie war einfach viel zu freundlich, das war das Problem. Viel zu freundlich und gutgläubig. Viel zu freundlich für diese Zeit.«

Doch bevor sie von der Zeit verweht wurde, hatte sie noch mich bekommen. Lange dachte ich, das hätte doch eine Art Höhepunkt sein müssen. Denken wir in unserer Kindheit nicht häufig, dass unser Zustandekommen eine Art Triumph im Leben unserer Eltern bedeutet? Mittlerweile liegt meine Kindheit hinter mir, und ich verstehe das Ganze besser. *But no hard feelings,* wie Hemingway sagt. Schließlich begreife ich mittlerweile aus eigener Erkenntnis, dass mein Zustandekommen, so erfreulich es für mich selbst auch sein mag, ein Teil der problematischen Dinge ist, die meine Mutter unternahm, bevor die Zeit sie verwehte.

Daher muss ich etwas über meine Provenienz sagen. Bekanntlich sehe ich etwas speziell aus. Exotisch, mit Großmutters Wort. Vielleicht meinte auch Frau Berge mein exotisches Äußeres. Irgendwo habe ich gelesen, Kinder würden Hautfarben überhaupt nicht bemerken, doch das ist der reine Unsinn. Vielleicht gilt es für blinde Kinder, aber das ist ja eine Ausnahme. Und blind zu sein, ist nicht besonders erfreulich. Alle anderen Kinder bemerken selbstverständlich verschiedene Hautfarben. Ich selbst bemerkte jedenfalls meine eigene Hautfarbe, eine ganz andere, bräunlichere Schattierung als bei allen anderen, Kindern wie Erwachsenen. Darum fragte ich schon früh nach, warum ich so anders aussähe. Die Antworten fielen von Jahr zu Jahr verschieden aus. Erst nannte Großmutter mich *ein Schmuckstück in Gottes Augen,* womit sie mich auffordern wollte, Gott für ein erfreuliches Äußeres zu danken, das umso erfreulicher war, weil es selten war und nicht an das Äußere anderer Norweger erinnerte, speziell nicht an Großvaters. Später brachte sie verschiedene Varianten dieser Äußerung, die im Großen und Ganzen darauf hinausliefen, ich solle mich freuen, dass ich auf eine gute Weise von der Norm der Gebirgsbewohner abwich. Und schließlich hieß es, ich solle mich freuen und natürlich auch Gott dankbar sein, dass meine Mutter einen so guten Geschmack hatte. Ich stellte mir vor, Mütter verfügten über eine besondere innere Technik, mittels derer sie das Kind in ihrem Leibe nach eigenen Wünschen formen könnten, sozusagen nach einer Art Vision, und das schuf beträchtliche Verwirrungen in meiner herandämmernden Vorstellung davon, wie ein Kind entsteht. In Lennart Nilssons herausragendem Buch mit eben diesem Namen, *Ein Kind entsteht*, wurde es ganz anders beschrieben, oder auch in dem äußerst informativen *Zeig mal!*, zwei sehr lohnenden Büchern, vor allem das zweite, beide in der örtlichen Bibliothek erhältlich, meist allerdings ausgeliehen, vor allem das zweite. Ihre Antwort verwirrte mich mithin. Großvater zu fragen, war witzlos, denn für ihn gehörte die menschliche Fortpflanzung nicht zu den natürlichen Prozessen, anders als alles, was mit Jagen und Angeln zu tun hatte oder Pflanzenleben und Wetter. Über all dies wusste er gründlich Bescheid, doch fragte man ihn nach etwas, was mit Menschen zu tun hatte, entgegnete er nur, mit so etwas kenne er sich nicht aus. Jim hingegen, der kannte sich aus. Er erläuterte mir die Zusammenhänge, wenn auch erst nach einem tiefen Seufzer, der klang, als handelte es sich dabei um eine Zumutung. Damals dachte ich, die Zumutung bestehe in meiner Frage als solcher, doch heute, da ich sehr viel reifer bin als damals, ist mir klar, er fand es eine gewisse Zumutung, dass ausgerechnet er mir das alles erklären musste. Vielleicht meinte er auch, solche Aufgaben gingen über seine Stellenbeschreibung hinaus, doch das tat vieles andere ja längst auch schon. Nach diesem Seufzer brachte Jim rasch Ordnung in die Begriffe mit der Erklärung, mein Vater sei kein Norweger, sondern Inder gewesen. Klar und einfach. So erklärte sich außerdem auch, warum ich mit Nachnamen Kumar hieß und nicht nur Zacchariassen – darüber hatte ich tatsächlich noch nie nachgedacht.

»So sieht das alles aus«, sagte Jim.

»Inder?«, fragte ich verwirrt. »Kam er denn aus Indien?«

»Nein«, sagte Jim kurz, »er kam aus Bergen.«

Bei diesem Gespräch war ich wohl ungefähr zwölf Jahre alt, ich kann mich nicht mehr an alles erinnern. Doch ich weiß noch, wie ich Jim fragte: »Wer war er?« Denn jetzt zeigte Jims Blick mir, dass die Grenzen seiner Stellenbeschreibung nunmehr deutlich überschritten waren, und er antwortete:

»Ich finde, genau das solltest du lieber deine Großeltern fragen.«

»Ich glaube, das wissen sie nicht«, sagte ich.
»Nein?«
»Nein. Sie wissen vieles nicht.«
»Mag sein«, sagte Jim. »Aber du solltest sie danach fragen.«
Gesagt, getan. Wenn allerdings auch leichter gesagt als getan. Ich grübelte tagelang darüber nach. Wie sollte ich das am besten anpacken? Es galt, so zu fragen, dass sie nicht sofort ahnten, wie viel ich ahnte, oder nicht ahnten, dass dieses Thema mich besonders beschäftigte, und vor allem sollten sie nicht auf die Idee kommen, dass ich mit Jim darüber gesprochen und Lennart Nilssons *Ein Kind entsteht* oder gar *Zeig mal!* gelesen hatte. Solche Bücher hatten wir in unserem Hause nicht, doch Großmutter wusste, dass es solche Bücher gab, da war ich mir ganz sicher. Irgendwann fragte ich beim Abendessen wie nebenbei:
»Stimmt es, dass mein Vater aus Bergen stammte?«
So unbeteiligt ich nur konnte, griff ich nach den Preiselbeeren und widmete ihnen meine gesamte Aufmerksamkeit, dazu tat ich so, als würde ich die versteinerten Gesichter meiner Großeltern nicht bemerken.
»Aus Bergen?«, wiederholte mein Großvater bestürzt. »Wie um alles in der Welt kommst du darauf, dass er aus Bergen stammte?«
»Ach, das habe ich nur so gehört«, sagte ich leichthin, das heißt so leicht ich konnte, denn mir war klar, das war ein heißes Eisen.
»Und wo um alles in der Welt hast du das gehört, junger Mann?«
»Mein Lieber, bitte«, meinte Großmutter beruhigend.
»Erst dachte ich, er kommt vielleicht aus Indien.« Noch einmal bediente ich mich an Großmutters köstlichem hausgemachtem Preiselbeerkompott. »Aber Indien ist ja sehr weit weg.«
»Was du nicht sagst«, meinte Großvater.
»Ja«, antwortete ich verzweifelt. »Nach Bombay sind es sechstausendsiebenhundert Kilometer. Sehr weit weg. Bergen ist viel näher. Das sind nur …«
»Ja«, sagte Großvater, erleichtert, dass die geografischen Fakten ihn retteten. »Er kam tatsächlich aus Bergen.« Großmutter räusperte sich,

doch er sagte nichts weiter. Es wäre nur natürlich gewesen, wenn Großmutter die entstehende Pause dazu genutzt hätte, selbst etwas zu sagen, doch das tat sie nicht. Sie bat mich nur, ihr die Preiselbeeren zu reichen.

Dank dieser Kombination aus Intelligenz und Glück hatte ich mir also bestätigen lassen, dass mein Vater aus Bergen kam. Sehr viel klüger war ich damit allerdings nicht.

Nun verfügte ich also über einzelne Fakten, und Fakten sind gut. Was täten wir ohne sie? Solide Kenntnisse sind der Schlüssel zum Fortschritt. Nur weil es ihnen an Faktenwissen mangelte, dachten die Menschen in der Antike, die Sterne seien an einer Kristallkugel befestigt, die sich über der Erde wölbte. Verfügt man nicht über sämtliche Fakten, sondern nur über einige wenige, so kann das frustrierender sein als gänzliches Nichtwissen, und man könnte lieber gleich beim Glauben an die Kristallkugel bleiben. Isolierte Fakten können sogar sehr verwirrend wirken, wenn man noch nicht das ganze Bild sieht. Manchmal bewirken sie sogar gesellschaftliche Unruhen. Die Menschen sind aufgewühlt, weil ein paar wenige Fakten darauf hindeuten, dass die Fixsterne doch nicht fest am Firmament befestigt sind, es treibt sie um, und schon ist der Keim für gesellschaftliche Unruhe gelegt. Wahrscheinlich ist es das, was man einen Paradigmenwechsel nennt.

Mein Paradigmenwechsel benötigte etliche Jahre, was wohl gar nicht so selten ist, und wurde von viel Unruhe begleitet. Jetzt wusste ich also zweierlei.

Erstens: Mein Vater war Inder.

Zweitens: Er kam aus Bergen.

Mehr als das erfuhr ich lange nicht. Das war äußerst frustrierend. Meinen Großeltern war nichts mehr zu dem Thema zu entlocken, und auch Jim ließ kein Sterbenswörtchen mehr verlauten, so sehr ich ihn auch drängte.

»Ich will mich da nicht einmischen, Sedd«, sagte er, »und ich weiß auch nicht mehr. Du wirst es sicher erfahren, wenn du etwas größer bist.«

»Aber, Jim«, bettelte ich, »ich will es unbedingt wissen! Zum Beispiel, wann sie geheiratet haben!«
Jim blickte mich lange an:
»Die waren nicht verheiratet«, sagte er.
Jetzt konnte ich meiner Liste also ein drittes Faktum beifügen.
Drittens: Die waren nicht verheiratet.
Und dann dauerte es eine Weile, bis ich in der Sache ganz klar sah. Lange Zeit dachte ich fast unablässig daran, träumte nachts davon und entwickelte tagsüber allerlei Theorien. Nach einer Weile war ich davon so erschöpft, dass ich das Thema ganz beiseiteschob. Ich kam ja doch nicht weiter. Die gesellschaftliche Unruhe wurde durch eine Periode der Passivität und Dunkelheit abgelöst. Das geschieht leicht, wenn ein Paradigmenwechsel sich nicht recht entfalten kann. Mit Paradigmen verhält es sich wie mit einem Virus: Während der Inkubationszeit schlummern sie im Verborgenen, dann brechen sie aus mit Rotznase und Abgeschlagenheit. Wenn aber die Abwehrkraft zu stark ist, bleibt die Krankheit halb unterdrückt, man kränkelt sich monatelang so durch, wie man es von manchen unserer besten Skiläufer kennt. Viele von ihnen sind geradezu stärker, als es ihnen guttut, und sie kränkeln sich Jahr um Jahr so durch, manche ihre ganze Laufbahn lang, ohne die Abgeschlagenheit je zu überwinden.

Doch die Wahrheit drängt zum Licht, wie geschrieben steht, irgendwann verschafft sie sich freie Bahn, erst tröpfelnd, dann immer kraftvoller, bis sie als hymnisch triumphierender Gesang hervorströmt, ganz wie zum Beispiel in *Wir leben* von Wencke Myhre. Auf die Dauer lässt sich die Wahrheit nicht unterdrücken. Heute weiß ich also Bescheid. Der erste Tropfen kam, als ich dreizehn war und meiner Großmutter der Hinweis entschlüpfte, mein Vater sei Arzt gewesen. Sie nannte ihn Doktor Kumar. Es war etwas überraschend für mich, zum Beispiel dass ein Inder Arzt sein konnte, doch recht bedacht, war das ja ganz und gar natürlich.

Ich fragte Großmutter, ob er ein guter Arzt gewesen sei und auch, was für ein Arzt, Hirnchirurg möglicherweise, doch sie antwortete, er sei ein einfacher Bezirksarzt gewesen, weiter oben im Tal, und ob er ein guter Arzt gewesen sei, nein, darüber wisse sie nichts.

»Du weißt es nicht, Großmutter?«

»Nein.« Großmutter sah mich schuldbewusst an. Ja tatsächlich, sie wirkte schuldbewusst.

»Weißt du, Sedd, wir haben ihn nicht kennengelernt.«

»Was?«

»Nein«, sagte sie, »beziehungsweise, doch, schon. Aber nicht richtig. Nur, wie sagt man auf Norwegisch? Oberflächelig?«

»Oberflächlich.«

»Genau, oberflächelich. Wie man Hotelgäste eben so kennt. Oder nicht kennt.«

Sie fand, sie habe bereits zu viel verraten, das konnte ich ihr ansehen. Ihre schönen braunen Locken lockten sich sozusagen noch etwas mehr, als sie sacht den Kopf schüttelte; mit unstet flackerndem Blick sah sie sich um, und mir war klar, sie suchte nach einem Ausweg aus der Ecke, in die sie sich selbst getrieben hatte. Doch so leicht ließ ich sie nicht entkommen, ich war jetzt um einiges älter und hatte lange genug auf diesen Paradigmenwechsel gewartet. Also hakte ich sofort nach:

»Dann war er hier Stammgast?«, fragte ich so unschuldig, wie ich nur konnte, trotz des Stimmbruchs, das heißt, vielleicht half mir der Stimmbruch ja dabei.

Kurz bedachte Großmutter mich mit dem Blick einer Wölfin, wie jedes Mal, wenn man etwas höchst Unpassendes sagte, doch dann ließ sie Gnade mit dem Opfer walten, und die Wölfin zog sich zurück.

»Ja«, beschied sie knapp. »Stammgast. Er übernachtete hier, wenn er übers Gebirge unterwegs war.«

Erneut suchte ihr Blick verzweifelt flackernd nach einem Ausweg und landete hoffnungsvoll auf der Vitrine mit den Kristallvasen, die ganz gewiss abgestaubt werden mussten, doch so leicht gab ich nicht auf:

»Und dann hat er hier im Hotel meine Mutter kennengelernt?«

»Ja«, meinte sie wieder knapp. »Doktor Kumar hat deine Mutter hier im Hotel kennengelernt. Ja du meine Güte, sind die Vasen staubig.«

»Aber ...«, setzte ich an.

»Das muss das Frühlingslicht sein, das Frühlingslicht bringt immer so viel an den Tag.«

»Aber ...«, versuchte ich es.

»Heiße Salmiaklauge«, sagte sie, »und ein gutes Fensterleder, das ist das Einzige, was da hilft. Sedd, *mein Junge*, könntest du mir bitte das Fensterleder holen, aus dem Besenschrank im ersten Stock, es hängt am dritten Haken links hinter der Tür unter dem Bord mit den Extra-Decken?«

»Ja, Großmutter.« Ich war zufrieden, da ich mit meinen Nachforschungen ja doch etwas weiter gediehen war und fest damit rechnete, dass die ganze Wahrheit sich demnächst mit überirdischer Gewalt Bahn brechen würde, also holte ich folgsam das Fensterleder.

Für den nächsten Tropfen sorgte Großvater, ganz ohne dass ich etwas dafür zu tun brauchte. Na ja, ein wenig vielleicht, aber nur, indem ich ganz allgemein das Thema Medizin zur Sprache brachte. Großvater wurde nämlich zuzeiten schwer von wehen Fersen geplagt, denn er war den lieben langen Tag auf den Beinen, in festem Schuhwerk. Ein unter uns Hotelleuten recht verbreitetes Leiden, letztlich ungefährlich, aber furchtbar schmerzhaft. Es hilft nur, sich auf das Sofa zu setzen, mit ausgestreckten Beinen, einen Schal um die Zehen zu legen und ihn dann mit aller Kraft zu sich zu ziehen, um stöhnend und ächzend sämtliche Sehnen und Muskeln in der Fußsohle zu dehnen. Mindestens fünf Minuten pro Fuß. Morgens und abends. Und dennoch hilft es nicht garantiert. Großvater hatte gerade Fuß Nummer eins fertig gefoltert und wollte eben Fuß Nummer zwei ausstrecken, als ich sagte, Orthopädie als Fachgebiet könnte mich interessieren. Also, falls ich zufällig Arzt würde. Ganz offenbar hatte Großmutter ihm nicht warnend von unserem Gespräch berichtet, denn er sah mich ehrlich überrascht an.

»Oder Hirnchirurg zum Beispiel«, sagte ich. »Es gibt ja so viele Möglichkeiten.«

Bis dahin hatte Großvater mich nie über eine Alternative zum Hoteliersberuf nachdenken hören. Er ließ den Schal los und blickte mich ernst an:
»Arzt ist nicht das Dümmste, was man machen kann«, sagte er. »Man verdient auch gut.« Er dachte nach. »Dein Vater war Arzt«, sagte er nach einem Moment.
»Ja, ich weiß.«
»Oh – ?«
»Das hat mir Großmutter schon längst erzählt.«
»Ach so, ja? Ja, natürlich.«
»Ja«, sagte ich, »er war ein ganz gewöhnlicher Bezirksarzt.«
»Ja«, sagte Großvater, »das stimmt. Bezirksarzt. Zumindest stellvertretender Bezirksarzt, wenn ich mich recht erinnere.«
»Und wo ist er jetzt Bezirksarzt?«
»Jetzt?« Großvater wirkte beunruhigt. Er zögerte kurz. Dann sagte er: »Er ist nicht mehr am Leben, Sedgewick. Hast du das nicht gewusst? Er starb noch vor deiner Geburt.«
»Das habe ich nicht gewusst.« Mir wurde ganz schwindlig.
»So ist es aber.« Großvater zog den Schal um den anderen Fuß stramm. »So ist es.«
»Ja«, sagte ich. »So ist es.«
So konnte ich also meine Liste um zwei Punkte ergänzen:
4. Er war Bezirksarzt, möglicherweise stellvertretender, und
5. Er war tot.
So bekam und verlor ich binnen kürzester Zeit einen Vater – in Wirklichkeit hatte ich allerdings nie einen gehabt.
Und auch keine Mutter, wie gesagt, aber sie war für mich etwas besser zu fassen und wahrscheinlich auch noch am Leben, obgleich sie verschwunden war. In meinem Zimmer hatte sie als Kind und auch als Erwachsene noch gewohnt, und recht besehen und recht bedacht war das Zimmer immer noch durch sie geprägt. Das Stones-Plakat zum Beispiel hätte ich nie und nimmer aufgehängt. Auch die gläserne Schneekugel aus Wien, produziert in der Manufaktur Erwin Perzy, mit ihrem weißen Lipizzaner-Pferd im Schneegestöber hätte

ich selbst nicht unbedingt aufgestellt, aber wegtun wollte ich sie auch nicht, schließlich war Erwin Perzys Erfindung, die Glaskugel mit Schnee-Effekt, recht bedeutsam. Auch eine Reihe Bücher meiner Mutter stand noch da; in einem davon fand ich einmal ein grünes Haarband, wohl als Lesezeichen eingelegt. Das herausstehende Ende war verblichen, doch was zwischen den Seiten gelegen hatte, war immer noch grellgrün und seidig blank, als hätte es meine Mutter eben noch im Haar getragen. Die Bücher waren recht literarischer Natur, an der Auswahl war indessen klar zu erkennen, dass ein Mädchen sie getroffen hatte – was man ihr freilich nicht vorwerfen kann, anders vielleicht als anderes. Es waren vorwiegend Werke über Heidi, über das Flüchtlingsmädchen Toya, Nancy Drew, Worrals und andere Heldinnen. Im Bücherregal in der Ecke stand auch ihr alter Garrard-Plattenspieler, an den ich mich noch aus meiner frühesten Kindheit erinnerte, der Zeit, bevor die Zeit sie verwehte, der Zeit, da sie noch zu Hause wohnte. Ich erinnerte mich daran, wie sie ihre Singles darauf abspielte. Das ist an sich nicht so erinnerungswürdig, aber sie steckte auf den Stift in der Mitte des Plattentellers ein kleines, blinkendes Karussell, wenn ihre Singles in der Mitte ein großes Loch hatten. Das Karussell diente als Platzhalter. Ich glaube, ich konnte stundenlang zusehen, wie es zur Musik blinkend immer rundherum, rundherum fuhr, zu den Stones, Herman's Hermits, Creedence Clearwater Revival, Donovans Hexengesang oder auch Petula Clark. Besonders schön war es mit Petula Clarks *Downtown*. Dazu passte das Karussell irgendwie besonders gut. Vielleicht sah ich nicht wirklich stundenlang zu, sondern nur ein paar Minuten, aber ich weiß noch, ich sah nicht sie an, sondern den Plattenspieler, und daher erinnere ich mich nicht an sie, sondern an das Karussell. Ihre Schallplatten hatte sie in einem kleinen, mit Papier umkleideten Plattenkoffer verstaut, in dessen Deckel sie Zeitungsfotos eingeklebt und die Namen der vier Apostel daruntergeschrieben hatte: St. Paul, St. John, St. George und St. Ringo. Auch ein paar Jungennamen standen da, Gunnar z. B., und Per, darum herum ein Herz. Aber nirgends der Name eines stellvertretenden Bezirksarztes. Die Platten waren noch da, das Karussell war verschwunden. Vielleicht hatte sie es mit in die Zeit hinausgenommen.

In meinem Zimmer gab es also Spuren von ihr. Ich meine nicht nur solche, die ins Auge fielen wie das Stones-Plakat oder die Platten mit der Musik, die ich nicht mochte, oder auch, dass meine Nachttischlampe einen rosa Schirm hatte, nein, es gab auch viele unauffällige Spuren. Einmal fiel aus dem Bücherregal ein Zettel heraus: Treffen heute Abend. Gunnar.

Schon wieder dieser Gunnar. Unter dem Bett fand ich ein Himmel-und-Hölle-Spiel, ein Wahrsageinstrument, hinter den Bettpfosten geklemmt. Es war zwar derart zusammengeknüllt, dass es sich nicht mehr benutzen ließ, um meine Zukunft vorherzusagen, aber ich konnte es auseinanderfalten und nachsehen, welche Voraussagen für meine Mutter darin standen. Wie viele Kinder? Vier. Nicht unbedingt ein Volltreffer, jedenfalls, soviel ich wusste. Name deines Zukünftigen? Gunnar. Vielleicht nicht besonders überraschend, doch wieder zeigte sich: Meine Mutter war eine schlechte Hellseherin. Natürlich standen noch andere Jungsnamen auf dem Papier, und verschiedene Anzahlen von Kindern, doch fehlte bei denen die Ziffer eins, und auch hier kam kein indischer Arzt aus Bergen vor. Bei einer anderen Gelegenheit fand ich wiederum einen Zettel, diesmal unter Einwickelpapier in einer der Kommodenschubladen. Die Schrift erkannte ich als die meiner Mutter, sie war etwas erwachsener geworden, es gab weder Adressat noch Unterschrift, und darauf stand: Triff mich heute Abend auf dem Olymp. Und in einer anderen Schrift, wahrscheinlich Gunnars, hatte jemand, also wahrscheinlich Gunnar, geantwortet: Okay.

Dieser Zettel machte mich stutzig. Was meinte sie mit Olymp? Der Olymp ist bekanntlich ein berühmter hoher Berg in Griechenland, im Glauben der alten Griechen der Wohnsitz der Götter, doch kein Berg in der Nähe unseres Hotels hatte jemals so geheißen. Was war dieser Olymp, wo war er, und wen wollte sie dort treffen?

Ich ahnte ja noch nicht, dass eine weitere zufällige Entdeckung mich mit der Nase darauf stoßen sollte.

So geht es eigentlich mit allen wichtigen Entdeckungen: Sie kommen unerwartet, heimlich wie ein Dieb in der Nacht. Zehntausend Jahre lang glaubten die Menschen unverdrossen an die Fixsterne am Firmament. Eigentlich war alles bestens, niemand witterte Unrat, da kam dieser Galilei und sah genauer hin. Natürlich waren alle wahnsinnig überrascht, manche auch wütend, aber es war nichts mehr zu machen. Es war ja nicht Galileis Schuld, dass es ein bisschen plötzlich kam. Es geht einfach darum, die Augen offen zu halten, und dann kann die Entdeckung kommen und einen überwältigen, wenn man am wenigsten darauf gefasst ist.

10

In meinem Fall kam die Entdeckung in dem Jahr, als ich dreizehn wurde, eines schönen Tages im Februar. Obwohl, schön war der Tag nicht unbedingt, sondern kalt und windig. Die Winterferien waren vorüber, Ostern war noch nicht in Sicht, eine Zeit, die Großvater als Interregnum bezeichnete, und diese Zwischenzeit nutzten wir stets für einen großen Frühjahrsputz und die alljährliche Aufräumaktion. Wer mit der Hotelbranche nicht vertraut ist, macht sich keinen Begriff davon, wie aufwendig der Frühjahrsputz in einem Haus mit einhundertzweiunddreißig Zimmern ist, und wie viel es aufzuräumen gibt. In einhundertzweiunddreißig Zimmern, dazu Gemeinschaftsräumen wie Speisesaal, Tanzsaal, acht Aufenthaltsräumen, Rezeption, Schwimmbad und Sauna, Garderoben und Toiletten, Billardzimmer, Bar und Fluren, da kann sich unglaublich viel Krempel ansammeln, und dazu kamen noch die Bereiche im Freien, Terrassen, Grillplatz, Skistall samt Wachskeller, Fahrradschuppen und Werkzeugschuppen und Lagerschuppen. Die Küchenräume samt dazugehörigen Büros, Kühlraum und Gefrierkammer. Überall blieben Dinge liegen, die dort nicht am rechten Orte waren, vom Staub noch ganz zu schweigen. Tagaus, tagein ist man mit Räumen, Putzen, Staubwischen beschäftigt. An jedem einzelnen Tag des Jahres verfolgte meine Großmutter größere oder kleinere Putz- und Räumprojekte, ihr zur Seite vier Stubenmädchen, zwei fest angestellte und zwei, die nach Bedarf engagiert wurden. Mal machten sie sich über die Kuchengabeln her, mal über die Blumenvasen. Mal waren die Läufer und Wandteppiche dran, mal die verstaubten Bücher in der Bibliothek, denen sie mit einem unserer zuverlässigen Nilfisk-Staubsauger zuleibe rückten. Die Regale konnten dann ja zugleich mit Teak-Öl der Marke Pallisto-Lux behandelt werden, aufgetragen wurde es mit einem Schwammaufsatz auf der Flasche, danach musste noch mit einem weichen Tuch nachgerieben werden. Großmutter duftete nach Pallisto-Lux, Schmierseife und Kölnischwasser. Auch wir anderen räumten unablässig auf, Jim, die Kellner, die sich gerade im Hause befanden, Synnøve, die Rezeptionistin, Großvater und ich. Von klein auf hatte ich die Aufgabe, die Postkarten in den Ständern an der Rezeption in Ordnung zu halten. Immer mussten die Gäste diese Ordnung durcheinanderbringen. Am schlimmsten waren die Amerikaner. Wenn eine Gruppe amerikanischer Touristen mit dem Postkartenständer fertig war, standen auf einmal Geirangerfjord und die Stabkirche von Urnes beieinander, das Kronprinzenpaar war hinter Eisbären und anderen Tieren des Nordens gelandet, ja, König Olav höchstpersönlich war respektloserweise vom obersten Fach des höchsten Ständers, wo Seine Majestät rechtmäßig hingehörte, an eine andere Stelle verfrachtet worden, nämlich zu den Postkarten, die Großvater von Fåvnesheim hatte anfertigen lassen. So restlos gelungen war diese Serie leider nicht, zugegeben, doch zeigte sie immerhin, dass unser Hotel über ein geräumiges Hallenbad verfügte und über eine große Anzahl von Fenstern. Man sieht ja gar nichts von der Umgebung, hatte Großmutter geseufzt, als sie die Karten zum ersten Mal sah, nichts als Fenster. Und man konnte ihr ansehen, sie dachte sofort daran, dass all diese Fenster auch geputzt werden mussten.

Es gab also immer genug zu tun. Besteck sortieren, Handtücher auswechseln, Bettlaken stapeln. Und obgleich das Jaulen der Staubsauger allvormittäglich aus jeder Etage ertönte, wie ein Lobgesang, wenn die Sonne sich dem Zenit näherte, genügte in vielen Bereichen das tägliche Stapeln und Staubsaugen nicht, und dafür gab es die großen Aufräumaktionen.

Und bei einer dieser Aktionen in jenem Februar bat mich Großvater, ein paar schöne alte gerahmte, aber leider ausgeblichene, für Touristen gedachte Plakate von der einen Längswand der Rezeption abzuhängen und sie in den zweiten Stock im alten Teil des Hauses zu bringen, also in das Dachgeschoss. In früheren Tagen, bevor der

Westflügel gebaut wurde, hatte es auch dort oben Zimmer gegeben, doch waren sie klein und unkomfortabel, sagte Großvater, dem es sehr wichtig war, modernen Standard zu bieten. Diese Mansardenzimmer wurden jetzt als Lagerräume genutzt, zum Beispiel brachten wir nach Abschluss des Rechnungsjahres die Ordner mit sämtlichen Quittungen und Papieren des Hotels in Nummer 6, wo sie dann die ewige Ruhe genossen.

So trug ich die Plakate also die steile, schmale Treppe ins Dachgeschoss des Altbaus hinauf, es waren nicht gerade wenige, und schwer waren sie auch, sodass ich bei jeder Verschnaufpause auf dem Treppenabsatz Gelegenheit hatte, sie mir genauer anzuschauen. Ja, sie waren ausgeblichen, da musste ich Großvater recht geben, trotzdem war es ein wenig schade, sie wegzuschaffen. Es ist schon seltsam: Bilder, die man sein ganzes Leben lang gesehen hat, von klein auf, gehören gewissermaßen zur Landschaft. Und es war, als würde ich sie erst jetzt richtig sehen, zum ersten Mal und auch zum letzten, da ich sie in das Zimmer hinauftrug, wo sie dann auf die Verschrottung warteten. Es waren herrliche Motive, alle priesen sie die diversen Vorzüge unseres Vaterlandes. Ein elegant vom Künstler mit gefühlvollem Strich gezeichnetes schlankes Schiff der Hurtigrute kreuzte einen stilisierten Polarkreis, am Rande des Himmels stand eine glutrote Sonne und schien den Horizont zu küssen. Und natürlich trug das Schiff den Namen *Midnatsol*, Mitternachtssonne. Ein anderes Plakat, das ich besonders mochte, zeigte einen kleinen blonden, lächelnden Samenjungen, von dessen Gesicht oder Augen unter seiner großen blauen Narrenkappe eigentlich kaum etwas zu sehen war, nur ein einziges großes weißes dreieckiges Lächeln. *NORWAY via SAS Land of the Midnight Sun!*, das stand darauf. Dann eines mit dem Geirangerfjord, wo die Silhouette eines sportlichen Mannes in dynamischer Positur hart an der Kante des Felsens stand. Tief unter ihm schwebte ein weißes Kreuzfahrtschiff über das eisblaue Wasser des Fjords. Niemand, der das Plakat erblickte, konnte im Unklaren bleiben, wo auf der Welt man eine solch dramatische Landschaft fand, denn es stand in Großbuchstaben darauf: NORGE NORWAY

NORWEGEN NORVÈGE NORVEGIA NORUEGA. Und dann noch eine ganze Reihe Poster mehr, ich trug sie nacheinander in das Dachgeschoss hinauf und stellte sie in Zimmer 7, die Rahmen sorgfältig mit Zeitungspapier geschützt, sodass sie nicht angestoßen wurden.

Als das geschafft war, trat ich in den Flur hinaus und schloss die Tür hinter mir ab. Ich lauschte nach den Geräuschen des Hauses. Unten aus den belebten Bereichen des Hotels vernahm ich die Staubsauger. Doch hier oben unterm Dach war vor allem der Wind zu hören, der in Spalten und unter dem Dachüberhang pfiff. Draußen ging eine recht frische Brise, die in unregelmäßigen Abständen am Haus zu rütteln schien, dass der Dachstuhl nur so knackte.

Kalt war es hier oben. Der schmale Korridor wurde nur noch von zwei funzeligen Glühbirnen hinter altertümlichen Schirmen beleuchtet, alle anderen waren durchgebrannt. Hier und da war die graue Ölfarbe auf den breiten Bodendielen abgeplatzt. Der abgetretene gestreifte Läufer wurde von Messingstangen gehalten, die auch mal wieder hätten geputzt werden müssen.

Statt nun zu den anderen und zu meinen Pflichten zurückzugehen, wie es sich gehört hätte, wanderte ich den schmalen Flur weiter hinunter. Natürlich war ich schon manchmal hier oben gewesen, doch wer wie ich in einem großen Hotel aufwächst, interessiert sich letztlich nicht allzu sehr für menschenleere Flure und unbenutzte Zimmer. Gruselgeschichten und Horrorfilme haben mich gelehrt, dass menschenleere Flure und unbenutzte Zimmer auf gewöhnliche, unserer Branche fremde Menschen, also für die Mehrzahl, äußerst spannungsträchtig wirken. Für uns Hotelleute gilt das nun ganz und gar nicht, und darum war ich nicht öfter als nötig hier oben gewesen. Allerdings wusste ich, dass der Flur sich hinter einem Knick noch einige Meter mit ein paar weiteren Zimmern fortsetzte, um dann an einer Giebelwand zu enden, mit einem Fenster, unter dem ein aufgerolltes Seil für den Fall eines Brandes bereitlag. Das war ein weiterer Grund, warum dieser Flügel des Hauses nicht mehr in Gebrauch war: Auch die Rettungswege mussten modernem Standard genügen und für jedermann benutzbar sein, sogar für die Amerikaner, so lautete Großvaters Credo. Er hatte wohl noch den schrecklichen Hotelbrand in Stalheim vor vielen Jahren im Sinn, bei dem viele Amerikaner und andere Gäste umgekommen waren, obwohl die Seile bereitlagen. Ich dachte also, ich wollte mal nachsehen, ob das hier auch galt; ob das Seil nicht morsch geworden war oder Ähnliches – in Wahrheit wollte ich wahrscheinlich die bekannte Umgebung einmal aus dem Giebelfenster betrachten, zusehen, wie der Wind weiße Eiskristalle über den grau verharschten Schnee trieb. Er schien sich zum letzten Wintersturm auszuwachsen, vielleicht auch zum ersten Frühlingssturm, je nach Sichtweise; Großmutter pflegte zu sagen, das komme auf dasselbe hinaus.

Ich kam um den Knick des Korridors. Die Bodendielen knirschten nicht, sie waren ordentliche Handwerksarbeit, wie man sie in unseren Tagen nicht mehr häufig sieht, gebaut für zahlreiches Hin und Her von Gästen mit schwerem Gepäck.

Und ja, unter dem Fenster lag das Seil am Boden, vorschriftsmäßig an einem soliden Wandhaken befestigt. Ich blickte eine Zeit lang aus dem Fenster. Unten war die Hälfte der großen Terrasse vor dem Speisesaal zu sehen, Jim mühte sich damit ab, die Bänke an der Südwand abzuwischen, ich war froh, dass ich ihm dabei nicht zu helfen brauchte. Weit dort hinten verschwand gerade unser Hausberg, der Fåvnesnuten, zwischen den heraufziehenden Wolken, an seinem Fuße lag der See, der Geirvann, immer noch zugefroren, aber mit graublauen Flecken, wo er zu tauen begonnen hatte.

Nach einer Weile drehte ich mich um und ging zurück, und wer weiß, warum, mir fiel eine Tür zu einem Zimmer auf der rechten Seite auf. Etwas an ihr war anders. Ich blieb stehen und schaute genauer nach. Und richtig, ganz oben links auf dem Türblatt, in der Ecke über der Zimmernummer, hatte jemand mit rotem Kugelschreiber etwas geschrieben, in die graue Ölfarbe hineingedrückt, in regelmäßigen runden Einzelbuchstaben: *Olymp*.

Kurz stand ich da wie gelähmt. Das Wort erkannte ich vor der Schrift, dann fügten Wort und Schrift sich zu einer Welle von Überraschung und Wiedererkennen zusammen. Das Herz hämmerte in meiner Brust, ich musste tief Luft holen. Dann legte ich die Hand auf den Türgriff.

Abgesperrt. Natürlich. Ich versuchte es noch einmal, wie man es so tut, wenn eine Tür abgeschlossen ist, was daran natürlich nichts ändert.

Mit bebenden Händen nahm ich den Schlüsselbund für die Etage aus der Tasche und suchte die einzelnen Schlüssel durch, sie waren von 1 bis 11 nummeriert. Dann sah ich auf das altertümliche Nummernschild an der Tür. Zwölf. Natürlich. Trotzdem probierte ich jeden einzelnen Schlüssel aus, angefangen bei Nummer elf, hinab bis Nummer eins, und danach noch einmal hinauf bis Nummer elf, einen nach dem anderen, stocherte mit jedem Schlüssel im Schloss herum und rüttelte am Griff, in der Hoffnung, die Tür zum Wohnsitz des Paradigmenwechsels würde sich auftun. Doch vergebens. Sogar den Schlüssel zum Flur probierte ich aus, er ging nicht einmal ins Schloss. Die Schlüssel zum Wäscheschrank der Etage waren sichtlich zu klein, doch auch sie probierte ich aus, um der Vollständigkeit willen.

Noch ein letztes Mal rüttelte ich an der Tür und blickte zu den Buchstaben oben links. *Olymp*. Ein Generalschlüssel war nicht an dem Bund.

Jetzt wusste ich also, wo sich der Olymp befand.

Langsam ging ich durch den Korridor zurück, die steile Treppe hinab, gelangte in die bewohnten Teile des Hotels, Großvater beschwerte sich, dass ich so lange weg gewesen war. Ich erklärte, ich hätte erst Platz für die Bilder schaffen müssen, schließlich wolle ich die Dinge nicht einfach holterdipolter unterbringen, sondern sorgfältig verstauen, wie er es mir beigebracht hatte.

Während ich Jim dann doch bei der Reinigung der Bänke half, konnte ich an gar nichts denken. Aber mein Herz pochte.

In einem Hotel gibt es viele Schlüssel. Ich weiß, wovon ich rede, ich habe sie allesamt probiert. Wie viele es tatsächlich sind, hatte ich wohl nie richtig bedacht, doch jetzt fiel mir auf, dass sowohl meine Großeltern als auch Jim und sämtliche Angestellten von ständigem Rasseln begleitet wurden. Sie hatten alle Taschen voller Schlüssel. Große Bunde und kleine, lange Schlüssel und kurze, private und Gemeinschaftsschlüssel, Schlüssel zu Zimmern und Schränken, Hallenbad und Schuppen, Kommoden und Sicherungskästen, Schlüssel zu all den kleinen und großen Öffnungen und Mechanismen, mit denen die Menschen sich umgeben. Es hingen Schlüssel an der Rezeption, Schlüssel im Büro, Schlüssel im Privaten, an der Bar, in der Küche, der Servierküche und dem Gerätehaus.

Es war gar nicht so schwierig, in einem unbeobachteten Moment einige davon einzustecken. Problematischer war schon, sie lange genug zu behalten, um sie an der Tür zum Olymp auszuprobieren und hinterher zurückzubringen, bevor jemandem ihr Fehlen auffiel. Sie wurden ständig benötigt, natürlich nicht alle auf einmal, doch die meisten hingen an Bunden, die häufig benutzt wurden. Nachdem ich einige Male beinahe auf frischer Tat ertappt worden war, verfiel ich darauf, jedes Mal nur wenige Schlüssel von einem Bund abzumachen und sie an der Tür zu erproben, sobald sich eine Gelegenheit bot. Das allerdings schuf wieder ein neues Problem, denn ich brauchte einen Schlüssel von derselben Art wie sämtliche andere Zimmerschlüssel, nicht nur dort im Dachgeschoss, sondern eben einen ganz gewöhnlichen Yale-Schlüssel. Leider bestanden fast sämtliche Bunde zum größten Teil genau aus solchen Exemplaren. Wenn ich drei oder vier Schlüssel von einem Bund ausprobiert hatte, verlor ich bereits die Übersicht. Welche von ihnen hatte ich schon in der Hand gehabt? Ähnelte nicht dieser Schlüssel jenem anderen von Großmutters Privatbund, mit dem ich es bereits versucht hatte? Doch, ja. Vielleicht. Vielleicht auch nicht. Nachts träumte ich davon, unter einer Lawine von Schlüsseln begraben zu werden. Wie kleine Metallinsekten krochen sie mir in die Ohren und Nasenlöcher.

Zum Glück bin ich aber nicht dumm, sondern faktisch überdurchschnittlich intelligent, und so fand ich eine Lösung für mein Problem. Mir fiel nämlich auf, dass jedem einzelnen Schlüssel eine Nummer eingeprägt war. Jedem eine andere. So konnte ich also die Nummer jener Schlüssel, die ich bereits ausprobiert hatte, in einem Notizbuch vermerken und mir so einen Überblick verschaffen. Die wenigen unnummerierten Exemplare markierte ich, indem ich mit einem Nagel ein kleines Häkchen in sie einritzte, als Zeichen, dass ich sie bereits geprüft hatte.

So weit, so gut. Doch nachdem ich eine gewisse Anzahl von Schlüsseln durchhatte, füllten die Nummern mehrere Seiten des Notizbuchs, und es wurde doch wieder unübersichtlich. Also dachte ich mir ein anderes intelligentes System aus, indem ich die Nummern auf einem Spiralblock nach Anfangszahl und Länge sortierte. Unglücklicherweise erwischte mich Großmutter eines Tages, als ich gerade drei neue Nummern aufschrieb; die Schlüssel konnte ich gerade noch in die Tasche gleiten lassen, das Notizbuch aber lag offen da. Leider gehörte meine Großmutter zu dem Typ Frau, der alles sieht, was mein Großvater ohne jeden Zweifel bestätigen würde. Einen winzigen Augenblick lang hoffte ich noch, sie würde glauben, ich säße an meinen Mathematik-Hausaufgaben, doch sah sie sofort, dass es das nicht war, und sie fragte:

»Was sind das für Tabellen?«

Hier galt es vor allem, nicht zu zögern, sondern blitzschnell zu antworten. Für den Bruchteil einer Sekunde meinte ich, ich könnte behaupten, ich würde Autokennzeichen sammeln, wie Kinder es früher taten, doch waren die Nummern sehr verschieden lang und kamen ohne Buchstaben aus, also verwarf ich diese Erklärung gleich wieder. Im nächsten Bruchteil derselben Sekunde wollte ich sagen, ich notierte Abstände zwischen verschiedenen wichtigen geografischen Orten unseres geliebten Vaterlandes, zum Beispiel zwischen Oslo und dem Nordkap, Trondheim und dem Polarkreis, dem Polarkreis und Kap Lindesnes ganz im Süden, Lindesnes und Oslo, Oslo und Bergen, Bergen und dem Nordkap, und so weiter immer im Kreise, alles miteinander höchst nützliche Informationen für einen, der ins Tourismusgewerbe eintreten wollte. Zugleich war mir klar, dass auch das eine untaugliche Ausrede darstellte, denn bei den Zahlen standen keinerlei Ortsnamen, und meine Großmutter gehörte zu jenem kleinen Teil der Menschheit, der selbst schon all diese Abstände nachgemessen hat. Fragte man sie nach der Länge des Hardangerfjords, antwortete sie wie aus der Pistole geschossen, einhundertundachtzig Kilometer, also zweiundachtzig Kilometer länger als der Fluss Sjoa, allerdings verblassten beide miteinander angesichts der Donau, dem Strom der Ströme, der von seiner Quelle im Schwarzwald bis zum Delta im Schwarzen Meer zweitausendachthundertsechzig Kilometer maß, von denen immerhin dreihundertsiebenundfünfzig durch ihr geliebtes Österreich flossen. Also sagte ich:

Ich versuche, mir die Trachtenberg-Schnellrechenmethode beizubringen.

Sie nickte anerkennend.

»Sehr löblich, mein Lieber«, sagte sie.

»Ja.«

»Ich habe mir immer gewünscht, die Trachtenberg-Schnellrechenmethode zu beherrschen«, sagte sie.

»Ja, das ist ein raffiniertes System.«

»Ja«, sagte sie. »Ausgesprochen raffiniert. Wer es beherrscht, kann im Kopf mit hohen Zahlen rechnen, oder wenigstens sehr schnell auf einem kleinen Stück Papier.«

»Ja«, sagte ich, »sehr praktisch«.

»Und sie ist in allen vier Grundrechenarten anwendbar.« Großmutter war sichtlich beeindruckt. »Als junge Frau hatte ich auf der Hotelfachschule in Linz mehrere Kollegen, die die Methode lernten.«

»Ah ja«, sagte ich.

»Die kamen ziemlich weit damit. Ich bereue immer noch öfter, dass ich die Trachtenberg-Schnellrechenmethode nicht gelernt habe. Dann wäre ich vielleicht weitergekommen. Jedenfalls weiter als bis – dahin.«

Sie hob die Augen von meiner Tabelle und blickte vielsagend zu dem ausgestopften Elchkopf an der Wand.

»Also, das ist wirklich sehr nützlich«, stellte sie fest.

»Ja, das finde ich auch«, sagte ich.

»Mein guter Bub. Du bist so intelligent und vorausschauend. Und hör mal, vielleicht bist du ja so lieb und bringst deiner alten Großmutter die Trachtenberg-Schnellrechenmethode ein bisschen näher, wenn du sie gut genug beherrschst?«

»Ja, Großmutter, natürlich«, sagte ich

Sie lächelte zufrieden und glitt weiter zu neuen Oberflächen, die vom Staub befreit werden mussten. Ich atmete auf. Sie hatte mir die Erklärung abgekauft. Der Haken war nur, dass ich jetzt tatsächlich die Trachtenberg-Schnellrechenmethode erlernen musste, was dem Vernehmen nach ebenso lange dauerte, wie wenn man auf die hergebrachte Weise gut in Mathematik werden will. Ich wusste, dass im Naturkunderaum an meiner Schule ein Lehrbuch für die Methode stand, und ich ahnte – ja, ich rechnete fest damit –, dass niemand es vermissen würde, wenn ich es mir für einige Monate zum Selbststudium auslieh. Wer weiß, vielleicht würde man mich sogar dazu auffordern, es mir auszuleihen. Nicht alle Schüler legten schließlich eine so große natürliche Begabung für Mathematik an den Tag wie ich, das hatte Studienrat Dahl selbst bei einer Gelegenheit zu meiner Großmutter gesagt, und zwar so laut, dass er sicher sein konnte, ich würde es mitbekommen. Mit anderen Worten, ich benötigte die Trachtenberg-Schnellrechenmethode eigentlich nicht, doch ich tröstete mich damit, dass sie vielleicht doch ganz interessant sein könnte.

Zu diesem Zeitpunkt hatte ich vielleicht zwei Drittel aller Schlüssel ausprobiert, derer ich habhaft werden konnte, und so langsam verließ mich der Mut. Meine größte Angst bestand darin, ich könnte einen Schlüssel übersehen, und mit der Zeit entwickelte ich eine regelrechte Manie darin, die Nummern immer wieder erneut zu prüfen.

Auch eine andere Möglichkeit begann mir allmählich zu dämmern, schließlich war durchaus denkbar, dass sich der Schlüssel zum Olymp an keinem der mir zugänglichen Schlüsselbunde befand, sondern dass möglicherweise, ja sogar wahrscheinlich, ausgerechnet dieser Schlüssel an einem anderen Ring oder Bund hing. Und bei den anderen Zimmerschlüsseln für das Dachgeschoss war er ja auch nicht. Durchaus möglich, dass der von mir wie besessen gesuchte Schlüssel ganz woanders aufbewahrt wurde, in einer Schublade, einem Schrank, einer Schatulle, irgendwo im Haus, und dass diese Schublade, dieser Schrank, diese Schatulle mit einem *anderen* Schlüssel abgesperrt war, diesmal durchaus keinem Yale-Schlüssel, sondern einem der vielen, vielen anderen Schlüssel, die ebenso an einem der Ringe oder Bunde hingen (oder, schlimmer, eben nicht hingen), die mir zugänglich waren, einem Schlüssel, den ich nicht ausprobiert hatte, weil er natürlich nicht passte.

Die nächtlichen Schlüsselträume wurden intensiver. Zugleich musste ich einfach weiterhin sämtliche Yale-Schlüssel versuchen, einen nach dem anderen, bis ich ganz sicher sein konnte, sie alle in der Hand gehabt zu haben. Sonst wäre ja meine ganze systematische Arbeit für die Katz gewesen, ganz zu schweigen vom mühsamen Studium der Trachtenberg-Schnellrechenmethode, in der ich bis zur Adventszeit sogar ganz gut geworden war. Über meinen stetigen ergebnislosen Besuchen der Tür zum Olymp waren Frühling, Sommer und Herbst verstrichen.

Am dritten Advent stand ich vor der unwiderruflichen Erkenntnis, dass ich sämtliche, absolut sämtliche Yale-Schlüssel probiert und verworfen hatte. Meine Hoffnung lag darnieder. Musste ich etwa ganz von vorne anfangen, diesmal mit den Schlüsseln von verschiedener Form, Typus, Funktion und Aussehen, die sich nicht mit einem Nummernsystem katalogisieren ließen? Schlimmer noch: Es war unmöglich zu sagen, ob sie auf eine Schublade passten, einen Schrank oder eine Schatulle, auf ein Vorhängeschloss oder andere Sicherungen, mit denen die Menschen die sie umgebenden Öffnungen versehen.

Guter Rat war teuer.

Wenn ich draußen eine Runde drehte, warf ich regelmäßig einen verstohlenen Blick zu dem Fenster im Dachgeschoss, das nach meiner Berechnung zu dem Zimmer gehören musste. Es war ganz schwarz. Ob drinnen eine dunkle Gardine hing oder das Zimmer selbst einfach so dunkel war, war nicht zu erkennen. Allerdings war es deutlich dunkler als die Nachbarfenster, ein kohlrabenschwarzes Loch.

Natürlich überlegte ich, ob ich mit einer Leiter durch das Fenster würde einsteigen können, doch das war nicht sehr realistisch. Leitern hatten wir zwar genug, doch rechnete ich damit, dass Großvater und mehr noch Großmutter sich doch sehr wundern würden, warum ich ausgerechnet dort eine Leiter anlegte. Natürlich könnte ich behaupten, ein Wespennest unter dem Dachüberhang zu vermuten und das jetzt zu überprüfen, oder auch, Spechte hätten an der Wand herumgepickt und sie beschädigt, doch dann war nur zu wahrscheinlich, dass sie das selbst in die Hand nehmen oder schlimmstenfalls unten an der Leiter stehen und meine Bemühungen bewundern würden. Dann käme es natürlich überhaupt nicht infrage, durch das Fenster einzusteigen; außerdem, wo sollte ich ein Wespennest oder Spechte herholen; es würde mir genauso ergehen wie mit der Trachtenberg-Schnellrechenmethode. Noch dazu war Winter, die Wespen hielten Winterruhe, die Spechte waren in den Süden gezogen. Ohnehin fürchtete ich, es würde mir nicht gelingen, das Fenster von außen zu öffnen, ohne es zu beschädigen. Es wirkte ausgesprochen solide und war drinnen mit altmodischen Haken verschlossen, höchstwahrscheinlich von derselben altmodischen handwerklichen Qualität wie die restlichen Schreinerarbeiten dort oben.

Also suchte ich weiter. In Schränken, Schubladen, Schatullen. Diese Suche bescherte mir eine große Reihe interessanter Fundstücke, darunter Großvaters Liebesbriefe an Großmutter, eine alte Luger-Pistole aus Kriegszeiten, ein paar Schwarz-Weiß-Fotografien von einer schönen jungen Frau, die Großvater meines Wissens nie erwähnt hatte, und schließlich eine sehr schöne Sammlung von Postkarten aus den 1930er-Jahren. Zigarettenspitzen, Champagnerquirle, Ohrenkratzer, Benzin-Feuerzeuge mit Perlmutt-Korpus, Haarnadeln, Mitgliedsmarken des Wandervereins, alte Brillen, Anhänger und Ringe – jedoch keine Schlüssel.

Jeden oder so gut wie jeden Tag schlich ich in das Dachgeschoss und betätigte den Türgriff. Die Tür war und blieb verschlossen, sie gab nicht nach. Keinen Millimeter. Als wäre auch sie schwarz, als wäre sie ein Staudamm, der dasselbe schwarze Dunkel gefangen hielt.

Jedes Mal versuchte ich ein paar Sekunden lang, der Tür sozusagen in die Augen zu schauen, doch sie erwiderte meinen Blick nicht. Sie blieb stumm und desinteressiert.

Wie nebenbei und ebenso uninteressiert fragte ich Jim, der seine Erfahrungen mit der Schule des Lebens gemacht hatte, sogar mit Internaten, ob er wisse, wie man Schlösser knackt.

»Warum zum Teufel willst du das denn wissen?« Jim blickte von dem Gemüse auf, das er gerade würfelte.

»Ach«, antwortete ich unschuldig, »Ich lese gerade einen Krimi, einen sehr populären. *Der Verstorbene wünschte keine Blumen* von Gerd Nyquist, Norwegens Antwort auf Agatha Christie.«

Das war der einzige Titel eines Buches aus diesem Genre, der mir auf die Schnelle einfiel, wohl wissend, dass in ihm kein Einbruch vorkam, nur zwei sehr elegante Morde, doch ebenso wohl wissend, dass Jim nie las.

»Und darin knackt der Schurke ein Schloss, verstehst du, Jim«, sagte ich. »Mich interessiert nur, ob das tatsächlich so einfach ist, wie Frau Nyquist es darstellt?«

»Und du denkst, ich kenne mich damit aus?«

Jim blickte mich streng an. Mir wurde etwas blümerant zumute. Ich stellte mich etwas dümmer, als ich war, und sagte:

»Na ja, vielleicht hast du es ja auf See gelernt, wenn der Kapitän sich zum Beispiel in seiner Kajüte eingesperrt hatte ...«

»Pass auf«, sagte Jim. »Ich habe keine Ahnung, wie man Schlösser knackt. Wieder auf See noch zu Lande. Die Schlosser benutzen spezielle Dietriche und Universalschlüssel, wenn ein Schloss sich verhakt oder jemand den Schlüssel verloren hat.«

»In *Der Verstorbene wünschte keine Blumen* heißt es, der Schurke würde eine Haarnadel verwenden«, sagte ich.

»Eine Haarnadel?« Jim blickte mich kritisch an. »Also ich bezweifle, dass man irgendwas mit einer Haarnadel aufbekommt, aber du kannst es ja versuchen.«

»Das ist überhaupt nicht meine Absicht«, wehrte ich ab und spürte, wie ich rot wurde. »Ich hab mich nur gewundert ...«

»Nein«, sagte Jim, »So ist es auch besser. Am besten, so etwas versucht man gar nicht erst.«

Er schwieg eine Weile. Nachdem er acht Tomaten in gleichmäßige Schiffchen geschnitten hatte, sagte er:

»Ist das spannend, dieses *Von Blumenspenden bitten wir abzusehen?*«

»*Der Verstorbene wünschte keine Blumen*«, sagte ich. »Ja, es ist wahnsinnig spannend.«

»Dann kannst du es mir ja leihen, wenn du es fertig gelesen hast.«

»Gerne«, sagte ich verzweifelt, »natürlich, Jim, wenn ich es fertig gelesen habe.«

Mit einer schönen Auswahl an Haarnadeln bewaffnet, stand ich am nächsten Tag wieder vor der Tür. Jim hatte recht. Gewiss kann man Haarnadeln für viele Zwecke gebrauchen, doch nicht dafür, ein Schloss zu knacken. Schon gar kein Yale-Schloss. Nur die wenigsten Nadeln passten überhaupt in die Öffnung, und keine gelangte tief genug, um den relevanten Teil des Schließmechanismus zu erreichen. Ich war keinen Zentimeter weiter, überdies musste ich jetzt ein Exemplar von Gerd Nyquists *Der Verstorbene wünschte keine Blumen* beschaffen. Das Buch hatte ich im letzten Sommer gelesen und es längst der Dame nachgesandt, die es im Hotel liegen gelassen hatte. Und schließlich durfte ich noch hoffen, dass Jim den Einbruch vergessen würde, der in Frau Nyquists elegantem Roman gar nicht vorkam.

Etwas zu suchen und nicht zu finden, kann recht quälend sein. Das gilt nicht nur für Schlüssel, sondern auch für andere kleine oder große Dinge. Mein Großvater hatte ausgerechnet, dass er allein auf der Suche nach seiner Brille im Leben ungefähr fünfundzwanzig Kilometer zurückgelegt hatte. Großmutter wusste nie, wo sie ihr Strickzeug gelassen hatte, Jim pflegte das Bratenthermometer zu suchen. Es lag einfach nie in der Schublade, in die er es zuletzt gelegt hatte. Auch Hotelgäste suchten unaufhörlich. Broschen gingen verloren, Anhänger, Ringe und Armbänder. Manchmal suchten die Gäste auch regelrechte Kostbarkeiten – oder sie suchten sie eben *nicht.* Wir hatten eine ganze Kiste voller Fundstücke, die niemand als verloren gemeldet und um deren Nachsendung ebenso niemand gebeten hatte. Die unglaublichsten Dinge waren darunter, ein Wunder, dass niemand sie vermisste, Familienfotos, Rasierapparate, Gebisse und sogar eine Armprothese. Eine rechte. Spätestens beim Blick in den Spiegel sollte man doch feststellen, dass man sein Gebiss verlegt hatte, doch nein. Bei uns hatten sich genügend künstliche Zähne für eine halbe Mannschaft im Eisstockschießen angesammelt, und die brauchen bekanntlich Zähne. Curling ist ja ein verletzungsträchtiger Sport. Auch das Fehlen einer Armprothese dürfte dem Inhaber nicht lange verborgen geblieben sein, zum Beispiel, wenn er auf der Heimreise im Bus saß und nachdachte, oder spätestens, wenn er jemanden mit Handschlag begrüßen wollte, aber nichts dergleichen. Natürlich mochte dieser Inhaber Linkshänder sein, dennoch war es höchst eigenartig, irgendwann musste das doch auffallen. Und eigenartig, niemand von uns konnte sich an einen Gast mit künstlichem Arm erinnern, und schon an gar keinen, der einarmig abgereist wäre.

Doch die Prothese lag in der Kiste, gemeinsam mit Transistorradios, Armbanduhren, Bruchbändern, Brillen und einer hübschen Auswahl an Arzneimitteln gegen zum Teil lebensbedrohliche Krankheiten. Einträchtig warteten sie, dass ihr Fehlen irgendwann ihrem Besitzer, einem Angehörigen, irgendjemandem auffiele, der dann Anspruch auf sie erheben würde. Nur Schmuck wurde regelmäßig als verloren gemeldet, aber der war und blieb dann auch verschwunden. Nun ist Schmuck ja meist recht klein und kann sich in alle möglichen Ritzen verkriechen.

Im neuen Jahr gab ich die Suche nach dem Schlüssel zum Olymp auf, ebenso alle Pläne, wie ich unbemerkt Zugang zu dem Zimmer erlangen könnte. Es ließ sich einfach nicht bewerkstelligen. Weder hatte ich Dietriche, noch war an ein gewaltsames Aufbrechen zu denken, ich würde ja sofort entdeckt werden. Auch von einem Nebenzimmer aus konnte ich nicht eindringen, das hatte ich untersucht. Die Wandverkleidung war solide und außerdem übertapeziert. Wohl oder übel musste ich mich mit dem Gedanken zufriedengeben, dass der Olymp mir verschlossen war oder es jedenfalls bleiben würde, bis irgendwann in der Zukunft eine zufällige Gelegenheit ihn mir öffnen würde.

Aber das konnte dauern. Schlimmstenfalls würde ich bis nach dem Tod meiner Großeltern warten müssen, wenn ich ihnen in der Leitung des Hotels nachgefolgt wäre und mit meinen Türen tun und lassen konnte, was ich wollte. Denn so war es: Irgendwann sollte ich den Betrieb übernehmen, in einem tadellosen Anzug hinter der Rezeption stehen, Gäste begrüßen und so das Erbe meines Großvaters und seiner Vorväter weitertragen. Ein stolzes und wichtiges Erbe. Dennoch war mir nicht recht wohl bei dem Gedanken, denn das Leben als Hoteldirektor ist sehr mühsam, so viel ist sicher. Man hat alle möglichen Sorgen und ist von früh bis spät auf den Beinen. Auch an Urlaub ist nicht zu denken, denn in der Ferienzeit muss man ja vom Urlaub anderer leben, und außerhalb der Saison heißt es aufräumen, putzen, instand setzen und vergessene Zähne und dergleichen einsammeln. Zum Glück war es bis dahin noch lange. So dachte ich immer. Andererseits war es keine gemütliche Vorstellung, dass Großmutter und Großvater eines Tages nicht mehr da sein würden, denn ich hatte ja nur sie, von Jim einmal abgesehen. Als kleines Kind hatte ich oft große Angst, wenn Großvater von einer seiner Wanderungen zu spät nach Hause kam, ich verfiel regelrecht in Panik. Großmutter musste mich beruhigen; er ist doch nur ein bisschen verspätet, mein Lieber, sagte sie dann. Das ist kein Grund zur Sorge. Natürlich hatte sie recht, nur begriff ich damals natürlich nicht, warum es mir so nachging.

Nein, der einzige Lichtpunkt beim Gedanken an meine Zeit als Hoteldirektor war diese Tür, die ich dann endlich würde öffnen können. Bis dahin konnte noch alles Mögliche passieren. Vielleicht lag der Schlüssel eines Tages an einer Stelle, wo ich noch nie nachgesehen hatte, ein blank glänzendes Geschenk des Schicksals, vielleicht würde ich im Lauf des langen Stücks Zukunft zwischen heute und jenem Zeitpunkt all meinen Mut zusammennehmen und Großvater oder Großmutter fragen, was es mit dem Olymp auf sich hatte und ob es möglich war, ihn zu betreten. Freilich bezweifelte ich das. Ehrlich gesagt, glaubte ich selbst nicht daran, dass ich jemals danach fragen würde.

Wer wie ich lange Wanderungen im Gebirge unternimmt, zu Fuß oder auf Skiern, gern auch gegen Abend, der dürfte öfter erleben, dass kurz nach Sonnenuntergang der klare Himmel immer noch von Farben erfüllt ist, als würde die Sonne das Licht der Dämmerung in ein großes, rundes Glas gießen, ein bunter Abschiedstrunk. Und in dieser Farbenpracht schimmert dann oft ein Stern. Klar und ruhig, bevor andere Sterne erscheinen. Das ist die Venus, der Abendstern.

Ich weiß nicht warum, aber wenn ich ihn so am Himmel stehen sah, wurde ich innerlich still, alle Gedanken an die Tür zum Olymp oder über meine Provenienz kamen zur Ruhe. Stattdessen hing ich den wenigen Erinnerungen an meine Mutter nach, wer sie wohl sein mochte, bevor die Zeit sie verwehte, und solange die Venus leuchtete, schenkten diese Gedanken nichts als Ruhe. Wenn der Himmel dann den letzten Schluck vom leuchtenden *Driver's Special* der Sonne ausgetrunken hatte und Tausende andere Sterne auftauchten, machte ich kehrt und ging heimwärts, einsam, aber froh. Letztlich waren das auch gar nicht so viele Erinnerungen, eher einzelne, unzusammenhängende Momente, die kein ganzes Bild ergaben. Der Duft von Henna, ein fuchsroter Schimmer in der Luft. Solange ich das Hotel im Rücken hatte und der Abendstern allein am leuchtenden Himmel stand, fühlte ich einen bebenden Drang zum Suchen, danach, die Zeit selbst zu finden und sie zu bitten, dass sie auch mich verwehte wie einst meine Mutter, zu einem Ort und in einen Zustand, deren Existenz ich in diesen Augenblicken zu ahnen meinte. Auf dem Rückweg zum Hotel dann, wenn die Dunkelheit mich umfing, sehnte ich mich nur noch danach, die Außenlampen an der Fassade von Fåvnesheim zu sehen, die unzähligen Fenster, ein paar wenige davon erleuchtet, die meisten schwarz – und eines schwärzer als alle anderen.

11

Dies alles lag mittlerweile ein Jahr zurück. Immer noch, inzwischen aber sehr selten, ging ich in das Dachgeschoss und prüfte die Tür zum Olymp, um festzustellen, dass sie stets genauso verschlossen war. Nach dem Tod von Bankdirektor Berge hatte ich keinen einzigen Versuch unternommen, sondern mich ganz der Philatelie gewidmet.

Freilich herrschte in der Schachtel mit den Briefmarken im Büro hinter der Rezeption immer noch Ebbe. Nur ein paar unseriöse, grellbunte ausländische Marken von Postkarten oder Reservierungsbriefen fristeten ein kärgliches Dasein am Grunde des Schuhkartons. Keine einzige off.sak-Dienstmarke, nur zwei jämmerliche *Posthorn*-Marken zu 50 Øre.

Ich ging zur Rezeption. Als Verantwortliche musste Synnøve einen guten Überblick über den Posteingang haben, da war ich mir sicher.

Sie füllte gerade irgendwelche Gästeblätter aus.

»Hör mal, Synnøve«, sagte ich.

»Hm?«

»Ich finde, es sind erstaunlich wenige Briefmarken im Karton.«

»Hm.«

»Kommt gar keine Post mehr rein, oder habt ihr vergessen, dass ich die Briefmarken sammle?«

»Entschuldige, Sedd, was hast du gesagt? Ich bin gerade so beschäftigt.«

»Ich habe gesagt: Es sind fast keine Briefmarken im Karton, und ich frage mich, ob ihr keine mehr für mich aufbewahrt?«

Jetzt blickte sie auf. »Nein«, sagte sie, »ich reiße von den Umschlägen die Ecken mit den Briefmarken ab und tue sie in den Karton.«

»Auch die off.sak- und *Posthorn*-Marken?«

Sie dachte nach. »Das musst du eigentlich Zacchariassen fragen; er bearbeitet solche Briefe meistens.«

»Ich habe ihn schon gefragt. Er sagt auch, dass er die Marken für mich sammelt.«

»Dann ist doch alles in Ordnung.«

»Eben nicht, es sind ja fast keine Marken da.«

»Ich fürchte, da kann ich auch nicht helfen, Sedd. Tut mir leid.«

»Bekommen wir denn weniger solche Briefe?«

Noch einmal schien sie gründlich über meine Frage nachzudenken.

»Nein, eigentlich nicht. Recht bedacht, kommen eher mehr als weniger.«

»Und wo sind dann die Marken?«

»Ich habe nicht die geringste Ahnung. Am besten, du fragst deinen Großvater. Vielleicht ist er ein bisschen vergesslich geworden? Du, jetzt muss ich mich hier aber konzentrieren.«

Ich fand das sehr eigenartig, sagte aber nichts mehr. Am nächsten Tag, es war ein Samstag, war Jim unten im Ort, um Einkäufe abzuholen, und hatte auch die Post geholt. Jetzt lagen die Briefe im Eingangskorb im Büro. Ich hatte nachgesehen: acht Briefe mit *Posthorn*-Marke, zwei offizielle mit off.sak. Also setzte ich mich in die Eingangshalle und tat so, als würde ich in einer alten Zeitschrift lesen. Nach wenigen Minuten kam Großvater vorbei. »Hast du nichts zu tun?«, fragte er. »Doch, ich lese, Großvater«, erklärte ich. »Einen Artikel über investigativen Journalismus.«

»Aha«, meinte Großvater.

»Ja, wirklich interessant«, sagte ich.

Ohne eine weitere Bemerkung verschwand er hinter der Rezeption. »Die Post ist da«, zwitscherte Synnøve. »Vielen Dank, Fräulein Haugen.« Ich blickte über den oberen Rand meiner Zeitschrift und verfolgte das Geschehen. Von außen gesehen, war da nichts als ein junger Mann, der einen fesselnden Artikel in einer alten Frauenzeitschrift las.

Kurz darauf kam Großvater aus dem Büro. Synnøve sah nicht auf, als er an ihr vorbeiging, und er selbst hatte keinen Blick für mich übrig. Ich aber erkannte deutlich die Tüte in seiner Hand.

Als er die Eingangshalle verlassen hatte, schlüpfte ich rasch ins Büro. Die braunen Umschläge der Geschäftspost waren weg, der Papierkorb war leer.

Ich schaute noch einmal in dem Schuhkarton nach. Keine neuen Marken. Der einzig mögliche Schluss: Großvater hatte die Briefe mitgenommen, um sie woanders zu lesen, das tat er manchmal, aber die Ecken mit den Briefmarken abzureißen, hatte er vergessen.

Ich ging an die frische Luft, um besser nachdenken zu können. Mithilfe dieser einfachen Ermittlungen hatte ich festgestellt, dass Synnøve tatsächlich recht hatte: Im Hotel trafen Briefe ein, durchaus mit den ersehnten Marken. Doch Großvater war vergesslich geworden.

Das war eine ziemlich erschütternde Feststellung. Großvater pflegte stets alles im Kopf zu haben, jedes Detail, jedes Zimmer, jede Zusage und jedes einzelne nicht geputzte Fenster, und jetzt vergaß er etwas so Schlichtes, obwohl ich ihn mehrmals daran erinnert hatte! Das sah ihm absolut nicht ähnlich, und genau das war für mich ein großer Grund zur Sorge.

Ein Hoteldirektor darf einfach nicht vergesslich sein. Es gibt immer zu viele Dinge, die bedacht sein wollen. Das hatte er selbst häufig gesagt, damit auch ich es immer beherzigte. Sollte sein Gedächtnis jetzt tatsächlich nachlassen?

Die Feststellung verunsicherte mich mehr, als ich zuvor gedacht hätte. Alles hier im Hotel hing davon ab, dass Zacchariassen hundert Prozent auf dem Posten war, das war allen klar, ohne dass wir es besonders zu erwähnen brauchten. Geplant war wohl, so sah ich es jedenfalls selbst, dass ich mich nach Ende meiner Schulzeit ein wenig in der Welt umsehen würde, genauer gesagt in der Hotelfachschule in Linz, um dann zurückzukommen und nach und nach Großvaters Aufgaben zu übernehmen. Ich war ziemlich sicher, dass es so geplant war. Wahrscheinlich hatten wir dann und wann ein Wort darüber verloren oder waren in schweigendem Einverständnis dahin gelangt. Abgesehen davon gab es auch keine andere Möglichkeit, nicht, wenn es mit dem Hotel weitergehen sollte wie gewohnt, mit seiner alten Geschichte. Es ist eine alte Geschichte, doch bleibt sie immer neu, wie Ibsen schreibt.

Tief sog ich die klare, kühle Vormittagsluft ein und spürte mit einem Mal sehr viel stärker als bislang eine Art erwachsene Verantwortung, vor allem aber eine Sorge um Großvater. Fåvnesheim konnte nicht gedeihen, wenn der Direktor senil wurde.

Mein erster Impuls bestand darin, Großmutter von meiner Vermutung zu berichten, doch gleich verwarf ich das wieder. Ich kannte Großmutter ja. Es würde sie in einen Strudel von Ängsten stoßen, mehr nicht. Also beschloss ich abzuwarten. Diese Briefmarken waren doch ein allzu schwaches Indiz für einen solchen Verdacht. Stattdessen nahm ich mir vor, Großvater in der kommenden Zeit noch besser beizustehen, ihn zu beobachten, ohne dass er es bemerkte, und dann festzustellen, ob es wirklich Anlass zur Sorge gab. Besorgt allerdings war ich bereits jetzt.

In Ermangelung von Briefmarken begann ich, ein wenig mit der schönen Ausrüstung zu fotografieren, die ich geschenkt bekommen, nein, geerbt hatte.

Nun ist das Fotografieren wirklich interessant, aber auch schwierig, das musste ich mir eingestehen. Erst dachte ich, es genügte, den Film einzulegen, durch den Sucher zu schauen und draufloszuknipsen, doch das war absolut nicht der Fall. Wenn man das tut, kriegt man am Ende zum Beispiel einen Film mit lauter schwarzen Fenstern, zumindest sehr dunklen.

Also fragte ich Großvater, der eine kleine Kompaktkamera besaß, ob er es mir beibringen konnte, doch er kannte sich nicht genug aus. An Bjørn Berges Kamera befand sich eine Anzahl Ringe mit Ziffern darauf; auf Großvaters Apparat war davon nichts zu sehen. Lange blickte Großvater die Ringe nachdenklich an, verstellte sie dann ein wenig, legte einen Film ein und reichte mir die Kamera mit einem Nicken. »Ja, solche Bilder können ziemlich dunkel werden, wie gesagt.« Dann fragte ich Jim, der aber schüttelte bloß den Kopf. Großmutter meinte, es wäre ja schön, wenn ich lernen würde, Gruppenbilder aufzunehmen. Dann könnte Großvater mich ins Hochzeitspaket mit reinnehmen.

Das war natürlich eine gute Idee, dennoch begriff ich, dass ich hier eine Trennlinie zwischen Nutzanwendung und Kunst ziehen musste, und beschloss sogleich, meine fotografischen Künste weit abseits des Hochzeitspakets zu entwickeln. Am liebsten hätte ich gelernt, solche Fotos zu machen, wie sie in der Wochenendbeilage der *Aftenposten* veröffentlicht wurden, prachtvolle große Aufnahmen von Flora und Fauna. Schon hatte ich eine Serie über das geheime Leben der Rentiere vor Augen. Doch wenn ich mir die Technik nicht aneignen konnte, würde ich nicht einmal eine Aufnahme von einem toten Lemming zustande bringen.

Zum Glück naht aber Hilfe, wenn ein junger Mensch etwas wirklich will, wie Großmutter es so treffend zu sagen pflegte. Zwar hätte ich natürlich in den Fotoladen in der Hauptstraße unten, wo ich den ersten Film hatte entwickeln lassen, gehen und den Inhaber selbst um Hilfe bitten können, doch war es mir peinlich, völlig ahnungslos anzukommen und so gar nicht auf Augenhöhe mit ihm reden zu können. Lieber wollte ich schon ein wenig können und dann mit einem Film zum Entwickeln in den Laden spazieren und sozusagen von Fachmann zu Fachmann sprechen. Dabei hätte mir auch die Leica lässig um den Hals hängen können, um meinen Status als ernst zu nehmender Gesprächspartner zu verdeutlichen.

Doch wie heißt es so schön? Schlag nach! In Bibliotheken herrscht bekanntlich Schweigepflicht. Darum ist es in ihnen so still. Ich konnte damit rechnen, dass man meiner Nachfrage dort mit Diskretion begegnen würde und ich mir auf diese Weise Grundlagen aneignen könnte, bevor ich den Fotoladen wieder aufsuchte.

Als wir nach einer Deutschprüfung früh schulfrei hatten, ging ich also in die Bibliothek und wandte mich an den einzigen Mann, der dort arbeitete. Es gab dort zwar auch zwei Bibliothekarinnen, doch offen gesagt hatte ich zu dem Mann in technischen Fragen das größere Vertrauen.

Außerdem hatte mir die eine Bibliothekarin bei meinem letzten Besuch – ich wollte mir *Der kleine Lord* ausleihen – versucht, mir ein schwedisches Jugendbuch über einen Schwarzen aufzuschwatzen. »Das ist vielleicht genau das Richtige für dich«, sagte sie und hielt es mir vor die Nase. »Es heißt *Omin Hambbe in Slättköping*«, sagte sie, und der Autor heißt Max Lundgren.

Ich konnte das zwar selbst lesen, nickte aber, denn ich dachte, Bibliothekarinnen seien gewohnt, alle Namen und Titel laut auszusprechen, vielleicht, um sich besser daran zu erinnern, welche Bücher sie im Regal hatten. Ich sagte, ich hätte schon gefunden, wonach ich suchte, doch sie ließ nicht locker. »Es handelt von einem Neger«, sagte sie, »er heißt Omin Hambbe und kommt in eine kleine Stadt, in der alle weiß sind. Und diese kleine Stadt heißt Slättköping.«

»Könnte in Schweden liegen«, sagte ich, und sie nickte eifrig. »Ich mag schwedische Bücher nicht so«, sagte ich.

»Aber es ist wirklich lustig«, sagte sie. »Ich dachte, das könnte dich interessieren. Der Neger Omin Hambbe kommt in die kleine schwedische Stadt namens Slättköping, er steigt aus dem Zug, und alle sind weiß, verstehst du.«

Nun mag ich lustige Bücher nicht besonders, außerdem war ich hier geboren und nicht mit dem Zug gekommen, doch das sagte ich nicht, ich sagte nur, ich könne es ja ausleihen, nachdem ich *Der kleine Lord* ausgelesen hätte, und seither war ich nicht mehr dort gewesen.

Jetzt wollte ich also ein Buch über Fotografie haben, und empfand es als das Beste, mich gleich an den einzigen Mann zu wenden. Er stand in der Erwachsenenabteilung vor einem Bücherregal und schien Namen und Titel zu memorieren.

»Entschuldigung«, sagte ich zu seinem Rücken, so leise ich konnte. Dann wartete ich eine Weile. Sein Blick glitt über die Buchrücken, offenbar war er tief in mnemotechnische Ekstase versunken. Ich fragte mich, wie viel Zeit ich ihm wohl lassen solle. Doch dann dachte ich, dass er vielleicht schon seit so vielen Jahren die Schweigepflicht beachten müsse, dass er etwas schwerhörig geworden war.

»Entschuldigung«, wiederholte ich, etwas lauter. Er zuckte zusammen.

»Entschuldigung«, sagte ich, »ich wollte nicht stören.«

»Wie kann ich Ihnen helfen«, fragte er.

Ich stutzte. Gesiezt wurde ich nicht jeden Tag.

»Ich suche ein Buch über Fotografie.«

»Aha«, meinte er freundlich, »ja, so so, wir haben eine ganze Reihe Bücher über Fotografie oder mit Fotografien. Könnten Sie etwas genauer beschreiben, was Sie suchen?«

Offen gestanden war ich zuerst etwas enttäuscht, dass ein Mitarbeiter der Volksbibliothek, dieser progressiven und demokratischen Einrichtung, zum in Norwegen längst überholten Sie zurückkehrte, andererseits verwendeten Erwachsene es ja immer noch für Geschäftliches und in anderen ernsten Lebenslagen. Immerhin befand ich mich hier in der Erwachsenenabteilung. So gesehen, war es ganz recht, dass der Bibliothekar mich siezte.

»Da stellen Sie eine ganz zutreffende Frage«, sagte ich. Als jemand, der im Hotel aufgewachsen war, hatte ich natürlich gelernt, in der Form zu antworten, in der man mich ansprach.

»Soll es ein Buch mit Fotografien sein, zum Beispiel eines mit Kunstfotos oder Naturbildern? Oder benötigen Sie ein Buch über das Fotografieren?«

»Nun, das wäre natürlich auch sehr interessant, ich schätze zum Beispiel außerordentlich die Fotos in der Wochenendbeilage, doch momentan benötige ich eher ein Buch über Fotografie. Am besten sogar mehrere, wenn Sie mehrere gute haben.«

Er nickte. »Ich glaube, wir haben mindestens ein recht gutes.« Er trat an die Katalogschubladen. Eine große Menge Schubladen war es, doch er wusste genau, welche er aufziehen und in ihr die richtige Karte heraussuchen musste. Er nickte knapp und notierte einige Zahlen und Buchstaben auf einem weißen Zettel. Erst wollte ich fragen, was sie bedeuteten, dachte dann aber, das könne bis zum nächsten Mal warten – vielleicht gehörte es ja zum Allgemeinwissen.

»Können Sie mir möglicherweise sagen, ob die Fotografen der Wochenendbeilage vielleicht ein Buch mit Fotos über das heimliche Leben der Rentiere herausgebracht haben?«, fragte ich stattdessen.

»Nein, das weiß ich nicht, aber ich kann es gern für Sie herausfinden.«

Er zog eine weitere Schublade auf. Dann eine dritte. Und schüttelte mit dem Kopf.

»Nein«, sagte er, »nicht so weit ich sehen kann. Nichts, das speziell vom heimlichen Leben der Rentiere handeln würde.«

Dann führte er mich zu einem etwas größeren Regal und zog zwei Bücher heraus.

»Hier, diese beiden sollen recht gut sein.«

»Fotografieren Sie vielleicht selbst?«, fragte ich.

»Nein, nur zum Hausgebrauch«, sagte er. »Aber meine Frau fotografiert. Sie macht sehr gute Aufnahmen.«

»Verstehe, sagte ich. Das muss praktisch sein.«

»Praktisch?«

»Ja, bei Taufen und ähnlichen Familienfesten.«

»Oh ja. Sehr praktisch. Benötigen Sie sonst noch etwas?«

»Nein, heute nicht. Herzlichen Dank.«

Das Leben hatte mich gelehrt, dass die Fahrradfahrt zurück bergauf recht beschwerlich sein konnte, wenn man zu viele Bücher auslieh, und heute musste ich Rad fahren, weil ich früh zu Hause sein wollte.

Wir gingen zum Tresen.

»Den Leserausweis, bitte«, sagte er.

Ich reichte ihm meinen Leserausweis. Einen für Kinder. Er schaute ihn an.

»Ich glaube, wir stellen da mal einen neuen aus«, sagte er nur und setzte sich an die Schreibmaschine. Er übertrug die Daten von der alten Karte, fragte mich nach einer Telefonnummer, und schon war die Sache geritzt. »Die alte Karte können Sie wegwerfen«, sagte er,

»die neue gilt in allen Abteilungen.« Ich warf sie sofort weg. Er gab die Lochkarten und den Leserausweis in die Maschine ein, die die Ausleihen mit einem gierigen Schmatzen registrierte, steckte sie dann routiniert in die Lasche hinten in den beiden Büchern, um sie mir dann zu überreichen. Ich bedankte mich und ging.

So eine Bibliothek ist eine sehr demokratische Einrichtung, das ist gewiss, doch während ich bergauf strampelte, dachte ich, dass sie in mancherlei Hinsicht auch sehr vornehm ist. Das gesamte Wissen ist in ihr aufmarschiert, zusammen mit hochwertiger Literatur wie dem Buch über Omin Hambbe und anderen Werken, und auch wenn das Gesetz des Lebens sagt, dass es nicht jedem gegeben ist, all das zu durchdringen, so ist es doch für die meisten zugänglich, wenn sie nur ein wenig guten Willen zeigen.

Meine ersten Versuche erbrachten also keine besonders guten Aufnahmen. Jedenfalls rein technisch gesehen. Doch Übung macht den Meister, wie der Dichter sagt. Auf meinen ersten Fotos waren so gut wie nur Schatten zu sehen. Ich war der Einzige, der wusste, wen sie darstellen sollten, nämlich Großmutter, Großvater, Jim, Synnøve und andere vertraute Gestalten und lieb gewonnene Motive aus dem Hotel. Die Sache mit der Blende hatte ich aber noch nicht so recht begriffen. Aus den beiden Büchern aber bezog ich solide fachliche Anleitung, und bereits der zweite Film wurde besser. Unter anderem erkannte man Großmutters Profil und Jims Hinterkopf, dazu auch die Fahnenstange am Hoteleingang und einen Teil von Großvaters ausgestopften Tieren. Die Letzteren hatten den Vorzug, dass sie stillhielten. Mit der Belichtungszeit kämpfte ich nämlich auch noch. Vor allem der kleine Marder, er stand im Licht, das durch das Fenster hereinfiel, gelang mir gut.

Ab dem dritten Film wurden die Aufnahmen dann sichtlich besser, das kann ich getrost behaupten. Ich habe immer noch die Bilder, die ich in diesem Frühsommer bis zum Ende des Schuljahres machte. Eine Bergwanderung. Das Konfirmationsessen für die Tochter eines Gemeinderats, hundertzwanzig Gäste. Ich selbst konnte nicht konfirmiert werden, da mich meine Mutter als gute Hexe nicht hatte taufen lassen, und auf eine Erwachsenentaufe hatte ich keine Lust. Im Juni noch eine Hochzeit. Die letzte Versammlung vor den Ferien beim Jugendrotkreuz. Lauter übliche Dinge. Und die üblichen Leute. Großmutter lächelnd im Gegenlicht, nicht besonders gelungen, und eine einigermaßen gute Aufnahme von Großvater im Sporthemd.

Es ist seltsam, diese Bilder jetzt anzusehen. Nicht nur, weil sie in meinen Augen eine enorme technische Entwicklung bezeugen, sondern auch, weil sie die letzten Monate zeigen, in denen noch alles war wie immer.

Forschend sehe ich mir sie an, suche etwas auf ihnen, ein kleines Detail, einen Schatten auf einem Gesicht, etwas Verschwommenes im Hintergrund, das etwas verraten, einen Hinweis darauf geben würde, was sich da anbahnte, wovon ich jedoch nichts ahnte. Aber ich sehe nichts. Nichts Besonderes. Nur ganz gewöhnliche Dinge. Es sei denn, gewöhnliche Dinge an sich bildeten eine Spur, die nur schwerer zu lesen ist. Dann wären der sonnige Sonntagnachmittag, der regengraue Himmel über den Bergen, das Hotel weit dort unten, winzig klein vom Fåvnesnuten aus gesehen, ebenfalls Spuren.

Oder vielleicht besteht die tatsächliche Spur in der Existenz dieser Bilder, da sie mit der Kamera des verstorbenen Bankdirektors gemacht wurden. Sozusagen mit Bjørn Berges Blick, den ich nicht stellvertretend hätte einnehmen können, wäre Herr Berge nicht so früh so tot und so begraben gewesen. Das gelbe Haus stand leer und war verrammelt. Kein Bankdirektor mehr, keine Witwe. Vielleicht hätte ich ein Foto davon machen sollen, ich kam aber nicht auf die Idee. Überhaupt sehe ich an diesen Bildern, dass ich auf einige Ideen nicht kam. Wichtige Dinge aufzunehmen. Wesentliche Dinge. Eigenartig, wie schwierig, ja, wie ungeheuer kompliziert es ist zu erkennen, welche Dinge hier und jetzt wichtig oder wesentlich sind. Um sie dann zu fotografieren. Ich nehme an, das ist damit gemeint, wenn im Buche steht, der gute Fotograf sei allzeit wach und allzeit bereit. Mit anderen Worten, es geht darum, die Dinge im Vorbeifliegen zu fassen zu kriegen, das Motiv zu sehen, sobald es da ist. Darin besteht die Kunst des Fotografierens, es ist die Kunst des Augenblicks, wie sie auch mit einem geflügelten Wort genannt wird.

Am letzten Schultag vor den Ferien sah ich, dass Handwerker in dem gelben Bankdirektorenhaus bei der Arbeit waren. Auch von ihnen machte ich keine Aufnahme.

Aber dafür von meiner Klasse. Sowohl als Gruppe als auch alle einzeln. Die 8A auf dem Weg in die Zukunft oder jedenfalls auf dem in die Sommerferien. Leider wäre es übertrieben zu sagen, dass irgendein Mitglied der 8A sich als Fotomodell geeignet hätte. Es ist im Grunde überraschend, wie entstellt sogar Leute mit regelmäßigen Gesichtszügen sein können, wenn sie nur ein paar Grimassen ziehen. Nicht einmal Studienrat Dahl konnte es unterlassen, eine zu machen, als ich mit der Kamera vor ihm stand. Die Bilder von diesem Film waren nicht besonders geglückt. Eigentlich waren sie allesamt verschwendet.

Studienrat Dahl sagte einige goldene Worte über das Schuljahr, das jetzt hinter uns lag, über unsere Entwicklung und so weiter, dazu noch einige weitere goldene Worte über die Weltlage ganz allgemein. Vor allem verlieh er seiner Freude Ausdruck, dass der Falklandkrieg vorüber war. Diese Freude ließ sich unschwer teilen, ebenso wie sich die Freude unschwer vorstellen ließ, die Königin Elisabeth in ihrem Herzen empfunden haben musste, als man ihr mitteilte, dass The White Ensign – die britische Marineflagge – wieder stolz im Winter über Port Stanley wehte, dort, wo Meer und Himmel einander begegnen. Danach ging es hinaus auf den Schulhof, wo der Schuldirektor letztlich dieselben goldenen Worte von sich gab, und damit war der Sommer offiziell eröffnet.

Ich ging mit Hans nach Hause.

Hans bewunderte Bankdirektor Berges Leica.

»Toller Apparat, so eine Leica«, sagte Hans. »Sauteuer.«

»Ja, ich lerne jetzt richtig zu fotografieren.«

»Wahnsinn«, sagte Hans. »Ist das nicht furchtbar teuer?«

»Schon, die Filme sind teuer. Sauteuer. Sowohl die Filme selbst als auch die Entwicklung, von den Abzügen ganz zu schweigen. Aber

Großvater hat eine Verabredung mit dem Fotohändler getroffen, er übernimmt ein paar Filme pro Monat auf seine Rechnung.«

»Du Glückspilz. Mein Vater würde es zu teuer finden. Ist es schwierig?«

Ich antwortete zögernd:

»Na ja, klar, mit einer Leica zu fotografieren, ist nicht dasselbe, wie wenn man mit einer Kompaktkamera für Hausfrauen herumknipst. Man muss alles Mögliche beachten. Blende und Belichtungszeit. ASA. Lichtstärke. Ja, eigentlich ist es richtig schwierig. Wahnsinnig technisch.«

Hans pfiff anerkennend. »Kann ich mir vorstellen«, sagte er.

»Also, was ich meine«, sagte ich, »ich habe jetzt nicht mehr so viel Zeit für die Briefmarkensammlung.«

Hans sah mich überrascht an.

»Also nicht, dass ich ganz damit aufhören will«, fügte ich rasch hinzu. »Aber der Tag hat nur vierundzwanzig Stunden, und wenn ich ordentlich fotografieren lernen will, muss ich mich in den nächsten Monaten vor allem darum kümmern.«

Hans wirkte etwas enttäuscht.

»Außerdem«, versuchte ich zu erklären, »kommen deutlich weniger Briefe mit Briefmarken im Hotel an. Die Quelle ist nicht mehr, was sie einmal war.«

»Seltsam«, sagte Hans.

»Du weißt ja, heutzutage verwenden die Leute immer mehr Telex.«

»Ach ja?«

»Ja. Vor allem in der Reisebranche. Mittlerweile läuft fast alles per Telex.«

»Ach so. Verstehe.«

»Wenn du auch einen Fotoapparat hättest, einen ordentlichen, dann können wir zusammen fotografieren. Ich bin ziemlich sicher, Großvater hätte nichts dagegen, wenn du zwei oder drei von den Filmen nehmen würdest, die er im Monat übernimmt.«

»Glaubst du, Sedd?«

»Ich bin ganz sicher«, sagte ich.

Nachmittags holte Jim mich ab. Auf der Fahrt fragte er, ob es ein guter letzter Schultag gewesen sei. Ja, schon, nickte ich. Ob ich mich freute, jetzt freizuhaben? Ja, schon«, nickte ich. »Gut so«, sagte Jim. »Wollen hoffen, dass diesen Sommer ein paar Gäste kommen, damit du was zu tun hast.«

12

Mein Großvater stand zu seinem Wort. So pflegte er es jedenfalls auszudrücken. »Wenn du nicht zu deinem Wort stehst, wird dir nichts gelingen. Weil dir niemand vertraut. Verstehst du? Wenn du einmal ein Versprechen nicht hältst, werden dir die Lieferanten nie wieder glauben. Hast du einem Gast ein bestimmtes Zimmer versprochen, und er bekommt es nicht, dann bist du geliefert. Ein Mann, ein Wort, so wie ein Uhrwerk verspricht, dass es drei Uhr schlägt, wenn der große Zeiger auf der zwölf steht und der kleine auf der drei.«

Ja, nickte ich, ich war ganz seiner Meinung. Dazu gehörte nicht viel. Diese Rede vom Versprechen des Uhrwerks hielt er mir jedes Mal, wenn ich Hausaufgaben vergessen hatte, oder schlimmer, wenn ich sagte, ich hätte sie vergessen, dabei hatte ich sie absichtlich nicht gemacht. Da kam sie dann, die ganze Predigt davon, dass ein Mann zu seinem Wort stehen müsse. Da war es am besten, ihm beizupflichten. Vor allem, da ich wusste, dass mein Großvater felsenfest zu seinem Wort stand. Keinem Gast wurde in unserem Hotel jemals etwas vorgespiegelt, das er nicht bekam. Hatte er Jim für ein bestimmtes Datum einen freien Tag zugesagt, dann bekam Jim an diesem Tag wirklich frei, selbst wenn es schlecht passte. Allerdings verfügte Großvater über eine ganz eigene, tragische Art und Weise, Jim an solchen Tagen freizugeben, sodass dieser oft darauf verzichtete, aber Großvater erklärte, dass es auf die *Absicht* ankomme. Er *wollte* sein Wort halten. Versprach er Großmutter einen Urlaub oder Ausflug, einen neuen Mantel, eine Jacke oder Schmuck, eine Handtasche oder Ähnliches – und das musste er gar nicht so selten tun –, dann bekam sie das auch jedes Mal. Das Geschenk wurde dann mit einigen zeremoniellen Sätzen überreicht.

Großmutter: »Aber Schatzerl! Wie hübsch!«

Großvater: »Bitte sehr. Keine Ursache. Freut mich, dass es dir gefällt.«

Großmutter: »Genau so, wie ich es mir gewünscht habe! Dass du das noch wusstest.«

Großvater: »Du weißt doch, Liebes, dich froh und zufrieden zu sehen, ist für mich das Wichtigste auf Erden.«

In den Momenten, wenn er das sagte, schaute Großmutter ihn aus wundersam blanken Augen an, mit einem feinen, fast kindlichen Lächeln, dank dessen man ganz ohne Worte einige Sekunden lang begriff, warum sie ihm den ganzen weiten Weg von der Linzer Hotelfachschule im zivilisierten Österreich bis hinauf in die norwegischen Berge gefolgt war, in ein Land der Skilangläufer und Wasserkraft-Ingenieure. Dann liebte ich sie am meisten. In den Stunden, nachdem Großvater solche Versprechen erfüllt hatte, legte sich eine warme, ruhige Stimmung über sie beide und das ganze Hotel. Verträumt, ein Liedchen summend, wanderte Großmutter umher, warf dann und wann einen Blick auf den Tribut, den Großvater ihr gezollt hatte, strich mit der Hand sacht über eine Stola aus grauem Eichhörnchenfell oder bewunderte das Spiel des Lichts in einem grünen Edelstein. Ja, nach der Erfüllung besonders großer Versprechen vergoldete diese Stimmung unser Dasein Tropfen um Tropfen mehrere Tage lang.

So wusste ich aus Erfahrung, dass Großvater zu seinem Wort stand, und auch mir blieb er keinen Angelausflug schuldig, den er mir versprochen hatte, kein Modellflugzeug, das wir zusammen bauen wollten, kein neues, funkelndes Fahrrad, wenn meine Beine für den Rahmen des alten endgültig zu lang geworden waren.

Letzthin aber war immer mehr Zeit zwischen Großvaters Wort und dem Augenblick vergangen, in dem er es einlöste. Fast unmerklich hatte sich eine Art Quarantänezeit eingestellt zwischen dem Moment, da ein Versprechen den Anker warf, und demjenigen, da es sozusagen endlich an Land ging. War er tatsächlich vergesslich geworden? Ich wollte ihn nun auch nicht an eine Zusage erinnern, denn das hätte ihn in seiner Ehre gekränkt, wenn er den Ausflug in die Hauptstadt eben nicht vergessen haben sollte, den er mir in der Zeit nach Bankdirektor Berges Ableben versprochen hatte. Also sagte ich nichts, obwohl genügend Zeit verging. Außerdem schien Großvater besonders viel zu tun zu haben, obgleich die Belegung nicht die beste war. Die Sommer waren sowieso immer etwas kompliziert; die meisten Bergwanderer zogen von Hütte zu Hütte, wer die Ruhe suchte, genoss sie meist an der Küste oder im verteufelten Süden. Doch wie mein Großvater sagte, und er verfügte über eine ganze Reihe solcher Sprüche: Müßiggang ist aller Laster Anfang. Also gab er sich geschäftig, geschäftig und ein wenig unzugänglich, setzte Aufräumaktionen in Gang oder nahm lange verschobene Projekte in Angriff. Er kommandierte Jim und mich ab, um das Parkett in einem der Salons neu zu versiegeln, und war sich selbst nicht zu schade, um zwei Wände der Terrasse abzubeizen und neu zu imprägnieren, die Wind und Sonnenlicht besonders ausgesetzt waren. Auch die von allen verschmähte Minigolfbahn wurde gepflegt: Wo immer nötig, wurde der grüne Belag aus den Betonrinnen entfernt, Risse wurden geflickt, die roten Nummern der Bahnen wurden nachgestrichen, sogar die Schläger wurden mit Politur auf Hochglanz gebracht, bis sie funkelten wie neu. Doch als all das geschafft war, verkündete Großvater eines Tages, jetzt würde er mit mir in die Stadt fahren, ein Hotelzimmer sei reserviert und er habe bereits ein kleines Programm vorbereitet.

Mein Großvater liebte es, Programme vorzubereiten, anders als meine Großmutter, die lieber ungeplant lebte. Großvater meinte, ein wohldurchdachtes, präzises Programm gebe nicht nur einem Mann die beste Gelegenheit, zu seinem Wort zu stehen, sondern erlaube auch, den Tag bestmöglich zu nutzen. Auch freie Tage. Müßiggang ist aller …, wie schon gesagt. Großmutter hingegen meinte, frei ist frei. Darum machten sie selten gemeinsam einen Ausflug in die Stadt; es würde doch nur zu etwas führen, das Großmutter auf Deutsch *Krach* nannte, ein Wort, das man nur zu hören braucht, um zu verstehen, was es bedeutet. Als Großvater sein Programm verkündete, galt es nur für ihn und mich. Es ähnelte wie ein Ei dem anderen all den anderen Programmen, die wir bei unseren Besuchen in Oslo befolgt hatten: ein Teil Kulturerlebnis und Horizonterweiterung, ein Teil Ergänzung der Ausstattung und ein Teil gutes Essen. Nicht besonders aufsehenerregend, aber das hatte ich auch nicht erwartet. Das Aufsehenerregende an meinem Großvater bestand darin, wie wenig aufsehenerregend er im Grunde war. Ich glaube, man kann sich schwerlich jemanden vorstellen, der weniger geneigt gewesen wäre, etwas Aufsehenerregendes zu tun als mein Großvater. Als er einst an einem Sonntag eine rosa Krawatte zu seinem Direktorenanzug trug, da war das die reinste Sensation. Üblich war blau mit Goldstreifen.

Die Anreise wurde mit genügend Vorlauf auf den 12. Juli festgelegt. Ab der Johannisnacht zählte ich die Tage. Ob Großvater das auch tat, weiß ich nicht, ich will es aber nicht ausschließen. Denn so glücklich er mit seiner Arbeit war, so glücklich er sich in dem tadellosem Anzug an seinem Platz hinter der Rezeption fühlte, bekam er dennoch immer etwas ungewohnt Lebhaftes, wenn er seinen täglichen Pflichten ein wenig entkam, in derselben Weise, wie wenn ein Pferd aus dem Stall gelassen wird, das viele Grün entdeckt und sich plötzlich daran erinnert, dass Hafer nicht alles ist. An den zahlreichen kleinen und großen Vorbereitungen, die er traf, dazu einer gewissen Gewandtheit der Bewegungen konnte ich merken, dass er ebenfalls die Tage zählte. Manchmal pfiff er sogar ein Liedchen.

Großmutter zählte übrigens auch. Sie hegte jedoch eher gemischte Erwartungen. Zwar behauptete sie ständig, sie freue sich darauf, uns einmal los zu sein und das ganze Haus für sich zu haben, zugleich war aber doch zu spüren, dass sie damit nicht restlos glücklich war. Teilweise wäre sie wohl gern selbst in die Stadt gefahren, und recht bedacht, war sie schon seit zwei Jahren nicht mehr dort gewesen. Und teilweise glaube ich, dass sie sich einfach um Großvater wirklich Sorgen machte.

So war es überhaupt mit Großmutter. Sie sagte etwas, doch meinte sie nicht etwas anderes? Bislang hatte ich es nie so recht durchschaut. Dass ich es jetzt tat, lag daran, dass am 2. Juli der Terror in Oslo zuschlug.

Es kam sofort in den Radionachrichten. Die Stimme des Sprechers bebte vor Ernst, als er die Meldung verlas. Ein Unbekannter hatte in der Halle des Ostbahnhofs eine Bombe deponiert, die mitten am Nachmittag losging und einen Menschen tötete, eine junge Frau, die gerade daneben im Fotoautomaten saß und Passbilder machte. Mitten in der Halle des Ostbahnhofs, wo tagtäglich viele Tausende Reisende vorbeikamen, auch ich selbst schon öfter.

Vielleicht, dachte ich, wollte sie verreisen und brauchte dafür ein Passbild. Oder sie wollte es nur ihrem Freund schenken. Wie auch immer: Norwegen hatte erstmals einen blinden Terroranschlag erlebt. Das Fernsehen verschob seine Sendungen für Sonderberichte. Die einen meinten, Leute aus dem Nahen Osten stünden hinter der Tat, andere sahen Rechtsextreme am Werk. »Die Rechtsextremen«, sagte Großmutter, »die kenne ich. Die tun so etwas.« – »Nein, der Nahe Osten«, sagte Großvater. »Pff«, meinte Großmutter. Doch was war der Streit darüber nutze, schließlich war der Täter unbekannt. Die nächsten Tage über verfolgte Großmutter sämtliche Nachrichtensendungen und las alle Zeitungen. Schon nach wenigen Stunden begann sie zu klagen, Norwegen sei nicht mehr derselbe geliebte, friedliche Winkel der Welt, nichts sei mehr wie zuvor, ja, ab sofort sei man in Oslo nicht mehr sicher. Als kurz danach herauskam, dass der unbekannte Terrorist noch eine weitere Bombe am selben Ort deponiert hatte, jedoch nur eine explodiert war, machte das die Sache nicht besser.

Großvater und ich saßen am Frühstückstisch, als Großmutter sich vor uns aufbaute:

»Hier sitzt ihr, als ob nichts passiert wäre. Aber es ist etwas passiert. Jawohl!«

Großvater nahm einen Schluck Kaffee.

»Ich würde nichts sagen«, fuhr Großmutter fort, »wenn es mir nicht sehr ernst wäre, aber das ist es. Ich weiß, du hast Sedd einen Ausflug in die Stadt versprochen, aber du solltest einmal überlegen, ob Oslo jetzt nicht zu riskant ist. Mit einem Minderjährigen noch dazu.«

Sie warf einen Blick in meine Richtung.

»Sisi«, sagte Großvater in aller Ruhe. »Wir nehmen ja nicht den Zug.«

Beleidigt sah sie ihn an. »Das war jetzt wirklich nicht witzig«, sagte sie. »Du verstehst genau, was ich meine. Stell dir vor, Sedd passiert etwas. Ja, oder auch dir selbst.«

»Nichts wird passieren, Sisi. Beruhige dich. Also, ich muss dann mal, ich habe Vorbereitungen für die Reise zu treffen.«

»Aha!« Kurz klang Großmutters Stimme wie tränenerstickt, aber nur ganz kurz: »Ich wollte es nur gesagt haben! Und jetzt habe ich es gesagt.«

Damit marschierte sie hinaus, die Tageszeitung unter dem Arm. Sie erwähnte das Thema den ganzen Tag nicht mehr, Großvater konnte sich ungestört seinen Vorbereitungen widmen.

Für jemanden, der vom Fach war, stellte er sich dabei sehr umständlich an. Zunächst holte er den Koffer hervor, wischte ihn ab, öffnete ihn und verschuf sich einen Überblick über den Rauminhalt, der ihm zur Verfügung stand. Dann legte er alles, was mit sollte, in säuberlich viereckig gefalteten Stapeln neben dem Koffer aufs Bett. Allein das dauerte fast einen Tag lang, denn er musste einzelne Kleidungsstücke immer wieder austauschen, wenn er mögliche Wetterumstände bedachte, die uns im Laufe des Ausflugs bevorstehen mochten. Mein Gott, ihr wollt doch nur nach Oslo, wandte Großmutter ein. »Es ist Sommer, aber wenn es plötzlich kalt werden sollte, kaufst du dir einfach einen Pullover.« Großvater aber fand, es sei am besten, für alle denkbaren Zufälle gerüstet zu sein. Sollte er Galoschen mitnehmen oder nicht? Sollte er seine Strickjacke mitnehmen oder nicht? Oder eine gestrickte Wollweste? Die er unter der Jacke tragen könnte? Und wenn, welche Jacke sollte er einpacken? Und zur Sicherheit auch den knielangen Popelinemantel? Einen Regenschirm? Auch galt es, alle notwendigen Medikamente in die Toilettentasche zu packen. »Also wirklich, in Oslo sind überall Apotheken«, sagte Großmutter, »an jeder Straßenecke«, doch das hinderte Großvater keineswegs, auf Nummer sicher zu gehen: Mückenmittel, ein Stift gegen Insektenstiche, Sonnenöl, Aspirin, Alka-Seltzer, Kohletabletten und Vademecum, all das gehört nach sorgfältiger Risikoabwägung mit ins Gepäck. Dazu eine kleine Tüte mit der Erste-Hilfe-Ausrüstung, für alle Fälle. War all dies vorbereitet, und auch das kleine Schuhputz-Set und das elegante Reise-Maniküre-Etui lagen bereit, musste nur noch das Extrapaar Schuhe geputzt, mit Schuhspannern versehen und in Schuhsäckchen geschnürt werden, schon konnte alles behutsam und vorsichtig symmetrisch angeordnet in den Koffer gelegt werden. Ich packte umstandsloser und schneller, doch gemahnte Großvater mich stets an die Bedeutung von sorgfältig und durchdacht gepacktem Gepäck. Am Morgen des 12. Juli kontrollierte er den Ölstand in seinem Vauxhall, danach den Reifendruck, immer ein Zeichen dafür, dass die Abreise kurz bevorstand. Doch danach erhob Großmutter neue Einwände gegen den Ausflug. Nein, es sei doch allzu riskant. Der Bombenleger sei noch nicht gefasst. Er könne jederzeit wieder zuschlagen.

»Mach dir keine Sorgen«, sagte Großvater. »Wir gehen nirgendwohin, wo es gefährlich ist.«

»Kein Mensch kann wissen, wo es gefährlich ist«, sagte Großmutter. »Liebster, ich mache mir solche Sorgen um Sedd.«

»Dafür gibt es keinen Grund«, sagte Großvater. »Die Polizei passt auf.«

»Ach was, der Polizei darf man auch nicht zu viel zutrauen. In der Zeitung steht, man soll sich von öffentlichen Orten fernhalten. Alle müssen aufpassen, steht in der Zeitung.«

»Schon gut, schon gut, Sisi«, sagte Großvater. »Wir werden dasselbe tun wie immer, wenn wir in der Stadt sind, wir werden unseren Horizont erweitern.«

»Versprich mir, dass du Sedd auf gar keinen Fall in die Nähe des Ostbahnhofs kommen lässt!«

»Gewiss, Sisi, das verspreche ich dir.«

»Auf gar keinen Fall! Und du auch, Sedd. Versprich mir, dass du diesem schrecklichen Ort nicht nahe kommst.«

»Ja, Großmutter. Auf gar keinen Fall. Großvater und ich wollen nur unseren Horizont erweitern.«

Und wir fuhren los.

Im Auto war die Stimmung wie immer gut, wenn auch nicht redselig. Das war eine weitere Eigenschaft meines Großvaters: Er redete nicht um des Redens willen, und wenn er redete, dann sagte er häufig Dinge, die er öfter zu sagen pflegte. Über das Hotel, und wie man sich auf Erden zu verhalten habe, damit alles seinen geregelten Gang gehe, und das wolle man ja. Dinge wie, es ist alles weise eingeteilt, mein Junge, wir können nicht alle dasselbe tun, weißt du. So ist das eben. Die einen werden bedient, die anderen bedienen. Die einen schlafen im Bett, die anderen müssen das Bett machen. Wir alle sind mal Herrschaft und mal Diener. So ist es, so ist es immer gewesen, zu allen Zeiten, es kann gar nicht anders sein.

Wer jetzt kürzlich im Englischunterricht ein Buch wie eine leuchtende Brandfackel gelesen hatte, ein Buch namens Onkel Toms Hütte, dem mochten hier manche Einwände einfallen. Nur hätten sie zu nichts geführt, außer dazu, Großvater schlechte Laune zu bereiten. Er hätte seine Meinung wiederholt, nur diesmal sehr viel wortreicher, oder aber man hätte im Gegenteil riskiert, dass er den Rest des Tages lang gar nichts mehr sagte. Also antwortete ich nur mit einem bestätigenden Grunzen, und schon war Großvater zufrieden. Danach herrschte angemessene Stille im Wagen, bis wir ins flache Ostnorwegen kamen, der Verkehr dichter wurde und Oslo in Sicht kam. Dann sagte Großvater: »Der Verkehr wird dichter, da kommt bald Oslo in Sicht.«

Oslo. Wir waren schon einige Zeit nicht mehr hier gewesen. Früher mindestens ein Mal pro Jahr, gewohnheitsmäßig. Ich verband mit Oslo dreierlei. Erstens das Hotel. Als geachteter Vertreter des Fachs stieg Großvater stets im ersten Haus am Platze ab, im Continental direkt gegenüber dem Nationaltheater, in der Nähe des Schlosses. Die stilvollen Piccolos, der makellose Service, die schweren Kaffeekannen und der Duft nach Schuhputzmitteln und Bohnerwachs inspirierten ihn und versetzten ihn sofort in gute Laune. Das zweite waren die Restaurants. Großvater bestand darauf, ausschließlich in den besten Lokalen zu essen, er wollte mitbekommen, was dort angesagt war. Das dritte war Kleidung. Jeder Besuch in Oslo beinhaltete auch einen ausführlichen Termin beim ersten Herrenausstatter der Hauptstadt, Ferner Jacobsen in der Stortingsgate. Selbst die königliche Familie war hier Kunde. Diesmal aber, so hatte Großvater erklärt, fiel dieser Teil aus. Schwierige Zeiten, Sedd, sagte er, schwierige Zeiten.

Aber ins Continental ging es wie stets.

Wir betreten es von der sommerlich warmen Stortingsgate aus durch eine Doppeltür, an der ein erwachsener Piccolo in taubengrauer Uniform freundlich zum Gruß die Hand an den Mützenschirm legt, und es geht hinein in die kühle Stille der schattigen Lobby. Alles ist hier wie stets, auch wenn die Gäste natürlich nie dieselben sind. Genau das, sagt Großvater, ist das Geheimnis eines wirklich erstklassigen Hotels. Großvater tritt in seinem tadellosen grauen Anzug an die Rezeption, nennt seinen Namen und erklärt, er habe ein Zimmer bestellt. Auf den Namen Zacchariassen. Ja, genau. Mit Z und Doppel-C.

Der Rezeptionist lächelt ihn zuvorkommend an und schaut in seinem Buch nach. Die Seite, auf der die Anreisen des Tages vermerkt sind, hält er zwischen den Spitzen zweier weicher, sacht nikotingelber Finger; er schaut auf der einen Seite nach, dann auf der anderen, dann abermals auf der ersten. Spalten, Linien, mit Hand geschriebene Namen und Zimmernummern. Noch einmal prüft er nach, mustert beide Seiten von oben nach unten. Hm, ja, Zacchariassen, wiederholt er. Ja? Großvater ist verwundert. »Ich glaube«, sagt der Rezeptionist, »Sie besprechen das am besten mit Pedersen.«

»Junger Mann, ich verstehe nicht«, meint Großvater verwundert, aber bestimmt. »Ich habe vor über zwei Wochen reserviert.«

»Verstehe, Herr Zacchariassen, vor über zwei Wochen, aha, aber wie gesagt, am besten reden Sie mit Pedersen.«

»Junger Mann«, sagt Großvater, jetzt schon prononcierter, »finden Sie meine Reservierung jetzt, oder finden Sie sie nicht? Steht unser übliches Zimmer für uns bereit oder nicht?«

»Herr Zacchariassen«, setzt der Rezeptionist an, und Großvater unterbricht ihn: »Herr *Direktor* Zacchariassen, wenn ich bitten darf.« Der Rezeptionist fährt fort: »Es tut mir wirklich sehr leid, vielleicht hat es einen Irrtum gegeben, trotzdem glaube ich, Sie sprechen am besten mit Pedersen.« – »Gut, gut«, meint Großvater höflich, »dann spreche ich mit meinem alten Freund Pedersen, warum auch nicht?«

Der Mann verschwindet durch eine Tür, die er sehr behutsam hinter sich schließt. Ein zweiter Rezeptionist, gerade sehr damit beschäftigt, zwei in Schottenkaro gekleidete amerikanische Touristen zu bedienen, wirft Großvater einen verstohlenen Blick zu, blickt aber weg, als Großvater es bemerkt. Darum, wie ich dreinschaue, kümmert Großvater sich nicht.

Pedersen erscheint.

»Guten Tag, Pedersen, alter Kämpe«, grüßt Großvater ihn herzlich und erntet ein ebenso herzliches breites Lächeln. Sie geben einander die Hand. Sie erkundigen sich gegenseitig nach dem Wohlergehen, Pedersen fragt nach Großmutter, nach dem Hotel, er tut so, als würde er mich jetzt erst entdecken, und ruft aus, mein Gott, wie groß ich geworden sei, du liebes bisschen, wie schnell die Zeit vergeht, und wie laufen die Geschäfte, fragt er Großvater. »Ja, danke, nicht übel«, antwortet Großvater, »es geht ein wenig auf und ab mit der Konjunktur jetzt, seit die Leute so viel in den Süden reisen, aber wir sind ja anpassungsfähig und erschließen uns neue Marktsegmente.« Mir ist klar, er meint das Hochzeitspaket. »Die wechselnde Konjunktur bekommt ihr ja sicher auch hier in der Stadt mit«, sagt Großvater. »Mal so, mal so«, sagt Pedersen. »Und wie geht es Borghild und den Kindern?« Pedersen berichtet bereitwillig und ausführlich von Borghild und den Kindern, dann fragt er nach den Schneeverhältnissen in den Bergen im letzten Winter, der Rezeptionist wirft erneut einen langen Seitenblick auf Pedersen und meinen Großvater, bevor er den Amerikanern auseinandersetzt, welche praktischen Schwierigkeiten einem Tagesausflug zu The Fjords weit im Westen des Landes entgegenstehen.

»Mit meiner Reservierung scheint es wohl ein Missverständnis gegeben zu haben?« Großvater unterbricht den Stellungskrieg, oder soll man sagen, den Bestellungskrieg. »Dein jüngerer Kollege scheint sie nicht finden zu können. Ein wirklich sehr liebenswerter junger Mann, sehr vielversprechend.«

»Tja, um die Wahrheit zu sagen ...«

Er hält inne, schielt verlegen zu mir herüber, dann blickt er Großvater eindringlich an.

»Ach ja, Sedd«, sagt Großvater, »vielleicht gehst du in den Aufenthaltsraum und bestellst dir ein Solo?«

»Oder eine Cola«, schlägt Pedersen vor. »Sag ihnen einfach, Pedersen schickt dich.«

Kurz bleibe ich stehen und schaue die beiden fragend an. Ich war hier schon oft, vielleicht nicht hundertmal, aber doch sehr, sehr oft.

»Gegenüber, Junge«, sagt Großvater. »Du weißt ja, wo es ist.«

Ich weiß, wo es ist. Ich war hier sehr, sehr oft und kenne mich aus. Im Hotel Continental, einem erstklassigen Hotel, ist alles unverändert, alles ist wie früher, und doch ist irgendwie alles anders.

Ich versinke in einem der Sessel im Aufenthaltsraum neben einem kleinen Beistelltisch. Sofort kommt eine Kellnerin angetrippelt und lächelt freundlich. Was ich wünsche?

Ich wünsche, dass alles ist wie früher, denke ich, aber ich sage stattdessen: »Was haben Sie denn?«

»Eigentlich alles, aber darf es vielleicht ein Erfrischungsgetränk sein?« Sie blickt mich aus blauen Augen an.

»Ich hätte eigentlich an einen Gin Tonic gedacht«, sage ich, »aber den geben sie mir wahrscheinlich nicht?«

Dabei setze ich mein freundlichstes, höfliches Lächeln auf, und der Scherz verfehlt seine Wirkung nicht. Einerseits imponiert ihr meine Unverfrorenheit, andererseits habe ich ihr deutlich gemacht, dass ich gut weiß, was ein Gin Tonic ist, dass mir ein Gin Tonic durchaus nicht fremd ist, vielleicht ebenso wenig wie andere verbotene Getränke oder andere erwachsene Genüsse, dass ich aber andererseits auch reif und verantwortungsbewusst genug bin, um die Regeln der Welt zu kennen und mich nach ihnen zu richten, sie zu akzeptieren und zu verstehen, aber nicht ohne Humor. Wie gesagt, es verfehlt seine Wirkung nicht, das Blau ihrer Augen vertieft sich, sie grinst, und ich sage: »Also eine Orangenlimonade bitte, ein Solo. Mit Eis. Gestoßenem Eis. Und gern einer Orangenscheibe.«

Beeindruckt nimmt sie meine Bestellung entgegen, verschwindet und kommt blitzschnell mit meinem Solo zurück, genau wie bestellt, dazu ein Schüsselchen Erdnüsse, die ich nicht bestellt habe, doch die man an Orten wie diesem guten Gästen gern serviert. Genau das mag ich so gern, wenn man genau das bekommt, was man haben wollte, und noch etwas mehr. Hier ist es immer so gewesen, ich kann mich an nichts anderes erinnern, seit ich mich zum ersten Mal am in der Hotelküche selbst gemachten Erdbeereis habe satt essen dürfen; es kam einfach eine Portion nach der anderen, solange ich nicht abwinkte, mit so viel Schokoladenstreuseln, wie ich nur wollte, offenbar verfügten sie über ein Füllhorn mit Tiefkühlfunktion. Meine Großeltern saßen vergnügt am selben Tisch, ein klein wenig herausgeputzt, und sahen zu, wie ich in Erdbeereis versank. Sie selbst ließen sich vorsichtig von Cointreau umspülen. So war es damals, so ist es heute. Das Solo schmeckt intensiver nach Solo als woanders, das gestoßene Eis ist kristallklar, die Orangenscheibe ruht wie eine untergehende Sonne am Horizont des Glases. Jetzt hebe ich den Blick.

Das hatte ich bislang nicht gewagt. Denn ich fürchtete mich ein wenig vor den Bildern. Diesen Grafiken. Vor Edvard Munchs Bildern. Ich kann Edvard Munchs Bilder nicht leiden. Für mich haben sie etwas Verstörendes, Widerliches. Die fließenden Linien. Die formlosen Gesichter. Besonders unwohl wird mir bei dem Bild namens *Vampir*, einer Frauengestalt, die dem Mann, der mit dem Kopf in ihrem Schoß liegt, das Blut aus dem Halse saugt. Das Bild ist so gruselig, man kann es unmöglich wieder vergessen. An allen Wänden des Aufenthaltsraums hängen diese Bilder, das hat mich immer gewundert, und auch jetzt, wo ich hinter meinem Solo sitze, wundert es mich, dass die anderen Gäste nicht zu bemerken scheinen, wie unheimlich und ekelerregend diese Bilder sind. Fast tut es weh. Bei einem der ersten Male, wo wir hier wohnten, ich glaube, das war das Mal mit dem Erdbeereis, hatte ich nachts Albträume von diesen Bildern. Jetzt bin ich groß und lange nicht mehr hier gewesen, ich denke, ich brauche keine Angst mehr vor ihnen zu haben. Also hebe ich den Blick. Doch leider. Sie haben dieselbe Wirkung wie eh und je. Schnell schaue ich wieder auf mein Solo, weg vom *Vampir*.

Und dann taucht Großvaters graue Anzughose mit ihrem diskreten Fischbeinmuster rechts in meinem Gesichtsfeld neben meinem Tisch auf. Ich schaue hoch. Großvater schaut herab. »Komm«, sagt er. »Ich trinke noch schnell mein Solo aus«, sage ich. »Nein, wir gehen«, sagt er und weicht meinem Blick aus. Ich antworte nicht. »Es hat ein Missverständnis gegeben«, sagt er. »Komm.« – »Aber, Großvater ...«, setze ich an. »Jetzt komm schon«, sagt Großvater irritiert.

Und wir gehen. Lassen das Solo und Munchs grausige Bilder zurück, die Erdnüsse und Fahrstühle, den Marmorboden und das Restaurant im Obergeschoss, Pedersen, das Theatercafé und das ganze Continental. Der Piccolo öffnet uns die Tür, salutiert diesmal jedoch nicht, sondern schaut uns nur an.

Draußen muss Großvater in all seinen Taschen nach dem Autoschlüssel suchen, auch in derjenigen, wo er ihn immer hat, der linken Jackentasche, dennoch dauert es eine geraume Weile, bis er ihn findet, und dann tut er etwas, was er nie tut: Er flucht.

»Verdammt noch mal«, sagt er. Dann hat er endlich den Autoschlüssel, und wir steigen in seinen Vauxhall Viva. Er betätigt den Anlasser, parkt routiniert aus und fädelt sich in den Verkehr auf der Stortingsgate ein, ruhig und beherrscht.

»Sehr betrüblich, Sedd«, sagt er. »Ein dummes Missverständnis. So etwas sollte nicht vorkommen.«

»Stimmt, Großvater«, sage ich. »Das ist unprofessionell.«

»Das kann man wohl sagen, das kann man wohl sagen. Eine solche Frechheit!«

Mehr sagt er nicht, sondern bläst die Luft durch die Vorderzähne aus. Dieses zischende Geräusch lässt er hören, wenn er etwas wirklich unzumutbar findet, und zu mehr kommen wir gar nicht, schon haben wir das Grand Hotel erreicht.

Hier soll ich im Auto warten, er geht allein hinein. Ich beobachte solange das lebhafte sommerliche Treiben auf der Karl Johans Gate, der Hauptstraße von Oslo. Dichter und Künstler sind hier finster einhergeschritten, zu Tode deprimiert, alle von dem Gefühl erfüllt, sie befänden sich auf dem falschen Planeten, doch heute ist keiner von ihnen zu sehen. Nur sommerlich gekleidetes Menschengetümmel. Manche essen Softeis, einige davon mit Streuseln. Die einzige künstlerische Äußerung kommt von einem Mann mit Cowboyhut, er hat eine Trommel auf dem Rücken und steht vor dem Haus mit der großen Reklame für die Schokoladenfabrik Freia, wo er mit scheppernder Stimme einen amerikanischen Song zum Besten gibt, mit so unendlich vielen Strophen, dass ich annehme, er muss von Bob Dylan sein. Mittels eines trickreichen Mechanismus am Absatz seines einen Cowboystiefels schlägt er die ganze Zeit auf die Trommel ein. Vom anderen Absatz führt ein Draht bis zu dem Becken über der Trommel, und bei jedem vierten Schlag lässt er es erklingen. Zwischen den Strophen spielt er auf seiner Mundharmonika, diese hängt an einem um seine Schultern hängenden Gestell. Auch andere Blasinstrumente sind daran befestigt, unter anderem ein Kazoo, und so bildet der Mann mit dem Cowboyhut ein regelrechtes Einmannorchester. Es sieht nicht norwegisch aus. Vielleicht ist er Amerikaner oder Engländer, oder was weiß ich, jetzt steht er jedenfalls da und musiziert, und die Passanten lassen die Münzen in seinen offen stehenden Gitarrenkasten vor den unermüdlich stampfenden Cowboystiefeln regnen.

Doch jetzt kommt aus dem Laden ein wütender Mann gerannt, mit Anzug und Schlips und rotem Kopf, die Arme gen Himmel gereckt. Er schießt auf den Musiker zu, baut sich zwischen ihm und dem Gitarrenkasten auf, sagt etwas, die Musik bricht ab. Sie scheinen eine Weile recht erregt zu verhandeln, doch nicht so laut, dass ich sie durch das offene Seitenfenster des Wagens verstehen könnte. Ich lange auf dem Rücksitz nach der Kameratasche, nehme die Kamera heraus und halte sie mir vor das Auge. Durch den Sucher kann ich sehen, wie die Passanten den Streit interessiert verfolgen. Einige von ihnen wollen sich in die Diskussion einmischen, doch die ist bereits vorbei, der Musiker baut ab, nickt resigniert, sammelt das Geld aus dem Kasten, legt die Gitarre hinein und schließt den Deckel, dann vollführt er noch eine schwungvolle Verbeugung vor seinem Publikum und dem wütenden Mann, der jetzt offensichtlich milder gestimmt ist, denn er überreicht ihm ebenfalls eine Münze, und dann begibt sich der Musiker mit seinem ganzen kleinen Orchester in Richtung Egertorg. Ich folge ihm mit der Kamera, verdrehe mir den Hals. Großvater ist immer noch nicht zurück. Wenn ich noch etwas weiter über die Schulter schaue, kann ich am Ende der Straße das Storting sehen, ein imposantes, würdevolles Gebäude, das das Parlament des Königreichs Norwegen beherbergt. Alle Macht soll von diesem Saal ausgehen. Ich hatte gehofft, auf dem Rasen vor dem Storting ein paar Vertreter der Volksgruppe der Samen zwischen den Fliedersträuchern zu sehen, wie im Jahr davor lange Zeit in den Fernsehnachrichten, doch es sind keine da. Sie sind längst schon verhaftet worden, sie haben aufgegeben, vielleicht sind auch sie in den Sommerferien, denke ich, oder müssen sie sich um ihre Rentiere auf der Sommerweide kümmern? Wer weiß. Oder sie sind ihrem Hungerstreik zum Opfer gefallen? Ein ziemlich makabrer Gedanke, fast muss ich lachen. Wahrscheinlich sitzen sie irgendwo hinter Gittern. Dann frage ich mich, was man Samen, die längere Zeit gefastet haben, wohl zu essen gibt – vielleicht nicht unbedingt Rentiergulasch, vielleicht aber eine nahrhafte Brühe, wie die Consommé, die Jim aus Suppenknochen und Gemüse zubereitet. Vier Stunden muss sie kochen, dann wird sie abgesiebt, muss erkalten, dann wird sie entfettet und erneut aufgekocht, diesmal aber mit Klärfleisch, einer Mischung von Hackfleisch und Eiweiß. Das Klärfleisch steigt in dem großen Suppentopf nach oben und liegt wie eine schmutzig graue Wolke auf der Brühe, bis sie mit Schaumlöffeln abgehoben wird. Zurück bleibt die absolut klare Consommé. Genau das Richtige für jemanden, der längere Zeit nichts zu sich genommen hat, ob Same oder nicht, gerne mit etwas Lauch darin oder mit Croûtons, oder auch mit in Streifen geschnittenem Eierkuchen, und wo bleibt eigentlich Großvater? Ich bin nämlich ziemlich hungrig. Mindestens ein Softeis wäre jetzt nötig, mit Schokostreuseln oder ohne.

Da kommt Großvater aus dem Eingang des Hotels, deutlich weniger gestresst. Er öffnet die Beifahrertür und beugt sich zu mir herab:

»Alles in bester Ordnung«, sagt er zufrieden. Ein Piccolo kommt unsere Koffer holen, Großvater lehnt sich über meinen Sitz und zieht den Schlüssel aus dem Schloss. Wie immer duftet er nach Old Spice Aftershave und leicht nach Lavendel. Als ich klein war, dachte ich, seine Haut, also Großvater selbst, würde so riechen.

Wir stolzieren in die riesengroße Rezeption – in mancher Hinsicht feiner, sagt Großvater, als das Continental, übrigens wohnen hier im Grand immer die Nobelpreisträger. Ja, sagt er im aufwärts schnurrenden Fahrstuhl, sogar Sir Charles Chaplin habe in diesem Hotel gewohnt.

»Und Sophia Loren«, meldet sich der Piccolo.

»Ja, Sophia Loren auch«, bestätigt Großvater.

»Und Danny Kaye«, berichtet der Piccolo weiter.

»Ja«, sagt Großvater leicht irritiert, »Danny Kaye auch.«

»Er hat sogar zweimal hier gewohnt«, sagt der Piccolo, während wir am zweiten Stock vorbeifahren.

»Zweimal? Ich hätte gedacht, nur einmal«, sagt Großvater.

»Dritter Stock«, sagt der Piccolo.

Zimmer 425 ist vielleicht nicht ganz so groß wie das Eckzimmer, das meine Großeltern immer im Continental haben, aber ein sehr gutes Zimmer ist es doch, das erkennt mein geübtes Auge sofort.

»In diesem Zimmer hat übrigens Horst Tappert gewohnt, der Fernsehstar, und zwar mehrmals«, sagt der Piccolo, nachdem er die Koffer abgestellt und die Gardinen aufgezogen hat.

»Vielen Dank für die interessanten Informationen und die Hilfe.« Großvater gibt ihm einen ausgewachsenen Zehn-Kronen-Schein als Trinkgeld.

Der Piccolo dankt fast zu überschwänglich, zeigt uns als Bonus zum zweiten Mal, wie man die Klimaanlage reguliert, und verschwindet.

»Ah, es ist doch immer gut, nach einer langen Reise wieder ein Dach über dem Kopf zu haben. Vor allem in einem renommierten Hotel.«

»Ja, Großvater.«

»Ich brauche das Auto sicher noch nicht gleich zu parken«, sagt Großvater. »Meinst du nicht auch, es kann ein paar Minuten stehen bleiben? Ach, das kann es sicher, die Portiers passen auf, nicht wahr.«

Er wandert kurz durch das Zimmer, stellt sich ans Fenster und blickt auf die Karl Johans Gate hinaus, die zweite Hauptstraße im Zentrum, parallel zur Stortingsgate.

»Ja, ja«, sagt er, »gut, gut, vielleicht etwas kleiner, als wir es gewohnt sind, aber so ist es nun. So ist es nun. Die Aussicht ist sogar besser als im Continental.«

Ich schaue aus dem Fenster und muss ihm recht geben. Die Aussicht ist tatsächlich besser. Ich mache noch ein Foto.

»Aber doch etwas kleiner«, sagt er und besichtigt mit Kennermiene das Badezimmer. »Wie auch immer, alles in allem ein ausgezeichnetes Zimmer. Ausgezeichnet.«

Wiederum muss ich ihm recht geben. Alles in allem ist es ein ausgezeichnetes Zimmer.

Und dann geht er den Wagen parken.

13

Bekanntlich heißt es, Wissen ist wichtig, ja, Wissen ist Macht, doch es ist dann noch so sehr viel mehr. Wissen erweitert den Horizont. Und so pflegten Großvater und ich bei jedem unserer Besuche in Oslo unseren Horizont zu erweitern, indem wir ins Museum gingen.

In Oslo gibt es viele horizonterweiternde Wissensinstitutionen, wie es in einer großen, pulsierenden Hauptstadt nicht weiter überrascht. In der Zeit, in der ich noch aktiv Briefmarken sammelte, waren wir oft im Postmuseum. Sehr interessant war es dort, denn dort haben sie nicht nur vollständige Sammlungen der Posthornbriefmarken, sondern tatsächlich echte Posthörner, in die echte Postreiter geblasen haben, und sogar Botschaftsstäbe, die an Wände und Zäune und andere Stellen gesteckt werden konnten. Hochinteressant ist auch das Münzkabinett der Universität, ganz zu schweigen vom Norwegischen Technikmuseum in Ensjø, wo man die größte Modelleisenbahn von Nordeuropa bewundern kann, dazu ein Modell des Wankelmotors, das erste Auto des späteren Königs Olav als kleiner Prinz, das Flugzeug des Flugpioniers Tryggve Gran, dem 1914 die erste Überquerung der Nordsee gelang, und eine ganze Reihe anderer Ausstellungsgegenstände. Doch das Museum, das den Horizont auf ganz besondere Weise erweitert, ist meiner Meinung nach noch immer das Kon-Tiki-Museum.

Thor Heyerdahl, der norwegische Forschungsreisende und Ethnologe, fürchtete sich nicht, seinen Horizont zu erweitern. Im Gegenteil, er tat es unablässig. Kaum war ein Horizont erweitert, nahm er sich schon den nächsten vor. So hielt er es seit seiner Kindheit. All das wird im Kon-Tiki-Museum auf der Halbinsel Bygdøy in Oslo dokumentiert, wo man auch Thor Heyerdahls wissenschaftliche Auszeichnungen bewundern kann. Die bedeutendste davon ist wohl der einzige je nach Norwegen gegangene *Oscar*, er steht in einer Glasvitrine über der Verkaufsstelle der Eintrittskarten. Im Museum kann man Thor Heyerdahls kühne Expeditionen verfolgen, mit denen er unwiderleglich bewies, wie Angehörige alter Zivilisationen mithilfe von primitiven, aber intelligent gebauten Booten über die Weltmeere fuhren, und es ist eine eigenartige Vorstellung, dass niemand vor Heyerdahl auf diese Idee gekommen war.

Als wir ins Museum kamen, war es dort heiß und voller Amerikaner. Wie stets begannen wir chronologisch mit dem Kon-Tiki-Floß, und wie stets musste Großvater sich wundern, wie unvorstellbar es ist, dass sieben erwachsene Männer es so lange auf so kleinem Raum miteinander aushielten.

»Wahrscheinlich sind sie sehr höflich miteinander umgegangen«, sagte ich, »und haben so geschafft, sich nicht zu streiten.«

»Das hast du schön beobachtet, Sedd«, pflichtete Großvater mir bei, »sehr schön beobachtet. Und es beweist, dass Höflichkeit in allen Lebenslagen wichtig ist. Ungeheuer wichtig.«

»Wahrscheinlich machen viele Leute sich das nicht recht bewusst, Großvater«, sagte ich, um ihm noch ein wenig Auftrieb zu geben.

»Nein, so viel ist gewiss. So viel ist gewiss! Viel zu viele machen sich das nicht bewusst. Die meisten Menschen würden es heutzutage keine drei Tage auf so einem Floß aushalten. Manche kommen ja nicht einmal im Hotel zurecht. Die Jungs von der Kon-Tiki können wirklich als Vorbild dienen.«

»Vielleicht könnte man sie auch in Schulbüchern als Vorbilder darstellen«, schlug ich vor.

»Großartige Idee, Sedd, großartige Idee. Leider sind ja die Zeugnisnoten für Ordnung und Betragen abgeschafft worden. Ein wahres Unglück. Ein Unglück für das ganze Land. Daran sind die Sozialdemokraten schuld. Wie soll das denn gehen? Also um dich mache ich mir keine Sorgen, mein Junge. Du weißt noch, was Höflichkeit ist, also meistens. So geht es, wenn man aus gutem Hause stammt. Dann findet man sich immer zurecht. Ganz wie Thor Heyerdahl. Aus gutem Hause. Sehr gutem Hause.«

»Glaubst du, ich würde die Reise mit einem Balsa-Floß über den Pazifik überstehen, Großvater?«

»Ja, Sedd, da bin ich ganz sicher. Jedenfalls, wenn du größer bist. Noch größer.«

Großvater wandte den Blick von den Taurollen und Vorratskisten auf dem mit Kokosmatten ausgelegten Deck der Kon-Tiki und stützte sich auf das Geländer, das uns von dem Floß und dem künstlichen Wasser trennte, und schaute mich intensiv an, nahm mich sozusagen in Augenschein.

»Ein großer Junge, ja, Sedd«, sagte er, fast etwas peinlich berührt. »Mein Gott, wie schnell die Zeit vergeht.«

Sein Blick glitt an der Wand hinauf und zur Decke, wo der Mast der Kon-Tiki zu einem künstlichen Zenit empordeutet.

»Wirklich schön, wie sie das hier aufgebaut haben. Pfiffig. Wirklich pfiffig. Mit den hübschen Wolken und allem. Wirklich pfiffig. Man kommt sich fast vor wie auf hoher See, mitten im Passatwind.«

»Das muss eine tolle Reise gewesen sein«, sagte ich.

»Oh ja, oh ja, ganz sicher. Auf jeden Fall. Überall fliegende Fische und Höflichkeit auf allen Seiten.«

Im Keller des Museums unter dem Floß, im Zwielicht, das durch das künstliche Wasser hereinsickert, ist es immer noch genauso interessant, wie ich es in Erinnerung habe. Jetzt befinden wir uns in der ungeheuren Tiefe des Pazifiks, umgeben von all dem schreckenerregenden Meeresgetier, das der Kon-Tiki auf ihrer epochalen Reise folgte. Es ist beinahe wie im Aquarium, abgesehen davon, dass hinter den Glasscheiben kein Wasser ist und natürlich auch kein Hummer. Alles Getier, vom riesigen Walhai über den silbern glänzenden Schwertfisch bis hinab zum kleinsten Lotsenfisch ist mithilfe von beinahe unsichtbaren dünnen Schnüren montiert. Wirklich pfiffig. Jeder, der das Buch über die Reise mit der Kon-Tiki gelesen hat, wird sich hier zurechtfinden. Leider ist es zum Fotografieren zu dunkel. Großvater und ich betrachteten die Geheimnisse der Tiefe mit etwas, das ich als stille Andacht bezeichnen würde. Nein, damit denke ich nicht an die Morgenandacht im Radio, sondern an die tatsächliche

Empfindung von Ehrfurcht etwas Großem gegenüber. Und der Pazifik ist groß. Er ist der größte und tiefste Ozean der Welt, in ihm leben unendliche Mengen von Tieren aller Arten, viele davon noch unentdeckt. Es macht einen wirklich nachdenklich, wenn man so wie wir einem Teil dieses gewaltigen Ozeans gegenübersteht, so klein dieser Teil auch sein mag. Vor dem schmalen Maul des Walhais schwimmen wie immer die kleinen Lotsenfische. Von den riesigen zusammengebundenen Balsahölzern des Floßes weht Seegras in der Strömung, wie immer, und auf dem in der Mitte des Gefährts angebrachten Einsteckkiel sitzen Seepocken und Muscheln, wie auf Jims Großem Meeresfrüchte-Büfett. Mich trifft die Erkenntnis, dass dieses Floß sich unablässig gen Westen bewegt, wie der Pazifik selbst, wie der Humboldtstrom, der südliche Äquatorialstrom, während es der Sonne über den Himmel folgt, dem Sonnenuntergang entgegen, den es nie wird einholen können, hin zu fernen Atollen und grünen Palmeninseln weit voraus mit unbekannter Position. Ich studiere Großvaters Profil im Halbdunkeln und denke auf einmal, wie übel, mit seiner langen, scharfen Nase und den tiefen Augenhöhlen sieht er ja ganz aus wie die größere der beiden Statuen von der Osterinsel im Erdgeschoss. Andachtsvoll und unergründlich blickt er auf die Geheimnisse des Pazifiks. Vielleicht, denke ich, ähnele ich ja der kleineren Statue, derjenigen, auf deren Bauch ein dreimastiges Schiff eingeritzt ist, und ich bemühe mich, ebenso unergründlich und andachtsvoll in die Tiefe zu schauen, in der der Widerschein der kräftig scheinenden Sonne des Äquators auf den Wellen über uns spielt, unendliche Schwärme kleiner Fische schießen vorüber, Schleiern gleich, mit plötzlichem, unerwartetem, glitzerndem Schwung.

Danach essen wir im Schatten des Fram-Hauses ein Softeis, um sodann die Exponate auf dem zum Fjord hin abfallenden Rasen vor dem Seefahrtsmuseum zu betrachten. Zum Beispiel die große, runde Seemine, deren Abstandszünder von ihr abstehen wie die Stacheln eines Seeigels. »Nur einer davon braucht abgeknickt zu werden«, sagt Großvater, »und es ist aus mit dem Schiff. Stell dir nur mal vor, Sedd, wie es gewesen sein muss, als die ganze Nordsee wie eine Suppenschüssel voll mit diesen Knödeln war!«

»Ja«, sage ich.

»Eine einzige explosive Suppe«, sagt Großvater düster. »Von Norwegen bis hinüber nach England.«

»Furchtbar«, sage ich. »Eine tödliche Suppe.«

Wir gehen hinüber zum Denkmal für die umgekommenen Seeleute, vor dem ich ein Foto von Großvater mache. Wir blicken zu den stummen Schreien der Bronzefiguren hinauf.

»Sie haben alles für ihr Land gegeben«, sagt Großvater mit belegter Stimme. »Alles. Verstehst du das, Sedd?«

»Ja«, sage ich feierlich.

»Nein, du verstehst es nicht. Keiner kann es ganz verstehen.«

»Aber versuchen können wir es«, schlage ich vor.

»*Dulce et decorum est pro patria mori*«, sagt Großvater. »Süß und ehrenvoll ist es, für das Vaterland zu sterben. Das, Sedd, ist die höchste Form des Dienstes.«

»Genau«, sage ich.

»Du weißt, Sedd« – und ich weiß vor allem, was jetzt kommt –, »die Menschheit ist in zwei Kategorien aufgeteilt.«

»Ich weiß, Großvater.«

»Zwei Kategorien. Diejenigen, die dienen, und diejenigen, die bedient werden. Aus irgendeinem Grund wollen die Sozialdemokraten, übrigens nicht nur die, sondern viele andere auch, richtig viele andere das heutzutage weder verstehen noch einsehen. Dass die Menschheit aus zwei Kategorien besteht. Und dass daran nichts Schlimmes ist! Sondern es ist ganz natürlich.«

»Es ist ganz natürlich, Großvater.«

»So ist es zum Besten der Menschheit. Mal dienen wir, mal bedienen wir. Zu wissen, was wir zu tun haben, unseren Platz zu kennen, das macht uns glücklich und zufrieden. Das macht den Diener zu einem guten Diener und den Herren zu einem guten und verantwortungsbewussten Herren.«

»Es ist wichtig, verantwortungsbewusst zu sein«, sage ich.

»Und so dienen wir etwas Höherem! Einem höherem Ziel. Einem größeren Zweck. Etwas, was mehr ist als wir selbst. Das ist der Sinn menschlichen Lebens. Nur so können wir etwas bewirken.«
»Nur so, Großvater.«
»Nur so. Nur so. Zum Beispiel, indem man dem Vaterland als Soldat dient, so wie die Seeleute, derer hier gedacht wird. Oder auf eine andere Art und Weise. Zum Beispiel in der Hotel- und Restaurantbranche.«
Ich nicke.
»Wer weiß, was ohne die Marinesoldaten und anderen Seeleute im Krieg aus unserem Land geworden wäre. Aber auch heute noch geht der Kampf tagtäglich weiter. Das Land würde über Nacht zusammenbrechen, spätestens nach einer Woche, gäbe es nicht unsere Hotel- und Restaurantbranche.«
»Das ist für mich ein ganz neuer Gedanke, Großvater.«
»Ja, vielen ist das nicht bewusst. Aber stell dir nur einmal vor: Niemand könnte mehr unterwegs irgendwo übernachten. Niemand könnte sich mehr darauf verlassen, ein sauberes, warmes Bett zu finden. Kein Reisender bekäme mehr eine warme Mahlzeit. Oder könnte sich die Schuhe putzen, die Hosen bügeln lassen. Handelsreisende. Kongressteilnehmer. Kriminalpolizisten auf Ermittlungsreise. Botschafter fremder Länder! Niemand hätte mehr ein Dach über dem Kopf! Verstehst du? Wir wären zurückgeworfen ins Mittelalter, ins finsterste Mittelalter, wo alle mit der Gastfreundschaft vorliebnehmen mussten, die sie vorfanden; in Schuppen und Scheunen mussten sie schlafen, auf Heuhaufen und Reisiglagern, sie mussten essen, was die Anwohner ihnen übrig ließen, Brei und Grütze, Flachbrot und Knochen zum Abnagen. Verstehst du?«
»Ja«, nicke ich, denn es ist immer interessant, wenn Großvater große historische Linien entwirft, auch wenn es oft dieselben großen historischen Linien sind wie schon bei anderen Gelegenheiten.
»Die Zivilisation wäre am Ende, jedenfalls wie wir sie kennen. Denn was ist eine Zivilisation ohne Reisende und ohne diejenigen, die sie bedienen? Das wäre eine seltsame Welt, Sedd. Aber viele wol-

len das einfach nicht verstehen, nicht nur die Sozialdemokraten nicht.«

»Ja«, pflichte ich ihm bei, »das wäre eine seltsame Welt.«

»Es fällt den Menschen nicht leicht anzuerkennen, wem sie etwas verdanken. So ist es leider. Weder im Verhältnis zur Marine noch zur Hotel- und Restaurantbranche. Ah, da kommt die Fähre zurück in die Stadt. Was meinst du, Sedd? Sollen wir bei Ferner Jacobsen reinschauen und unsere Ausstattung ergänzen?«

Ich nicke eifrig und schlucke den letzten Bissen Eiswaffel runter. Dass die Zeiten zu schlecht seien, um den Herrenausstatter zu besuchen, ist wohl doch nur ein Scherz gewesen. Sich gemeinsam mit Großvater bei Ferner Jacobsen auszustatten, ist ungeheuer schön. Keiner meiner Altersgenossen hat einen Großvater, mit dem er das tun kann. Sich bei Ferner Jacobsen auszustatten, das ist, wie Großvater es gerne ausdrückt, der Gipfel der Zivilisation. Froh betrete ich das Deck der schlanken, vanillegelben und königsblauen Bygdøy-Fähre, die uns in die Stadt zum Anleger vor dem Rathaus zurückbringen wird, ich blicke in die aufgewühlten, aber glitzernden Wellen neben dem Schiffsrumpf, während wir erst auf die alten Türme und ewigen Mauern der Festung Akershus, dann auf die massiven Blöcke des monumentalen Rathauses zuhalten. Als wäre es bestellt, passieren wir das weiße Schiff des Königs, die *Norge*. Und auf einmal fühle ich mich reich belohnt. Belohnt für meinen dienenden Einsatz, wenn man es so nennen will, meinen Versuch, Bankdirektor Berge das Leben zu retten. Der Anblick der *Norge* wirkt auf mich wie ein Ritterschlag, ein heißer, goldener Strom von Anerkennung und Lob, der mich vom Scheitel bis hinab in meine Joggingschuhe durchläuft. Denn wer dient, der soll belohnt werden. So ist das. Und eine Belohnung ist es auch, bei Ferner Jacobsen einzukaufen, in jenem hoch renommierten und noblen Etablissement, in dem die wichtigsten Männer des Landes seit jeher qualitätsvolle Kleidung erstehen. Im Laden steuern wir sofort den ersten Stock an, hinter jedem Tresen steht ein wohlgekleideter Angestellter, das Maßband um den Hals, und wartet nur darauf, jemanden auszustatten. Großvater wendet sich an den ältesten und würdigsten der Herren, der ihn, einen gern gesehenen Stammkunden, begrüßt wie einen ersehnten Freund. Bis auf zwei maßgeschneiderte Exemplare aus London stammen Großvaters Anzüge alle von Ferner Jacobsen. Ich kenne den Ablauf der Dinge genau; zunächst formuliert der ältere Angestellte einige Sätze allgemein freundlicher Natur, herzlich willkommen, Herr Direktor Zacchariassen, das ist ja schon eine Weile her, und da ist ja auch der junge Herr Zacchariassen, einen geschlagenen Kopf größer als zuletzt, nun, das ist wohl das Alter, worauf Großvater antwortet, ja, das ist das Alter, ich selbst wachse ja nur noch in die Breite, haha, aber Sie sind genauso schlank wie immer, Malmberg, ich muss schon sagen, ich muss schon sagen, und Malmberg antwortet, er sei auch früh und spät im Stadtwald unterwegs, und Großvater seufzt, er habe leider viel zu wenig Zeit, um die herrliche Natur des Landes zu genießen, sogar bei uns da oben in den Bergen herrsche Hektik, viele Gäste, volles Haus und so weiter. Worauf Malmberg doch sagen möchte, man müsse froh sein, wenn man zu tun hat; es gebe genügend respektable Geschäfte, in denen dieser Tage eher Flaute herrsche; es seien keine so leichten Zeiten, das müsse man schon sagen, was Großvater bestätigt, nein, keine so leichten Zeiten, das muss man schon sagen. So, und ob wir dem Bengel hier jetzt etwas Schönes verpassen, damit er uns vor unseren Gästen keine Schande macht? Und Malmberg antwortet, haha, so ein wohlerzogener junger Mann kann niemandem peinlich sein, wollen wir mal sehen, wollen wir mal sehen, ja, ich habe gerade zufällig ein paar schöne Blazer in Jugendgrößen hereinbekommen, aus der Sommerkollektion von Corneliani; eigentlich ist nicht so leicht, sich in diesem Alter richtig anzuziehen, aber die müssten passen. Wollen wir mal sehen, junger Mann.

Und ich lasse mich von ihm vor den Spiegel führen, strecke die Arme schräg zur Seite, während er zusammen mit einem namenlos bleibenden jüngeren Angestellten mit leichten, geschmeidigen Bewegungen effektiv an Armen, Schultern, Leibesmitte und Beinen Maß nimmt; hier sind wir Männer unter Männern, umgeben von teuren Wollstoffen und dem Duft besserer Aftershaves, fast geht mir das Maßnehmen zu schnell, schon beginnt die Anprobe. Ein Blazer findet vor Großvaters kritischen Augen Gnade, ein klassisch grauer.

»Dann gibt es noch einen anderen, rot und etwas jugendlicher«, sagt Malmberg, »ja, ja, Herr Direktor Zacchariassen, die Jugend muss sich doch auch jung fühlen dürfen, und ich kann sehen, er möchte ihn gerne haben, genau solche Jacken tragen junge Leute heutzutage gern, sehr beliebt, mein Neffe ist genauso alt wie er, er hat mit dieser Jacke einen riesigen Erfolg bei den Mädchen.«

Ich denke, die Jugendlichen, die ich kenne oben bei uns, tragen nicht gerade solche Jacken, aber das macht ja nichts, denn sie ist wirklich schick und elegant, ich wirke in ihr etwas älter und reifer, ein wenig draufgängerisch, und angesichts meines bittenden Blicks findet dann auch sie bei Großvater Gnade.

»Und jetzt – Hosen!«, sagt Malmberg und schnipst mit den Fingern, während der namenlose Assistent am linken Jackenärmel mit Stecknadeln markiert, wie weit umgenäht werden soll. Malmberg hält alles auf einem Änderungsformular fest, dann bahnen wir uns den Weg zu verschiedenen Hosen, die sowohl zu der einen Jacke passen wie auch zu der anderen, die ich aber auch nur mit einem einfachen Sporthemd tragen kann, das brauche ich also auch, und je öfter ich in der Umkleide verschwinde und wieder herauskomme, desto größer wird der Stapel meiner Einkäufe auf Ferner Jacobsens Edelholztresen.

»Und Sie, Herr Direktor Zacchariassen, ist Ihre Ausstattung komplett?«

»Ach Gott, hm, na ja, ich könnte wohl einen etwas leichteren Herbstanzug gebrauchen. Ehrlich gesagt, kneift mein alter allmählich ein bisschen in der Leibesmitte, ha ha, der muss wohl eingelaufen sein, ha ha, Sie wissen ja, wie das ist, Malmberg.«

»Das ist eben das Alter.«

»Ja, das ist eben das Alter.«

»Wollen mal sehen.« Malmbergs Augen funkeln unternehmungslustig, Großvater ist es sichtlich wohl, denn ganz offenbar ist es ein

Ereignis, wenn Direktor Zacchariassen zum Einkaufen in der Hauptstadt ist. Ja. Das geschieht nicht alle Tage. Nein. Und rasch wächst auch sein Stapel, denn wenn man schon einen neuen Anzug anschafft, braucht man auch dazu passende Hemden, und in unserem Beruf kann es durchaus mal sein, dass man im Laufe eines arbeitsreichen, repräsentativen Tages zwei oder sogar drei Hemden verbraucht. In unserem Beruf kann man gar nicht repräsentativ genug sein, das ist mal sicher. Die kleinste Abweichung von einem hohen Bekleidungsstandard würde sofort auffallen, nicht nur den Gästen, auf die es freilich einen schlechten Eindruck machen würde, sondern auch dem Personal, dessen Respekt dadurch gemindert würde, so pflanzt sich der Mangel von oben nach unten fort, und schon ist es passiert, wie Großvater zu sagen pflegt. Malmberg treibt geläufig Konversation mit Großvater, während er von dem kleinen Nadelkissen, das wie eine Uhr an seinem linken Unterarm befestigt ist, Nadeln abnimmt und einsteckt, Malmberg fragt, ob Großvater nicht auch eine Freizeitjacke gebrauchen könne, und ich kann sehen, dass er durchaus Lust darauf hätte, doch dann siegt die Vernunft, er beherrscht sich, er sagt: »Nein, Malmberg, so verlockend es ist, aber genug ist genug. Abgesehen davon, habe ich sowieso keine Freizeit.«

Worauf Malmberg mit einem verbindlichen Lächeln auf seine tatsächliche Armbanduhr blickt, sie sitzt unterhalb des Nadelkissens, und mitteilt, das alles könne am nächsten Tag um 14 Uhr fertig sein, es sei denn, der Herr Direktor möchte es vielleicht nach Hause gesandt bekommen?

»Nein, kein Problem. Wir sind bis übermorgen in der Stadt, und morgen Nachmittag haben wir ohnehin gesellschaftliche Verpflichtungen, da passt es besonders gut.«

»Ach ja, Großvater?«

Es zwinkert mir zu: »Eigentlich sollte es eine Überraschung werden, Sedd. Aber egal. Egal. Ich sage nur: Morgen ist der 14. Juli.«

Er schaut mich geheimnisvoll an. In Malmbergs Gesicht zeichnet sich ein anerkennendes, verschwörerisches Lächeln ab. Ganz offenbar steigt Großvater in seiner Achtung noch mehr.

»Oh ja, oh ja, sagt er, verstehe, Herr Direktor, verstehe. Wir hatten in den letzten Tagen verschiedene Kunden, die dort hinwollen.«

»Wohin denn, Großvater?«

»Abwarten, du wirst schon sehen.«

»Oh ja, oh ja«, sagt Malmberg.

»Also, der 14. Juli. Wie gesagt. Wenn du im Geschichtsunterricht aufgepasst hast, weißt du vielleicht, was Sache ist. Oder heißt das im heutigen Norwegen Orientierungsfach?«

»Nein, Großvater, so heißt es nur in der Grundschule. Auf dem Gymnasium heißen diese Fächer Gesellschaftslehre, Geschichte und Naturkunde.«

Malmberg und Großvater blicken einander resigniert an und schütteln sachte den Kopf.

»Was das bloß soll«, sagt Großvater. »Bald heißt es wahrscheinlich auch nicht mehr Mathematik.«

»Nein«, meint Malmbergs diplomatisch, »das ist wirklich seltsam.«

»Ich sage doch, Großvater, wir haben Geschichte. Das Orientierungsfach ist eine Fachgruppe, der Begriff passt in die heutige Zeit«, erläutere ich.

»Was du nicht sagst«, sagt Großvater.

»Ja, weil eben alles miteinander zusammenhängt«, versuche ich eine Erklärung, sehe aber sofort, dass es zwecklos ist. An diesem Ort sitzt das Schulfach Geschichte buchstäblich in den Wänden. Zu allen Zeiten haben sich die wichtigsten Persönlichkeiten des Landes hier ausstatten lassen, zum Anlass der Auflösung der Personalunion mit Schweden oder der Befreiung von der deutschen Besatzung, zu Roald Amundsens Rückkehr vom Südpol und anderen großen Tagen in der Saga unserer Nation, doch egal, wie angestrengt ich nachdenke, mir fällt kein Jubiläum ein, das am 14. Juli begangen wird.

14

Danach gingen wir zurück ins Hotel. Wortlos durchquerte Großvater den Studentenpark vor der Universität. Das zufriedene Lächeln, das er beim Herrenausstatter im Gesicht getragen hatte, war verschwunden, ebenso wie der Direktor, zurück blieb nur der Großvater. Im Zimmer angelangt, erklärte er, er sei müde und wolle sich ausruhen. Ich aber war unternehmungslustig, und nach einigen parlamentarischen Verhandlungen, wie Großmutter das nennt, steckte er mir einen 100-Kronen-Schein zu und meinte, ich solle mich amüsieren, ein Eis essen und ins Kino gehen oder so. Aber keinen Gewaltfilm, hörst du?

»Nein, Großvater. Keinen Gewaltfilm.«

»Gewaltfilme sind für Kinder und Jugendliche nicht gut. Davon werden sie aggressiv. Und abgestumpft.«

»Ja, Großvater. Abgestumpft. Ich weiß.«

»Und sie schlafen nachts schlecht. Du weißt ja, was passiert ist, als wir dich damals im Fernsehen haben *Psycho* sehen lassen. Das hätten wir nie tun dürfen.«

»Ich weiß.«

»Was wir am Tage sehen, begleitet uns in unseren Träumen. Nach dem schlimmen Film hast du wochenlang schlecht geschlafen. Und du brauchst deinen Schlaf, du bist in der Wachstumsphase.«

»Ich verstehe.«

»Und vor allem wächst man nachts. Genau wie Kartoffeln und Tomaten. Die wachsen nachts.«

»Ja?«

»Ja, das ist allgemein bekannt. Nur bis ins Orientierungsfach hat es sich wohl noch nicht herumgesprochen.«

Mein Gott, dachte ich, wenn er damit nur aufhören würde. Laut sagte ich: »Vielleicht kriegen wir das nächstes Jahr.«

»Und vergiss nicht, spätestens um acht musst du wieder hier sein. Wir wollen essen gehen.«
»Ja, spätestens um acht.«
»Und sei vorsichtig. Vor allem, wenn du über die Straße gehst. So, jetzt verschwinde.«
Ich nahm meine Kamera und verschwand.
Die sommerliche Luft draußen traf mich wie eine heiße Wand. Ich wollte ein wenig herumspazieren und das Stadtleben betrachten, hoffte, vielleicht ein paar interessante Motive zu entdecken, und dann wollte ich ins Kino gehen. Zuerst ging ich hinauf zum Egertorg. Dort stand ebenfalls ein Straßenmusiker, diesmal vor einem Goldschmied, er war genauso ausgerüstet wie der erste, und er sang dieselben Songs, gerade war *The times they are a-changing* dran, er wiederholte es unendlich oft, ebenfalls mit scheppernder Stimme. Das Publikum schien den Inhalt des Liedes gern zu hören. Ich nicht so unbedingt. Dass die Zeiten sich ständig ändern, das ist eine Tatsache. Davon, dass die Menschen sich ändern, bin ich hingegen nicht so überzeugt. Das Geschichtsbild meines Großvaters läuft darauf hinaus, dass sie sich wenn, dann zum Schlechteren ändern. Ich selbst denke, grundlegend dürfte sich kaum jemand verändern. Jedenfalls denke ich, dass wir es aus der Geschichte lernen können, und auch, dass die Veränderungen, die wir feststellen, nur oberflächlich oder überhaupt Täuschung sind. Das ist mein Geschichtsbild. Es ist wichtig, ein eigenes Geschichtsbild zu entwickeln. Wenn heute das große Angebot an Gewaltfilmen das Innenleben junger Menschen zerstört, so ist das im Prinzip nicht viel anders als die Gladiatorenkämpfe zur Caesars Zeiten, die gewiss ebenso viele schlechte Träume und Schlafstörungen bewirkten, ganz ähnlich wie der Film *Psycho* des bedeutenden britisch-amerikanischen Filmregisseurs Alfred Hitchcock.

Ich machte von dem Sänger drei Aufnahmen aus etwas verschiedenen Perspektiven.

Danach wanderte ich, letztlich ohne es zu merken, die ganze Karl Johans Gate bis hinunter zum Ostbahnhof. Dort war aber nichts zu sehen. Die drei großen grünen Holztüren unter dem beleuchteten

Schild »Oslo Ø« für »Østbanen«, die sonst meist offen standen, waren zu und abgeschlossen. Ein paar Schaulustige hatten sich versammelt, jemand versuchte, durch die Fenster in den Türen hineinzuschauen, doch die Innentüren zwischen der Vorhalle und der großen Ankunftshalle, wo die Bombe explodiert war, waren ebenfalls geschlossen. Nur ein Stück der länglich-schmalen Leuchtreklame für *Den norske Creditbank* war zu sehen, die quer durch die ganze Halle verläuft, kurz bevor man die Gleise erreicht. Das war alles.

»Hier gibt's nichts zu sehen, Leute!« Ein Polizist stieg aus seinem Wagen aus und kam langsam zu uns herübergeschlendert. Und er hatte recht. Ich weiß nicht mehr, ob ich enttäuscht war, ich glaube aber nicht. Eigentlich war es schon unheimlich genug, die geschlossenen Türen zu sehen, durch die sonst so viele Menschen ein und aus gehen, auf dem Weg zu ihren alltäglichen Verrichtungen, wie es in Bahnhöfen in einer Metropole wie Oslo immer der Fall ist. Die verschlossenen Türen wirkten ernst, beinahe streng.

Ich konnte mich nicht dazu entschließen, sie zu fotografieren. Obwohl es nur Türen waren. Kurz dachte ich an die junge Frau, die in dem Fotoautomaten gesessen hatte. Vielleicht, dachte ich mir, brauchte sie ein Passbild. Vielleicht ein Foto für ihren Freund. Vielleicht nur eines für sich selbst. Ein unheimlicher, trauriger Gedanke. Vielleicht, dachte ich auf einmal, ging der Fotoblitz im selben Augenblick los wie die Bombe? Das war ein schrecklicher Gedanke. Am unheimlichsten war, dass der Terrorist noch nicht gefasst war, sondern immer noch frei herumlief.

Unvermittelt drehte ich mich um und ging die Treppe hinab. Während ich die Straße zum Bahnhofsvorplatz überquerte, fing ich plötzlich an zu laufen. Ich weiß nicht, warum. Ich musste es einfach tun. Die Kamera hüpfte auf meiner Brust auf und ab.

»He, du! Du da!«

Eine Stimme. Die Stimme des Polizisten.

»Ja, du da! Wo willst du hin? Stehen geblieben!«

Aber ich tat so, als würde ich ihn nicht hören. Links von mir befand sich eine Straßenbahn, gerade ertönte das Signal zum Türenschließen. Ich steuerte auf sie zu und rechnete damit, jeden Augenblick den langen Arm des Gesetzes auf meiner Schulter zu spüren, denn ich hatte den Eindruck, der Polizist befinde sich direkt hinter mir. Hielt er mich etwa für den Terroristen, der zum Tatort zurückgekehrt war, um sein Schreckenswerk zu bewundern?

Kurz bevor die Türen sich mit einem kleinen Knall schlossen, schlüpfte ich hinein. Ich schlenderte über den rauen Bodenbelag und griff nach der Mittelstange, drehte mich aber nicht um. Erst als die Straßenbahn an der nächsten Kreuzung links abbog, wagte ich einen Blick über die Schulter. Und tatsächlich, der Polizist stand an der Haltestelle und blickte der Straßenbahn nach. Ich hoffte, er würde nur denken, ich hätte die Straßenbahn erreichen wollen und sei folglich vollkommen gesetzestreu. Und nicht, dass ich, worauf mein Äußeres ihn bringen mochte, vielleicht aus dem Nahen Osten stammte. Aus dem Nahen Osten stammten nicht so viele Leute, insofern war es gut, dass er wachsam war, aber ich wollte mir nicht vorstellen, was passiert wäre, wenn er mich zum Beispiel zum Verhör mitgenommen hätte und ich alles Mögliche hätte erklären und Großvater im Hotel anrufen müssen, und der hätte ganz sicher Großmutter angerufen, und schon wäre das Unglück passiert.

Gesetzestreu, stimmt ja. Jetzt galt es, sich gesetzestreu zu verhalten, also hastete ich durch den leeren Wagen nach vorne zum Fahrer.

»Danke«, sagte ich, »so habe ich die Bahn gerade noch ...«

Wortlos deutete er auf das Schild mit der Aufschrift »Fahrer während der Fahrt nicht ansprechen« und behielt unerschütterlich den Verkehr im Auge.

Ich wartete höflich, wollte ihn nicht weiter ablenken, sondern mich ja gesetzestreu verhalten, doch dann bemerkte ich, dass ich in dem schwarz-gelb gestreiften Bereich bei der Eingangstür stand und ein weiteres Schild darauf hinwies, dass man sich dort während der Fahrt nicht aufzuhalten hatte, so setzte ich mich auf den vordersten Sitz, bis wir an einer roten Ampel hielten. Dann stand ich auf, sprach ihn erneut an und hielt ihm den Geldschein hin.

»Ich hatte keine Zeit mehr, einen Fahrschein zu kaufen.«

Er warf einen kurzen Blick darauf und schüttelte den Kopf. Deutete auf ein drittes Schild, ein kleineres, auf dem zu lesen stand, die Straßenbahnbetriebe von Oslo wechselten keine größeren Geldscheine als 50 Kronen.

»Ich habe keinen kleineren Schein«, sagte ich so höflich und gesetzestreu ich konnte.

»Dann musst du am nächsten Halt raus, Junge«, stellte er nüchtern fest.

»Oh«, sagte ich.

»Wo willst denn hin?«

»Grand Hotel.«

»Da fahrn wir nich lang.«

»Oh«, sagte ich. »Ich wohne dort.«

»Du wohnst da?«

»Ja. Auf Besuch. Mit meinem Großvater. Direktor Zacchariassen.«

»Oh, mit Direktor Zacchariassen.«

»Ja.«

»Gut. Dann fahr bis zum Wessels-Platz mit. Von da ist es nicht weit bis zum Grand Hotel.«

»Vielen Dank«, sagte ich, »das ist freundlich.« Und ich dachte: Frisch gewagt ist halb gewonnen. So lautet wie bekannt das alte Sprichwort, und falls der Polizist vom Ostbahnhof uns hinterhergefahren war, uns anhielt und eine Erklärung von mir forderte, verfügte ich jetzt in Person dieses Angestellten des öffentlichen Personennahverkehrs über einen glaubwürdigen Zeugen, der, obwohl er keine größeren Scheine als solche im Nennwert von 50 Kronen wechseln durfte, bestätigen würde, dass ich

1. versucht hatte, einen Fahrschein zu erwerben, leider mit einer allzu großen Banknote, und dass ich

2. die Bahn aus einem vollkommen plausiblen und gesetzeskonformen Grund genommen hatte, da ich zum Grand Hotel wollte, auch wenn diese Straßenbahn nicht direkt dort vorbeifuhr.

Ich überlegte, ob ich dem Straßenbahnfahrer noch mitteilen

sollte, dass Großvater mich erwartete und ich es daher eilig hatte, nur zur Sicherheit, falls der Polizist tatsächlich kommen sollte, doch das erschien mir zu auffällig, zu viel des Guten. Wer häufig realistische Kriminalfilme sieht wie zum Beispiel die in Norwegen so beliebte deutsche Serie *Derrick*, der weiß, einer der häufigsten Fehler von Gesetzesbrechern besteht darin, dass sie zu viel Gewese machen. Also beschloss ich, nicht mehr zu sagen als noch ein kurzes »Danke«, und mich wieder zu setzen.

»So, Wessels-Platz«, gab der Fahrer bekannt, während die Bahn nach einer Rechtskurve kreischend vor dem Parlamentsgebäude zum Halten kam.

»Danke«, sagte ich noch einmal, und wollte nach hinten gehen, denn mir war an der Vordertür ein Schild aufgefallen, der Ausstieg befinde sich ausschließlich hinten, doch deutete der Fahrer mit dem Kinn zu Vordertür.

»Steig ruhig hier aus«, sagte er,

»Danke«, sagte ich. »Entschuldigung. Danke.«

»Mach's gut«, sagte der Fahrer, dann knallten die Türen wieder zu, und die Straßenbahn fuhr weiter.

Kurz blieb ich stehen und lauschte. Doch nein. Kein Blaulicht. Nichts. Trotzdem, dachte ich, war es sicher besser, weiterzugehen. Ich sah auf die Uhr. Es war noch lange hin, bis die Kinofilme begannen. Nachdem ich also ein Bild von der Rückseite des Parlamentsgebäudes gemacht hatte, wanderte ich die Akersgate entlang, wo in den Schaufenstern der Redaktionen die Tageszeitungen aushingen. Wie stets standen hier viele Leute, um die Zeitungen umsonst zu lesen. Wahrscheinlich hatten sie dafür kein Geld, obwohl viele von ihnen respektabel gekleidet waren. Aber der Augenschein kann trügen. Man sieht es den Leuten nicht immer an, wenn sie Geldsorgen haben. Im Gegenteil. Das hatte Großmutter erklärt. Wenn das Geld alle ist, bleibt einem nur noch die Fassade. Arm, aber sauber – das ist, jedenfalls Großmutter zufolge, in Teilen von Mitteleuropa eine verbreitete Haltung, doch auch hier in Oslo zu beobachten, nach der Anzahl der Gratisleser zu urteilen, auch wenn jetzt, mitten im Sommer, in der Abendausgabe der Tageszeitungen kaum etwas Lesenswertes stand. Sie lasen konzentriert, als stünde jeden Augenblick der Dritte Weltkrieg bevor – allerdings handelten viele Artikel noch von dem Bombenattentat. Ich selbst interessierte mich lediglich für die Kinoprogramme, also ging ich direkt zur letzten Seite der *Aftenposten* im Schaufenster ganz rechts. Auf meinem Weg dorthin kam ich nicht umhin zu bemerken, dass die Abendausgabe der *Aftenposten* doch eine Meldung brachte, die bewies, wie informativ diese Zeitung doch ist, nämlich bezüglich eines äußerst ernsten Ereignisses in London. Dort hatte ein Unbefugter sich Zugang zum Schlafzimmer von Königin Elisabeth II. des Vereinigten Königreiches höchstpersönlich erschlichen, mitten im Buckingham Palace, und zwar vollkommen unbemerkt. Erst die Königin selbst bemerkte ihn. Und zwar, als er sich auf ihrer Bettkante niederließ. Diese erschütternde Nachricht zeigte nicht nur, wie schlecht Königin Elisabeth bewacht wurde, sondern auch, wie unverschämt die Menschen heutzutage sind. Sie haben vor nichts mehr Achtung, nicht einmal vor der Königin von England. Die Sache würde sicherlich auch in den Abendnachrichten im Fernsehen kommen, und ich wusste, es würde Großmutter schwer treffen. Erst das Bombenattentat, und jetzt das, das war möglicherweise zu viel für sie. Einige Stunden noch würde sie in seliger Unwissenheit über das Geschehene verbringen, denn bei uns oben bekommen wir die Abendausgabe nicht mehr, sie wird nur in Oslo und Umgebung verkauft. Es sei denn, Großmutter hörte die 18-Uhr-Nachrichten im Radio, aber das war höchst unwahrscheinlich, denn dann hielt sie ihren späten Mittagsschlaf, oder, wie sie sagte, sie schlummerte. Ich beschloss augenblicklich, Großmutter anzurufen, sobald die Fernsehnachrichten vorbei waren, damit wir darüber reden konnten.

Dann fand ich die Seite mit dem Kinoprogramm und musste leider feststellen, dass etliche Häuser den Sommer über geschlossen hatten, das Angebot war entsprechend gering. Außerdem musste ich mich auf die Kinos im Zentrum beschränken, viele andere hätte ich gar nicht gefunden. Auch wurden so gut wie keine Gewaltfilme angeboten, also wählte ich einen Film namens *Arthur – Kein Kind von Traurigkeit*, Altersbegrenzung zwölf Jahre, im *Victoria*-Kino. Jetzt hatte ich noch genau eine halbe Stunde für mein Softeis, das ich an einer Eisbude in der Rosenkrantzgate kaufte. Ich genoss es ohne Schokoladenstreusel oder andere Zutaten, den puren weißen, weichen Geschmack.

Wie sich herausstellte, war *Arthur – Kein Kind von Traurigkeit* ein sehr lustiger Film, anders als gedacht. Kurz gesagt, handelte er von einem jungen Mann aus gutem Hause, der von Grund auf gut ist, aber zu viel trinkt. Er kann es sich leisten. Seine Familie ist so gut und so alt, dass ihm 750 Millionen Dollar zur Verfügung stehen, ein ganzer Berg Geld. In norwegische Kronen umgerechnet, wäre es noch viel mehr. Arthur findet es wahnsinnig gut, so reich zu sein, vor allem, weil viele Leute ihn darum so anziehend finden, obwohl er ein schmächtiger Geselle und außerdem ein Trunkenbold ist. Aber er ist einsam. Seine Familie behandelt ihn eiskalt und brutal; er hat nur wenige Verwandten, nur einen eiskalten Vater und eine furchtbar brutale Großmutter. Zum Glück hat er seinen treuen Butler, Sir John Gielgud, seinen einzigen Freund und geistigen Vater. Falls Arthur eine gewisse Susan nicht heiraten mag, riskiert er den Verlust der gesamten 750 Millionen Dollar. Das wäre ein harter Schlag, aber Arthur ist in eine arbeitslose Schauspielerin verliebt, die sich als Ladendiebin betätigt, was er selbst unwiderstehlich findet. Zum Glück aber hat er wie gesagt diesen Butler, Sir John Gielgud, im Film heißt er Hobson, und nicht zu vergessen seinen Chauffeur, Bitterman, einen freundlichen Schwarzen, die ihm beide bis zum Äußersten dienen und helfen. In Hobsons Fall tatsächlich bis zum Äußersten, nämlich bis zum Grab. Der Moment, als Arthur die Tür des kleinen Zimmers seines verstorbenen Butlers hinter sich abschließt, war furchtbar traurig. Ich war sicher, Großvater hätte dieser Film gefallen. Er passte besser zu seiner Weltsicht, der Einteilung in dienende und bediente Menschen, als man es mit tausend Worten hätte sagen können. Er zeigte auch, wie wichtig es ist, aus gutem Hause zu stammen, nicht nur äußerlich, sondern auch und vor allem in der inneren Haltung. Das Wichtigste aber, das dieser Film uns lehrt, ist dies: Liebe überwindet alles. Auch den Verlust von 750 Millionen Dollar. Man braucht nur stets seinem Herzen zu folgen, dann wird alles gut. Folgt man seinem Herzen nicht, wird man zum Lügner, auch sich selbst gegenüber. Außerdem kann man aus diesem Film lernen, dass auch die Liebe eines Butlers alles überwindet. Ja, Großvater wäre begeistert gewesen. Allerdings nicht darüber, dass Liza Minelli Krawatten stiehlt. Großvater hat in seiner Berufslaufbahn allzu viele verloren gegangene Krawatten und andere Wertgegenstände erlebt, ich habe schon davon berichtet. Das war also eine Schwäche des Films. Liza Minelli an sich ist doch bezaubernd genug und braucht keine Krawatten zu stehlen, um Aufmerksamkeit zu erregen. Hier vertraute der Regisseur zu wenig auf die Qualitäten seiner Darstellerin. Dabei ist Liza Minelli ein echter Weltstar und zudem die Tochter der legendären Judy Garland, was nicht jedem bekannt ist, da sie aus irgendeinem Grunde nicht den Nachnamen ihrer Mutter, sondern den ihres Vaters trägt, wer auch immer das gewesen sein mag. Doch so ist es mit Nachnamen. Ich zum Beispiel trage ja ebenfalls den Nachnamen meines Vaters, Kumar, obgleich meine Mutter und er sich nur flüchtig begegnet und auch nicht verheiratet waren und er überdies starb, bevor mehr aus dem Ganzen hätte werden können, und obgleich ich als ein Zacchariassen aufgewachsen und erzogen wurde. Schließlich ist noch zu sagen, dass die Musik in dem Film sehr gut war. Als ich also gemeinsam mit der Handvoll anderer Filminteressierter, die trotz der Sommerhitze ihrer Kinoleidenschaft gefolgt waren, das *Victoria* verließ, summten wir alle vernehmlich das Thema der Filmmusik, welche vom Abstand zwischen dem Mond und New York City handelte.

Als ich wieder auf der Karl Johans Gate stand, war es Viertel vor acht, und ich schlenderte noch zehn Minuten umher, sodass ich um Punkt acht Uhr das Zimmer betreten konnte. Nicht zu früh und nicht zu spät. Großvater mag es nicht, wenn man sich verspätet, doch ebenso wenig, wenn man zu früh dran ist, zumal beim Essen, denn das setzt die Kellner unnötig unter Druck.

Er öffnete mir die Tür in einem tadellosen Anzug und frisch rasiert, noch duftete er nach Old Spice.

»Schön«, sagte Großvater, »ausgezeichnet, Sedd. Du bist pünktlich. Das ist gut.«

Wie üblich brauchte er nicht auf die Uhr zu schauen, um zu wissen, wie spät es war. Großvater verfügte über eine innere Uhr. Das war jedes Mal gleich eindrucksvoll. Er sagte, das habe sich in den vielen Jahren als Direktor so entwickelt. Und wie um zu bestätigen, wie genau Großvaters innere Direktorenuhr ging, schlugen die Glocken des Rathauses in diesem Augenblick acht Mal. Großvater warf einen kurzen Blick in den Spiegel, zupfte sich die Jackenaufschläge zurecht, warf einen kurzen Blick auch auf mich und erkundigte sich, ob ich bereit sei.

»Ja, Großvater.«

»Warst du im Kino?«

»Ja, Großvater.«

»War der Film gut?«

»Ja. Sehr. Er hätte dir gefallen.«

»Gut, gut. Du kannst mir bei Tisch mehr erzählen. Du könntest dich auch etwas kämmen.«

»Er heißt *Arthur*«, sagte ich im Bad, während ich mich vor dem Spiel kämmte.

»Was hast du gesagt? Du weißt genau, ich kann es nicht ausstehen, wenn man sich von Zimmer zu Zimmer unterhält.«

»Entschuldige. Ich wollte mich noch schnell kämmen.«

»Komm jetzt. Wir haben einen Tisch im *Blom* für Viertel nach acht.«

15

Das Restaurant *Blom* nennt sich das »Restaurant der Künstler«, und das setzt es auch praktisch um. Zum Beispiel, indem man als Künstler sein Wappen im Lokal, in dessen Mitte ein Springbrunnen sprudelt, wie man ihn sonst eher im Freien erwarten würde, aufhängen darf. Hunderte Wappen hängen hier. Sogar das von Charlie Chaplin, Großvater zeigte es mir, als wir den Gastraum betraten. Für Großvater ist Chaplin einer der größten Filmschaffenden der Weltgeschichte. Und Filmschaffende hat die Weltgeschichte schon viele gesehen, so viel ist sicher. Doch so groß er gewesen sein mag, in meinen Augen besteht das Problem darin, dass er nicht sprach. Er war so stumm wie eine Bibliothek. Ich selbst hätte eher für Dudley Moore plädiert, dessen Wappen allerdings nicht im Restaurant *Blom* hing, das konnte ich sehen. Auf Chaplins Wappen stand der Wahlspruch »Ein Mann, ein Hut«. Als es zum Anlass seines Besuchs in Oslo 1964 angebracht wurde, muss das eine große Ehre für ihn gewesen sein. Schließlich durfte nicht jeder sein Wappen hier aufhängen.

An jenem Abend sahen wir allerdings nicht besonders viele Künstler in dem Lokal, sondern vor allem amerikanische Touristen. Vielleicht waren die Künstler in den Sommerferien.

Dafür hatten wir das Vergnügen, die Bekanntschaft des Restaurantchefs zu machen. Das ging so: Der Oberkellner, ein eleganter kleiner Ungar mit grauen Haaren, unterhielt sich lieber mit uns als mit den Amerikanern. Irgendwann ahnte er, wir könnten vom Fach sein, dafür haben die Leute vom Fach ein Gespür. Als Großvater seine Nachfrage bejahte und sich vorstellte, holte Stefan, so hieß der Oberkellner, spornstreichs den Restaurantchef, der auch gleich kam und sich uns vorstellte, ein großer, schweratmiger, nach Sherry duftender Mann. Großvater stellte sich seinerseits vor, und es war beiden eine

Freude und Ehre. Als ich mich erkundigte, konnte der Restaurantchef unter anderem mitteilen, dass nur wirklich ausgezeichnete Persönlichkeiten ihr Wappen hier aufhängen durften. So viel sei sicher. Da müsse man wirklich zu den Besten gehören. Großvater lachte.

Ich fragte ihn, ob er glaube, Dudley Moore könne diese Ehre zuteil werden, wenn er nach Oslo kommen würde, und der Restaurantchef meinte lachend, das wolle er nicht ausschließen, durchaus nicht, aber nach Oslo müsse sich der Herr schon bemühen, na, Ihr Enkel ist ja wirklich von schneller Auffassung, Herr Direktor Zaccariassen.

Der Restaurantchef freue sich wirklich, Großvater und mich zu sehen, sagte er. Er finde es schade, Großvater nicht früher kennengelernt zu haben, und als er hörte, dass Großvater schon öfter in diesem Lokal gewesen sei, war er tief betrübt, dass Großvater sich nicht da schon bemerkbar gemacht habe, worauf Großvater meinte, Bescheidenheit sei eine Zier, und so weiter. Der Restaurantchef schnaufte schwer und herzlich und ließ sich von Oberkellner Stefan ein Glas Sherry bringen, nur einen winzigen Schluck, Stefan verschwand nickend und kam zurück, der Restaurantchef meinte, wir Leute vom Fach, wir müssten zusammenhalten, und es sei eine Ehre, fügte er hinzu, den Direktor eines so alten und hochrenommierten Hotels wie Fåvnesheim zu Gast zu haben – ebenso alt und hochrenommiert wie das Restaurant *Blom*, wenn nicht noch älter, aber eben im Hochgebirge, und er selbst sei als Junge dort gewesen, ein Ort, den wirklich gute Gäste stets gern aufgesucht hätten, genau wie das Restaurant *Blom*, und wie das Hotel denn so durch die Zeiten gekommen sei?

»Die Zeiten ändern sich«, seufzte Großvater. »Traurig, aber wahr.«

»So ist es«, bestätigte der Restaurantchef. »Traurig, aber wahr. Aber ich habe den Glauben noch nicht verloren. Den Glauben, dass die wirklich guten Gäste immer an die Orte zurückfinden werden, wo ihnen Qualität und Gediegenheit geboten werden.«

»Ganz meine Meinung«, sagte Großvater, »Gediegenheit. Gediegenheit ist das Wort.«

Das Wort merkte ich mir gleich, solche Wörter können nützlich sein. Später schlug ich es sogar nach, um zu wissen, was es genau bedeutet. Bei Metallen bedeutet es rein, lauter, bei einem Wirtschaftsunternehmen, also auch einem Hotel, steht es für Zuverlässigkeit, Solidität.

Der Restaurantchef leistete uns während des gesamten Abendessens Gesellschaft, wir aßen einen Krabbencocktail, Lammkoteletts in Portweinsoße und Crème Caramel mit norwegischen Beeren. Großvater und er unterhielten sich über sämtliche Probleme, mit denen die Branche zu kämpfen hatte, darüber, wie schwierig es für Institutionen einer gewissen Klasse ist, die Fahne hochzuhalten.

»Ich freue mich so sehr, Direktor Zacchariassen«, sagte der Restaurantchef, »dass Sie sich heute Abend zu erkennen gegeben haben.«

»Ihr ausgezeichneter Oberkellner Stefan hier hat unser Inkognito gelüftet«, lächelte Großvater, denn gerade brachte Stefan dem Ressortchef erneut ein Glas Sherry.

»Und dann Ihr wohlerzogener Enkelsohn. Ihr Sohn kann wirklich stolz sein.«

»Meine Tochter«, korrigierte Großvater freundlich.

»Oh, Verzeihung«, sagte der Restaurantchef. »Dann meine Empfehlung an die Frau Tochter.«

»Seine Mutter ist leider verstorben«, sagte Großvater und blickte mich an. »Sein Vater leider auch. Er war ein indischer Medizinprofessor. Professor Kumar. Seine Großmutter und ich sind auch Mutter und Vater für ihn.«

»Ach nein, wie bedauerlich.« Der Restaurantchef blickte mitleidsvoll. »Wie bedauerlich. Aber so erklärt sich auch das exotische Aussehen.«

»Ja, so erklärt es sich.«

»Ich muss sagen, sagte der Restaurantchef, das muss man Ihnen wirklich hoch anrechnen, Ihrer Frau und Ihnen. Dass sie sich der Erziehung des Jungen angenommen haben. Und das in Ihrem Lebensalter.«

»Was sein muss, muss sein«, sagte Großvater ernst.

»Ja, so ist das Leben«, nickte der Restaurantchef. »So ist das Leben. Was sein muss, muss sein.«

Mittlerweile waren wir beim Nachtisch angelangt, in dem ich nachdenklich herumstocherte. Mir war ja klar, dass es bisweilen nötig ist, eine Geschichte etwas zu vereinfachen. Trotzdem gefiel mir nicht, dass Großvater meine Mutter für tot erklärt hatte. Wir wussten es ja nicht. Niemand wusste es. Also fragte ich ihn höflich, ob er ein paar Münzen habe, ich hätte Großmutter ja versprochen anzurufen.

»Was für ein lieber Junge«, sagte der Restaurantchef.

»Es ist sicher nicht nötig, Sedgewick«, sagte Großvater.

»Ich habe es ihr versprochen.«

»Hör mal, Junge, frag doch Stefan, ob er dir nicht ... Aha, da ist Stefan ja. Bring doch den jungen Mann hier ins Büro. Er hat seiner Großmutter versprochen, sie anzurufen.«

»Es ist aber ein Ferngespräch«, wandte Großvater ein.

»Das spielt keine Rolle. Gar keine Rolle.«

»Bitte, folgen Sie mir«, sagte Stefan.

»Großmutter?«

»Bist du es, Sedd?«

»Ja. Hast du das mit Königin Elisabeth mitbekommen?«

»Ja. *Du meine Güte.* Ich habe es in den Nachrichten gesehen.«

»Ich habe gedacht, ich rufe dich deswegen mal an.«

»Es ist ja auch wirklich fürchterlich. *Schlimm.* Und dann noch mitten in der Nacht. Ein fremder Mann!«

»Aber es ist nichts passiert, Großmutter.«

»Zum Glück. Aber was für ein Skandal.«

»Geht es dir gut, Großmutter?«

»Aber ja. Du bist so lieb, Sedd, dass du anrufst. Und wie geht es Großvater?«

»Dem geht es gut. Wir sind im *Blom.* Dem Künstlerlokal.«

»Ah, das ist schön. *Sehr anmutig.* Da waren dein Großvater und ich häufig. In früheren Jahren.«

»Wir haben den Restaurantchef kennengelernt. Ich darf sein Telefon benutzen.«

»Das ist aber nett. Ist das Essen gut?«

»Sehr gut. Ich war im Kino und habe *Arthur* gesehen.«

»Wen hast du gesehen?«

»*Arthur*. Das ist ein Film.«

»Von dem musst du mir erzählen, wenn ihr zurück seid. Ich gehe jetzt ins Bett, ich bin ein bisschen müde.«

»Dann schlaf gut. Ich wollte nur hören, wie es dir geht.«

»Das ist lieb, Sedd. *Guter Bub.*«

»Dann gute Nacht, Großmutter. Ach so, Großmutter, hat vielleicht morgen jemand aus der königlichen Familie Geburtstag?«

»Morgen? Nein, ich glaube nicht.«

»Am 14. Juli. Bist du sicher?«

»Am 14.?«

»Ja, am 14.«

»Jetzt, da du fragst, glaube ich, Kronprinzessin Victoria von Schweden wird morgen fünf. Schon fünf Jahre. Wie die Zeit vergeht.«

»Aber in Norwegen niemand?«

»Nein. Hör mal, Sedd, du warst aber nicht am Ostbahnhof?«

»Nein, Großmutter.«

»Ganz sicher?«

»Ja, ganz sicher.«

»Das ist gut. Sehr gut. Du bist ein lieber Junge, Sedd, du hältst, was du versprichst.«

»Gute Nacht, Großmutter.«

»Gute Nacht. Grüße Großvater von mir.«

»Mache ich.«

Und ich legte auf.

»Du scheinst deine Großmutter wirklich sehr lieb zu haben«, sagte Stefan, der in der Tür stand und wartete.

»Ja. Sie ist auch sehr lieb. Sie kommt aus Österreich.«

Stefan strahlte.

»*Sehr schön*«, sagte er.

Wieder bei Tisch, grüßte ich auch den Restaurantchef von Großmutter.

»Seine Großmutter stammt aus Österreich«, berichtete Stefan, während er den Stuhl für mich zurückzog.

»Was du nicht sagst? Eine Österreicherin? Also wirklich. Zum Wohl übrigens.«

»Ja, das stimmt«, sagte Großvater. »Und ja, zum Wohl. Wir haben uns auf der Hotelfachschule in Linz kennengelernt, meine schöne Sisi und ich. Und mir ist es tatsächlich gelungen, diese junge Schönheit in die norwegischen Berge zu entführen! Sie ist die Zierde unseres Hauses. Eine Gastgeberin von Rang und Ehren. Wie es sie nur in Österreich gibt.«

»Großartig«, sagte der Restaurantchef. »Sie haben wirklich viel Glück. Also, was meinen Sie, Zacchariassen? Noch einen Kurzen?«

»Das ist sehr liebenswürdig, aber ich glaube beinahe, ich muss den Jungen jetzt ins Hotel zurückbringen.«

»Ach, Unsinn«, sagte der Restaurantchef. »Er ist doch schon groß. Wenn er müde ist, kann er allein zurückgehen. Es sind doch nur *due passi*, wie die Italiener sagen. Stefan! Zwei Upper Ten für Direktor Zacchariassen und mich.«

»Na, dann danke ich sehr. Sedd, bist du müde?«

»Nicht im Geringsten«, sagte ich.

»Ich hoffe, die Mahlzeit war zu ihrer Zufriedenheit, Zacchariassen?«

»Hervorragend«, sagte Großvater. »Nicht wahr, Sedd?«

»Ja, wirklich gut«, sagte ich. »Sowohl der Krabbencocktail als auch das Lamm. Der Cocktail hatte eine gute Balance zwischen Aroma und Säure, und die Koteletts waren auf den Punkt rosa gebraten.«

»Oh, der junge Mann versteht sich aufs Fach! Ich muss schon sagen!«

»Sedd, bedanke dich.«

Ich bedankte mich.

»So, dann machen Sie mir bitte die Freude und lassen sich und

Ihren Herrn Enkel vom Restaurant *Blom* zu diesem Abendessen einladen.«

»Oh nein, das können wir nicht annehmen.«

»Ich bestehe darauf«, sagte der Restaurantchef. »Es ist mir eine Ehre.«

»Allerbesten herzlichen Dank«, sagte Großvater.

16

Und dann kam der 14. Juli, der Tag, der eine Überraschung bringen sollte, irgendein besonderes Ereignis, von dem ich noch nichts wusste. Leider hatte ich in Oslo anders als sonst den *Almanach für Norwegen* nicht zur Hand, genauer den *Almanach für Norwegen für das Jahr 1982 nach Christi Geburt, berechnet vom Institut für theoretische Astrophysik der Universität Oslo*. Dieser Almanach ist ungemein nützlich. Eine Publikation, die sich eigentlich jeder anschaffen sollte, und zwar jedes Jahr neu. Das Institut für theoretische Astrophysik hat den Almanach lange vor dem laufenden Jahr berechnet, sodass das Publikum ihn frühzeitig erwerben und zu Weihnachten verschenken kann. Er ist ein unglaublich interessantes Weihnachtsgeschenk. Einmal schenkte Großvater sämtlichen Hotelangestellten den *Almanach für Norwegen* zu Weihnachten, als Anerkennung für den Einsatz im vergangenen Jahr. Die meisten verliehen ihrer Freude darüber Ausdruck, ein paar wenige begriffen jedoch offenbar nicht, was für ein nützliches Geschenk sie da bekommen hatten. Nicht immer erkennen die Leute den Unterschied zwischen oberflächlichem Tand, wie Großmutter es nannte, und den Dingen, die hier auf der Welt, speziell also in Norwegen, für das der Almanach gilt, wirklich von Nutzen sind. Wie auch immer: Der *Almanach für Norwegen* enthält nicht nur die Zeiten von Sonnenaufgang und Sonnenuntergang, Voll-, Viertel- und Neumond sowie Tidentabellen, die wichtigsten Planetenbewegungen und astronomischen Ereignisse mitsamt genauer Angabe von Tag- und Nachtgleiche in Frühling und Herbst, Wintersonnenwende und Sommersonnenwende, sondern auch einen kleinen politischen Kalender, praktische Informationen über Jagdbestimmungen sowie eine Übersicht der kirchlichen und weltlichen Feiertage und Jubiläen.

Wer sich fragt, auf welches Datum der Fastensonntag fällt, findet im Almanach eine präzise Antwort. Und wohl auch, so dachte ich, auf die Frage, was es mit diesem 14. Juli auf sich hatte, doch leider lag der Almanach zu Hause in meinem Zimmer in Fåvnesheim, obgleich er so kleinformatig ist, dass man ihn immer bei sich haben könnte.

Außerdem hat der *Almanach für Norwegen* das Gepräge einer offiziellen Publikation und kommt restlos ohne Reklame aus, was heutzutage, da wir von immer mehr Werbung und Marktschreierei umgeben sind, unbedingt ein Vorteil ist. Im *Almanach für Norwegen* begegnen wir der Zeit, Norwegen und den Mondphasen in Reinform, ohne weiter durch Reklame für Banken oder Versicherungen behelligt zu werden. Ich finde nämlich, das Bankwesen soll die Zeit nicht besitzen oder seinen Abdruck auf ihr hinterlassen.

Nach dem Frühstück begaben wir uns hinüber zu Ferner Jacobsen, wo alle unsere Sachen in schönen Tüten bereitlagen. Malmberg hieß uns begeistert willkommen. Wir probierten alles noch einmal an, obgleich Großvater das für überflüssig hielt, aber Malmberg bestand darauf. »Sicher ist sicher«, sagte er. Falls etwas doch nicht ganz richtig sitze, sähen wir es hier und jetzt, sonst müssten wir das Stück ja zurück nach Oslo schicken und sie wieder zu uns. Und auch danach sei es nicht sicher, ob es dann passe.

»Verstehe«, sagte Großvater.

»Und falls wir jetzt eine Korrektur vornehmen müssen, und Sie abreisen, bevor wir damit fertig sind, schicken wir es Ihnen selbstverständlich kostenfrei nach Hause«, sagte Malmberg.

»Ausgezeichnet, ausgezeichnet«, sagte Großvater und betrachtete sich im Spiegel.

Natürlich waren keinerlei Korrekturen nötig, aber so hatten wir alles noch einmal angehabt. Jetzt brauchten wir nur noch zu bezahlen.

»Würden Sie mir freundlicherweise die Rechnung zuschicken, wie üblich?«, fragte Großvater.

Über Malmbergs Begeisterung legte sich eine Art Schleier. Bedauernd, aber freundlich öffnete er die Hände und legte die Stirn in verbindliche Falten:

»Bedaure, Herr Direktor Zacchariassen, bedaure.«

»Sie können sie mir nicht schicken?«

»Neue Zeiten, Herr Direktor, ich bedaure; unsere Firma ist davon fast vollständig abgekommen, ja, aus allerlei praktischen Gründen. Es tut mir wirklich leid.«

»Das ist ja dumm.«

»Das begreife ich, Herr Direktor. Aber die Anweisung kommt – von ganz oben.«

Malmberg nickte sozusagen in Richtung Schloss.

»Das konnte ich natürlich nicht wissen«, sagte Großvater. »Nun gut. Sie nehmen wahrscheinlich einen Scheck?«

»Selbstverständlich, Herr Direktor Zacchariassen. Selbstverständlich.«

»Dann stelle ich Ihnen jetzt einen Scheck aus, aber ich war auf diese Notwendigkeit nicht vorbereitet, also könnte hier ein, wie soll ich sagen, winzig kleines unangenehmes Problem entstehen.«

»Ich verstehe, Herr Direktor.«

»Wenn Sie bitte so freundlich wären und den Scheck erst Montag nach 12 Uhr einreichen, damit ich eine ausreichende Summe auf mein privates Girokonto überweisen kann?«

»Selbstverständlich, Herr Direktor Zacchariassen, überhaupt kein Problem, so machen wir es.«

»Vielen Dank. Und wenn ich freundlicherweise gleich noch siebenhundert, nein, Moment, sagen wir, sieben, acht, neunhundert Kronen hinzufügen dürfte, die Sie mir ausbezahlen, dann hätten mein Enkel und ich noch genug Barmittel für den Tag; ich fürchte nämlich, ich schaffe es nicht mehr auf eine Bank, wir wollen ja ...«

»... Überhaupt kein Problem, Herr Direktor Zacchariassen, ich verstehe. Ich verstehe. Und Sie wollen ja ... Ja. Dann sagen wir doch eintausend Kronen, dann ist es eine runde Summe? Sicher ist sicher. Und ich möchte Ihnen noch einmal mein Bedauern über unsere neue Geschäftspolitik ausdrücken.«

»Sehr liebenswürdig, Malmberg, sehr liebenswürdig. Ja, heutzutage nennt man ja alles Politik. Das ist wohl der Ton der Zeit.«

Großvater füllte den Scheck aus, überreichte ihn Malmberg mit einem freundlichen Nicken, das Malmberg erwiderte:

»Ja, die Zeiten ändern sich. Bitte sehr, Ihre Quittung. Ich freue mich, dass Sie und der junge Herr zufrieden sind, und bedanke mich sehr, sehr herzlich. Einen Moment, ich rufe jemanden, der Ihnen mit den Tüten behilflich ist.«

»Vielen Dank, Malmberg. Und auf Wiedersehen.«

»Auf Wiedersehen!«

Und wir gehen. Die eleganten weißen Einkaufstüten mit der goldenen Aufschrift Ferner Jacobsen funkeln in der Sonne. Jetzt sind wir rundum ausgestattet und bereit zu allem, was da kommen mag. Wenn ein Mann gut ausgestattet ist, hat er schon mal eine Sorge weniger, sagt Großvater immer. Und je weniger Sorgen, desto besser. Dieser 14. Juli ist bereits recht heiß, ein kaltes Getränk oder ein Eis im Schatten, das wäre jetzt gut, oder aber ein bisschen ausruhen im kühlen Hotelzimmer, doch stattdessen eilt Großvater schräg über den Rasen vor dem Storting in Richtung Egertorg.

»Komm«, sagt er nur kurz.

»Wo wollen wir hin, Großvater?«

Doch er antwortet nicht, sondern geht mit raschen, energischen Hoteldirektorenschritten im Schatten des Parlamentsgebäudes die leichte Steigung hinauf, Einkaufstüten in beiden Händen und mich im Schlepptau. Erst vor dem Laden des Goldschmiedes, wo ich gestern den zweiten Straßenmusikanten scheppernd von den sich verändernden Zeiten habe singen hören, bleibt er stehen. Heute verkauft stattdessen ein junger, schmächtiger Mann mit jeder Menge hellem Haar kopierte Gedichte aus einem Einkaufswagen, eine, wie ich finde, ziemlich unpraktische Art, Literatur an den Mann zu bringen. Was man nicht alles Kurioses sieht hier in der großen Stadt.

»Großmutter«, brummt Großvater kurz und zieht mich mit. »Da wollen wir rein. Komm.«

Im Laden des Goldschmiedes David-Andersen war es dunkel und kühl. Die Tüten von Ferner Jacobsen leuchteten im Zwielicht wie weiße Kreuzfahrerschilde. Eine bebrillte Dame kam herbeigeeilt und erkundigte sich, womit sie behilflich sein könne. Sie sprach recht geziert.

»Eine Brosche«, sagte Großvater. »Ich suche eine hübsche kleine Brosche für meine Frau.«

»Sehr gern, eine Brohsche, sehr gerne, und an was für eine Art Brohsche hatten wir gedacht? Farbe? Größe?«

»Eine Brosche«, wiederholte Großvater. »Einfach eine Brosche. Nicht zu einem bestimmten Anlass. Nur ein kleines Geschenk.«

»Einfach aus Liebe«, sagte ich.

»Reizend«, sagte die Dame. Ihr Brillengestell erinnerte ein wenig an Schmetterlingsflügel; rechts und links ragten die Spitzen zu ihrer bauschigen Dauerwelle empor.

»Ein kleines Geschenk«, brummte Großvater. »Genau.«

»Da drüben haben wir ein paar richtig schöne Brohschen.« Die Dame führte uns zu einer Vitrine, und wir besahen uns die Auslage. Ich deutete auf ein Stück, drei ineinander verschlungene goldene Zweiglein, mit einem Band verbunden, auf dem ein blauer Stein saß:

»Wie wäre es mit der da? Ich glaube, die würde Großmutter gut stehen.«

»Ja, warum nicht?«, sagte Großvater. »Kann schon sein. Kann schon sein. Könnten wir uns die mal anschauen?«

»Selbstverständlich.« Sie schloss die Vitrine auf und holte das mit blauem Samt bezogene Fach hervor. Mit manikürten Fingern nahm sie das Schmuckstück ab.

»Ein richtig hübsches Stück«, sagte die Verkäuferin. »Richtig hübsch. Der junge Mann hat wirklich einen guten Geschmack. Es stammt aus unserer eigenen Werkstatt. Der Goldschmied heißt ...«

»Und wie viel kostet es?«, fragte Großvater.

»Es ist ein echter Turmalin und dazu ein Unikat, der Preis beträgt eintausendzweihundertundzwanzig Kronen.«

»Ja, die Brosche ist wirklich schön. Ich fürchte nur, meine Frau dürfte sie etwas zu auffällig finden.«

»Und die da, Großvater?«

Er beugte sich über die Brosche, auf die ich gedeutet hatte, eine kleinere, zwei goldene Rosenblätter, von einem emaillierten Band gehalten.

»Auch schön.« Großvater zögerte.

»Ich muss wirklich sagen, der junge Herr hat einen guten Geschmack in Brohschen«, lobte die Verkäuferin.

Wer so wie ich mit einem sprachlichen Vorbild wie Zivilingenieur Erik Tandberg aufgewachsen ist, dem herausragenden Raumfahrtspezialisten der staatlichen norwegischen Rundfunk- und Fernsehanstalt, der stets klar und deutlich und vorbildlich präzise zu artikulieren pflegte, auch noch bei den kompliziertesten Fachbegriffen, für den ist es bisweilen eine Prüfung, sich mit gewissen Leuten unterhalten zu müssen. Ich ließ mir aber nichts anmerken und lächelte freundlich, während die Dame fortfuhr:

»Möchten Sie sich vielleicht auch noch ein paar modernere Brohschen ansehen?«

»Nein danke«, sagte Großvater. »Meine Frau hat einen durch und durch klassischen Geschmack. Oder, Sedd?«

»Ja, Großvater, durch und durch klassisch.«

»Sechshundertunddreißig Kronen«, vermeldete die Dame und hielt uns die Brosche hin. »Eine sehr schöne und klassische Brohsche. Sehr klassisch.«

Großvater nickte. »Sehr klassisch. Ja, ich denke, die nehme ich.«

»Sie soll wohl als Geschenk verpackt werden?«

»Ja, vielen Dank. Sehr freundlich.«

Die Verkäuferin nestelte das schwarze Fädchen mit dem kleinen Preisschild und den winzig kleinen Zahlen von der Brosche ab, hängte es sich routiniert um den linken Ringfinger und bat uns zur Kasse. Sie war eine wirkliche Verpackungskünstlerin und überreichte uns ein hübsches kleines Päckchen mit einer elegant schmetterlingsförmigen Schleife aus goldener Schnur.

»Eine ausgezeichnete Entscheidung. Ich bin sicher, Ihre Frau wird sich sehr freuen.«

»Das hoffe ich auch«, sagte Großvater.
»Wie möchten Sie zahlen? Bar oder per Scheck?«
»Bar«, sagte Großvater prompt, holte sein Portemonnaie hervor und zählte acht rote 100-Kronen-Scheine auf den Tresen.
»Oh, das ist einer zu viel«, sagte die Dame freundlich. »Ach ja? Tatsächlich, Sie haben recht«, sagte Großvater. »Besten Dank. So etwas ist schnell passiert.«
»Keine Ursache!« Die Dame gab ihm das Wechselgeld und eine kleine Tüte mit David-Andersens elegantem Firmenwappen darauf.

17

Wir gingen zurück ins Hotel und aßen dort etwas im Café, nach dem Beispiel Henrik Ibsens, der jeden Tag im Café des Grand Hotels ein Smørrebrød mit Krabben und eine Napoleonschnitte zu verzehren pflegte, um genug Energie für das Verfassen der Dramen zu haben, aus denen sein Alterswerk besteht. Das zeigt, wie wichtig ein nach den Regeln der Kunst hergestelltes Smørrebrød sein kann – selbst bei unleidlichen alten Männern kann es noch Kräfte freisetzen, von einer Napoleonschnitte ganz zu schweigen. Wie oft hat Großmutter nicht erläutert, dass dieses Backwerk, luftige Blätterteigschichten, dazwischen eine reiche Creme, in Mitteleuropa schon lange vor Ibsens und sogar vor Napoleons Zeiten wohlbekannt war.

Großvater aß mit gutem Appetit und trank eine Tasse Kaffee, ohne viel zu reden. Er wirkte abwesend. Doch dann belebte er sich, blickte auf seine Armbanduhr und verkündete, es sei Zeit zum Aufbruch.

Wir zogen uns im Zimmer um. Großvater bestand darauf, dass ich die etwas förmlichere Jacke anzog, obwohl ich viel mehr Lust hatte, die rote einzuweihen. Nein, die andere passe besser, zusammen mit der grauen Hose, und so wurde es getan. Ich fragte, ob ich die Kamera mitnehmen solle, und er meinte, oh ja, unbedingt, auf jeden Fall.

Und er blickte ganz geheimnisvoll.

»Wo gehen wir denn hin?«

»Abwarten«, lächelte er. »Es ist schon ein wenig seltsam, dass du es immer noch nicht erraten hast, du kennst dich doch sonst in Geschichte so gut aus.«

»Aber, Großvater«, verteidigte ich mich. »Ich habe mir gestern und heute schier den Kopf zermartert, aber ich bin auf kein einziges Ereignis in der norwegischen Geschichte gekommen, das passen würde.«

»Ah ja, tatsächlich«, meinte er nur. »Komm, Sedd, gehen wir.«
Wir gingen durch die Backofenhitze. Der Asphalt schien unter den Schuhsohlen zu schmelzen. Auf der kleinen Anhöhe, wo der Drammensvei beginnt, zitterte die Luft über der Straße wie bei einer Fata Morgana. Die Jacke war wahnsinnig warm, und ich fragte Großvater, ob wir es noch weit hätten. Nein, sagte er, nicht so sehr weit, nur noch ein Stückchen. Das erinnerte mich doch sehr an seine etwas orakelartigen Antworten, wenn wir in meiner Kindheit auf Skitour waren, also ahnte ich, dass dieses Stückchen so kurz nicht war. Während wir den Drammensvei entlanggingen, zog ich die Jacke aus und legte sie mir säuberlich gefaltet über den Arm.

»Warum ziehst du die Jacke aus? Zieh sie wieder an.«

»Aber Großvater, es ist so warm. Ich schwitze mich noch tot mit der Krawatte und allem.«

»Totgeschwitzt hat sich noch nie jemand«, stellte Großvater fest. »Das ist medizinisch unmöglich. Also. Zieh sie wieder an. Und achte darauf, dass die Krawatte ordentlich sitzt.«

»Aber Großvater ...«

»Ruhe jetzt. Was soll der Unsinn. Ein Mann muss seine Transpiration unter Kontrolle haben.«

»Wirklich?«

»Natürlich. Das weiß ich seit meiner Lehrzeit in Linz. Ich arbeitete in einem Lokal mit Straßencafé, und da konnte es in der Sonne richtig heiß werden. Viel heißer als heute. Kein Wunder, dass wir alle Mann transpirierten. Wir schwitzten wie die Pferde. Aber der Oberkellner, Herr Kantorowicz, wollte das nicht dulden. Er fand das einen unästhetischen Anblick. Er hatte nicht ganz unrecht, wir rannten hin und her, das Gesicht schweißüberströmt, feuchte Flecken unter den Achseln.«

Wie zur Bekräftigung beschleunigte Großvater den Schritt.

»Aber Herr Kantorowicz war gnadenlos. Er verlangte von uns, dass wir unverzüglich zu schwitzen aufhörten.«

»Das ist doch unmöglich!«

»Durchaus nicht. Durchaus nicht. Es ist eine Frage von Willensstärke und der Fähigkeit zur Autosuggestion. Man braucht sich nur selbst immer wieder zu sagen, dass es eigentlich relativ kühl ist. Ja, recht bedacht ist es nicht wärmer als an einem frischen Tag in den Bergen. Und die heiße Luft, die man atmen muss, ist in Wirklichkeit eine kühle Brise. Danach muss man seinem Organismus begreiflich machen, ja, jeder einzelnen Zelle, dass er sofort das Schwitzen einzustellen hat. Hier und jetzt. Der Organismus hat zu verstehen, dass er sich etwas so Unhöfliches nicht leisten kann. Außerdem gibt es ein paar praktische Hilfsmittel, zum Beispiel nur durch die Nase zu atmen, das kühlt die Luft ein wenig ab. Außerdem erklärte der Oberkellner uns, auch ein ordentliches Unterhemd sei sinnvoll. Das klinge zwar paradox, aber ein eng anliegendes Unterhemd absorbiert den Schweiß und hält einen trocken, sodass man weniger schwitzt. Ein wirklicher Herr muss stets völlige Selbstkontrolle üben, zumal in einem Beruf wie unserem.«

»Und du hast dann auch aufgehört zu transpirieren, Großvater?«, fragte ich, zog langsam die Jacke wieder an und rückte die Krawatte zurecht.

»Ich lasse meiner Transpiration freie Bahn, wenn es mir passend erscheint. Auf Skitouren oder in der Sauna. Da schadet es nichts, zu schwitzen.«

»Eher im Gegenteil«, sagte ich.

»Genau. Eher im Gegenteil. Vollkommen richtig.«

Mittlerweile hatten wir den Solli plass erreicht und folgten der Trambahnlinie dem Drammensvei entlang. Hier gab es mehr Schatten, es war erträglicher, doch spürte ich, dass ich von einer Selbstkontrolle ähnlich der meines Großvaters noch weit entfernt war.

Mit schrillem Kreischen fuhr eine Tram an uns vorbei; drinnen saßen die Leute an den offenen Fenstern, sie mussten nicht durch die Hitze marschieren, und ich warf ihnen einen sehnsüchtigen Blick zu. Vielleicht war der Fahrer ja mein Bekannter vom Tage zuvor, der sympathische Mann, der mich, den unschuldig von der Polizei Verfolgten, umsonst hatte mitfahren lassen. Großvater ließ unterdessen seine Willensstärke unverdrossen und transpirationsfrei an allen Straßenbahnhaltestellen vorübermarschieren. Jetzt fing er auch noch an zu pfeifen, einen stolzen Marsch, wie geschaffen für einen geschwinden Gang. Bei jedem Wetter. Bei Regen und bei Sonnenschein. Ich erkannte ihn sofort wieder. Es war die Marseillaise, die gloriose Nationalhymne der Republik Frankreich, deren Rhythmus und mitreißende Melodie suggestiv die revolutionäre Vergangenheit dieses Landes verkörpert. Die Franzosen lassen sich nämlich nicht auf der Nase herumtanzen. Man denkt leicht, sie verbringen ihr Leben mit Käse und Wein und Haute Couture, doch sobald ihnen jemand auf der Nase herumtanzt, werfen sie die Nähnadeln weg, stärken sich mit einem Schluck Vin rouge und einem Bissen Roquefort, und dann bauen sie Barrikaden, ein schwungvolles Lied auf den Lippen.

Und im selben Augenblick ging mir ein Licht auf, nein, vor meinem inneren Auge flatterte die Trikolore, rot, weiß und blau, denn jetzt meinte ich zu begreifen. Großvater marschierte weiter wie eine Abteilung der Grande Armée.

»Großvater, ich glaube, jetzt weiß ich, wohin wir wollen!«

Er pfiff ungestört weiter und stampfte bei jedem vierten Taktschlag extra fest auf.

»Der 14. Juli!«, sagte ich. Er hörte zu pfeifen auf und blickte über die Schulter zu mir zurück.

»Ganz genau, der 14. Juli! Du hast ja ganz schön lange gebraucht.« Und er begann zu singen: *Allons enfants de la patrie, le jour de gloire est arrivé!*

Ich stimmte ein. Und tatsächlich: Nachdem wir eine Reihe von Botschaften passiert hatten, die hier aufgereiht waren wie Nationalhymnen an einer Schnur, gelangten wir zu der stattlichen, vornehmen Residenz des französischen Botschafters. Zahlreiche Gäste drängten sich durch das schmiedeeiserne Tor und schlenderten die schmale Einfahrt hinab. Am Fahnenmast wehte die Trikolore, und aus dem Garten war das Surren vieler Stimmen zu hören. Die in Norwegen lebenden Franzosen wollten den 14. Juli nicht wie einen x-beliebigen anderen Tag verstreichen lassen, das war ganz offensichtlich.

»Jetzt sind wir da«, gab Großvater bekannt.
Er klopfte auf seine Brusttasche, schaute mich vergnügt an, blieb einen Augenblick stehen und zog dann die Einladungskarte heraus:

S. E. der Botschafter der Republik Frankreich
M. Frédéric Sylvain und Mme. Sylvain
geben sich die Ehre
Herrn Direktor F. Zacchariassen u. Begl.
am französischen Nationalfeiertag
zu einem Empfang einzuladen
Mittwoch, 14. Juli 1982, 14-17 Uhr, Residenz

Ich sah die Karte bewundernd an, sie bestand aus weißem glattem Karton, das französische Wappen war eingeprägt. Auf der Rückseite stand derselbe Text auf Französisch.

»Der Botschafter ist eine gute Verbindung und ein guter Gast. Sehr liebenswürdig. Du erinnerst dich doch sicher an ihn, Sedd?«

Oh ja, das tat ich.

»Zwei Mal, Sedd, zwei Mal war er mit seiner reizenden Frau bei uns zu Besuch. Seine Exzellenz nimmt seine Pflichten als Botschafter sehr ernst, und dazu gehört für ihn, in Norwegen das Skilaufen zu lernen. Also nordischen Stil.«

»Und darum waren er und seine Frau in Fåvnesheim?«

Großvater präsentierte die Karte einem schmuck uniformierten Offizier am Tor, der den Eingang zu französischem Territorium bewachte.

»Ja«, sagte Großvater, »darum waren sie bei uns. Ich habe ihm persönlich das Skilanglaufen von Grund auf beigebracht.«

Ich starte ihn ungläubig an: »Wirklich, Großvater?«

»Ja, ja, so gut wie. So gut wie. Ein sehr lernfähiger Herr. Ah, da hinten steht er ja und begrüßt die Gäste. Komm.«

Wir folgten dem Strom der Geladenen, die meisten waren Norweger, was ich ein wenig enttäuschend fand, und begaben uns zu Monsieur und Madame Sylvain. Als wir an der Reihe waren, streckte Großvater die Hand aus und sagte:

»Äh ...«

Der Botschafter blickte ihn kurz verwirrt an, doch dann hatte sich Großvater auf sein bestes Französisch besonnen und legte los: »Bonjour, Monsieur l'Ambassadeur, et bonjour Madame!«

»Ah! Mister Zacchariassen! How very good to see you. Welcome. Glad you could make it.«

»Et voilà mon grandfils.«

»Comment?«

»Grandson«, sagte ich.

»Ah, yes, I remember him. My Lord, he has grown, hasn't he?«

»Il a, il a«, pflichtete Großvater ihm bei.

»Yes ... Well, I hope you'll enjoy yourselves. Both of you. There's refreshments in the garden.«

»Très merci, merci.«

Wir begaben uns weiter in den Garten. Jetzt befanden wir uns tief im französischen Hoheitsgebiet, hier würden uns die norwegischen Behörden nichts anhaben können. Nicht, dass sie einen Grund dazu gehabt hätten, doch hätten sie ihn gehabt, so hätten sie draußen vor dem Tor stehen bleiben müssen. Hier kam man nur mit einer Einladungskarte herein.

Ein Keller mit weißer Jacke und schwarzer Fliege kam zu uns, er trug ein Tablett mit Champagnergläsern. Großvater bediente sich.

»Merci beaucoup, Monsieur«, sagte er.

Keine Ursache, lautete die Antwort auf Norwegisch.

»Gibt es etwas Alkoholfreies für den Jungen?«

Stumm nickte der Kellner zu dem großen Büfett hinüber. Auf dem Weg dorthin wurden wir von einem weiteren Kellner in weißer Jacke angehalten, auf dessen Tablett sich Canapés befanden. Wir nahmen jeder zwei. Ein winzig kleines Tartelett mit etwas, das Gänseleber-Mousse sein musste, und ein dreieckig zugeschnittenes Stück Toastbrot mit Räucherlachs und Meerrettich.

»Herrlich«, schmatzte Großvater. »Unvergleichlich. Die französische Küche ist und bleibt die beste.«

»Oh ja. Schade, dass Jim nicht hier ist.«

»Ja, wirklich schade. Du solltest dich durch alles durchprobieren, um dir einen Eindruck zu verschaffen. Vielleicht kannst du ihm Anregungen mitbringen. Und auch ein paar Bilder machen.«

»Ja, mache ich.«

»Es wäre wirklich eine gute Idee, Canapés zu servieren, wenn Touristengruppen oder andere kleinere Gesellschaften kurz bei uns vorbeischauen. Ich denke dabei auch an die Kalkulation.«

»Ja, die Kalkulation ist wichtig.«

»Bei diesen großen Büfetts, die Jim immer aufbaut, gibt es so viel Schwund. Furchtbar viel Schwund. Ich weiß ja, sie sind sein ganzer Stolz, aber ...«

»Andererseits ist es personalintensiv, Canapés zu servieren.«

Ein weiterer Kellner stand mit neuen Varianten vor uns, diesmal waren es kleine Cracker mit Brie, runde Canapés mit Käsecreme und Rettich und winzig kleine gefüllte Tomaten. So welche hatte ich noch nie gesehen.

»Also wirklich«, sagte Großvater. »Nein, wie hübsch. Vielen Dank. Merci beaucoup. Ich muss mal darüber nachdenken und ein bisschen rechnen. Ach, schau mal!«

»Was denn?«

»Da hinten! Da, siehst du nicht?«

Großvater deutete diskret auf eine Gruppe von Herren im Anzug, die mit gefüllten Gläsern und brennenden Zigaretten auf dem Rasen standen.

»Da. Da hinten, ja. Siehst du nicht, wer das ist?«

»Wer denn, Großvater?«

»Der Mann mit dem Bart und der Brille. Das ist doch Jahn Otto Johansen, der Fernseh-Korrespondent.«

»Ja, stimmt, du hast recht. Natürlich ist er das.«

»Unglaublich«, sagte Großvater. »Niemand Geringeres als Jahn Otto Johansen.«

»Ist er nicht eigentlich in Moskau?«

»Schon, aber sicher ist er hin und wieder auch zu Hause.«

»Stimmt. Natürlich. Schließlich will er auch manchmal seine Frau sehen.«

»Also wirklich. Jahn Otto Johansen. Er sieht genauso aus wie im Fernsehen. Vielleicht etwas kleiner.«

»Ja«, sagte ich, »das finde ich auch. Ich hätte Jahn Otto Johansen für größer gehalten.«

Ich machte ein Foto von ihm, diskret aus der Entfernung, sodass er es nicht bemerkte. Wieder trug ein Kellner ein Tablett mit Gläsern vorbei, Großvater schnappte sich routiniert eines mit der linken Hand, während er zugleich das leere mit der rechten in einer geschmeidigen Bewegung auf dem Tablett abstellte.

»Ich werde mir mal etwas zu trinken suchen«, sagte ich, »ich habe wirklich Durst.«

»Ja, tu das. Du Ärmster, ich hatte ganz vergessen, dass dir so heiß ist.«

Am Büfett nahm ich mir ein Glas Solo. Hier gab es noch etliche weitere Tabletts mit Canapés, von denen ich kostete. Erst wollte ich sie alle systematisch durchprobieren, doch dann beschloss ich, mich auf vier, fünf davon zu konzentrieren und herauszufinden, wie sie gemacht waren, wie sie aussahen, wie sie schmeckten. Die besten fotografierte ich, aber ich musste mit dem Film haushalten, ich hatte nicht mehr viele Aufnahmen. Eigentlich seltsam, dachte ich, dass Jahn Otto Johansen hier war und nicht in der russischen Botschaft, wo er eigentlich hingehörte. Natürlich konnte er auch ein verborgenes Interesse für Frankreich haben, von dem er noch nicht berichtet hatte.

Als ich genügend Canapés probiert hatte, begab ich mich auf Entdeckungsreise zwischen den Gruppen festlich gekleideter Gäste. Hinter dem Garten, jenseits der Eisenbahnstrecke und der Autobahn, lagen etliche Segelboote in der Bucht Frognerkilen, und dahinter war das rosa Lustschloss Oscarshall zu sehen, ein aus der Ferne grüßendes königliches Monument. Hier jedoch befanden wir uns auf republikanischem Grund und Boden.

Auf der Terrasse stand eine Dame im geblümten Kleid und bewunderte diese Aussicht. Es ist ein Gebot der Höflichkeit, dass man ordentlich grüßt, also sagte ich:

»Guten Tag.«

»Guten Tag«, erwiderte sie.

»Eine wunderbare Aussicht, nicht wahr?«

»Oh ja. Eine klassische Aussicht, würde ich sagen.«

An ihrem Akzent konnte ich sofort hören, dass sie keine Norwegerin war. Wie eine Französin klang sie allerdings auch nicht, denn sie rollte das R ganz anders.

Ich machte eine Aufnahme von Schloss Oscarshall, doch war mir dabei schon klar, dass die Entfernung eigentlich zu groß war.

»Eine literarische Aussicht, würde ich sagen«, sagte die Dame. »Sehr literarisch. Sie ist jedes Mal wieder faszinierend.«

»Ja, sehr literarisch. Wirklich schön.«

»Wenn ich daran denke, dass er vielleicht chier gestanden chatte, genau chier ...«

Sie sprach die H stark behaucht aus.

»Ja, eine bemerkenswerte Vorstellung.«

»... Und auf die Bucht schaute, während der Zug unten in der Dunkelheit vorbeikam ... Die Funken stoben aus dem Schornstein der Lokomotive. Was für eine Eröffnung! Fantastisch! Meisterhaft!«

»Die Eisenbahn ist jetzt elektrifiziert«, informierte ich sie. »Keine Funken mehr.«

Sie blickte mich verständnislos an.

»Wissen Sie, dass ich eigens Norwegisch gelernt chabe, weil dieses Buch mich so begeistert hat?«

»Wirklich? Beeindruckend.«

»Ich glaube, ich chabe die russische Übersetzung mindestens vierzigmal gelesen. Am Ende fielen die Seiten chinaus. Ein meisterliches Buch. Um Norwegisch zu lernen, brauchte ich nur auf der ersten Seite anzufangen, ich kannte den russischen Text ja so gut wie auswendig.«

»Faszinierend«, sagte ich. »Sind Sie Russin?«

Sie streckte die Hand aus:

»Olga Nazarenko«, stellte sie sich vor. »Von der sowjetischen Botschaft. Kulturabteilung. Sehr erfreut.«

»Ebenso«, sagte ich. »Sedgewick Kumar.«

»Aha«, sagte sie. »Von der indischen Botschaft? Dort gibt es einen Chandelsdezernenten, der, glaube ich, Kumar cheißt.«

»Ja«, sagte ich. »Das ist mein Vater.«

»Und chier steht er«, sagte Olga Nazarenko von der Kulturabteilung der sowjetischen Botschaft, »genau chier steht Wilfred Sagen am Anfang des Buchs.«

»Wer, sagten Sie?«, fragte ich.

»Lillelord. Im Buch. Eine großartige Eröffnung, finden Sie nicht?«

»Oh ja«, sagte ich, »ganz einzigartig.«

Ich hatte beschlossen, ihr in allem zuzustimmen. Vielleicht war sie ja eine sowjetische Agentin, die Norwegen unterwandern sollte, darüber hatte einiges in der Zeitung gestanden, dann war es sicherer, ihr nicht zu widersprechen.

»Alles ist Lüge«, brach es aus Olga heraus. »Alles! Und Lillelord, das Kind, weiß das nicht nur, es lebt selbst die Lüge. Ja, mit dem großen russischen Literaturwissenschaftler Kaminskij kann man sagen, dass Lillelord, Wilfred, selbst die Lüge ist. Die Verstellung in eigener Person.«

»Genau«, sagte ich. Sowjetische Agenten kannten sich mit Verstellung gewiss aus, da galt es, vorsichtig zu sein.

»Das ist absolut einer der besten Romane der Weltliteratur«, stellte Olga fest. »Lillelord. Im Grunde seltsam, dass er nicht bekannter ist.«

»Er ist schon recht bekannt«, wandte ich ein. »Er ist auch im Radio gekommen, als Hörspiel.«

»Ach ja?« Olga Nazarenko sah mich erstaunt an.

»Ja. Ich habe es selbst gehört. Eine Verfilmung gibt es auch, aber nicht aus Norwegen. Ich glaube, der Film kommt aus England oder Amerika. Wenn ich es mir recht überlege, dann ist er aber auch in Norwegen als Fernsehspiel gelaufen.«

Jetzt kannte Olga Nazarenkos Erstaunen fast keine Grenzen mehr: »Ist das möglich? Ist das wirklich möglich? Ich muss auf jeden Fall versuchen, diese Verfilmung zu sehen. Sagen Sie bitte, sind sie alt?«

»Entschuldigung? Ob ich alt bin?«

»Nein, nein, ich meine, sind die Verfilmungen alt? Um die geht es mir.« Sie lachte trocken.

Ich zögerte: »So genau weiß ich das nicht. Die norwegische wohl nicht. Aber ich glaube, die englischsprachige ist aus den Dreißigerjahren.«

»Aus den Dreißigern? Das kann unmöglich sein. Das Buch ist ja erst 1955 erschienen.«

»Ach so«, sagte ich, »dann stimmt es wohl nicht. Aber egal, das Buch ist lustig. Spannend.«

»Spannend, ja, auf jeden Fall, aber lustig? Ich glaube nicht, dass das der richtige Begriff ist. Es gibt zwar ein paar komische Momente, aber das Lachen bleibt einem, wie sagt man, im Chalse sitzen.«

»Es bleibt einem im Halse stecken«, verbesserte ich höflich.

»Ja, genau! Sie sprechen ja sehr gut Norwegisch, Herr Kumar.«

»Sie auch«, erwiderte ich diplomatisch.

»Aber was wollte ich sagen, erschütternd ist vielleicht zutreffender. Wohl kein Autor hat die Lebenslügen und den Selbstbetrug der spätbürgerlichen Gesellschaft besser beschrieben als Johan Borgen in *Lillelord*. Nicht einmal Ibsen, und auch nicht der große Chamsun.«

»Ja, in dem Buch gibt es viel Selbstbetrug«, sagte ich, jetzt doch etwas verwirrt, »und auch viel Verbitterung.«

»Ja. Ja, ja, ja! Verbitterung! Kaum jemand erkennt die Verbitterung unter der glänzenden und erschütternden Oberfläche dieser Prosa. Das haben Sie wirklich gut gesehen! Wirklich gut gesehen! So jung Sie noch sind.«

Sie blickte hinüber zu den Segelbooten in der Bucht: »Verbitterung«, sagte sie. »So viel Verbitterung.«

»Aber am Ende geht ja alles gut aus«, tröstete ich.

»Gut ausgehen? Am Ende?« Sie sah mich nachdenklich an: »Ja, vielleicht, im übertragenen Sinne ... da könnte man es vielleicht so sagen. An diese Interpretation hatte ich noch nicht gedacht.«

»Dabei liegt sie eigentlich auf der Hand«, sagte ich. »Die Liebe besiegt alles. Lillelords Liebe.«

Jetzt starte Olga Nazarenko mich an, als wäre sie vom Blitz getroffen, und sie flüsterte: »Die Liebe! Und die Schönheit! Die Schönheit muss die Welt erlösen! Ja, ja, ja! Ja! Das ist wirklich sehr gut gesehen! Ich chatte noch nicht daran gedacht. Lillelord wird von seinem Drang nach Liebe bewegt. Ihn selbst stürzt er zwar in den Abgrund, aber in einem tieferen Sinn bewirkt dieser ganze unwiderstehliche Drang nach Liebe den Zusammenbruch der bürgerlichen Gesellschaft. Auf dass Platz werde für eine neue Welt!«

»Ja, nicht wahr«, sagte ich und sah mich nach einer Rückzugsmöglichkeit um. Jetzt hatte Olga Nazarenko einen glühend intensiven Blick bekommen, und ich begann im Ernst zu fürchten, sie könnte mich unterwandern. Befand ich mich in Gefahr?

»Verzeihen Sie«, sagte ich, »aber ich muss nach meinem Groß... nach jemandem schauen.«

»Müssen Sie? Wie schade! Nun, dann vielen cherzlichen Dank für das Gespräch.« Wieder reichte sie mir die Hand. Jetzt war ihr Händedruck fast schmerzhaft fest.

»Ich habe zu danken«, sagte ich verbindlich.

»Und danke für die interessanten Anmerkungen zu diesem großen Roman.« Sie wollte meine Hand schier nicht mehr loslassen: »Zu *Lillelord*. Sie haben mir tatsächlich teilweise eine neue Sicht auf dieses Meisterwerk geschenkt.«

»Keine Ursache«, sagte ich.

Während ich auf der Suche nach Großvater den Garten durchquerte, meinte ich, ihren Blick im Nacken zu spüren. Mir wurde klar, wie kompliziert es sein konnte, sich auf so einem diplomatischen

Empfang aufzuhalten. Hier wurde wirklich nicht nur über das Wetter gesprochen.

Großvater konnte ich nirgends sehen, also wanderte ich ein wenig umher und bediente mich mit weiteren Canapés und Limonade. Überall standen kleine Gruppen ins Gespräch vertieft. Mir fiel auf, dass eine ganz eigene, ungezwungene Art der Unterhaltung herrschte, egal, um welches Thema es ging, ob große Politik oder Small Talk. Mit etwas zurückgelehntem Kopf, ein Glas in der einen Hand, eine Zigarette in der anderen, lauschte man den Beiträgen der anderen, die offensichtlich nicht zu lang ausfallen sollten, und antwortete gern mit einem amüsanten Kommentar darauf oder mit Zustimmung, bevor man ein neues Thema anschnitt. Eine Gruppe unterhielt sich über das Bombenattentat im Ostbahnhof, man schüttelte betrübt den Kopf, bedauerte, dass der Terrorismus jetzt offensichtlich Norwegen erreicht hatte und das Land kein sicherer Hafen mehr war, dann wechselte man abrupt zu den Erdbeerpreisen, die dieses Jahr sämtliche Rekorde schlugen, und schüttelte ähnlich bedauernd den Kopf.

Großvater konnte ich immer noch nirgends sehen, und kurz bekam ich es mit der Angst zu tun. Er war ja kein junger Mann mehr, außerdem befürchtete ich, er könnte vergesslich werden. Was, wenn er einfach weggegangen war? Was, wenn er einen Hitzschlag erlitten hatte? Solche und ähnliche Gedanken hatte ich schon immer gehabt, da ich bei meinen Großeltern aufgewachsen war, nicht bei meinen Eltern. Einmal erzählte ich meiner Großmutter – oder versuchte, es ihr zu erzählen –, dass ich mir manchmal Sorgen machte, ihnen könnte etwas zustoßen, da ich ja nur sie hatte und sie schon so alt waren. Das hätte ich nicht tun sollen. Großmutter verbat sich aufs Entschiedenste, erstens als alt bezeichnet zu werden, und zweitens die Annahme, ihnen könnte etwas widerfahren. Mit solchen Gedanken könne ich gleich wieder aufhören. Außerdem, dachte ich jetzt zwischen zwei Canapés, falls Großvater etwas zugestoßen sein sollte, zum Beispiel ein Hitzeschlag, so hätte ich sicher den Krankenwagen gehört. Und in demselben Augenblick vernahm ich seine

Stimme. Sie kam aus der Villa, deren Haupteingang offen stand. Ich ging die wenigen Schritte zu der großen Eingangshalle hinauf. Auch hier auf dem vornehm knarrenden Parkett standen Grüppchen in ungezwungener Unterhaltung, und in einem davon erblickte ich Großvater. Er wirkte allerdings nicht gerade ungezwungen. Im Gegenteil. Er war laut geworden. Mit gerötetem Gesicht berichtete er den Umstehenden von seinen Mühen dabei, dem französischen Botschafter und seiner Frau die Kunst des Skilaufens nach nordischer Art beizubringen. Die Gruppe um ihn herum dünnte rasch aus, die Übrigbleibenden wirkten sehr reserviert, milde gesagt. Keiner von ihnen brachte eine nonchalante, witzige Bemerkung, und mir wurde unmittelbar klar, dass Großvater gerade dabei war, sich empfindlich über die Regeln des guten diplomatischen Tons hinwegzusetzen.

»Ja«, blubberte er, »das hätte kein Irgendwer leisten können. Nein, durchaus nicht. Durchaus nicht. Der Botschafter selbst sagte, ich hätte eine Auszeichnung verdient, eine Auszeichnung für diesen Beitrag zum Verständnis unserer beiden Kulturen. Ja, der französischen und der norwegischen Kultur. Vielleicht sogar die Fremdenlegion! Aber ich sagte nur, für einen so bescheidenen Dienst sei das zu viel.«

Er drehte sich um und schnappte sich von einem vorbeikommenden Tablett ein Glas Champagner, immer noch mit derselben gleitenden, makellosen Bewegung, blitzschnell, doch als er sich wieder umwandte, hatten sich die letzten um ihn herum Verbliebenen verlaufen, und er stand allein auf der weiten See des diplomatischen Parketts.

Ich ging zu ihm hin. Er schien nicht ganz er selbst und schwitzte enorm. Resigniert blickte er mich an.

»Komm, Großvater«, sagte ich.

Er machte keine Anstalten, sich zu bewegen. Sah mich nur an, als wäre ich ein Diplomat aus einem unbekannten Land.

Ich griff ihm unter den Arm.

»Komm jetzt«, sagte ich bestimmt. »Wir müssen zurück ins Hotel.« Mit schmalen Augen lächelte er mich schwach an und leerte das Champagnerglas mit einem Schluck.

»Ja«, sagte er. »Du wirst müde sein.«

»Ein wenig. Komm, wir gehen.«

Auf dem Rückweg ins Hotel sagte Großvater nichts, er machte einen langen Mittagsschlaf, abends aßen wir jeder ein Steak im Hotelrestaurant. Am nächsten Tag standen wir zeitig auf, Großvater ließ die Morgengymnastik ausfallen und packte den Koffer. An der Rezeption beglich er den Aufenthalt mit einem Scheck, dann fuhren wir nach Hause.

18

Als wir nach Fåvnesheim zurückkamen, stand dort alles kopf, und nachdem er sich einen raschen Überblick über die Lage der Dinge verschafft hatte, beschloss Großvater, sich mit einer Grippe zu Bett zu legen. Die ersten Symptome meldeten sich bereits auf dem Vorplatz. Noch bevor wir ausgestiegen waren, sahen wir Großmutter, die mit etwas zu raschen, unheilverkündenden Schritten auf uns zugestürmt kam. Großvater musste böse husten. Er parkte, stellte den Motor ab und zog die Handbremse. Da stand Großmutter bereits neben der Fahrertür und redete wild auf das Auto ein. Großvater hustete abermals, dann öffnete er seufzend die Tür.

»… und damit finde ich mich nicht ab, ich finde, man darf sich damit nicht abfinden, du musst dich sofort darum kümmern!«

Großvater seufzte noch einmal, öffnete den Sicherheitsgurt, stand mühsam auf, reckte den Rücken und blickte sie ernst an.

»… genug ist genug, das meine ich ernst, wirklich ganz und gar ernst. Genug! Schließlich bin ich die Chefin im Haus, da schuldet man mir eine gewisse Achtung. Ja. Eine gewisse Achtung. Seit bald vierzig Jahren halte ich es hier aus, ohne mich auch nur einen Augenblick zu beklagen. Vierzig Jahre! Ich finde, mir gebührt eine gewisse Achtung!«

»Schon gut, schon gut, Sisi, wir sind ja noch nicht mal richtig ausgestiegen. Was ist denn los?«

»Natürlich bist du ausgestiegen! Du stehst ja da! Mitten in der Saison wegfahren, das kannst du! Und ich muss hierbleiben und – kurz drohte ihre Stimme zu brechen – es mit diesen furchtbaren Menschen aushalten! Ja. Furchtbar sind sie!«

»Aber, aber, Sisi, das klingt ja schrecklich. Welche furchtbaren Menschen meinst du denn? Gibt es Probleme mit irgendwelchen Gästen?«

»Mit den Gästen? Die Gäste sind schlimmer als furchtbar, ganz wie üblich, ungehobelte Norweger ohne Manieren, die meine ich nicht. Das weißt du genau. Ich finde, nach über vierzig Jahren ist es wirklich allmählich an der Zeit, dass sie aufhören, mich wie eine Fremde zu behandeln, wie einen Gast, eine Ausländerin! Eine Ausländerin!«

»Beruhige dich doch, Sisi, ist es wieder einmal das Personal?«

»Wieder einmal? Wieder einmal? Es ist immer das Personal! Immer! Keinerlei Respekt, keinerlei Achtung.« Wieder brach ihre Stimme: »Ich kann nicht mehr. Ich werde noch verrückt davon! Vierzig Jahre. Ich bleibe keinen Tag länger hier!«

Großvater atmete schwer aus. Er seufzte.

»Was ist es denn diesmal, Sisi?«

»Diesmal?! Du nimmst mich wohl nicht ganz ernst!«

»Oh doch, Liebling. Es ist nur so, dass ...«

»Du nimmst mich überhaupt nicht ernst! Von wegen diesmal! Das klingt ganz so, als würdest du es nicht ernst nehmen!«

»Oh doch, mein Schatz. Ich nehme es sehr ernst, Sisi. Jetzt wein doch nicht. Wein nicht. Jedenfalls nicht so laut, sonst hören es noch die Gäste.«

»Die Gäste! Es ist sowieso alles deine Schuld. Du fährst tagelang auf Vergnügungsreise in die Stadt und lässt mich hier sitzen mit der ganzen Verantwortung. Der ganzen Verantwortung! Das wäre ja noch hinnehmbar, absolut hinnehmbar, und ich hätte keinen Augenblick geklagt, kein *Sekündchen* lang, wäre nicht ...«

»Na, das hätte dir nicht ähnlich gesehen«, sagte Großvater leise, doch sie hörte ihn zum Glück nicht.

»... wäre da nicht dieses von allen guten Geistern verlassene Personal, das nichts, absolut nichts richtig machen und mir nie ein wenig Respekt erweisen kann! Nicht den geringsten!«

»Jetzt sag mal, Sisi«, fragte Großvater nach, »was genau ist denn passiert?«

»Alles ist passiert! Das ist passiert!«

»Aber Sisi«, versuchte es Großvater noch einmal, »wie soll ich dir denn helfen, wenn ich nicht weiß, was ist?«

Ich war nun auch ausgestiegen, stand auf der anderen Seite des Autos und beobachtete meine Großeltern über dessen Dach hinweg. Großmutter hatte einen Wut- und Verzweiflungsanfall, etwas, das Großvater gerne als »Raptus« bezeichnete. Im Laufe der Jahre war das relativ häufig vorgefallen, so oft, dass wir einen Plural dazu erfunden hatten, »Rapti«. Bereits als ich klein war, hatte Großmutter öfter einen von diesen Rapti, sie drohte damit, keinen Tag länger hier oben zu bleiben, im unzivilisierten Gebirge, umgeben von Taugenichtsen und Grobianen, deren mit Abstand schlimmster mein Großvater sei, und auf der Stelle, augenblicklich, sofort, ohne eine weitere Sekunde zu warten in das kultivierte und zivilisierte Wien zurückzureisen. Ich war dann traurig oder bekam Angst, vor allem weil sie ihre Drohung dann manchmal wahrmachen zu wollen schien, sie packte ein Handköfferchen, warf mit den Türen, packte weiter, warf weiter, schloss den Koffer mit wütendem Nachdruck, voller Verachtung für Großvater und mich, um dann zu verkünden, jetzt fahre sie, Adieu, auf Wiedersehen, schönen Abend noch, und damit machte sie auf dem Absatz kehrt, marschierte aus dem Hotel hinaus, setzte sich ins Auto und fuhr ab. Ich konnte weinen und Großmutter, Großmutter rufen, so viel ich wollte, es half nichts, und ebenso wenig half es nichts, dass Großvater ihr behutsam folgte, während sie in ihrem Raptus durchs Haus fegte, und sie mit »Nur die Ruhe, nur die Ruhe, Sisi, nimm es dir doch nicht so zu Herzen« zu beruhigen versuchte. Nein, sie marschierte ab, gern, nachdem sie ihm noch einen letzten rasenden Blick zugeworfen hatte. Und dann war sie weg. Für eine Stunde oder zwei, manchmal für einen Tag, kaum jemals länger. Doch ob ihre Reise nach Wien eine halbe Stunde oder einen halben Tag dauerte, kam für mich auf dasselbe heraus, ich glaubte jedes Mal, sie sei ein für alle Mal weg, und war entsetzlich niedergeschlagen. Großvater wusste auch nicht, was er tun sollte, um mich zu trösten, also ging ich schließlich zu Jim in die Küche und setzte mich neben dem großen Wärmeschrank auf den Boden. Hier fühlte ich mich in Sicherheit. Jim tröstete mich: »Na, komm schon, Sedd, Kopf hoch, du weißt doch, sie kommt zurück. Sie kommt zurück. Tut sie das nicht immer?« – »Schon, Jim, aber wenn sie diesmal nicht zurückkommt?« – »Das wird sie schon, Sedd. Das wird sie schon.« – »Es ist weit bis nach Wien«, sagte ich, und bis auf ein Mal, als Jim darauf meinte, verflucht noch mal, nicht weit genug, antwortete er immer, »nur die Ruhe, Sedd, sie will doch gar nicht nach Wien fahren, das verstehst du doch. Sie wohnt ja hier. Sie hat nur, wie sagt dein Großvater immer, sie hat einen Raptus.« – »Ja«, sagte ich und schluckte, denn bei diesem Punkt des Gesprächs hatte Jim mir meist einen guten Bissen zugesteckt, »ich hoffe, du hast recht, Jim. In der Mehrzahl heißt es übrigens auch Raptus, aber mit langem U.« – »Mehrzahl, genau«, sagte Jim. »Mehrzahl ist das passende Wort.«

Doch als ich jetzt meine Großeltern sah, zwischen ihnen und mir der Vauxhall Viva, fiel mir auf, dass ich überhaupt keine Angst mehr hatte. Sie taten mir nur ein wenig leid, vor allem Großvater, der um meinetwillen so weit gefahren und jetzt erschöpft war. Als Großmutter dann ins Haus marschierte, um ihren Koffer zu packen, Großvater sich auf der Stelle krankmeldete und mit hängenden Ohren und leise vor sich hin murmelnd ins Private schlurfte, beschloss ich, die Dinge in die Hand zu nehmen.

Ich fand Jim in der Küche, wo er gerade einen Sack Kartoffeln in ein Becken leerte. »Ah«, sagte er, »da bist du ja. Gut, dass du kommst. Kannst mir mit den Toffeln helfen.«

»Was ist denn los, Jim«, fragte ich.

»Wie, was ist los? Nichts. Nichts ist los.«

»Doch, doch, Jim, es ist nicht nichts. Irgendwas muss sein.«

»Na ja, das Übliche. Nur das Übliche. Die Chefin ist verrückt.«

»Woran liegt es diesmal, Jim?«

»Ja, das weiß Gott.«

»An etwas muss es doch liegen?«

»Ja, müsste es schon«, seufzte Jim.

»Außerdem mag ich es nicht, wenn du Großmutter verrückt nennst.«

Jim blickte zur Seite und murmelte: »Wie denn sonst«, aber dann riss er sich zusammen und sagte: »Okay. Okay. Du weißt doch, wie sie is. Ich steh hier und hab alle Hände voll zu tun, ich mein, wirklich alle Hände voll, ohne irgendwelche Hilfe, ich brauch die ganze Küche, weil ich so viel auf einmal am Laufen hab, und auf einmal kommt die hier reingelaufen und findet, sie muss jetzt unbedingt backen.«

Er seufzte. Ich seufzte.

»Und ich sag, gut und schön, Frau Zacchariassen, aber könnten Sie so nett sein und keinen Platz auf der Arbeitsfläche belegen, ich habe viel zu tun, und sonst wird das nichts mit dem Hochzeitsessen morgen, Frau Zacchariassen, das hab ich gesagt.«

»So weit, so gut, Jim. Und dann?«

»Dann? Ja, was denkst du? Dann ist der Vesuv ausgebrochen. Erst mal hat sie mir gekündigt. Da hab ich mir nicht so viel draus gemacht, das kenn ich ja. Also hab ich gesagt – ja, das hab ich gesagt –, jetzt passen Sie mal auf, Frau Zacchariassen, ja, das hab ich gesagt, das können Sie sich sparen, dass sie mir jetzt kündigen, das ist die reinste Zeitverschwendung, ich werde keine einzige Kalorie damit verbrauchen, dass ich mir das anhöre, Frau Zacchariassen, da hab ich keinen Nerv für; ja, das hab ich gesagt. Genau das.«

»Hui, Jim. Nicht so gut.«

»Nein«, gab Jim zu, »das war nicht so schlau. Hätte mir klar sein müssen. Aber du weißt ja, wie das ist, wenn so viel zu tun ist ...«

»Und dann, Jim?«

»Ja, dann ist es richtig losgegangen. Als Erstes hat sie mir noch mal gekündigt, und dann hat sie allen anderen gekündigt, die ihr über den Weg gelaufen sind. Sogar ein paar Gästen in der Rezeption hat sie gekündigt. Zum Glück auf Deutsch, ich glaube, das haben nicht alle verstanden. *Ihr seid fristlos entlassen*, hat sie gewütet, aber die haben sie nur komisch angeschaut. Wir anderen sind hinter ihr her, das gesamte Personal. Am Schluss war es fast wie eine Art Betriebsversammlung im Büro. Zwei von den Mädchen, die kleine Anita und die große Anita, die zum ersten Mal hier arbeiten, haben angefangen zu weinen und zu betteln, von wegen, Ach liebe Frau Zacchariassen, wir brauchen das Geld doch so dringend im Herbst, wenn wir wieder zur Schule gehen, haben sie gesagt, aber das hätten sie mal besser sein lassen, denn die Chefin hat gleich gesagt, kein Kurs, keinerlei

Ausbildungsanstrengung, nichts wird im Geringsten euren Charakter und euer Verhalten verbessern, die sind verdorben, seit Langem verdorben, vielleicht von Geburt an, das hat sie gesagt, na, und da haben die Mädchen noch mehr geweint, kein Wunder. Und dann hat sie uns alle entlassen. Alle auf einmal.«

»Ach du meine Güte, Jim«, sagte ich.

»Wahrscheinlich wäre das nicht passiert, wenn Zacchariassen selbst hier gewesen wäre. Aber jetzt ging es los mit Jammern und Wehklagen, mit Weinen und Zähneknirschen, und da hab ich es gesagt. Da hab ich es zu ihr gesagt.«

»Was denn?«

»Ich hab doch dafür sorgen müssen, dass das Geschrei aufhört. Es war so ein Theater. Die Gäste haben sich sicher schon gewundert.«

»Aber was hast du gesagt, Jim?«

»Ich hab gesagt, jetzt geben Sie aber mal Ruhe, Frau Zacchariassen, hab ich gesagt, gehen Sie hoch in Ihre Wohnung und beruhigen sich, damit wir hier unsere Arbeit tun können, das hab ich gesagt, sonst gehen wir nämlich wirklich, hab ich gesagt, und zwar jetzt gleich, hab ich gesagt. Ja, das hab ich gesagt.«

»Nicht so schlau.«

»Nein, wahrscheinlich nicht, aber hier wäre fast alles zusammengebrochen. ›Dann geht doch!‹, hat die Alte geschrien. ›Geht doch!‹ Und ich hab gesagt, das soll sie mit Zacchariassen besprechen, wenn er nach Hause kommt, und ich will mir das nicht weiter anhören, wir müssen schließlich ein Hotel am Laufen halten. Und dann hab ich alle wieder auf ihre Posten beordert, und wir haben weitergemacht. Ja, haben wir. Egal, wie viel die noch rumkrakeelt.«

»Großvater hat sich ins Bett gelegt«, berichtete ich ihm. »Und Großmutter will nach Wien umziehen.«

»Ja«, sagte Jim, »dann ist ja alles beim Alten. Wie isses, hilfst du mir mit den Toffeln?«

»Kann ich tun«, sagte ich, »aber ich glaube, erst muss ich ein bisschen mit Großmutter reden.«

»Aha. Na dann viel Glück.«

Er wandte sich ab und kramte in einer Schublade. Sein breiter weißer Rücken wiegte sich erbost hin und her.

»Ich bin gleich wieder da«, sagte ich zu dem Rücken.

»Mach mal«, brummte er. »Mach mal.«

Als ich bei der Tür war, fügte er hinzu:

»Kannst ihr auch gern sagen, dass mir leidtut, was ich gesagt hab.«

»Mach ich, Jim.«

»Gut«, brummte er. »Aber zu leid tut es mir auch wieder nicht, Sedd, dass du's nur weißt. Hörst du?«

»Ja«, sagte ich erleichtert. »Ich hab's gehört.«

In der Rezeption fistelte Synnøve mit rot geweinten Augen am Silberschmuck ihrer Tracht.

»Hallo«, sagte ich. »Wie geht es dir?«

»Sprich mich jetzt bitte nicht an, Sedd.«

Mir schien, ich hätte im Moment keine andere Wahl, also ignorierte ich ihre Bitte und fragte sie, so ernst und erwachsen ich konnte:

»Hast du Großmutter gesehen?«

Es wirkte, unwillkürlich antwortete sie:

»Schon länger nicht, zum Glück.«

»Und wann zuletzt?«

»Zuletzt? Da ging sie gerade einen Koffer holen.«

»Vielen Dank«, sagte ich so würdig wie möglich. Und ich fügte hinzu: »Das geht vorbei, du wirst schon sehen, Synnøve.«

Sie sah mich aus ihren blauen Augen scharf an.

»Ich weiß«, sagte sie, »ich weiß. Aber eins will ich dir sagen, Sedd, wenn ihr nicht wärt, Zacchariassen und du, dann würde ich keinen Tag länger bleiben. So viel ist sicher. Nur wegen euch bleibe ich. Und wegen Jim.«

Da ich nicht wusste, was ich darauf entgegnen sollte, setzte ich ein Lächeln auf, das hoffentlich dankbar und verständnisvoll wirkte, und machte mich auf die Suche nach Großmutter.

Zunächst ging ich auf den Dachboden des Privaten, denn ich nahm an, dass sie dort war, um ihren eleganten kleinen blauen Koffer mit dem Pan-Am-Symbol zu holen. Doch fand ich dort weder Großmutter noch den Koffer. Also schloss ich die Tür zur alten Treppe auf, um auf diesem Wege zurück zur Rezeption zu gehen, und siehe da, hier begegnete ich Großmutter, die gerade vom Dachgeschoss des Altbaus zurückkam. Sie erschrak ein wenig, als sie mich sah. Aber ich hatte mich nicht geirrt, sie trug den kleinen blauen Koffer, den sie immer nahm, wenn sie sozusagen nach Wien wollte; Großvater nannte ihn den Als-ob-Koffer, weil er vor allem eingesetzt wurde, wenn sie so tat, als ob sie abreisen würde. Abgesehen davon, was sollte sie überhaupt in Wien?

»Hallo, Großmutter«, sagte ich. »Geht es nach Wien?«

»Ja! Und niemand kann mich aufhalten!«

Sie hatte eine zu Tode gekränkte Miene aufgesetzt und wollte an mir vorbeimarschieren, den Koffer mit beiden Händen an die Brust gepresst, aber ich sagte nur: »Dann wünsche ich dir eine gute Reise, Großmutter.«

Überrascht blieb sie stehen, fasste sich aber schnell wieder, warf den Kopf nach hinten und setzte ihre Als-ob-Abreise in Richtung Wien fort.

»Was willst du überhaupt in Wien?«, fragte ich.

Sie blieb stehen, den Rücken mir zugewandt. Ich fuhr fort:

»Du hast doch in Wien fast keine Bekannten mehr? Das sagst du selbst immer.«

»Sie sind tot«, sagte sie, immer noch, ohne sich umzudrehen. Ihre Schultern sanken ein wenig hinab.

»Nicht alle, Großmutter.«

»Nein, alle nicht.«

»Nun gut«, sagte ich. »Dann müssen wir ohne dich zurechtkommen. Aber das werden wir schon schaffen. Morgen haben wir ja eine Hochzeitsgesellschaft.«

»Ja«, sagte sie, immer noch eine Stufe unter mir stehend. An ihrem Hinterkopf sah ich unter der kastanienbraunen perfekten Frisur den grauen Haaransatz.

»Oh, Sedd«, seufzte sie. »Es ist nicht so einfach. Es ist alles gar nicht so einfach.«

»Ich weiß, Großmutter.«

Sie machte auf dem Absatz kehrt, ging wieder zum Dachgeschoss hoch, ich hörte, wie sie die Tür öffnete und den Koffer abstellte. Dann wurde die Tür wieder geschlossen, ihre Schritte bewegten sich auf mich zu. Oben auf der Treppe sagte sie:

»Und wie war es in Oslo? War es ein schöner Ausflug?«

»Ja, Großmutter, sehr schön.«

»Habt ihr euren Horizont erweitern können?«

»Ja, Großmutter. Wir waren im Kon-Tiki-Museum. Das war wahnsinnig interessant.«

Jetzt gingen wir die Treppe zusammen hinunter, sie voran.

»Freut mich zu hören.«

»Und dann haben wir uns ausgestattet, bei Ferner Jacobsen.«

»Freut mich zu hören.«

»Wir haben auch ein Geschenk für dich gekauft. Aber ich glaube, das ist ein Geheimnis.«

»Ich hoffe, du warst nicht am Ostbahnhof? An der Stelle, wo die Bombe explodiert ist?«

»Nein, Großmutter«, log ich. Sie drehte sich um, ich konnte sehen, dass sie geweint hatte.

»Du hattest es mir versprochen!«

»Ich war ja auch nicht da«, sagte ich. »Keine Sorge.«

Sie ging weiter.

»Ach«, sagte sie, »ich glaube, ich bin etwas müde. Vielleicht sollte ich mich ein wenig hinlegen.«

Fast hätte ich gesagt, mach das, du kannst dann ja morgen nach Wien fahren, aber ich verkniff es mir und sagte nur, dann schlaf gut.

Sie verschwand im Privaten, ich hörte, dass sie in ihr Zimmer ging und die Tür hinter sich zuwarf, dass es nur so schepperte.

Ich ging wieder zu Jim in die Küche.

»Wo sind denn die Toffeln?«, fragte ich.

Er band gerade einen Braten und nickte hinüber zu dem Becken. Ich ging hin und legte mit den Kartoffeln los.

»Na, ist Ruhe eingekehrt?«

»Ja. Sie schlafen beide.«

»Gut. Dann können wir in Frieden arbeiten.«

Jim pfiff ein Liedchen, das war ein gutes Zeichen, zumal da es der Song der Ski-Weltmeisterschaft in Oslo 1966 war, *Winter und Schnee*. Den hatte damals Wencke Myhre gesungen. Jetzt ging uns die Arbeit von der Hand, als wäre es ein Spiel, sie glitt dahin wie auf Skiern. Nach einer Weile pfiff auch ich mit. Doch als wir im dritten Durchgang waren, gerade an der Stelle, wo Wencke Myhre seinerzeit sang, Er weiß nicht, dass seit tausend Jahren / Skispuren in unseren Wäldern waren, da setzte Jim plötzlich aus und fragte:

»Hast du ihr gesagt, dass es mir leidtut?«

»Nein. Das war nicht nötig.«

Jim brummte anerkennend. Dann pfiffen wir weiter. Winter und Schnee. Mitten im Sommer.

19

Wenn man, wie ich, beschlossen hat, seine Erinnerungen zu schreiben, dann ist es wichtig, auch über Erinnerungen zu verfügen. Manch einem, der seine Erinnerungen schreibt, ist das nicht klar. Man muss dabei ja auch an den Leser denken, der nicht weiß, was wichtig oder unwichtig, was wesentlich ist oder wobei es sich nur um ergänzende Informationen handelt. Kleinigkeiten, die sich einst unmerklich im Meer alltäglicher Geschehnisse ereigneten, können ebenso wichtig sein wie große, sichtbare Tatsachen. Vielleicht haben sie die Oberfläche dieses Meeres nur ein klein wenig gekräuselt, waren aber doch ausgesprochen von Belang, nur ist es für den Leser schwierig, sie herauszuklauben, vor allem, wenn derjenige, der die Erinnerungen schreibt, sie allzu gut verpackt.

Das Schreiben scheint manches mit der Großwildjagd gemein zu haben, das äußerte jedenfalls Hemingway. So stand es in meinem Lesebuch mit britischer und amerikanischer Literatur, in einem Kasten oben auf der Seite, genauer gesagt auf Seite 77, dort, wo Hemingway beginnt. Neben einem Foto von Hemingway in Safarikleidung stehen einige Informationen über ihn, wann er geboren wurde, an welchen Kriegen er teilgenommen hat, wann er sich das Leben nahm, und dazu eben auch seine Erkenntnis über den Zusammenhang zwischen der Großwildjagd und dem Schreiben.

Ich selbst bin nie auf Großwildjagd gewesen, auf Kleinwildjagd dafür aber recht häufig, und für mich ähnelt der Schreibprozess, jedenfalls wenn es sich um Erinnerungen handelt, stark der Jagd auf Schneehühner. Man pirscht unendlich lange umher oder sitzt unendlich lange auf einem Fleck, die Hunde begreifen nicht, was das alles soll, oder sie wollen nur spielen und können nichts mit sich anfangen, die Zeit schleicht wie eine Schnecke dahin, die Weiten der

Berge sind unendlich; die Feuchtigkeit kriecht in die Stiefel und in den Nacken, der Feststeller der Schnur im Anorak ist abgefallen und die Schnur in ihrem Loch verschwunden, sodass sich die Kapuze nicht mehr zuziehen lässt, das Gewehr knirscht, die Thermoskanne ist leer. Nichts passiert. Und dann passiert plötzlich alles auf einmal: Flügel flattern klatschend auf, ein grauer Schatten schießt durch die Luft wie ein geflügeltes Wiesel, zwei oder drei Flintenschüsse, und das war's auch schon wieder. Danach oft ein paar Flüche, denn die Beute war allzu flink. Die Schneehuhnjagd ist ein ungleicher Kampf. Die Schneehühner haben die Oberhand. Ganz selten gelingt sie aber dennoch, und man kehrt auf wundgelaufenen Füßen nach Hause zurück, die Beute baumelt an ihrer Schnur, die Hunde sind glücklich und man selbst zufrieden, dass man den Fleischvorrat für den Winter um ein knappes halbes Kilo aufgestockt hat. Die Steinzeitmenschen überlebten dank der Kleinwildjagd. Darum waren die Leute damals auch so kurzwüchsig. Hemingway hätte in der Steinzeit nicht überlebt. Vielleicht in der Eisenzeit und danach, in der Steinzeit jedenfalls nicht.

Erinnerungen verhalten sich wie Schneehühner. Auf einmal flattert eine auf, direkt vor deinen Füßen, und selbst wenn du seit Tagen auf diesen Augenblick gewartet hast, bist du nicht schnell genug, um den formlosen braunen Schatten zu erhaschen und ihn im Triumph nach Hause zu tragen, wo es dann geschmortes Schneehuhn gibt und Großvater den Balg nach allen Regeln der Kunst ausstopfen und seiner Sammlung einverleiben kann. Und wenn du sie doch zu fassen bekommst, gibt es meist kleinere Schäden, der Vogel wird sozusagen vom Schrot zerfetzt, der Schnabel zerschmettert, der Schädel zerstört oder das Federkleid so beschädigt, dass das Stück der Sammlung keine Ehre machen würde.

Es gilt also, bereit zu sein. Die Erinnerungen an das eine kleine, wichtige Detail schießt unvermittelt an dir vorbei, springlebendig, und du willst es einfangen. Damit du nicht mehr mit nassen Füßen umherwandern musst. In der unendlichen Stille. Über unsere Berghänge hier wandern keine Gnus oder Zebras, in den Teichen liegen keine Wasserbüffel und hinter den Büschen keine Löwen. Nur manchmal ereignet sich dieses Flattern in der Luft.

Und so sah ich sie zum ersten Mal, wie in einem Luftzug, eine rasch vorbeiziehende Farbe. Ich sehe nicht einmal mehr Gesichter vor mir, nur, dass jemand an der Rezeption an mir vorüberkam, auf dem Weg ins Haus, Mutter und Vater und ein Kind, drei Gäste.

Ich weiß nicht mehr, hatte ich gerade besonders viel zu tun, oder stand ich in Gedanken versunken da? Ich weiß nur noch, dass es ein schöner Tag war wie immer im Sommer. Großmutter war nicht nach Wien gefahren, Großvater hatte sich wieder gesund gemeldet und ihr die Brosche von David-Andersen überreicht.

Großmutter: »Aber Schatzerl! Wie reizend!«

Großvater: »Bitte sehr. Nichts zu danken. Schön, dass sie dir gefällt.«

Großmutter: »Genau so eine habe ich mir gewünscht! Stell dir nur vor ...« Und so weiter.

Es war ein Samstag, vielleicht kurz nach ein Uhr mittags. Falls ich die drei Neuankömmlinge überhaupt bemerkte, so nahm ich wohl an, dass sie zur Hochzeitsgesellschaft gehörten. Farbenhändler Sørensens älteste Tochter sollte mit dem jüngsten Sohn von Wurst- und Käsehändler Hjort vermählt werden. Sie hatten das Hochzeitspaket XL bestellt, das Hotel war so gut wie voll, wir hatten genug zu tun. Ich trug ihre Koffer nach oben, das weiß ich noch genau. Aber nur das erwachsene Ehepaar, die Eltern, folgte mir aufs Zimmer. Ein elegantes, freundliches Paar in den Vierzigern, sie war kleiner und lächelte, trug einen Seidenschal und halblanges Haar, war äußerst zurückhaltend geschminkt, er war groß und blond. Jeans und Popeline-Mantel, blaue Augen, ruhige Stimme. Sie plauderten leise hinter mir, ich hörte nicht hin, sondern ging ihnen rasch voraus, zog eine Gardine beiseite, die das Zimmermädchen vergessen hatte, erklärte ihnen dann mit kurzen Worten das Übliche, Bad, Dusche, Minibar hier, Flaschenöffner da, Telefon so und Ortsgespräch so, Rezeption null, Küche acht, Lichtschalter hier und Thermostat dort, und wo darf ich die Koffer ...

»Die Koffer kannst du hier hinstellen, aber nicht den roten, der gehört unserer Tochter, sie wohnt im Zimmer nebenan; sie ist nicht mit hochgekommen, nein, sie wollte noch kurz raus, raus auf den Parkplatz, haha, jaja.«

»Haha, ja ja«, echote ich. »Darf es sonst noch etwas sein?«

»Ja«, sagte er, »wir haben gedacht – sieh nur, was für eine schöne Aussicht!«

Sie: »Hier werden wir uns wohlfühlen, Christian.«

Ich: »Der Berg dort ist der Fåvnesnuten.«

»Der Fåvnesnuten, genau. Ist es weit bis zum Gipfel?«

»Na ja, weiter, als es aussieht. Hier sind wir auf siebenhundert Meter über dem Meer, der Gipfel liegt auf zwölfhundert. Bis zum Aufstieg sind es fünfeinhalb Kilometer.«

»Genau.«

»Der Kaffee, Christian«, erinnerte sie ihn diskret.

»Ach ja. Ja. Wir haben gedacht, ob wir wohl eine Kanne Kaffee aufs Zimmer bekommen könnten?«

»Selbstverständlich«, sagte ich. »Aber das Mittagessen wird auch gerade serviert.«

»Vielen Dank, aber wir möchten erst noch den Kaffee, wenn es möglich ist?«

»Natürlich«, sagte ich und nahm diskret das Trinkgeld entgegen. Dann stellte ich den roten Koffer in die 314. »Soll ich den Schlüssel von nebenan in der Tür stecken lassen?«

»Nein«, lächelte sie, »gib ihn einfach mir. Dann muss sie wohl oder übel Kontakt zu uns aufnehmen, wenn sie irgendwann vom Parkplatz hochkommt.«

Ich verbeugte mich, dankte und ging. Unten gab ich den Kaffee in Auftrag. Dann hatte ich Jim und den anderen zu helfen und dachte nicht mehr weiter über sie nach.

Später an diesem Tag hatte ich ein wenig Zeit für mich, las im Fotobuch und experimentierte mit der Kamera. Ich plante, mir eine Dunkelkammer einzurichten, wie es im Buch empfohlen wurde. So hat der anspruchsvolle Fotograf eine viel bessere Kontrolle über die einzelnen Schritte, als wenn er im Laden Abzüge herstellen lässt, die sind so gut wie immer weniger sorgfältig gemacht, es sei denn, man hätte einen leidenschaftlichen und begeisterten Fotohändler. Nun ließ sich ganz sicher viel Freundliches über Otto Titlestad sagen, den Eigentümer des Fotoladens unten im Ort, doch besonders leidenschaftlich war er nicht. Als ich vor der Fahrt nach Oslo ein paar Filme zum Entwickeln bei ihm abgab, fragte ich zum Beispiel, ob er das Fotopapier ein ganz klein wenig länger belichten könnte, doch er sagte nur:

»Nein, mach ich nicht.«

»Ach so«, sagte ich.

»Ich mache es genau so, wie es in der Anleitung steht.«

»Ja, aber könnten Sie nicht ...«

»Darf's sonst noch etwas sein?«, fragte Otto Titlestad unerschütterlich.

»Zweimal Kodacolor, 24er, 100 ASA«, antwortete ich, um zu zeigen, wer der Genauere von uns beiden war. »Sie können das auf Großvaters Rechnung setzen«, sagte ich. »Er hat mir das erlaubt.«

»Ja, hat er«, brummte Fotohändler Titlestad, machte jedoch keine Anstalten, das Erbetene zu holen.

»Hoteldirektor Zacchariassen«, sagte ich. »Er hat bei Ihnen ein Konto.«

»Ja«, sagte Fotohändler Titlestad langsam. »Hat er. Viele haben keins.«

»Mag sein, aber er hat eins.« Er holte die Filme und tat sie in eine Plastiktüte.

»Hier«, sagte er, »ich tue dir noch einen Umschlag mit Linsenpapier dazu. Benutze es oft, das ist gut zur Pflege der Objektive.«

Ich bedankte mich, zufrieden, dass er mich als anspruchsvollen, ehrgeizigen Fotografen erkannte, der seine Sache ernst nahm und gute Objektive hatte.

»Danke gleichfalls und Grüße an den Großvater.«

»Werde ich ausrichten«, sagte ich.

»Hab ihn schon länger nicht mehr gesehen«, sagte Titlestad.

Kurz, auf längere Sicht erschien es mir als das Einfachste und Beste, mir eine Dunkelkammer einzurichten. Unbenutzte Zimmer hatten wir genug. Das war nicht das Problem. Aber der Vergrößerer kostete Geld und ebenso das ganze Zubehör, Becken, Pinzetten, Klammern, Rotlichtlampen und Chemikalien. Nicht zuletzt hatte das Fotografieren seinen Preis. Andererseits brachte eine eigene Dunkelkammer auch Ersparnisse mit sich, der Vergrößerer hat sich für denjenigen, der viel fotografiert, schnell amortisiert, so stand es im Buch. Und ich fotografierte bereits viel und wollte das noch ausweiten. Ich war bereit, den größten Teil meiner Trinkgelder zu investieren, zählte aber auch darauf, dass Großvater den Rest drauflegen würde, auch wenn der wahrscheinlich nicht gerade klein war. Auch war ich recht sicher, dass meine Großeltern die wirtschaftliche Überlegung in dem Plan zu schätzen wüssten, zumal, wenn ich nach einiger Zeit so viel Erfahrung haben würde, dass meine Dienste als Fotograf ein Teil des Hochzeitspakets werden konnten. Und nicht nur das: Zugleich begann eine neue Idee Form anzunehmen. Eine so einfache und geniale Idee, dass ich ganz nervös wurde. Warum nicht Großvater, oder Großmutter, oder beide einfach fragen, ob ich nicht das abgesperrte, ganz offensichtlich unbenutzte Zimmer im Dachgeschoss, den Olymp, als Dunkelkammer einrichten konnte? Ja, warum nicht? Vielleicht würde es so einfach gehen?

Der Gedanke begeisterte mich ungemein, und so bemerkte ich erst nach einer Weile, dass ich mehrere Absätze des Buchs gelesen hatte, ohne etwas vom Inhalt mitzubekommen. Seufzend wollte ich oben links wieder anfangen, frisch konzentriert, da klopfte es.

Großmutter. So aufgeregt, ja irritiert wie bei jeder Hochzeit. Manchmal, pflegte Jim zu sagen, denkt man, sie selbst müsse heiraten. Eigentlich seltsam. Dass sie sich immer alles so zu Herzen nimmt.

Meine Großmutter in der Tür war das verkörperte Unbehagen. Mit grimmiger Maske und Augen wie Nadelstiche verkündete sie, es sei zehn nach halb vier, ich müsse längst unten in der Küche sein, um mitzuhelfen. Dachte ich vielleicht, dass sie und Jim alles alleine schafften? Was? Dachte ich vielleicht, dieses Hotel lief von selbst? Wie?

Ja, Großmutter, nein, Großmutter. Ich hatte einfach die Zeit vergessen.

»Quatsch«, sagte Großmutter, »man kann unmöglich die Zeit vergessen, wenn man sie unablässig vor Augen hat.«

»Ja, Großmutter«, sagte ich und verkniff mir den Hinweis, dass sie Jim noch gestern gekündigt hatte.

»Was glaubst du, warum wir in allen Zimmern Uhren hängen haben?«

»Ich weiß«, sagte ich.

»Immer aufmerksam sein!«

»Ja, Großmutter«, sagte ich, und zum ersten Mal kam mir der Gedanke, ob meine Mutter seinerzeit möglicherweise nicht von der Zeit verweht worden, sondern vor ihr geflohen war.

»Also, steh nicht rum. Jim wartet in der Küche. Aber das Abendessen um acht, alle Gäste, Braut und Bräutigam, Trauzeugen, Eltern und Geschwister, Cousins und Cousinen, Großeltern, Freund und Feind – die warten *nicht*!«

»Nein, ich beeile mich.«

Sie drehte sich auf dem Absatz um und marschierte von dannen; betonte im Gehen noch einmal: »Um Punkt acht Uhr!«

Ich warf mir die weiße Jacke über und stürzte los. Während ich über den Hinterhof zwischen dem Privaten und der Küche lief, fummelte ich mit den Jackenknöpfen herum, darum sah ich sie nicht, bis ich buchstäblich in sie hineinrannte.

»Entschuldigung!«, rief ich erschrocken, doch sie lachte nur.

»Brennt es irgendwo?«

»Ob es brennt?«, fragte ich, obwohl man nie eine Frage mit einer anderen beantworten soll, es sei denn, man ist ein Ermittler wie Derrick. Der darf das die ganze Zeit, wir anderen aber nicht, sonst stehen wir dumm da.

»Ich meine, weil du es so eilig hast«, sagte sie.

»Eilig?«, fragte ich und stand endgültig dumm da. Ich sah sie mir genauer an. Sie mochte zehn oder elf Jahre alt sein, hatte mittelblondes glattes Haar und graublaue Augen. Rosa Cordhosen und grünes T-Shirt mit einem Garfield darauf. Sie sah mich neckend an:

»Und du willst das Hotel retten?«

»Ja, ich meine iwo, nein, ich bin nur zu spät dran.«

»Ach so.«

Ich wollte schnell weiter, aber ihre Stimme ließ mich noch einmal stehen bleiben:

»Entschuldige, nur eine Frage ...«

Ich drehte mich halb um:

»Ja?«

»Ist die Minigolfbahn geöffnet?«, fragte sie.

»Die Minigolfbahn?« Ach Mist, dachte ich, jetzt bin ich wieder Derrick.

»Ja, ob sie offen ist?«

»Ja, ist sie. Möchtest du spielen?«

»Ja, gern!«

»Dann müssen deine Eltern dich an der Rezeption anmelden, es kostet nämlich etwas.«

»Kein Problem. Hast du Lust, mit mir zu spielen?«

»Tut mir leid, ich darf nicht mit den Gästen spielen«, sagte ich. Sie sperrte den Mund auf.

»Das ist ja blöd.«

»Und Zeit habe ich leider auch keine«, sagte ich. »Ich werde in der Küche erwartet.« Während ich mich wieder abwandte, sagte sie laut:

»Ich heiße Karoline. Und du?«

»Sedgewick.«

»Seltsamer Name«, sagte sie.

»Ich weiß«, sagte ich. »Alle nennen mich einfach Sedd.«

»Sedd ist auch seltsam«, kicherte sie. »Richtig seltsam.«

»Mag schon sein«, gab ich zu.

»Bist du vielleicht Ausländer? In meiner Klasse in der Stadt ist ein Ausländer. Er heißt Archilochos. Er ist ziemlich doof. Na ja, Grieche.« Wieder kicherte sie.

»Nein, ich bin nach einer Hexe benannt.«
Es rutschte mir einfach so raus. Normalerweise erzähle ich das niemandem, es ist mir etwas peinlich. Jetzt kicherte sie noch mehr und spielte selbst Derrick:
»Nach einer Hexe?«, fragte sie mit einem Gesichtsausdruck, als ob das das Lustigste wäre, das sie je gehört hätte.
»Ja«, sagte ich, denn ich hatte A gesagt, jetzt musste ich auch B sagen: »Meine Mutter interessierte sich sehr für Hexen. Als Mädchen hätte ich Mary heißen sollen, nach Mary Sedgewick, die 1672 in Schottland auf dem Scheiterhaufen verbrannt wurde. Aber dann wurde ich ein Junge, und sie konnte mich nicht Mary nennen.«
»In Finnland können die Jungs Kari heißen wie bei uns Mädchen«, informierte sie mich.
Etwas irritiert sagte ich: »Hunderttausende Hexen wurden unschuldig verurteilt und verbrannt. Das ist eine tragische historische Tatsache und nicht besonders lustig.«
»Okay«, sagte sie. »Okay. Ich bin nach meiner Großmutter benannt. Die war keine Hexe.« Sie gab sich Mühe, nicht wieder zu kichern.
»Entschuldigung«, sagte ich. »Ich muss los.«
Sie antwortete nicht. Ich trabte durch den Flur zur Küchentür, in der Jim stand und wartete. Als ich mich auf der Schwelle noch einmal umdrehte, war das seltsame Mädchen weg.
»Na?«, meinte Jim. »Die Schneehuhnjagd geht ja früh los dieses Jahr.«
»Ach was, Jim. Sie ist doch noch ein Kind.«
Jim lachte. Dann sagte er:
»Drinnen wartet eine Vierteltonne Toffeln, Sedd. Die musst du schälen und tournieren.«
»Okay«, sagte ich.

Wie gesagt, eines der Probleme, wenn man seine Erinnerungen schreiben will, besteht darin, dass die Dinge nicht immer in der Reihenfolge geschehen, wie sie sollten. Liest man die Memoiren berühmter Menschen, so scheint alles Dramatische und Wesentliche

zugleich zu passieren. Als wäre ihr Leben und damit auch die Erzählungen davon im Vorhinein ausgedacht worden, mit dem richtigen Timing, um genügend Spannung zu erzeugen. Manch einer denkt vielleicht, die Autoren spannender Geschichten würden einfach drauflosschreiben, doch so leicht ist das nicht. Das weiß jeder, der ein wenig Schulbildung genossen hat. Für alle Autoren gilt:
1. Sie haben eine klare Absicht, was sie erzählen wollen.
2. Diese Absicht haben sie vorher ordentlich bedacht.
3. Danach haben sie beschlossen, was in der Erzählung geschehen soll, indem sie die Handlung in der Weise zusammenbasteln, dass alles in der richtigen Reihenfolge passiert und mit der passenden Steigerung der Dramatik, sodass das Wichtigste an genau der richtigen Stelle geschieht, und schließlich haben sie
4. diese Geschichte genau so aufgeschrieben, wie sie es sich vorher ausgedacht hatten, natürlich unter Beachtung üblicher Regeln für Rechtschreibung, Grammatik und Satzbau.

So geht ein Autor vor. Das wirkliche Leben gestaltet sich allerdings oftmals deutlich zufälliger, sinnloser und schlicht und einfach etwas verworrener. Das Leben ist ein großes Durcheinander. Und wer da hindurchfinden will, um eine Art Sinn herauszufiltern und ihn in Worte zu fassen, der muss entweder bei der Reihenfolge der Dinge gewaltig tricksen oder sich damit abfinden, dass er nie berühmt werden wird.

Bei jeder Erzählung, auch in Erinnerungen, ist Timing alles. Und damit meine ich nicht die Reihenfolge der Arbeitsschritte, die wir Profis im Gastgewerbe genau befolgen müssen und die mit dem Ablauf eines Abends zusammenhängt. Jeder einzelne Gang eines Abendessens muss zum richtigen Zeitpunkt fertig sein, alles muss heiß sein, muss sich in den Ablauf des Hochzeitsessens einfügen, sodass genügend Platz für Reden und Gesang ist. Da wir das Hochzeitspaket schon seit einiger Zeit anboten, hatten wir eine gewisse Routine darin entwickelt. Der Krabbencocktail ließ sich relativ lange im Vorhinein vorbereiten und kalt stellen. Die Spargelcremesuppe bot den Vorteil, dass sie auf kleinem Feuer stehen bleiben konnte und immer besser wurde beim Warten darauf, dass der Brautvater mit den Komplimenten an seine Tochter fertig war, manchmal war sogar noch Zeit für ein erstes Lied. Der Text der zu singenden Lieder lag, wie in unserer traditionsbewussten Heimat zu diesem Anlass üblich, neben den Tellern bereit, Rollen von verschiedenfarbigen Blättern, mit einer Schleife gebunden – das Lied, das die Brautmutter ihrer Tochter zugedacht hatte, gern auf rosa Papier. Danach folgte dann der Braten mit Pilzen, grünen Erbsen, schwedischen Fächerkartoffeln und einer glatten tiefbraunen Soße, die Jim auf einer Demi-glace aufbaute. Und schließlich dann eine erfrischende Zitronenmousse mit Himbeercoulis, kandierten Zitrusfrüchten und Vanillecreme. Das Timing für all dies konnte relativ flexibel sein, bis auf den Moment, da der Braten servierbereit war. Doch auch hier gab es Spielraum, entweder stellte man die Temperatur im Ofen niedriger, oder man ließ ihn schlicht und einfach lauwarm werden, beim Servieren sorgten dann die Soße und glutheiß vorgewärmte Teller für die richtige Temperatur. Solche Branchengeheimnisse sind den meisten gewöhnlichen Menschen unbekannt.

Nun weiß man nie, wie eine solche Hochzeitsgesellschaft sich verhält, wenn sie erst einmal zu Tisch sitzt, das ist ein Teil des Spiels. Es kann durchaus geschehen, wie es auch an diesem Abend war, dass zum Beispiel ein Onkel das Wort ergreift. Ergreifen ist hier genau das richtige Wort, denn er ließ es nicht mehr los, außerdem stand er gar nicht auf der Rednerliste und hatte auch den Toastmaster nicht vorgewarnt, sodass dieser seinerseits die Küche nicht vorwarnen konnte, doch fühlte der gute Onkel sich unhaltbar vom inneren Drang überwältigt, etwas zu seiner Nichte zu sagen, und nun beschwor er sämtliche Vorfahren auf, vier Generationen in die Vergangenheit zurück, von denen er mindestens die letzten drei persönlich gekannt hatte.

Der Onkel des heutigen Abends war ein sehr alter und sehr langsamer Onkel, weißhaarig und würdevoll und ein Springquell familienhistorischen Wissens.

Während also alles in der Küche auf Abruf bereitstand, die Soße eine Haut und die verblassenden Zuckererbsen einen Schwefelduft bekamen, während die Petersilie an den Kartoffeln festklebte und der Braten grau wurde, während alles darauf wartete, dass der große Sagendichter sich endlich der Gegenwart näherte, da tippte Jim mir auf die Schulter, ich stand an der Durchreiche, und flüsterte mir zu, leise, um das monotone Brausen der Familiengeschichte nicht zu stören:

»Du könntest solange den anderen den Braten servieren.«

»Den anderen?«

»Wir haben noch extra Gäste. Sie sitzen im Anbau und warten schon. Bring doch unauffällig ein Tablett zu ihnen rein, damit wenigstens sie heute Abend einen saftigen Braten bekommen. Anita kommt dann mit den Kartoffeln nach.«

So diskret ich nur konnte, stahl ich mich an der Längswand des Speisesaales entlang, mittlerweile deklamierte der Onkel ein erstaunlich langes Gedicht, während Verwandte und Bekannte ins Dunkel der Geschichte starrten. Mit der Schulter schob ich die Tür zum Nebenzimmer auf und balancierte das Tablett hinein. Drinnen saßen diese Karoline und ihre Eltern. Mutter und Vater lächelten mir freundlich zu, ich fühlte mich willkommen, willkommen auf eine ganz besondere Weise. Nun ja, vielleicht hatten sie auch nur Hunger, denn der Vater sagte:

»Ah, wir bekommen etwas zu essen.«

Und die Mutter lächelte mir zu:

»Da bist du ja wieder.«

Nur Karoline sagte nichts. Kein Hallo, gar nichts. Sie blickte verstimmt vor sich hin.

»Guten Abend«, sagte ich aufgeräumt. »Ich soll schöne Grüße vom Koch ausrichten, es tut ihm leid, dass es ein wenig gedauert hat.«

»Das macht nichts.« »Mein Lieber, das ist nicht schlimm.«

Sie sagten es zugleich, ich weiß nicht einmal, wer von ihnen welchen Satz sagte, will man es aufschreiben, so muss man es eben hintereinander schreiben. Das ist ein Nachteil der schriftlichen Darstellung, vielleicht kein entscheidender Nachteil, aber doch ein Problem.

»Wir bewundern gerade die Jagdtrophäen«, sagte der Mann.

»Ja, sie sind wirklich schön«, pflichtete seine Frau ihm bei.

Ich begann aufzutun.

»Den großen Rentierbock dort hat mein Urgroßvater geschossen, zusammen mit einem englischen Lord. Dürfen es ein paar Möhren sein? Leider hat er die Motten. Aber das sieht man von hier aus nicht.«

»Stimmt, man sieht es nicht. Ja gerne.«

»Zuckererbsen? Der kleinere ist von meinem Großvater. Sehr viel besser erhalten.«

»Stimmt, er sieht ganz lebensecht aus.«

»Das liegt an den Augen«, erklärte ich. »Wenn man die nicht hinkriegt, ist das Ergebnis nicht besonders überzeugend. Wie viele Scheiben Braten?«

»Zwei«, sagte der Mann. »Die Augen wirken ganz natürlich.«

»Ich habe selbst mitgeholfen, ihn auszustopfen«, sagte ich. »Bitte sehr. Noch eine?«

»Ach, warum nicht. Warum nicht.«

»Viele Taxidermisten begehen den Fehler, dass sie an den Augen sparen. Pilze?«

»Ja bitte. Das Niederwild ist auch schön. Danke, so genügt es.«

»Braten für dich, junge Frau?« Jetzt sah sie mich endlich an. Tödlich sauer, wie so viele Mädchen in diesem Alter es die meiste Zeit des Tages sind.

»Eine Scheibe, danke.«

Die Tür ging auf. »Da kommt Anita mit den Kartoffeln«, sagte ich. »Guten Appetit.«

Als das Abendessen geschafft war und ich meine Jacke vor der Küche aufgehängt hatte, ging ich an der Rezeption vorbei. Hinter dem Tresen stand meine Großmutter, wie so häufig auf einem Bein, den einen Fuß hinter das Standbein gelegt, die eine Hand auf dem Tresen, in der anderen die Zigarette. Sie las Zeitung. Manchmal, wenn ich nur ihre Gestalt sah, in dieser Stellung, und nicht das Gesicht, wirkte sie wie eine junge Frau. Als würde sie gleich loshüpfen. Ich ging zu ihr und wünschte ihr eine gute Nacht. Sie blickte lächelnd auf, sah etwas müde aus, und ihr Gesicht wirkte gar nicht so jung.

»Na, Buberl, geht es ins Bett?«

»Ja, Großmutter. Ich wollte nur noch gute Nacht sagen.«

Sie umarmte mich. Derselbe Duft von Kölnischwasser wie immer. Die Tür zu den Gesellschaftsräumen schwang auf, die Musik wurde lauter. Ein verwirrter Hochzeitsgast wackelte auf die Rezeption zu.

In einem Sekundenbruchteil wurde Großmutter wieder zur Frau Direktorin und ließ mich los. Der Gast brabbelte etwas Unverständliches, aber sie ließ ihn aussprechen, sie wusste schon, worum es ihm ging.

»Zurück. Ja, zurück in den Salon, und dann die zweite links und die kleine Treppe hinunter. Dort ist es. Ja, zurück, ja. Genau dieselbe Tür. Ja, richtig. Da entlang.«

Sie seufzte.

»Bist du so lieb und machst die Tür hinter ihm zu, mein Lieber, dann brauche ich die grässliche Musik nicht so laut zu hören.«

»Ja, Großmutter«, sagte ich.

Ich ging zur Tür, und hinter mir hörte ich sie dasselbe sagen wie immer: »Vielen Dank, Sedd, meine Füße …«

»Deine Füße bringen dich um, ja«, flüsterte ich zugleich mit ihr.

»Ein langer Tag, und dann auch noch extra Gäste«, sagte ich, als ich wieder an die Rezeption trat.

»Ja, die dreiköpfige Familie.«

»Ich habe sie gesehen«, sagte ich. »Wirken sympathisch, oder?«

»Ja, sehr. Die machen keine Umstände.«

»Ich hatte sie erst für Hochzeitsgäste gehalten«, sagte ich.

»Ich glaube, sie wollen eine Woche Urlaub hier in den Bergen machen.«

Sie streckte die Hand nach dem Gästeverzeichnis aus und schlug es auf:

»Schauen wir mal … Christian, Annette und Karoline Ekenes. Oslo 3. Ankunft heute. Kein Abreisedatum.«

»Genau«, sagte ich.

»Vielleicht sind sie besonders gerne im Gebirge. Von denen dürfte es gern mehr geben. Wie war die Zitronenmousse?«

»Sehr gelungen, Jim war zufrieden. Also, gute Nacht, Großmutter.«
»Gute Nacht, Junge.«
Sie beugte sich wieder über ihre Zeitung und zündete sich eine neue Zigarette an. Als ich gerade die Treppe zu meinem Zimmer ins Private hinaufgehen wollte, sah ich, dass die Tür zum Windfang einen Spaltweit offen stand.
Ich schaute hinaus.
Draußen stand Karoline, sie wirkte genauso sauer wie vorhin.
»Hallo«, sagte ich überrascht.
»Hallo. Hast du jetzt Zeit zum Minigolfspielen?«
»Bist du verrückt? Es ist viel zu spät.«
»Aber es ist noch hell«, sagte sie.
»Du sollst sicher auch ins Bett gehen«, sagte ich. Sie verzog das Gesicht.
»Soll ich nicht, außerdem merken die gar nicht, dass ich rausgegangen bin. Die schlafen schon.«
»Trotzdem, wie gesagt, ich darf nicht mit Gästen spielen.«
»Bitte. Please! Es ist so langweilig. Ich habe niemanden, mit dem ich spielen kann.«
»Bei den Hochzeitsgästen waren ein paar Kinder. Kannst du nicht mit denen spielen?«
»Viel lieber mit dir«, sagte sie beleidigt. »Please, please?«
»Jetzt geht es sowieso nicht, ich muss früh aufstehen.«
Mit ihrer kleinen, harten Faust stieß sie mir vor die Brust.
»See you later, alligator.«
»Hä?«
»Du bist so öde«, sagte sie.
»Ähm ... tschö mit ö«, versuchte ich.
Sie seufzte.
»Ich bringe es dir die Tage mal bei«, sagte sie.
Dann war sie weg, nur noch ihre raschen Schritte auf dem Kies waren zu hören. Und ihre Stimme in der Dämmerung, ohne Mund:
»See you later, alligator!«

20

Ich weiß ja nicht so genau, wann die Stunde des Wiedersehens, wie es poetisch heißt, für Alligatoren schlägt und wie sie aussieht. Vielleicht ist es eine freudige Begegnung im Flussbett, mit frohen Ausrufen und extrem breitem Lächeln. Allerdings bezweifle ich das. Dafür weiß ich ziemlich genau, wie die Stunde des Wiedersehens mit einer Hochzeitsgesellschaft aussieht, die die halbe Nacht durchgefeiert hat und am Morgen darauf nach bestem, aber kläglichem Vermögen versucht, standfest und nüchtern zu wirken. Die Stunde des Abreisens mit Auschecken, Autofahrt oder Bustransport steht für zwölf Uhr mittags bevor, der Schreck steht den Spätankömmlingen beim Frühstück ins Gesicht geschrieben. So war es auch an jenem Sonntagmorgen, an dem sich nach und nach Verwandte und Freunde des Wurst- und Käsehändlers und des Farbenhändlers mit mal mehr, mal weniger blasser Nase im Speisesaal wieder zusammenfanden, der jetzt sehr viel weniger festlich erschien als am Abend zuvor, ohne weiße Tischtücher und im scharfen Morgenlicht. Man begrüßte einander, so wohlgemut man konnte, doch war deutlich zu erkennen, dass es nicht allen restlos gut ging. Wir brühten große Mengen Kaffee und salzten das Rührei ordentlich. Vor uns lag ein arbeitsreicher Tag, viele Zimmer mussten gereinigt werden, und am Nachmittag erwarteten wir eine Gruppe Herren aus Deutschland.

Leider war das Wiedersehen nicht ganz vollständig. Eine alte Tante, die Gattin des geschichtskundigen Onkels, der am Abend so lange geredet hatte, vermisste etwas. In einem bestimmten Alter muss man ja immer damit rechnen, dass es einiges Durcheinander gibt und man bisweilen vergisst, wo man dies oder das abgelegt hat. Die Tante wirkte uralt, um die Wahrheit zu sagen, und eigentlich muss man darum kein großes Gewese machen, wie es so schön heißt. Doch während ich zwischen den Tischen umherging und abräumte, bekam ich mit, dass die jüngeren Angehörigen der Tante genau das taten. Sie machten einiges Gewese: Nein, liebe Tante Gunvor, ich finde, das solltest du unbedingt sagen, ja, das finde ich.

Tante Gunvor: »Ja, ja, schon, ja, aber ich möchte doch keine unnötige Unruhe schaffen. Das will man doch nicht. Wahrscheinlich habe ich ihn einfach verlegt ...«

Beflissene Angehörige: »Aber du hast doch gesagt, du weißt genau, wo du ihn hingetan hattest?«

»Ja, ja, schon, ja, das habe ich gesagt. Ich bin ja auch sicher. Aber weißt du, Liebes, manchmal irrt man sich ja. Ich hab ihn sicher nur woanders hingelegt und erinnere mich nicht daran.«

»Wohin denn, Tante Gunvor?«

»Ja, ja, nein, wer weiß ...«

Ich trug einen Stapel Kaffeetassen hinaus. Kurz darauf bemerkte ich durch die Durchreiche, wie Tante Gunvor von ihrem etwas widerwillig wirkenden Gatten zusammen mit zwei energischen jüngeren weiblichen Anverwandten in Richtung Rezeption marschierte. Ich stellte schnell weg, was ich in der Hand hatte, und schlüpfte hinaus, neugierig, was es gab. In der Rezeption sortierte ich die Postkarten in ihrem Ständer, was gar nicht nötig war, da wir in dieser Sommersaison so gut wie keine Amerikaner zu sehen bekommen hatten. An der Rezeption war die Delegation bereits dabei, heftig zu debattieren, und mein Großvater lauschte verständnisvoll:

»... ein Anhänger mit Diamanten, Reingold und außerdem antik, ein Erbstück, nicht wahr, Tante Gunvor, es war doch ein Erbstück?«

Tante Gunvor: »Ja, ja, schon, das stimmt. Ein Erbstück.«

Ihr geschichtskundiger Gatte sekundierte:

»Genau. Sie hat ihn neunundvierzig von ihrer Großtante Louise geerbt, die in Reval gewohnt hatte, also heute sagen wir ja Tallinn, und die hatte es von ihrem russischen Mann als Morgengabe bekommen, seinerzeit – er war ja vierundneunzig geboren worden, also lange vor der Revolution ...«

»Ja«, sagten die beflissenen jüngeren weiblichen Angehörigen: »Vor der Revolution. Er ist also unersetzlich, das verstehen Sie wohl. Nicht nur wertvoll, Direktor Zacchariassen, sondern *unersetzlich*.«

»Unersetzlich, verstehe«, sagte Großvater. »Das ist ja äußerst unangenehm. Sehr, sehr ärgerlich. Und Sie wissen ganz sicher, wo Sie ihn zuletzt gesehen haben? Ich meine, bevor wir eine größere Untersuchung beginnen, müssen wir uns ja vergewissern, dass der Gegenstand tatsächlich weggekommen ist und nicht nur, ähm, verlegt wurde?«

Tante Gunvor: »Ja, ja, schon, ja, das ist es ja ...«

Indignierte weibliche Angehörige: »Sie möchten doch wohl nicht andeuten, unsere Tante wäre ...«

»*Hallo*.«

Jemand zupfte mich am Ärmel.

»Hallo«, hörte ich noch einmal und drehte mich halb um. Es war diese lästige Karoline.

»Hast du jetzt Zeit, mit mir Minigolf zu spielen?«

»Äääh ...«

»Du hast es mir versprochen!«

Hatte ich das? Wann denn nur? Im Augenwinkel konnte ich sehen, wie Großvater hinter dem Tresen bedauernd die Arme hob und ernst nickte.

»Gestern Abend hast du es mir versprochen. Ja, das hast du!«

»Ich habe gerade ziemlich viel zu tun«, sagte ich. Sie zog einen Flunsch.

»Aber du hast es mir versprooochen.«

Das hatte sie jetzt so laut gesagt, dass ich vorbeugend einschreiten musste.

»Jetzt kann ich nicht, vielleicht später.«

Sie strahlte: »Wann denn?«

»Ich weiß auch nicht, später. Wollt ihr nicht frühstücken oder habt ihr schon?«

»Nein, wir frühstücken *jetzt*«, lächelte sie und hüpfte auf dem linken Bein in Richtung Speisesaal davon. Als ich mich wieder der Rezeption zuwenden konnte, schien die Konferenz um das Erbstück weitestgehend überstanden zu sein. Großvaters letzte, beruhigende Worte waren zu hören:

»... natürlich werden wir das ganz genau untersuchen. Sie haben mein Wort darauf.«

Ich ging hinaus auf den Vorplatz und atmete ein paarmal tief durch. Dann schlenderte ich zur Minigolfbahn hinab. Wieder hatte sich grüner Belag auf dem Beton gebildet, vor allem auf den breiten Bahnen von den Löchern eins, vier und sechs sah es schlimm aus. Eigentlich hätte ich mir jetzt einen Overall überziehen und aus dem Schuppen Eimer, Schrubber und eine Flasche Anti-Algon holen müssen, aber ich spürte, dass ich keine Lust dazu hatte. Nicht die geringste Lust. Letztlich ist der grüne Belag doch ganz natürlich und richtet keinen Schaden an. Man könnte sogar im Gegenteil sagen, dass er das Leben in seiner einfachsten und grundlegenden Form repräsentiert. Außerdem kommt er sofort zurück, sobald man ihn beseitigt hat, und das Reinigungsmittel greift den Anstrich des Betons sehr an, der dann bald erneuert werden muss, was wieder einen großen Arbeitsaufwand bedeutet. Vielleicht, dachte ich, könnten wir einfach alles dunkelgrün anstreichen, dann wären wir diese Sorgen los. Außerdem ist Grün eine positive Farbe, Grün ist die Farbe der Hoffnung, und nicht nur das, Grün ist auch die Farbe des Golfsports, und damit meine ich nicht Minigolf, sondern echtes Golf, jenes alte, edle schottische Spiel auf unendlichen grünen Weiten.

Hochzufrieden mit meiner Idee ging ich zurück zum Hotel. Im Speisesaal musste abgeräumt werden, danach hatte ich den Abreisenden mit ihrem Gepäck zur Hand zu gehen. Tante Gunvors Koffer war nun also um einige kostbare Gramm leichter, sehr wenige Gramm letzten Endes. So furchtbar schlimm konnte es also doch nicht sein. Nicht von einer übergeordneten Warte aus gesehen. Wenn die Sache überhaupt stimmte. Schließlich war Tante Gunvor wirklich sehr, sehr alt.

In der Küche hatten Jim und die anderen schon von der Sache erfahren.

»Da ist mal wieder Schmuck weggekommen«, sagte Jim.

»Ich weiß.«

»Ein Anhänger diesmal.«

»Ich weiß.«

Resigniert schüttelte Jim den Kopf, sagte aber nichts mehr, sondern machte sich an die Vorbereitung des Mittagessens.

»Zum Mittagessen sind es nur drei Gäste«, teilte er mit. »Die Familie. Die sieben Deutschen kommen erst gegen drei und wollen dann Smørrebrød.«

»Nicht so viel zu tun«, sagte ich.

»Ja, wenn die Hochzeitsgäste abgereist sind, kannst du dir freinehmen.«

Die letzten Gäste fuhren gegen halb ein Uhr ab, natürlich nicht, ohne dass Großvater abermals versichert hätte, dass eine intensive kriminalistische Ermittlung in Gang gesetzt würde, dass das Hotel voller Bedauern sei und selbstverständlich entschädigen würde, und so weiter.

Er sah bekümmert aus.

An der Rezeption bemerkte ich diese aufdringliche Karoline; sie schien nach jemandem Ausschau zu halten, wahrscheinlich mit Minigolf im Hinterkopf, und ich verschwand rasch im Privaten, bevor sie mich entdeckte.

Und in der Tat, die deutsche Herrenrunde kam gegen drei – genauer gesagt, um Punkt drei Uhr, in einem Kleinbus vom Autoverleih in Oslo und mit großen Mengen Gepäck. Sie hatten Angelruten und Angeltaschen dabei, Fischwaagen, Kescher, Watstiefel, Bootshaken, Kühltaschen, Angelrollen mit Extra-Schnur, Blinkertaschen und sogar ein Netz. Dazu natürlich das übliche Gepäck. Die Herren selbst trugen bereits Freizeitkleidung, an sämtlichen Schlaufen ihrer Kleidungsstücke baumelten Anglerwerkzeug und Anglermesser, an den Krempen ihrer Hüte hingen weitere Blinker und Angelhaken. Auf dem Rücken trugen sie alle praktische Wanderrucksäcke, und auf ihren Jacken prangte ein weißes Emblem in Fischform, darunter stand: Sportanglerverein Dortmund e.V.

Ich karrte ihr ganzes Gepäck mit dem Messingwagen in die Rezeption, sie folgten mir, bereits im lautstark gut gelaunten Urlaubsmodus, und steuerten sofort auf meine Großeltern zu, die in wohlbekannter Position und Positur bereitstanden, sie willkommen zu heißen.

Der offenkundige Anführer, ein fröhlicher älterer Mann mit Mondgesicht, runder Stahlbrille und wenig Haar unter der Hutkrempe, wandte sich an Großvater:

»Hello.«

»Herzlich willkommen«, sagte Großvater auf Deutsch, wurde aber von dem Anführer mit erhobener Hand unterbrochen. Seine Mitreisenden verstummten erwartungsvoll. Offenbar hatte er eine Ansprache vorbereitet.

»*Goden dag*«, sagte er, er hielt das wohl für eine Art Norwegisch.

»*Goden dag*«, echote Großvater höflich.

»Wir freuen uns sehr, dass wir in Norrwegen sind«, sagte er, korrekt, wenn auch mit deutlichem Akzent, begleitet vom bewundernden Murmeln der restlichen Gruppe, die erkannte, dass Großvater ihn offenbar verstand.

»Das freut mich«, sagte Großvater auf Norwegisch, und für die anderen wiederholte er es auf Deutsch.

Erneuter murmelnder Beifall.

Großvater lächelte herzlich. »Sie sind Herr Brehm, oder?«

»*Ja, ja*«, antwortete der. »Der bin ich.«

Jetzt trat Großmutter in Aktion. Mit dem blendendsten Gastgeberinnenlächeln trat sie schwungvoll vor die Gruppe:

»Ich bin Frau Zacchariassen. Die Herren sind nach der langen Reise doch sicher müde und hungrig. In wenigen Minuten servieren wir Ihnen im Speisesaal norwegische Smørrebrød.«

Die Ankündigung traf auf allgemeine Freude, *wie schön, gnädige Frau* und *das ist aber nett*, und ich schuf das umfangreiche Gepäck der Herren in die Zimmer hinauf.

»Kann man hier bei Ihnen auch einen Angelschein kaufen«, hörte ich Herrn Brehm noch fragen, bevor die Tür zur Treppe sich hinter mir schloss.

Das war eine nette und rundum freundliche Gruppe, viel Trinkgeld allerdings war nicht zu erwarten, denn sie hatten ihre frisch eingetauschten norwegischen Banknoten noch nicht klein gemacht. Aber sehr höflich waren sie. Ich wusste, es würde meine Aufgabe sein, sie zu den Angelseen zu begleiten, also war ich besonders entgegenkommend, denn ich durfte mir Hoffnung auf spätere reiche Ausbeute machen. Dem ehrgeizigen Hobbyfotografen, der sich eine Dunkelkammer zulegen wollte, waren alle finanziellen Beiträge willkommen. Das Reservierungsbuch war für den restlichen Sommer alles andere als gut gefüllt, ich musste jede Möglichkeit nutzen. Der Verlust von Tante Gunvors historischem Anhänger hatte sich allzu schnell in der Hochzeitsgesellschaft herumgesprochen, und daher hatte es bei der Abreise kaum Trinkgeld gegeben.

Nachdem ich einige wenige Münzen kassiert hatte, zog ich die Uniform im Privaten aus und hatte frei. Mit so wenigen Gästen würde es auch beim Abendessen nicht viel zu tun geben.

Aus dem Wohnzimmerfenster sah ich Karoline und ihre Eltern in Wanderkleidung, sie brachen bei dem schönen Wetter gerade auf. Kein Minigolf also, Gott sei Dank.

Ein paar Stunden konnte ich mich ungestört in das Fotobuch vertiefen. Ich hatte ja bald begriffen, dass ich eine besonders gute Kamera geerbt hatte. Eine gute, aber anspruchsvolle. Schwierig zu meistern war vor allem das Verhältnis zwischen Belichtung und Blende. Auch war mir noch nicht ganz klar, wie der von Bjørn Berge hinterlassene Belichtungsmesser funktionierte. Bislang hatte ich ihn noch nicht so häufig verwendet; mir war klar, dass ich noch üben musste. Jetzt versuchte ich, mir die im Buch abgedruckten Tabellen einzuprägen.

Gegen fünf Uhr nachmittags ging ich hinaus, um mir ein wenig die Beine zu vertreten. Das hätte ich besser nicht getan. Gleich draußen vor der Tür stand Karoline, geradezu bebend vor Erwartung. Sie wirkte, als hätte sie schon eine ganze Weile dort gestanden.

»Hallo«, sagte sie. »Minigolf?«

»Du, ich bin gerade sehr beschäftigt.«

»Oooh, das bist du ja immer.«

Verärgert kickte sie einen kleinen Kiesel weg, der sich auf die Schieferplatten verirrt hatte, so fest, dass der arme kleine Stein weit wegflog:

»Hier ist es so langweilig!«

»Kannst du nicht mit deinen Eltern spielen?«, schlug ich vor.

»Die machen Mittagsschlaf«, murrte Karoline.

»Oder mit jemandem von den anderen Gästen?«

»Mit den anderen Gästen? Spinnst du?«

»Nein«, behauptete ich.

»Doch. Ich kann doch nicht mit den ekligen alten Deutschen spielen.«

»Und wie wäre es mit einem Besuch im Hallenbad?« Sie sah mich an, als hätte ich etwas ganz außergewöhnlich Dummes gesagt.

»Hast du das Schild nicht gesehen?«

»Was für ein Schild?«

»Kinder unter vierzehn Jahren haben nur in Begleitung Erwachsener Zutritt.«

»Ach ja, das Schild. Ich weiß, welches du meinst«, sagte ich. Ich hatte selbst geholfen, es anzubringen.

»Gehst du vielleicht mit mir schwimmen? Es ist so wahnsinnig langweilig hier.«

Ich begriff, dass ich in den sauren Apfel beißen musste.

»Also gut«, sagte ich. »Dann spielen wir eine Runde Minigolf.«

»Au ja!«

»Eigentlich kostet es zehn Kronen pro Stunde, aber das Hotel tut alles, damit die Gäste sich nicht langweilen, ich glaube, wir können dir eine Runde spendieren.«

»Danke! Aber ich habe auch Geld, schau mal!«

Aus der Tasche ihrer rosa Cordhose zog sie ein herzförmiges Portemonnaie und öffnete es triumphierend. Es war voller blauer Zehnerscheine.

»Die haben mir meine Eltern gegeben, damit ich Minigolf spielen kann«, sagte Karoline selbstbewusst. »Wir wissen, dass es etwas kostet.«

»Gut«, seufzte ich. »Trotzdem kriegst du die erste Runde gratis.«
»Super!«
»Komm, wir holen Schläger und Bälle.«
Man kann es nicht anders formulieren, als dass sie eine positive Einstellung zu dem Spiel hatte. Eine sehr positive. Man konnte getrost von heller Begeisterung sprechen. Jeder Ball, der ins Loch traf, löste Jubel und kleine Kreischer aus, jeder, der danebenging, bewirkte entsprechende Klagerufe und verärgertes Stöhnen. Ich spielte relativ defensiv und ließ sie gewinnen. In dem Sommer, als wir die Minigolfbahn gebaut hatten, spielten Jim und ich so oft wir nur konnten, in jeder freien Stunde, wie besessen. Die Bahn hatte achtzehn Löcher, und laut Hersteller war es theoretisch möglich, überall den Ball mit einem Schlag ins Loch zu befördern, sodass man die ganze Bahn mit achtzehn Schlägen bewältigen konnte. Theoretisch. Als es seinerzeit Herbst wurde, lag Jims Rekord bei zweiundzwanzig, meiner bei einundzwanzig Schlägen. Im Jahr darauf hingegen, als die Betonbahnen nach der Schneeschmelze wieder auftauchten, fühlte keiner von uns beiden den Drang, unseren Spieleifer wieder aufleben zu lassen. Wir hatten sozusagen unsere Dosis weg. Seitdem hatte die Minigolfbahn meist nichts anderes als Instandhaltungsarbeit bedeutet. Wenn ich aber selten einmal spielte, so wie jetzt, dann merkte ich, dass ich immer noch jede einzelne Bahn in- und auswendig kannte. Jede Unebenheit, jeden Buckel, jeden einzelnen Trick. Also hielt ich mich zurück, abgesehen von Loch siebzehn, einer ziemlich schwierigen Bahn, wo der Ball erst durch eine Kurve musste und das Loch sich dann in der Mitte einer abschüssigen runden Fläche befand. Hier hatte ich das Bedürfnis, mich doch einmal zu beweisen, und lochte mit einem Schlag ein.
»Wahnsinn! Wie hast du das gemacht?«
»Glück, nehme ich an«, sagte ich unbeschwert.
»Wahnsinn!«
Sie versuchte, mir mein Kunststück nachzumachen, aber natürlich misslang es. Sie brauchte sechs oder sieben Schläge und ärgerte sich jedes Mal sehr, wenn der Ball am Loch vorbeikullerte und

wieder am Rand landete. Dadurch hatte ich wieder so viel Vorsprung, dass ich mich an Loch achtzehn regelrecht anstrengen musste, ungeschickt zu spielen, damit sie auch wirklich gewann. Ich hoffte, sie würde nicht bemerken, dass alles nur gespielt war, aber bei jedem Schlag, der mir angeblich danebenging, ärgerte ich mich vernehmlich. Zum Schluss gewann sie dann auch.

»Noch einmal!«

»Nein, jetzt habe ich keine Zeit mehr.«

»Ach, komm schon! Nur noch einmal! Please!«

»Ich habe zu viel zu tun.«

»Aber du brauchst doch eine Revanche. Komm, noch eine Runde! Schau.«

Sie hielt mir einen Zehner hin. Ich ließ den Blick darauf verweilen. Schaute kurz zum Haus hin. Dachte an meine Dunkelkammer.

»Okay«, sagte ich. »Noch eine Runde. Aber diesmal gewinne ich!«

»Tust du nicht!«

Bei der zweiten Runde schlug ich sie, gab aber darauf acht, es wirklich nur knapp zu schaffen. Als wir die Punkte gegeneinander aufrechneten, war deutlich zu spüren, dass sie mit dem Minigolfvirus infiziert war.

»Noch eine Entscheidungsrunde?«, schlug sie vor und hielt mir einen weiteren Zehner hin. Fridtjof Nansen schien mich aus seinen schweren, ernsten, humanistischen Augen fast vorwurfsvoll anzusehen. Ich steckte mir den Schein in die Tasche.

»Gut«, sagte ich, »Entscheidungsrunde!«

21

Am nächsten Morgen nach dem Frühstück musste ich ran an den Speck. Bereits beim gestrigen Abendessen und ganz zu schweigen von den Stunden bis Mitternacht waren Herr Brehm und sein Gefolge schon Feuer und Flamme gewesen. Am liebsten wären sie sofort auf die Jagd nach geeigneten Fischgewässern gegangen und hätten dafür auf Jims köstliches Gulasch verzichtet – im Wesentlichen die Reste vom Hochzeitsbraten, präsentiert als *Der traditionelle Eintopf der Samen* –, doch Großvater hatte ihnen versichert, es sei ein ordentliches Stück zu gehen, was auch zutraf, und es sei am besten, früh ins Bett zu gehen und den Strapazen des nächsten Tages mit ausgeruhten Sportanglerkörpern zu begegnen, ein Rat, den sie nicht befolgten. So weit im Norden, sagten sie, würde man gar nicht erkennen, wie spät es sei, ohne auf die Uhr zu schauen. Und auf die Uhr sahen sie nicht vor Mitternacht und noch nicht einmal dann, sondern beschworen untereinander ihre frohe Erwartung der Mengen von springlebendigen, frischen und ganz und gar echten norwegischen Bergforellen, die sie fangen würden. Die Angelscheine waren gekauft, die Kühltaschen standen bereit, Jim wusste, dass er im Tiefkühlraum Platz für den Fang schaffen sollte. Es floss einiges an Weißwein und Bier, dazu der eine oder andere Schnaps; ich bekam es nicht so genau mit, konnte sie aber immer noch hören, als ich ins Private hochging. Karoline und ihre Eltern saßen eine Weile im Salon und spielten Karten, dann wurde ihnen das Gejohle wohl zu viel, und sie zogen sich zurück.

Und jetzt ging es also zur Sache. Die Kondition von Herrn Brehm und seinen braven Burschen mochte nicht die allerbeste sein, aber sie waren jedenfalls pünktlich und standen um Schlag neun Uhr in ihren Anglerjacken in der Rezeption bereit. Ihre gesammelte Ausrüstung baumelte an allen Gürteln und sämtlichen Schlaufen, sie klimperte bei jedem Atemzug. Ich selbst trug leichte Wanderkleidung und dazu passende Stiefel und hatte außerdem einen kleinen Tagesrucksack mit einem Imbiss dabei. Mein Großvater nahm die Parade der Herren ab und präsentierte mich als *mein Enkelsohn, der sich bestens auskennt.* Was auch zutraf. Wer in einem Gebirgshotel aufwächst, hat irgendwann auch in die allerletzte Pfütze seine Schnur ausgeworfen.

»Sedd mag noch jung an Jahren sein«, fuhr Großvater lyrisch fort, »aber er kennt die Geheimnisse aller tückischen Gewässer, er weiß, wo die echte, zappelnde, rosa norwegische Bergforelle steht und geht.«

Die Herren blickten mich skeptisch an, ich versuchte nach besten Kräften, original norwegisch auszusehen, was mir wohl nicht sehr überzeugend gelang. Aber sie trotteten bereitwillig hinter mir her, und Herr Brehm sagte höflich auf Norwegisch:

»Geh du voran und weise uns den Weg.«

Ich hatte das schon öfter gemacht und wusste, worauf es ankam. Als wir also eine Stunde weit gewandert waren und sich eine Verschnaufpause sowie für die Herren ein kleiner stärkender Schluck aus Herrn Brehms in der Anoraktasche verwahrtem Flachmann anbot, war es an der Zeit, etwas norwegische Stimmung aufzubauen.

Ich fragte die Herren, ob es sie interessierte, ein echtes norwegisches Volkslied zu hören? Oh ja, das interessierte sie sehr. Also gab ich *Mannen og Kråka* zum besten, *Der Mann und die Krähe*, und sie waren fasziniert, zumal da ich in meinem ausgezeichneten Deutsch erklären konnte, wovon jede Strophe handelte. Der Text ist eine Moritat, was auch die Herren bestätigen konnten. Besonders gefiel ihnen die Strophe, in der der Mann aus den Därmen der Krähe zwölf Seile herstellt.

Herr Brehm und seine Anglerfreunde wollten das Lied sofort noch einmal hören. Mir war klar, dass sie den Refrain jetzt mitsingen würden, also schlug ich vor, wir könnten beim Gehen singen, es handele sich hier um ein traditionelles Lied, das eigens für Wanderungen durch einsame Wälder und Bergesweiten gedacht sei. Vielleicht war das ein bisschen großzügig behauptet von mir, aber das konnten sie ja nicht wissen. Abgesehen davon ist es eine Tatsache, dass man zu der Melodie gut marschieren kann. Mit mir als Vorsänger und regelmäßig wiederkehrendem, männlich-markantem »hei-fara!« und »falturilturaltura!« gelangten wir also ein gutes Stück weiter, bis es erneut Zeit für einen Tropfen aus Herrn Brehms Privatvorrat war.

Die Sonne wärmte allmählich, und so hatte ich mir die Jacke um die Hüften gebunden, während die armen Deutschen – oft, ach, muss arg leiden der Fischersmann, wie der Dichter so schön sagt – das nicht tun konnten, ohne zugleich ihre gesammelte Ausrüstung abzulegen. Aber sie hielten tapfer durch. Nach dieser zweiten Rast führte ich ihnen ein weiteres »altes norwegisches Volkslied« vor, sie lauschten hingerissen *Byssan lull*, und meine melancholische Darbietung aller Strophen geleitete uns in andächtiger Stimmung bis ans Ufer des ersten Sees, des Blåvann.

Der Blåvann hat etwas Theatralisches, in dem Sinne, dass man ihn beim Übersteigen eines niedrigen Kamms ganz plötzlich erblickt. Auf einmal liegt er da vor einem, blau wie immer, und wenn man dann zum Beispiel ein deutscher oder auch ein britischer, holländischer, dänischer oder französischer Sportanglertourist ist, lässt man einen kleinen begeisterten Ausruf hören. Der Blåvann ist an sich nichts so Besonderes, ungefähr eineinhalb Kilometer lang, die breiteste Stelle misst wohl sechshundert Meter, die eine Längsseite entlang wird es zur Hälfte von einem recht steilen Abhang überragt, ansonsten ist es ein See wie jeder andere. Die Deutschen jedoch, die mich dank meines intensiven Einsatzes in Sachen Volksmusik mittlerweile als Urnorweger anerkannt hatten, als Naturkind und Sohn der Berge, brachen in die erwarteten Ausrufe aus. Sie beschworen allerlei germanische Gottheiten zu Zeugen herauf, wie wunderschön es hier sei, mein Gott, meine Güte, Donnerwetter!

Und es stimmt schon, wenn der Blåvann so vor einem liegt, rätselhaft und dunkel und zugleich leicht schimmernd in der Vormittagssonne, dann sind solche Reaktionen verständlich.

Noch größer wurde die Begeisterung, als ich ihnen die Fåvne II zeigte, das hoteleigene Ruderboot, das am Ende des Sees vertäut lag. Nichts lieben deutsche Sportangler bekanntlich mehr, als sich in Lebensgefahr zu begeben, indem sie ohne Schwimmweste in einem flachen Ruderboot aufrecht stehen und die Angelruten auswerfen. Wie mein Großvater es mir schon oft eingeschärft hatte, hielt ich also eine kurze, mahnende Ansprache über die Gefahren des Seemannslebens, berief mich auf tatsächliche und erfundene Bestimmungen seitens sowohl der Behörden als auch des Hotels und zeigte ihnen, wo unter den Ruderbänken die Schwimmwesten lagen. Dann verriet ich ihnen einige der besten Positionen an Land, nicht ohne eine gewisse Heimlichkeitskrämerei, erklärte verschwörerisch, es lohne sich, den Köder in Richtung jener Landzunge oder jenes Steins auszuwerfen, obwohl die Fische mehr oder weniger überall gleich gut bissen. Doch für einen geglückten Angelausflug ist eine gewisse Prise Magie unentbehrlich.

Vier von ihnen wollten von Land aus angeln, drei mit dem Boot hinausfahren. Um mit gutem Beispiel voranzugehen, zog ich eine Schwimmweste über, doch die Deutschen machten keinerlei Anstalten, selbst welche zu nehmen. Es war ihre eigene Verantwortung, und ich wollte nicht für Missstimmung sorgen, also begnügte ich mich mit einem langen Blick zu der Stelle, wo die Westen am Boden des Bootes lagen. Ich ergriff die Ruder, und wir legten ab. Wieder verriet ich ihnen mit geheimnisvoller Miene, wo die besten Angelstellen waren. Sie lauschten so konzentriert, als würde ich ihnen verraten, wo das versunkene Atlantis zu finden war.

Und dann begann das übliche Elend. Herr Brehm wollte als Erster aufstehen. So ruhig und freundlich ich konnte, versuchte ich zu erklären, wie unklug es sei, in einem flachen Ruderboot, dessen Schwerpunkt sehr hoch liegt, aufrecht zu stehen, vor allem, wenn man zugleich heftige Bewegungen mit ausgestreckten Armen vollführt. So besonnen und urnorwegisch ich konnte, erklärte ich, man werfe im Sitzen ebenso gut wie im Stehen.

»Aber«, wandte Herr Brehm ein, »dann kann man nicht so weit werfen.«

Auch das kannte ich schon und wusste daher, es war hoffnungslos, ihnen klarmachen zu wollen, dass die Länge der Würfe nichts zu bedeuten hatte, wenn man sich mitten auf dem See befand; es war vollkommen unerheblich, ob man fünfzehn Meter weit warf oder zwei, das spielte nicht die geringste Rolle. Also überließ ich sie ihrem Schicksal, einer nach dem anderen erhoben sie sich von den Ruderbänken und warfen mal hierhin, mal dahin, während das Boot gefährlich schaukelte. Zwar trug ich eine Schwimmweste, doch wie immer spürte ich ein gewisses inneres Beben bei dem Gedanken, wie es mir an jenem Tage ergehen würde, da ich plötzlich im eiskalten Wasser liegen würde, umgeben von leicht berauschten kontinentalen Touristen ohne Schwimmweste, die dafür mit allerlei Gegenständen behangen und beschwert waren.

»Es ist hier sehr tief«, gab ich zu bedenken, doch der Sportanglerverein Dortmund e. V. ließ sich nicht stören. In einer Sage heißt es, fabulierte ich, der Blåvann sei bodenlos tief, doch die Angler waren jetzt eins mit der Natur, all ihre Sinne waren auf die Angelschnüre gerichtet, die von den Rollen über das gekräuselte Wasser schnellten. Bald vermeldete ein Ruf vom Ufer, dass der Erste einen Fisch gefangen hatte, kurz darauf hatte einer der Herren an Bord seinen ersten Biss, wobei das Boot beinahe gekentert wäre. Ein Glück nur, dass die Bewegungen der Männer, die im Boot standen wie in einem Autobus, so erstaunlich asynchron waren und sich teilweise wieder ausglichen.

So verlief der Vormittag ohne Unfälle, allen war das Anglerglück hold, sowohl an Land als auch an Bord.

Dann war es Zeit für einen Mittagsimbiss und einen Positionswechsel, und wir machten ein kleines Lagerfeuer. In meinem Rucksack hatte ich Sauerrahm, Salz und Pfeffer dabei sowie eine große Plastikdose mit Jims Gurkensalat. Wir brieten ein paar von den schönsten Forellen an Stecken über dem Feuer, und das Naturerlebnis war jetzt so überwältigend, dass sie mich um ein weiteres Lied baten. Nun kannte ich gar nicht so viele Volkslieder, aber *Ich bin ein echter Lofot-Dorsch* ist in solchen Situationen immer der Renner, vor allem, weil es mit dem häufig wiederholten »Fadderullandei« auch hier einen brauchbaren Refrain gibt. Die sieben sympathischen Deutschen hatten ihn schnell erlernt, und so ging es um das Lagerfeuer sehr lustig zu, vor allem, da sich herausstellte, dass sie auch eine Flasche Riesling dabeihatten, dem sie jetzt unter allerlei fadderullandei den Garaus machten. Auch Herrn Brehms Flachmann machte die Runde. Sie fragten, ob ich auch etwas wollte, aus der einen wie der anderen Flasche, doch ich Sohn der Berge schüttelte nur nach Naturkindart verhalten den Kopf, und das respektierten sie.

Die nächste Gruppe im Boot war spürbar unruhiger als die erste, sie trugen ebenfalls keine Schwimmwesten, aber sie fingen viele Fische. Ebenfalls unfallfrei. Trotzdem war ich sehr froh, als sie begannen, auf die Uhr zu schauen, und ich vorschlagen konnte, dass wir uns auf den Rückweg machten.

Keiner hatte Einwände. Müde von Bergsonne und Bergluft, voll mit frischer norwegischer Bergforelle sowie Riesling und etlichen Kurzen, hochzufrieden mit dem Verlauf des Tages, trabten die braven Fischersleute im Gänsemarsch vor mir zum Hotel zurück. Das war in jeder Hinsicht ein geglückter Tag gewesen, Großvater würde es zufrieden sein.

Vor dem Hotel wartete Karoline bereits mit dem Minigolfschläger auf mich, ich sah sie schon von ferne. Ich hatte den Rucksack noch nicht abgestellt, da fing sie schon an zu betteln. Ob ich für das tägliche Turnier bereit sei?

»Jetzt nicht«, sagte ich.

»Warum denn nicht?« In ihren Augen funkelte die Spiellust.

»Weil ich mit diesen Gästen hier lange zum Angeln unterwegs war«, sagte ich und setzte den Rucksack ab. Mittlerweile waren wir in der Rezeption, wo die Deutschen sich in Fanfaren von Lobesworten über die herrliche wilde norwegische Bergwelt, über die wunderbaren Forellen, das Anglerglück, die Sonne, mich und sogar über das Ruderboot ergingen. Mit sonnengleichem Strahlen nahm Großmutter den Lobpreis entgegen und äußerte ihrerseits höfliche Begeisterung darüber, dass alles geglückt sei.

»Nur eine Runde, please!« Sie ließ nicht locker.

Zum Glück kam ihr Vater und erlöste mich.

»Ich glaube, Sedd – Sedd war doch dein Name? – ist jetzt zu müde, Karoline«, mahnte er.

Sie zog einen Flunsch, wahrscheinlich auch, weil er so wenig erwachsen mit ihr sprach.

»Vielleicht in ein paar Stunden«, sagte ich, um ihr entgegenzukommen, fragte mich dabei aber auch, warum ihre Eltern nicht mit ihr spielen konnten.

Sie strahlte. Ihr Vater sagte entschuldigend:

»Ich würde ja gern mit ihr spielen, aber wir haben unten im Ort etwas zu besorgen.«

Das war eigenartig, die wenigsten Gäste hatten das Bedürfnis, in den Ort zurückzufahren, wenn sie einmal hier oben waren, aber ich sagte, später hätte ich sicher noch Zeit für eine Runde Minigolf.

Danach brachte ich die frischen Fische in die Küche, Jim stand schon bereit, um sie auszunehmen und einzufrieren. Ein paar Filets behielt er zurück, dann konnten die Herren ihren eigenen Fisch zu Abend essen, zubereitet auf Müllerinart.

Ich ging ins Private hinauf, duschte Bergschweiß und Fischschleim von mir ab und hatte ein paar Stunden Ruhe, bevor ich wieder ins Geschirr musste.

Wie müde ich war, merkte ich daran, dass Karoline mich ohne mein Zutun in einer von drei Runden schlug. Die ersten beiden bezahlte sie selbst, die letzte Runde ging aufs Haus.

»Ich werde ganz sicher Minigolfmeisterin«, sagte Karoline. »Wir wollen drei Wochen hierbleiben. Mindestens!«

»Ach ja«, meinte ich höflich. Mir schwante, dass mir unendliche Partien Minigolf bevorstanden.

»Noch eine Runde?« Sie schaute mich erwartungsvoll an, auf einen Schläger gestützt, und wippte in ihren Turnschuhen vor und zurück.

»Heute nicht mehr«, seufzte ich. »Jetzt wird erst mal gegessen. Ich glaube, es gibt Forelle.«

»Forelle? Igitt.«

»Ich habe mitgeholfen, sie zu angeln.«

Sie bedachte sich und meinte: »Manchmal ist Forelle ja gar nicht so schlecht.«
»Vor allem auf Müllerinart. Und in Mandeln gewendet.«
»Oh, das ist sicher lecker. Isst du das auch?«
»Nein. Wir essen nie mit den Gästen. Wir essen den Eintopf von gestern.«

Bevor es am nächsten Tag wieder auf Angeltour ging, hielt Großvater noch seinen üblichen Vortrag über die Glanzzeiten des Hotels, wie stets in der Heimdal-Stube.

Ich hörte zu, teils aus alter Gewohnheit, teils, um mich als loyaler und interessierter Erbe zu zeigen, vor allem aber, um mich vor der Zwangsverpflichtung zu etlichen weiteren Runden Minigolf noch vor dem Abendessen zu drücken.

An den Wänden der Heimdal-Stube hingen Bilder und Erinnerungen aus der glanzvollen Vergangenheit, aber auch anderen Epochen der Hotelgeschichte, ganz bis zurück zum ersten Zacchariassen, der zur Freude von britischen Lords und anderen feinen Touristen hier oben mit eigenen Händen die erste bewirtschaftete Hütte gebaut hatte, dann über seine Söhne, die den Ort zu internationalem Format gebracht und einen Fahrweg bis zum Hotel gebaut hatten. Im Sonntagsstaat und mit viel Bart waren die Söhne auf den Fotos zu sehen. Ein vergilbter Ausschnitt aus der Times zeigte die erste internationale Annonce des Hotels Fåvnesheim. Andere Fotos zeigten das Hotel, wie es seinerzeit aussah, ein L-förmiger, zweigeschossiger Bau, natürlich noch ohne die diversen Flügel, die mit der Zeit dazukamen. Auf dem Foto wehte eine enorme zweispitzige norwegische Flagge am Fahnenmast, vor dem Eingang standen Kutschen, das Personal hatte sich neben der Fahnenstange aufgereiht, insgesamt siebenundzwanzig Kopf stark, wenn man auf dem Foto nachzählte.

»Ganz Europa«, schilderte Großvater auf Deutsch, und in seiner bebenden Stimme schwang gar nicht so wenig Stolz mit, ja, die ganze mondäne kontinentale Gesellschaft kam zu uns in die Berge, genau wie heute Sie, meine verehrten Herren ... Ja, sogar Künstler ...«

Großvater wies mit großer Geste auf die zwei Gemälde an der Wand gegenüber, sie zeigten die nächste Umgebung des Hotels. Eines war von Wentzel, das andere von Thaulow, beides große Namen, jedenfalls in unserer nationalen Kunstgeschichte, die hier oben Inspiration gesucht und gefunden hatten.

»Wie schön, wie interessant«, meinten die Herren und lauschten weiter aufmerksam.

Eine andere Szene. Eine andere Zeit. Eine andere Wand.

»Nach zwei Kriegen und der Zeit des Niedergangs dazwischen«, erklärte Großvater, »erlebte Fåvnesheim in den Fünfzigerjahren einen enormen Aufschwung. Mit zunehmendem Wohlstand in Norwegen wollten immer mehr Leute Ferien in den Bergen machen, und Fåvnesheim profitierte von seinem überaus guten Ruf als Bewahrer bester Traditionen, den es sich in vergangenen Zeiten beim betuchteren Publikum erworben hatte.«

Die Fotos an dieser dritten Wand zeigten – immer noch in Schwarz-Weiß – Damen und Herren in eleganten Skianzügen, so gut wie alle mit tropfenförmigen Sonnenbrillen. Von Bild zu Bild wuchs das Hotel im Hintergrund, stets kam ein neuer Flügel, ein neuer Anbau hinzu. Auf einem etwas verblichenen handkolorierten Foto in einem schweren Rahmen lächelte ein Herr mit ausladendem Schnurrbart dem Fotografen zu, in der einen Hand den Wanderstock, in der anderen seine Dunhill-Pfeife.

»Mein Vater«, sagte Großvater andächtig.

Einer der Herren räusperte sich, doch Großvater schien es nicht zu bemerken, sondern beschrieb die Entwicklung in den Sechzigerjahren, in denen große Horden Norweger, der mageren Nachkriegszeit entronnen, in die Bergwelt ausschwärmten.

»Die Ostertage seinerzeit!« Großvater war nicht mehr zu bremsen.

»Die Ostertage …«

Erneutes Räuspern.

»Unser Personal zählte in der Hauptsaison vierzig Kopf … Und alle Zimmer belegt. Sozusagen immer.«

»Faszinierend«, meinte einer der Herren höflich. »Wirklich faszinierend. Und sagen Sie, Herr Direktor, hatte das Hotel auch zu dieser Zeit Besuch von bedeutenden norwegischen Künstlern?«

»Nein«, gab Großvater zu. »Deutlich weniger.«

Schließlich zeigte er ihnen noch den Wanderstock seines Urgroßvaters, er hing in einem Gestell über der Tür, derselbe Stab wie auf dem Foto mit seinem Vater. Der Staffelstab sozusagen, der viele Generationen lang vom Vater auf den Sohn weitergegeben worden sei und das Hotel in guten wie in schlechten Zeiten begleitet habe. Gott sei Dank meist in guten. Und er hoffe von ganzem Herzen, dass die Herren mit ihrem Aufenthalt bisher zufrieden seien.

»Ja, ja, sehr schön. Alles bestens.«

Und ob die Herren sich für die Jagd interessierten? Falls ja, werde er ihnen mit Freuden seine Sammlung an eigenhändig ausgestopften Wildtieren vorführen.

Nein, nein, nicht so sehr an der Jagd interessiert. Die Gegend um Dortmund sei stark zersiedelt, da gebe es nicht so viel Gelegenheit zur Jagd. Ein paar gute Fischteiche gäbe es aber doch immerhin, so dass man die Kunst des Werfens trainieren könne im Warten auf den jährlichen Ausflug, um nicht zu sagen, die Expedition hierher in die Welt der wirklich freien und unverfälschten Natur, wo man sich noch als Mensch fühlen könne; ja, ja, und es sei jetzt tatsächlich an der Zeit, sich für das Abendessen noch ein wenig frisch zu machen.

Der Sportanglerverein Dortmund e. V. zog versammelt aus der Heimdal-Stube aus und begab sich in Richtung Zimmer. Ich blieb bei Großvater stehen. Kurz wirkte er in seinem Anzug seltsam klein.

»Genauso gut wie immer, Großvater. Großmutter hat recht: Die Leute wissen ein wenig Geschichte zu schätzen.«

»Wohl wahr. Wohl wahr. Und ich freue mich sehr, Sedd, dass du zuhörst, wenn ich von diesen Dingen erzähle. Eines Tages bist du ja vielleicht an der Reihe und sollst ... ja.«

Er wies etwas desorientiert auf den Wanderstock oder den Thaulow, es war nicht recht zu erkennen, worauf.

»Ich habe uns drei Forellen mitgebracht, Großvater«, sagte ich, als wir ins Private gingen.

»Ach, schön, Junge. Schön.«
»Es kommen immer wieder auch bessere Zeiten, Großvater.«
»Wollen wir hoffen.«
»Das zeigt ja die historische Erfahrung.«
»Ja. Stimmt eigentlich.«

Am letzten Tag des Aufenthalts der Deutschen war das Wetter nicht mehr so gut. Es ging etwas Wind und hatte sich bewölkt, regnete aber nicht. Absolut kein schlechtes Angelwetter. *Nein, überhaupt nicht.*
Zur Abwechslung wollten wir diesmal etwas talwärts gehen, zu einem Bach namens Svartåa, dem Schwarzbach, der ein längeres Stück durch ebenes Gelände floss, wo man gut angeln konnte.
Zwar fing man hier weniger Fische als in den Bergseen, aber die Gäste wussten die Abwechslung zu schätzen. Und als es Zeit zum Mittagessen wurde, waren unvermittelt aus dem Gesträuch oberhalb des Baches ein paar fröhliche Lockrufe zu hören, abgelöst von den Klängen einer Hardangerfiedel. Aus dem Gebüsch trat ein Spielmann aus dem Ort hervor, in voller Montur, dicht gefolgt von einem feenhaften Geschöpf, einem Mitglied der Volkstanzgruppe in Tracht und Silberschmuck, summend und singend. Ein Stück hinter ihnen tauchten Jim und eine von den Saisonhilfen auf, sie trugen einen Campingtisch und zwei große Picknickkörbe.
Die Freude der Dortmunder Herren wollte kein Ende nehmen. Während die Fiedel klang und die Waldfee sang, tischte Jim ein überbordendes kaltes Büfett auf, das den Aufenthalt in Norwegen würdig krönen sollte. Dass jetzt ein paar Tropfen vom Himmel fielen, tat der Sache keinen Abbruch. Nach einer angemessen kurzen und angemessen langen Weile kam auch Großvater, er wollte nach dem Rechten schauen, meinte er, und wurde mit Jubel und Dankesbezeugungen begrüßt. Ein so unglaubliches Erlebnis. Einzigartig. Unvergesslich. Die Jungs, die zu Hause in Dortmund hätten bleiben müssen, würden grün vor Neid werden. Und die Frauen. Die auch. Grün. Ja, Direktor Zacchariassen, meinten sie, während der Weißwein in die Gläser strömte, wer weiß? Wer weiß, ob ihre Wege sie

nicht auch ein anderes Mal wieder hierherführen würden, hierher in die klare, unverschmutzte, frische und gesunde norwegische Bergwelt, wo sie so wunderbar aufgenommen worden sind, und Herr Brehm fügte auf Norwegisch hinzu: »Ich habe Norwegen immer geliebt. Seit dem ersten Mal.«

Großvater lächelte.

Er trug seinen alten, zünftigen Berganorak und Knickebocker und sah aus wie das Inbild des distinguierten älteren Hotelbesitzers. Er zündete seines Vaters Dunhill-Pfeife an und nahm zufrieden die Dankesworte entgegen, ja, er genehmigte sich sogar ein halbes Glas Weißwein.

Der Wind frischte auf, ließ das Kleid der Vertreterin der Volkstanzgruppe mächtig wogen und drohte mehrfach, den Campingtisch umzupusten. Zu angeln war heute nicht mehr möglich, aber sie planten ja ohnehin, später am Nachmittag abzureisen. Unser ganzer Trupp marschierte also heimwärts, will sagen Großvater, die Deutschen und ich, während Jim und die anderen sich still zum Auto davonmachten, das ein paar Minuten Fußmarsch weiter oben an der Straße geparkt war.

Vorm Eingang hielt Karoline bereits nach uns Ausschau. Natürlich bettelte sie sofort um eine Partie Minigolf. Ich versuchte sie nach Kräften abzuschütteln, aber sie war hartnäckig. Jetzt sprach Herr Brehm auch mit mir einmal deutsch, er zwinkerte mir zu: »Pass bloß auf! Sie flirtet mit dir!«

»Nein«, informierte ich ihn, »sie möchte Minigolf spielen.«

»Nennt man das jetzt so, aha.« Herr Brehm verschwand in seinem Zimmer, um zu packen.

Ich konnte mich mit der Begründung loseisen, ich müsse für die Gäste da sein, solange sie noch hier waren, versprach ihr aber ein Spiel, sobald sie abgereist sein würden und das Wetter gut genug wäre. So vertraute ich darauf, dass es im Laufe des Nachmittags schlechter würde, und verkroch mich in meinem Zimmer, bis es an der Zeit war, den Gästen mit ihren gewaltigen Mengen an Gepäck und Ausrüstung zur Hand zu gehen, dazu die unglaublichen Mengen an jetzt tiefgefrorenem Fisch, den sie ihren Familien und Freunden in Dortmund mitbringen wollten, sicher auch noch den Freunden der Freunde. Die erlaubte Menge hatten sie weit überschritten, natürlich, aber sonst angelte ja kaum jemand hier oben in diesem Sommer.

Als der letzte kleine Fisch ordentlich in dem Kleinbus verstaut war und die Stunde des Abschieds nahte, regnete es richtig los. Das war sehr ungünstig, denn jetzt hatten die Herren es sehr eilig damit, in ihr Gefährt zu kommen, nur Herr Brehm und noch einer, dessen Namen ich nicht mitbekommen hatte, nahmen sich die Zeit, mir zum Dank für meine Bemühungen einen Schein zuzustecken. Ich bedankte mich höflich, aber es waren nur die beiden; hätten alle ihren Beitrag geleistet, dann hätte der Ertrag im Verhältnis zum Aufwand gestanden. Aber sie saßen schon im Bus, aus dem ein *Falturilturaltura* ertönte. So geht es eben manchmal, das kannte ich schon, dachte ich, während ich ihnen hinterherschaute, und wer die Branche kennt, der darf sich von so etwas nicht allzu sehr enttäuschen lassen. Es hilft nichts, man wird nur verbittert und verschlossen. Aber mich traf der Gedanke, dass es ebenso einträglich gewesen wäre, bei halbem Zeiteinsatz, wenn ich mit Karoline zwanzig Partien Minigolf gespielt hätte. Sie war wenigstens eine zuverlässige Zahlerin.

Es ließ sich also nicht vermeiden, dass ich mich nach ihr umsah, doch just in dem Moment blies mir der Wind einen ordentlichen Guss Regen ins Gesicht, und mir wurde klar, dass es heute mit Minigolf nichts mehr werden würde. Das Motorengebrumm des Minibusses verhallte in der Ferne, nur noch der Regen war zu hören und das schwache Summen des Kühlaggregats. Meine Großeltern waren schon längst wieder im Haus, ich stand ganz allein da. Kein Minigolf heute. Ich spürte, dass ich doch etwas enttäuscht war – aber verbittert und verschlossen war ich nicht.

Dann ging ich hinein.

22

Karoline und ihre Eltern hatten eine seltsame Art, Urlaub zu machen. Manchmal verhielten sie sich wie andere Gäste auch, gingen wandern oder waren im Schwimmbad oder genossen die übrigen Annehmlichkeiten von Fåvnesheim – andere Male fuhren die Eltern oder alle drei in dem burgunderroten Saab in den Ort hinunter und waren stundenlang fort. Wenn die Eltern weg waren, benahm Karoline sich besonders aufdringlich.

Nach der Abreise der Deutschen hatten wir ein paar Tage schlechteres Wetter, an Minigolf war nicht zu denken, doch dann klarte es wieder auf. Karolines Eltern fuhren ins Tal, und sie wollte sofort spielen. Ein paar neue Gäste waren zwar inzwischen angereist, aber ich hatte nicht so viel zu tun und konnte durchaus Zeit für ein paar Runden erübrigen.

Sofort fiel mir auf, dass sie sich verbessert hatte. Ihre Schläge waren präziser, und sie kannte sich mit den Finessen einzelner Löcher aus. Offenbar hatte sie allein geübt. Fragen wollte ich aber nicht. Pflichtschuldigst reichte sie mir zehn Kronen für jede Partie, ich spendierte hin und wieder eine Runde vom Haus. Bei der dritten Runde sagte ich: »Das kommt dich aber auf die Dauer ganz schön teuer zu stehen.«

Sie zuckte mit den Schultern.

»Ach was, kein Problem. Wir haben genug.«

»Vielleicht könnten wir eine Art Mengenrabatt verabreden«, sagte ich, denn ich hatte ein klein wenig schlechtes Gewissen.

»Was ist das denn?«

»Man bekommt einen ermäßigten Preis für eine Ware oder eine Dienstleistung, wenn man viel davon kauft.«

»Ach so. Mengenrabatt. Nicht nötig. Du gibst mir ja jetzt schon ungefähr jede vierte Runde umsonst.«

»Das Hotel gibt sie dir umsonst«, sagte ich.
»Ja, ich meine, das Hotel. Ist doch gut so.«
An Loch siebzehn wäre sie fast auf dem Grünbelag ausgerutscht, konnte sich aber gerade noch fangen.
»Ganz schön glatt geworden hier«, bemerkte sie.
»Ich weiß«, seufzte ich. »Da muss ich wohl etwas tun.«
Gleich am nächsten Tag zog ich mir im Werkzeugschuppen den Overall über, nahm Schutzbrille und Handschuhe, Eimer, Besen und Scheuertuch. Jetzt fehlte nur noch die Flasche Anti-Algon. Das ist ein übles Zeug, wie Jim sagt. Man darf es nicht an die Haut bekommen und um Himmels willen nicht in die Augen, auch nicht in die Nase oder sonst wohin, und wenn man den Beton damit abgeschrubbt hat, muss man es mit dem Tuch wieder abnehmen, damit es nicht wegläuft und den Bewuchs rund um die Bahnen zerstört. Dann gäbe es eine Sahara. Eigentlich hatte ich Karoline mit für diese Arbeit anstellen wollen, mindestens danebenstehen und mich bewundern hätte sie können, es ist ja immer nett, wenn man Gesellschaft hat, aber sie war gleich nach dem Frühstück mit ihren Eltern verschwunden, wohin auch immer. Und Jim hatte in der Küche zu tun.

Das Anti-Algon stand nicht, wo es hingehörte. Überhaupt stellte ich fest, dass der Schuppen mal aufgeräumt werden musste. Dann erspähte ich ein paar Plastikflaschen auf dem obersten Bord, hinter einer Pappschachtel. Ich stellte mich auf einen Hocker, hob die Schachtel beiseite, und tatsächlich, da stand die giftgrüne Flasche. Extra Large, der flüssige Tod für alle Mikroorganismen, die damit in Kontakt gerieten.

Als ich die Schachtel wieder hinstellte, entdeckte ich es. Sie war nur notdürftig geschlossen, und ich erhaschte einen Blick in ihr Inneres.

Briefe.

Ich musste zweimal hinschauen. Ja, die Schachtel war voller Briefe. Ich vergewisserte mich, dass es keine leeren Umschläge waren, dass Großvater nicht die tollste Überraschung aller Zeiten in Form einer Posthorn-Lawine oder einer off.sak-Orgie für mich vorbereitete, zum Beispiel als Weihnachtsgeschenk, doch es gab keinen Zweifel. Die Briefe waren ungeöffnet. Und es waren viele, meist große braune Geschäftsbriefe, manche an das Hotel adressiert, manche an die Direktion, andere an Großvater persönlich. Absender waren die Bank oder die öffentliche Verwaltung, auf manchen fehlte der Absender auch.

Eine Zeit lang saß ich auf dem Hocker und blätterte durch die glatten Umschläge. Alle Adressen waren mit der Schreibmaschine getippt, alle waren sie ungeöffnet. Nicht wenige waren mit einem Adressfenster versehen und mit der Maschine frankiert. Insgesamt sicher gut einhundert. Wie eigenartig. Kurz erwog ich, einige davon zu öffnen, doch dann fiel mir das Briefgeheimnis ein.

Worin das Briefgeheimnis besteht, ist nicht allgemein bekannt, aber erfahrene Philatelisten kennen sich damit aus. Es besteht in dem einfachen, aber unverrückbaren Prinzip, dass ausschließlich der Adressat und er allein einen Brief öffnen darf. Der Inhalt eines Briefes ist heilig, unantastbar, wie die Person des Königs in unserer Verfassung. Ein Brief darf nur vom Adressaten geöffnet werden oder von einer durch ihn dazu befugten Person, es sei denn, er wäre so mangelhaft adressiert, dass nicht feststellbar ist, wer ihn erhalten soll. Dann tritt die Brieföffnungskommission der Postbehörde in Aktion. Sie besteht aus zwölf vereidigten Frauen und Männern, die einer heiligen Verschwiegenheitspflicht unterliegen, und nur sie dürfen das Briefgeheimnis brechen. Ist ein Brief absolut unzustellbar, in dem Sinn, dass der Adressat nicht ermittelt werden kann oder wo dieser wohnt, dann kann die Brieföffnungskommission der Postbehörde ihn öffnen und untersuchen, ob er weitere Anhaltspunkte enthält. Dies geschieht im Rahmen einer feierlichen, ernsten Sitzung, die die Brieföffnungskommission der Postbehörde alle halben Jahre abhält. Ihr werden Briefe vorgelegt, die von Stadt zu Stadt geirrt sind, von Postamt zu Postamt, von Postbote zu Postbote, manchmal jahrelang, ohne dass der Adressat gefunden werden konnte, trotz des unermüdlichen Einsatzes aller beteiligten Beamten. Erst dann darf die Kommission handeln. Ob sie nun den

Adressaten ermitteln können oder nicht, die Mitglieder sind bezüglich des Gelesenen zu Stillschweigen verpflichtet, lebenslang. Das Briefgeheimnis ist also eine sehr ernste Sache, mit der man keinen Schindluder treibt.

Kein Zweifel, diese Briefe waren an Großvater gerichtet, und er musste sie selbst in dieser Schachtel verstaut haben, wer weiß, warum. Er konnte mit seiner Post machen, was er wollte, es gab keinen Grund, das Briefgeheimnis zu brechen. Aber eigenartig war das schon.

Ich stellte die Schachtel zurück und nahm das Reinigungszeug und das Anti-Algon mit. Während ich schrubbte oder auf allen vieren das üble Zeug wieder aufnahm, grübelte ich über meine Entdeckung nach.

Als ich mit dem ganzen Geschmiere fertig war, ging ich ins Haus, um nach Großmutter zu sehen. Von einer mehlweißen Wolke Konzentriertheit umgeben, war sie in der Küche dabei zu backen, und ich erkannte, dass sie nicht gestört werden wollte.

»Ich glaube«, sagte sie, »ich werde mal unten im Ort einen Aushang machen und einen klassisch österreichischen Kaffeeklatsch anbieten. Der letzte ist schon lange her.«

Wenn Großmutter zu rastlos wurde, pflegte sie den Anwohnern und Gästen solche Kaffeetafeln mit erlesenem Gebäck anzubieten.

»Das ist sicher eine gute Idee, Großmutter«, sagte ich.

Zielsicher mischte sie die Zutaten für einen Mürbeteig, rasch und effektiv und mit der Präzision der Könnerin.

»Großmutter?«

»Ja?« Sie hob den Blick nicht von ihrem Teig.

»Hat Großvater vielleicht besonders viel zu tun?«

»Viel?« Sie hörte auf zu kneten und sah mich an: »Viel? Mein lieber Junge, er hatte noch nie so wenig zu tun wie jetzt.«

Kurz war echte Sorge in ihrem Blick zu erkennen.

»Wir haben ja fast keine Gäste mehr«, sagte sie und knetete rasch weiter. »Ist dir das noch nicht aufgefallen?«

Ob mich hier, in diesem Augenblick der Wahrheit über dem

Mürbeteig, mehr als nur eine Ahnung beschlich, dass vielleicht alles anders war, als es sollte? Ich weiß es nicht, aber ich erinnere mich, dass ich eine kalt brennende Besorgnis verspürte.

»Ich hab nur gedacht«, fuhr ich fort, »vielleicht könnte er ein bisschen Hilfe im Büro gebrauchen?«

»Im Büro? Wie meinst du das?«

»Na, mit der Korrespondenz und der Buchhaltung und so.«

Sie blickte wieder auf:

»Du lieber Bub. Du bist wirklich ein Goldschatz.«

»Außerdem muss ich auch langsam mal diesen Teil vom Geschäft kennenlernen.«

»Für die Verwaltung haben wir doch Synnøve.«

»Ja.«

»Aber er freut sich ganz sicher, wenn du fragst. Ganz sicher.«

»Dann frage ich ihn mal bei passender Gelegenheit.«

»Aber ich glaube nicht, Sedd, dass du ihm deine Sorge bezüglich, tja, wie soll ich es ausdrücken? Bezüglich seiner Arbeitsfähigkeit mitteilen solltest.«

»Gut, Großmutter.«

»Sag lieber, dass du dich gern nützlich machen möchtest.«

»Danke, Großmutter.« Ich wandte mich zum Gehen.

»Ach, und mir fällt gerade noch ein: Es ist wirklich nett von dir, dass du mit der kleinen Karoline Minigolf spielst. Sie ist viel allein, und sie werden noch so lange hier sein.«

»Ja, Großmutter.«

»Als du dich um die Sportangler gekümmert hast, hat sie unablässig Schläger und Bälle ausgeliehen, um zu üben.«

»Ah ja?«

»Ja.« Sie lächelte verschmitzt. »Ich glaube fast, sie will dich ein bisschen beeindrucken. Ihre Eltern haben wohl irgendetwas Privates hier im Ort zu erledigen, da hab ich ihr gesagt, sie darf umsonst spielen. Sie werden noch drei Wochen hier sein, da kann man so was mal machen.«

»Ja, kann man.«

»Vielleicht könntest du sie ein bisschen zum Angeln mitnehmen, wenn das Wetter besser wird?«

»Ich weiß nicht so recht, Großmutter ... Ich hab viel zu tun.«

»Unfug«, meinte sie. »Du hast doch gerade gesagt, dass du helfen willst. Und was lernen. So etwas gehört eben auch mit dazu. *Das weißt du doch.* Außerdem, als du mit den Deutschen unterwegs warst, da hat sie gesagt, sie würde das auch so gern mal probieren.«

»Hat sie das?«

»Ja. Und sie fand, Bergforelle schmecke so gut.«

»Aha.«

»Das Beste, was sie je gegessen hat, hat sie gesagt. Also könntest du so unendlich liebenswürdig sein, wenn das Wetter schön ist und weil das so gute Gäste sind, sie morgen vielleicht ...?«

»Ja«, sagte ich. »Selbstverständlich.«

»Genau, selbstverständlich. So, jetzt habe ich keine Zeit mehr, mit dir zu plaudern, wenn ich das hier fertig bekommen will. Und Jim möchte seine Küche zurückhaben.«

Als Karoline auf einer frisch gescheuerten, blendend weißen und algenfreien Minigolfbahn für das nachmittägliche Spiel bereitstand, reichte sie mir als Erstes den Zehner, als ich hinzukam. Wortlos. Ich blickte ihn unsicher an, ohne ihn zu nehmen. Aber sie stupste mich fast damit an. Also nahm ich ihn.

»Das wird allmählich teuer«, sagte ich wieder.

»Na und«, meinte sie bloß.

Wir spielten. Sie wurde tatsächlich immer besser. Und sie gab weniger Geräusche von sich, sowohl bei Fehlschlägen als auch bei Treffern. Bei Loch sieben sagte ich:

»Ihr bleibt wohl noch lang?«

»Hmhm. Sehr lang.«

Sie konzentrierte sich auf ihren Schlag.

Bei Loch zwölf fragte ich:

»Deine Eltern haben wohl ziemlich viel zu tun?«

»Hmhm. Sehr viel.«

Und sie lochte den Ball ein.

»So ist es immer.«
»Wie so?«
»Viel zu tun. Viel zu tun. Immer viel zu tun.«
Sie seufzte. Bevor wir uns an Loch achtzehn machten, sagte ich:
»Also, ich dachte, vielleicht hast du Lust, morgen zum Blåvann mit hochzukommen und ein bisschen zu angeln, wenn das Wetter gut ist?«
Sie ließ den Schläger fallen und strahlte.
»Au ja!«
»Ich meine, wenn du nicht mit deinen Eltern in den Ort runter musst oder ...«
»Oh nein! Nein, nein, das muss ich ganz sicher nicht! Wann gehen wir los?«
Sie schien hier und jetzt abmarschbereit zu sein.
»Tja, gleich nach dem Frühstück?«
»Au ja!«
Eine solche Freude erlebt man wirklich selten. Auf einmal umarmte sie mich und drückte mich fest. »Vielen, vielen Dank«, sagte sie in meine Jacke.
»Keine Ursache«, sagte ich und befreite mich, indem ich mich bückte und ihren Schläger aufhob. Ich hielt ihn ihr hin: »Gern geschehen. So, dann wollen wir mal sehen, ob du für Nummer achtzehn heute weniger als fünf Schläge brauchst.«
Sie konzentrierte sich, strich sich das Haar hinter die Ohren. Konzentrierte sich weiter. Sie schaffte Nummer achtzehn mit vier Schlägen und war hochzufrieden.

Am nächsten Tag herrschte von morgens an strahlendes Wetter, und als ich mit dem Frühstück fertig war, stand Karoline draußen und schien schon seit Langem bereit zu sein. Sie hatte einen kleinen Rucksack dabei und trug praktische Wanderkleidung. Ich hatte zwei leichte Angelruten gewählt, eine für sie und eine für mich, dazu Blinker und einen Kescher.
Auf dem Weg ins Gebirge hüpfte und sang sie, wie trunken vor

Freude, dass es zum Angeln ging, so brauchte ich diesmal wenigstens keine norwegischen Volkslieder zum Besten zu geben.

Es war warm. Der Fels schimmerte grausilbern, die Schneeflecken waren weißer als weiß. Der Himmel war blau mit einem leichten Gelbstich.

Ohne unterwegs eine Pause einzulegen, erreichten wir den Blåvann. Dort legten wir die Rucksäcke ab, und ich setzte die Angelruten zusammen. Ich versuchte, ihr zu erklären, was ich tat, und ihr den Fischerknoten beizubringen, mit dem ich den Blinker befestigte, aber sie war zu aufgekratzt, um viel davon mitzukriegen.

»Bist du nie zum Angeln gewesen?«

»Doch. Mit Papa. Aber das war langweilig. Wir haben nichts gefangen. Und es ist lange her.«

»Ich glaube, wir fangen etwas.«

»Ja?«

»Oh ja. Aber eigentlich spielt das keine Rolle.«

Wir gingen zum Ufer hinab, um ein paar Probewürfe zu machen. Ich wollte mich vergewissern, dass sie es wenigstens schaffte, den Blinker sich nicht gleich am Grund festhaken zu lassen. Ich wollte schließlich keine teuren Blinker verlieren. Also löste ich den Haken von ihrem Blinker, einem gewöhnlichen leichten Silberlöffel mit grünen Punkten, um einmal zu sehen, wie sie sich anstellte. Es ging recht gut, sie hatte den Bogen schnell heraus. Ein wenig musste ich die Armhaltung oder die Position korrigieren, aber sie lernte schnell. Als sie acht oder zehn akzeptable Würfe nacheinander hinbekommen hatte, brachte ich den Haken wieder an, und jetzt konnte es losgehen.

Anfangs fingen wir nichts. Es war wie tot. Vielleicht, dachte ich, befand sich der Großteil des Fischbestandes jetzt in Tiefkühlern in Dortmund, und für uns war nichts mehr übrig.

Doch Karoline ließ sich keine Enttäuschung anmerken. Bald waren ihre Würfe weit und sauber, und es war ja das Wichtigste, dass sie sich nicht langweilte. Ob man in der Ausübung seines Berufes jetzt eine Herde deutsche Sportfischer hüten oder für ein aufdringliches kleines Mädchen Babysitter spielen musste, es galt, wie schon gesagt, sie beschäftigt zu halten und für Abwechslung zu sorgen. Der Gast soll sich amüsieren. Und Karoline war mein Gast. Ganz ohne Zweifel.

Ich nahm meine eigene Rute zur Hand. Sofort bewunderte sie meine Würfe, was sie ablenkte, und schon hatte sich ihr Blinker am Boden des Sees verhakt. Kurz dachte sie, es hätte etwas angebissen, und sie leuchtete auf.

»Ich fürchte, du hast einen ganz gewaltig großen Fisch an der Angel«, sagte ich.

»Ja? Was für einen denn?«

»Die ganze Erde hast du gefangen.«

Sie schaute mich verwirrt an, dann verstand sie es.

»Oh. Tut mir leid.«

»So was kommt vor«, sagte ich.

Mit ein bisschen Hin und Her konnte ich den Blinker zum Glück wieder lösen. Als er silbern glitzernd aus dem Wasser sprang, jubelte Karoline auf.

Ich gab ihr ihre Rute wieder: »Achte darauf, dass du deinen Köder immer im Auge behältst.«

Wir versuchten es noch eine Weile, hatten aber keinen Biss. Nach einer Stunde wechselten wir an eine Stelle etwas näher zum nördlichen Ende des Sees, doch auch da tat sich gar nichts.

»Nein«, sagte ich, »offenbar müssen wir aufs Wasser.«

»Aufs Wasser?«

»Ja. Komm. Hol den Blinker ganz ein. So. Und dann befestigst du den Haken an dem untersten Ring und ziehst die Schnur stramm. Genau so. Jetzt sitzt er fest, und du bekommst ihn nicht ins Auge.«

»So. Verstehe. Nein, im Auge will man den nicht haben.«

Wir gingen zur Fåvne II, und Karolines Begeisterung wollte kaum enden, als sie den alten, abgenutzten Holzkahn sah. Sie hätte nie gedacht, dass es möglich ist, im Hochgebirge eine Bootstour zu machen.

Leider stand nach den starken Regenfällen viel Wasser im Boot, ich musste schöpfen, und es gab auch nur eine Kelle. Karoline machte keinerlei Anstalten, ihren Teil der Arbeit zu übernehmen. Stattdessen plauderte sie wie ein Wasserfall, erzählte von dem Ferienhaus, das ihre Familie in Dänemark besaß, von den unendlich langen und weißen Stränden, wo man aber nicht angeln konnte, von Legoland und dem Führerschein, den sie vor zwei Sommern dort gemacht hatte, von der im Sand versunkenen Kirche und dem Leuchtturm von Skagen und ein paar wunderschönen Pferden auf einem Hof in der Nähe, ja, offenbar die schönsten Pferde der Welt, und noch von dem einen oder anderen, während ich unermüdlich schöpfte.

Als endlich nur noch einige kleine Pfützen auf dem Boden standen, warf ich ihr eine von den Schwimmwesten zu.

Natürlich war sie zu groß. Karoline ertrank schier darin und bekam einen hysterischen Lachanfall.

»Schau mal! So schau mal! Das Ding kann ich doch nicht anziehen!«

Ich versuchte, die Schwimmweste fester zu schnüren, aber sie war so schmächtig, dass sie ganz darin verschwand, und ich musste ihr recht geben. So eingepackt, würde sie auf gar keinen Fall Würfe fertigbringen.

»Also gut«, sagte ich. »Lass die Weste beiseite. Es ist heute ja auch sehr ruhiges Wetter. Aber du musst mir versprechen, dass du im Boot nicht aufstehst.«

»Versprochen!«

»Die deutschen Angler haben mit ihrem Leben gespielt, die sind die ganze Zeit aufgestanden.«

»Ja?«

»Offenbar dachten sie, die Gesetze der Physik würden für sie nicht gelten.«

»Verstehe. Ich bin schon in einem kleinen Boot gefahren.«

Sie sah mich ernst an, und ich fühlte mich beruhigt. Dann fuhren wir los. Ich ruderte, Karoline saß auf der hintersten Ruderbank und ließ ihre linke Hand durch das kalte, dunkle Wasser gleiten. Ich dachte, ich müsse ihr sagen, dass man beim Angeln möglichst keine

Geräusche macht, um die Fische nicht zu verjagen, doch ich ließ es sein. Und wenn sie singen wollte, so sollte sie singen. Von mir aus ganze Arien.

In der Mitte des Sees angekommen, legte ich die Ruder ein und zeigte ihr, wie man im Sitzen wirft. Wieder stellte sie sich sehr geschickt an. Hier war es außerdem so tief, dass es nichts machte, wenn der Blinker weit ins Wasser sank.

Als ich sah, dass sie gut zurechtkam, setzte ich mich in den Bug, den Rücken ihr zugewandt, und warf meine Angel aus. Bald hatte ich einen Biss, sie fast im selben Moment auch, offenbar hatten die Deutschen den Blåvann doch nicht völlig leer gefischt. Ich musste mich vorsichtig in der Hocke zum Heck bewegen und ihr mit dem Kescher helfen, ihren ersten Fisch an Bord zu holen, und als ich die kräftig zappelnde Forelle vom Haken löste und tötete, sah sie mich recht erschrocken an. Kurz wirkten ihre großen Augen, als würde sie gleich weinen, doch dann biss sie sich auf die Unterlippe, lächelte tapfer und warf den Blinker wieder aus.

Ich kehrte in meine Position am Bug zurück. Den Kescher ließ ich zwischen uns auf der mittleren Ruderbank liegen, sodass wir ihn beide bei Bedarf erreichen konnten.

Wir fingen nicht ungewöhnlich viele Fische, hatten aber doch in regelmäßigen Abständen einen Biss. Karoline bestand darauf, ihren zweiten Fisch selbst zu töten, schlug aber zu zaghaft zu, also zeigte ich es ihr. Den dritten und vierten tötete sie schnell und unsentimental, als hätte sie nie etwas anderes getan.

Bald lag ein schöner Haufen glänzender Fische auf dem Boden des Bootes, ein wenig mit Blut verschmiert.

Es war nichts zu hören als das leise Plätschern an der Bootswand, das Klicken der Rollen und das Sausen der Würfe. Karoline sang leise. Abba. Dancing Queen. Wir angelten, Rücken an Rücken.

Irgendwann ruckte es ziemlich stark an meinem Haken. Ein Schwergewicht offensichtlich, die Route bog sich durch. Ich drehte mich zu Karoline um, wollte ihr sagen, jetzt solle sie aufpassen, müsse mir vielleicht sogar helfen, denn das sei ein kapitaler Fisch, wollte ich sagen, ja, ich hatte schon dazu angesetzt, während ich mich halb zu ihr umwandte.

Aber Karoline war nicht da. Ihre Rute lag schräg über der Ruderbank, von ihr war nichts zu sehen.

Einen Augenblick – einen Augenblick, so lang wie ein Tag und so kurz wie ein aussetzender Herzschlag – konnte ich es nicht glauben. »Karoline?«, sagte ich und glotzte dumm auf die Bank, wo sie hätte sitzen müssen, genau da, auf der Ruderbank, und singend ihre Angel auswerfen. Wie lange hatte sie nicht mehr gesungen? Oder geworfen? Wie lange war es her? Verwirrt und ängstlich schoss mein Blick über das dunkle Wasser um das Boot herum, ängstlicher als in dem Moment, als Bjørn Berge zusammengesackt und den Tod des Lebemanns gestorben war. Ich sagte nichts. Kein Wörtchen. Das Wasser lag dunkel, graublau, schwach gekräuselt. Es glitzerte in der Sonne. Überall rund um das Boot sah es gleich aus. Überall gleich, so viel konnte ich erkennen.

Doch da ahnte ich eher, als dass ich es sah, etwas Helles im Wasser, eine Bewegung, etwas, was dort nicht hingehörte, ein Stück vom Boot entfernt, auf der rechten Seite.

Ich riss mir die Schwimmweste vom Leib, trat mir die Stiefel von den Füßen und war noch gerade geistesgegenwärtig genug, das Tau zum Festmachen ins Wasser zu schleudern, bevor ich kopfüber in den Blåvann sprang.

Kalt und dunkel war es. Unglaublich kalt und schrecklich dunkel. Ich hatte nie gut unter Wasser schwimmen können, vor allem nicht mit geöffneten Augen, noch dazu bekleidet, doch jetzt musste ich. Ich spürte Angst, mehr Angst als jemals zuvor, der Blåvann öffnete sich unter mir, als ob er wirklich bodenlos tief wäre. Als wäre es ein Abgrund, der bis zum Mittelpunkt der Erde führte, der sowohl Karoline als auch mich verschlucken und uns nie wieder zum Licht und an die Luft entlassen würde.

Ich sah nichts, strampelte bis zur Oberfläche, kam mit dem Kopf über Wasser, atmete mehrmals tief durch und tauchte wieder unter. Diesmal versuchte ich, in der Richtung zu schwimmen, in der ich etwas zu sehen gemeint hatte. Die Augen taten mir weh, die Kälte schnitt wie mit Messern bis in die Knochen, aber ich zwang mich weiter. Augen auf. Augen auf. Ich musste die Augen geöffnet halten. Das war meine einzige Chance, es war Karolines einzige Chance, zwei kleine Scheinwerfer in der unendlichen Dunkelheit, zwei Glühwürmchen, zwei kleine Fenster, und dort, dort sah ich einen Schatten, der dunkler war als die Dunkelheit ringsum, langes Mädchenhaar wehte still und gespenstergleich, ich streckte den Arm aus. Nichts. Zu weit entfernt. Versank sie?

Sie versank, sank immer tiefer hinab. Und ich wusste, wenn ich jetzt zur Oberfläche schwamm, um Atem zu schöpfen, was ich dringend brauchte, dann würde ich sie nie wieder erreichen. Ich kriege Luft, doch sie kriege ich nicht mehr. Dann stirbt sie. Also versuchte ich es. Zwang mich hinab, streckte den Arm aus und spürte, wie ich an ihre Seite stieß, dann spürte ich die Haut ihres Halses in meiner Handfläche, und dann griff sie zu.

Sie packte meinen Arm so hart, dass ich dachte, er würde brechen. Sie griff zu im Versinken, doch sie wollte nicht versinken, griff zu, weil da etwas zum Zugreifen war.

Kurz befiel mich Panik. Wenn sie mich so festhielt, konnte ich nicht beide Arme verwenden und würde es nicht nach oben schaffen. Doch irgendwie schien sie es mitten in ihrem eigenen Entsetzen zu begreifen; du musst loslassen, Karoline, du musst Sedd dir helfen lassen, Sedd muss seine Aufgabe erfüllen, er muss dich retten, er geht doch zum Jugendrotkreuz, er kann Erste Hilfe, und sie ließ zu, dass ich mich aus ihrem Griff befreite, dass ich ihr von hinten unter die Arme griff, und ich strampelte los. Ich strampelte, so sehr ich nur konnte. Nichts geschah. Wir hingen in der kalten, entsetzlichen Dunkelheit fest, umgeben vom Druck des Wassers, es war dicht und erstickend wie eine glatte, eiskalte Bettdecke, wir kamen nicht vom Fleck. Ich strampelte weiter, ruderte mit einem Arm, doch es war so schwer. Die nasse Kleidung war schwer, sie war schwer, beide hatten wir keine Luft mehr in der Lunge. Ich blickte nach oben. Dort schimmerte die Oberfläche, eine graublaue milchige Haut. Ein Stück weiter ahnte ich das Boot. Ich fühlte mich wie in der Tiefe des Pazifiks, unter dem Floß Kon-Tiki auf Bygdøy, nur dass dies hier wirklich war und keine anderen Lebewesen da waren als wir, keine Walhaie und keine Lotsenfische, kein Schwertfisch und kein fliegender Fisch, nur wir, und jetzt würden wir sterben.

Da sah ich das Tau. Es hing schräg im Wasser hinter dem Boot, und wenn Karoline nur ein klein wenig mithelfen würde, ein klein wenig, wenn wir beide nur ein klein wenig leichter sein könnten, uns erheben könnten, so würde ich vielleicht, vielleicht den halben Meter bis dorthin bewältigen.

Im nächsten Augenblick hatte ich es mit der Linken erreicht, ich konnte mich an etwas festhalten. Irgendwie bekam ich es zwischen meine Beine, ich zog daran und vollführte zugleich panische Schwimmstöße, so brachte ich uns in Bewegung, die wir beide zusammengepresst dort hingen wie ein Bündel aus Entsetzen und Luftnot.

Auf einmal waren unsere Köpfe an der Luft. Ich konnte es fast nicht glauben. Ich hustete, würgte, spuckte Wasser, dann bekam ich endlich Luft. Ich füllte meine Lunge mit Luft, und ich wusste, ich hatte es geschafft.

Aber Karoline hing mit geschlossenen Augen um meine Schulter. Ihre Wimpern waren schwarze Striche in dem erschreckend blassen Gesicht. Wir waren weit draußen auf dem See, mir wurde klar, dass es schwierig sein würde, sie ins Boot zu bekommen. Vor allem durfte ich sie nicht wieder loslassen. Ich tätschelte ihre Wangen, rief ihren Namen, erfolglos. Die Augen immer noch zwei Striche. Die Haut weiß, kalt, nass. Kein Atem spürbar.

Irgendwie erschien es mir fast beschämend, ja, geradezu unehrlich, wenn sie jetzt, da ich sie unter solchen Mühen an die Oberfläche geschafft hatte, sterben würde. Ich schlug ihr wieder auf die Wangen und sagte zu ihr, was ich so gerne seinerzeit zu Bankdirektor Berge gesagt hätte: Du darfst nicht sterben. Dann zog ich das Tau unter ihren Achseln durch, legte sie rücklings auf dem Wasser zurecht und hoffte, dass ihr Gesicht nicht untergehen würde. Dann kletterte ich ins Boot.

Auf dem Papier sieht das so einfach aus. Ich kletterte ins Boot. In Wahrheit war es, als müsste ich mich am eigenen Schopf hochheben, mit Taschen voller Bleigewichten. Aber irgendwie ging es. Als ich endlich wieder auf dem Boden des Bootes saß, zitterten meine Arme und Beine vor Überanstrengung, aber ich wusste, das Schwierigste stand noch bevor. Irgendwie musste ich auch Karoline an Bord bringen. Ich zog sie am Tau bis zur Bootswand, beugte mich hinaus, um sie unter den Achseln zu greifen, und begriff sofort, dass es so nicht gehen würde. Auf diese Weise würde nur ich selbst wieder hinausstürzen. Und diesmal, da war ich weitgehend sicher, würde ich es nicht ohne Hilfe noch einmal zurück an Bord schaffen. Ich sah mich im Boot um. Da es an diesem See keinen Anlegesteg gab und die Fåvne II das einzige Boot auf dem Gewässer war, hatten wir auch keinen Bootshaken. Nichts mit einem Haken daran, abgesehen von den Angelhaken, aber die waren natürlich viel zu klein. Auch die Ruder waren zu nichts nutze, die Schöpfkelle ebenso wenig.

Der Kescher. Mit fliegenden Händen schnitt ich das Netz mit dem Fischermesser auf, bog die beiden Metallbügel auseinander und erhielt so etwas wie einen großen Haken. Ich wickelte mir das lose, zerschnittene Netz ums Handgelenk, um einen festen Griff zu haben, und tauchte mein Werkzeug ins Wasser. Und ich hatte Glück. Sofort verfing es sich in ihrem Rücken in einer Gürtelschlaufe. Ich konnte kaum glauben, dass es so einfach war. Ich stemmte mich mit den Füßen an die gegenüberliegende Bootswand, legte den linken Arm um die Dolle, und indem ich zugleich an Kescher und dem Tau zog, bekam ich sie so weit aus dem Wasser, dass ich ihren Gürtel greifen und versuchen konnte, sie an Bord zu kippen. Das Boot schwankte bedenklich. Zum Glück war sie so klein und schmächtig, und als ich einen festen Griff hatte, ging es erstaunlich leicht. Auf einmal lag sie auf dem Boden des Bootes, blass und stumm, neben all den Forellen.

Und jetzt kam wieder die Angst. Allem Augenschein nach war sie tot. Zudem konnte ich mir nicht vorstellen, wie ich auch nur einen einzigen Schlag mit den Rudern schaffen sollte, noch viel weniger allerdings, sie allein in diesem Zustand am Ufer liegen zu lassen und ins Hotel zu laufen und Hilfe zu holen. Kurz dachte ich, es wäre besser gewesen, wenn wir beide im Blåvann geblieben wären.

Doch dann setzten die Reflexe vom Training im Jugendrotkreuz ein, und ich tat, was ich mit Bankdirektor Berge getan hatte. Ich gab ihr Mund-zu-Mund-Beatmung, versuchte, Wasser herauszudrücken, das sie vielleicht in der Lunge hatte, in dem ich beide Hände auf ihren Bauch presste, dann fuhr ich mit der Mund-zu-Mund-Beatmung fort. Die Luft, die wieder aus ihr herauskam, war kalt und feucht und schmeckte nach Bergwasser und etwas Süßlichem.

Doch unvermittelt geschah es. Als würde eine Blase platzen. Erst etwas wie ein leichter Schluckauf. Danach erbrach sie sehr viel Wasser, direkt in meine Mundhöhle, es schmeckte so wie das ganze andere Wasser, das ich an dem Tag geschluckt hatte, und mir wurde klar, dass sie lebte.

Husten, noch mehr Wasser, danach einige Male tiefes, kratzendes Keuchen, und sie öffnete die Augen. Sie waren kohlrabenschwarz und blickten fast beleidigt, verärgert drein. Karolines Gesicht war so blass wie zuvor, sie keuchte noch einige Male, hustete, räusperte sich, dann sagte sie:

»Ich kann nicht schwimmen.«

»Nein«, sagte ich. »Das hättest du vielleicht auch vorher sagen können.«

»Ja«, sagte sie. Dann fing sie an, mit den Zähnen zu klappern. Ich griff die Ruder, um uns an Land zu bringen. Meine Oberarme zitterten von der Anstrengung.

Schon auf der Hälfte des Weges fing sie an zu weinen.

Als wir das Ufer erreichten, war sie fast blau vor Kälte, und auch ich selbst fror erbärmlich, obwohl ich gerudert hatte. Handtücher waren natürlich keine da, aber im Rucksack hatte ich einen zusätzlichen Pullover. Wir zogen unser nasses Zeug aus, sie schlüpfte in den Pullover. Sie verschwand geradezu in ihm. Dann setzten wir uns auf einen Stein in die Sonne, um uns aufzuwärmen. Mir kam die Thermoskanne in den Sinn, ich schenkte uns eine Tasse heißen Tee ein. Sie hielt sie mit beiden Händen, um sie nicht fallen zu lassen.

»Danke«, flüsterte sie. Sie nahm einige Schlucke, bekam etwas Farbe ins Gesicht, sah aber immer noch furchtbar mitgenommen aus.

Unsere Kleidungsstücke hängte ich über einige Büsche, in der Hoffnung, Sonne und Wind würden sie rasch trocknen. Dann setzte ich mich in Unterhosen ein Stück von ihr entfernt hin und trank Tee.

»Was ist eigentlich passiert?«, fragte ich.

Sie schüttelte schwach den Kopf.

»Ich weiß nicht«, sagte sie. »Ich wollte den Kescher nehmen, weil ein Fisch angebissen hatte. Und dabei bin ich aufgestanden. Nicht einmal ganz. Und dann bin ich irgendwie ins Wasser gerutscht.«

»Das ist schnell passiert. Du hättest mir erzählen sollen, dass du nicht schwimmen kannst.«

Sie blickte mich finster an:

»Du hast ja nicht gefragt.«

»Nein«, sagte ich.

»Du hättest fragen müssen!«

Eine Zeit lang waren wir still. Ich wusste nicht, was ich sagen sollte. Sie starrte stumm vor sich hin. Ich dachte: Schock. Dann setzte ich mich neben sie und strich ihr über den Rücken. Erst war sie noch stocksteif und atmete in kurzen, raschen Stößen, nach einer Weile aber entspannte sie sich etwas, ihr Atem ging jetzt ruhiger.

»Verdammte Scheiße«, sagte sie. Ich hatte sie noch nie fluchen gehört. »War das grässlich. Verdammte Scheiße, war das grässlich.«

»Das war kein Spaß«, sagte ich.

»Grässlich war das.«

»Na ja, wenigstens haben wir was gefangen«, sagte ich, um sie aufzuheitern. Erst sah sie mich verwundert und fast anklagend an, aber dann lächelte sie. Ein wenig.

»Jede Menge haben wir gefangen«, stimmte sie mit einem Schluckauf zu.

Sie lehnte sich an mich, und ich spürte, wie erschossen ich war. Als hätte ich den ganzen Blåvann einen Meter nach Osten verschoben.

»Du, Sedd«, meinte sie ernst.

»Ja?«

»Glaubst du, wir können das für uns behalten?«

»Du meinst, es niemandem erzählen?«

»Ja, Mama und Papa und so?«

»Ich weiß nicht …«

»Bitte! Please! Die regen sich sonst so furchtbar auf. Und kriegen Angst. Und werden böse.«

»Vielleicht nicht so ein Wunder.«

»Aber es ändert ja nichts! Nichts daran, dass ich nicht schwimmen kann, und nichts daran, dass ich ins Wasser gefallen bin. Es wird nur noch schlimmer.«

Ich blickte zu unseren Sachen hinüber, die sich im Wind leicht bewegten. Das Wasser des Blåvanns war sehr klar, der Kleidung, die sie angehabt hatte, würde man nichts ansehen können. Und falls doch, könnten wir sagen, dass wir in den See gefallen waren, als wir das Boot ins Wasser schoben.

»Please!«

»Na gut, in Ordnung. Noch Tee?«

»Ja bitte.«

Als unser Zeug mehr oder weniger trocken war, zogen wir uns an, die Rücken einander zugewandt. Die Sachen waren doch noch feucht, würden aber unterwegs weiter trocknen. Mit ihren Wanderschuhen stand es schlechter. Das Wasser gurgelte nur so in ihnen, aber wir konnten notfalls sagen, sie sei auf dem Heimweg durch sumpfiges Gelände gekommen.

Ich sicherte das Boot, verstaute die Fische in einer Plastiktüte und nahm die Angelruten auseinander. Dass ich nicht recht bei mir war, merkte ich daran, dass ich bei jeder Bewegung zögerte. Karoline stand ein paar Meter abseits, reglos, und sah mir ohne ein Wort zu. Als ich fertig gepackt hatte, drehte sie sich auf dem Absatz um und marschierte los.

Auf dem Heimweg sang sie nicht. Als wir in Fåvnesheim eintrafen, gingen ihre Eltern gerade vom Parkplatz zum Haus. Sie sahen uns sofort und winkten uns zu.

»Und, habt ihr was gefangen?«, lächelte Karolines Mutter.

»Jede Menge«, sagte ich begeistert.

»Jede Menge!« Karoline rang sich ein Lächeln ab.

»Aber Kind«, sagte die Mutter, »du bist ja so blass. Hast du Fieber?«

»Ich weiß nicht, vielleicht werde ich krank«, sagte Karoline.

»Ich glaube auch«, sagte ich. »Wir haben nasse Füße bekommen.«

»Oh je.«

»Dabei sollte man auf trockene Füße achten, wenn man krank wird«, meinte ich.

»Ich glaub, ich leg mich gleich mal hin«, sagte Karoline.

»Ja, das ist sicher am besten«, pflichtete ihr Vater ihr bei. »Wärm dich gut durch, damit du nicht ernsthaft krank wirst.«

»Nimmst du die Fische mit, Sedd?«

»Klar. Mach dir um die keine Gedanken.«

Mir schien, als würden die Eltern ahnen, dass nicht alles mit rechten Dingen zuging, denn sie sahen uns und einander etwas fragend an. Karolines Augen waren immer noch so ungewohnt groß und schwarz, überhaupt sah sie durchaus nicht so aus wie sonst. Ihr schien auch aufzufallen, dass ihre Eltern sich wunderten, denn plötzlich brach es aus ihr hervor:

»Vielen, vielen Dank, dass du mich mitgenommen hast, Sedd, das war total nett von dir!«

»Keine Ursache«, sagte ich. »Gern geschehen.«

»Nimmst du mich bald wieder mal mit, wenn du Zeit hast? Also nur, wenn du Zeit hast?«

»Kann ich gern machen«, sagte ich.

»Jetzt geh schnell hoch und sieh zu, dass du die nassen Schuhe von den Füßen bekommst, junge Frau«, ermahnte sie ihr Vater. Karoline ging zum Eingang. Ihre Mutter meinte halblaut:

»Schön von dir, dass du dran gedacht hast, dich bei Sedd zu bedanken.« Karoline nickte. Dann drehte sie sich um:

»See you later, Alligator!«
»Tschö mit ö«, sagte ich.
»Du bist so öde«, stellte sie fest.
Ihr Mutter: »Aber Karoline!«
»Bis später«, sagte ich, aber sie waren schon drinnen.

Klopf, klopf. ...
Klopf, klopf, klopf.
»Ach du bist das, Sedd. Wie nett.«
»Ich wollte nur mal hören, wie es Karoline geht. Schläft sie?«
»Ach wie nett, Krankenbesuch! Klopf ruhig bei ihr an. Ich denke nicht, dass sie schläft. Die Tür ist nicht abgeschlossen.«
»Sie war ja nicht beim Abendessen, da hab ich gedacht ...«
»Ich glaube, es geht ihr schon viel besser.«
»Danke.«
»Und, Sedd?«
»Ja?«
»Wir freuen uns, dass du dich so um Karoline kümmerst. Das ist sehr lieb von dir.«
»Kein Problem. Ich meine, gern geschehen.«
»Wir haben zur Zeit so viel um die Ohren, weißt du, mein Mann und ich. Und Karoline ...«
»Ja?«
»Karoline hat noch nie so leicht Freunde gefunden.«
»Aha.«
»Wir dachten, hier oben wird es vielleicht einfacher.«
»Ja?«
Aber sie sagte nichts mehr.

Karoline lag im Bett, war aber wach. Sie sah immer noch sehr mitgenommen aus.
»Hallo«, sagte ich. Sie strahlte.
»Hallo! Hallo, Sedd.«
»Ich wollte nur mal schauen, wie es dir geht.«

»Ganz gut, glaub ich.« Sie blickte auf ihre Bettdecke. Dann sagte sie: »Du, ich hab gedacht ... Also, du musst mir Schwimmen beibringen.«

»Na ja ...«

»Ja, musst du. So geht das doch nicht.«

»Gut«, sagte ich. »Schauen wir mal. Hier – ich habe dir was mitgebracht.«

Ich griff in meine Tasche und holte die Schneekugel mit dem weißen Lipizzanerhengst heraus, die ich von meiner Mutter hatte.

Sie nahm sie. Drehte sie in den Händen hin und her. Der Schnee stob um das weiße Pferd in der Flüssigkeit.

»Danke«, sagte sie mit blanken Augen. Wieder drehte sie die Kugel hin und her. Biss sich auf die Unterlippe.

Dann schlief sie vor meinen Augen ein.

Jetzt hatte ich meine Tat als Lebensretter vollbracht, meine einzige, von der aber niemand je erfahren würde, und nie würde ich eine Auszeichnung dafür bekommen.

23

Anfangs konnte sie es nicht ertragen, wenn ihr Gesicht oder ihr Kopf unter Wasser geriet, das war nicht schwer zu verstehen. Aber man kann sagen, sie arbeitete daran. Es waren nur wenige Gäste im Hotel, und so hatten wir die Schwimmhalle für uns, unbedingt ein Vorteil, wenn man so spät wie Karoline schwimmen lernt und sich schämt, es noch nicht zu können. Ihr war das derart peinlich, dass wir, wenn andere Gäste dazukamen, sofort im Nichtschwimmerbereich, wo sie Boden unter den Füßen hatte, zu Spielen übergingen. Das war ohnehin der Bereich, in dem sie immer blieb, wenn sie im Wasser war.

Jemandem das Schwimmen beizubringen, gehörte nicht zu meinen üblichen Aufgaben, ich war also unerfahren. Doch ich erinnerte mich an die Methode, mit der Jim es mich seinerzeit erfolgreich gelehrt hatte, als ich klein war, denn ich ging davon aus, dass sie auch bei Karoline funktionierte. Sie bestand kurz gesagt darin, den Schüler mit einer Hand unter dem Bauch zu halten, während er, hier also sie, sich mit Schwimmbewegungen versuchte und sich hoffentlich irgendwann aus eigener Kraft über Wasser halten konnte. So ganz sicher, dass das tatsächlich genügte, war ich allerdings nicht, also ergänzte ich Jims Methode mit eigenen Einfällen, die mir sinnvoll erschienen. Auf dem Rücken liegen. Untertauchen. Sich unter Wasser zu einem Ball zusammenkauern und an die Oberfläche treiben – lauter solche Sachen, die Spaß machen und nützlich sein können.

Bei den ersten Versuchen war Karoline starr wie ein Brett vor Angst. Das Erlebnis im Blåvann hatte daran natürlich seinen Anteil. Ich musste behutsam vorgehen, damit sie sich entspannen konnte. Ohne sich zu entspannen, wird man schwerlich ein guter Schwimmer. Das erklärte ich ihr, und sie gab sich größte Mühe, sich zu entspannen, wovon sie natürlich nur noch umso steifer wurde. Doch allmählich bekam sie Zutrauen, und das sagte sie auch:

»Sedd, jetzt glaube ich dir, dass du mich nicht ertränken willst.«

Kurz hing sie mir mit beiden Armen am Hals, dann lehnte sie sich hintüber, und ich konnte sie halten, während sie auf dem Wasser trieb.

Der erste Durchbruch kam am dritten Tag, als sie unerwartet ohne Unterstützung ein paar Schwimmzüge machte.

Sie freute sich ganz irrsinnig. Ich hätte nicht gedacht, dass man wegen ein paar Schwimmzügen derart aus dem Häuschen geraten konnte.

Es war ein wundersam schwebendes Gefühl. Sie hatte auf meinen ausgestreckten Armen geruht, federleicht im Wasser, wenn auch immer noch stocksteif, und mechanische Schwimmzüge vollführt. Während ich mich langsam seitwärts bewegte, eine Art zweibeiniger Taschenkrebs, »schwamm« sie so in meinen Armen einmal quer durch das Becken. Immer aber hätte sie stehen können.

Einmal war ich unkonzentriert und kam bei unseren Übungen zu weit ins Tiefe, was ich aber erst bemerkte, als ich sie losließ und mir klar wurde, jetzt würde sie mit dem Kopf unter Wasser geraten. Sie bemerkte das ebenfalls und quietschte panisch. Im letzten Augenblick griff ich ihr unter die Arme und manövrierte sie zurück ins Flache. Ich spürte ihre Zehen, die auf der Suche nach Grund über meine Füße kratzten, sie hielt mich fest an den Schultern gepackt.

»Versprich mir, dass du das nie wieder tust, Sedd! Nie, nie, nie wieder.«

»Ich verspreche es dir«, sagte ich. »Das war keine Absicht.«

»Nie, nie wieder!«

»Ich verspreche es dir«, wiederholte ich. »Es war wirklich keine Absicht.«

»Versprich es mir!«

»Ja, Karoline. Es wäre für dein Wassergefühl aber schon besser, wenn du mich ein bisschen weiter ins Tiefe gehen lassen würdest.«

»Nie wieder!«

»Nein, keine Sorge.«

Jetzt aber schwamm sie ein, zwei Meter, ohne zu bemerken, dass tatsächlich sie es war, die sich da fortbewegte. Ich folgte ihr, die Arme stets unter ihr in Bereitschaft, aber sie schwamm. Es war halb elf Uhr vormittags, es war ein ganz gewöhnlicher Mittwoch Anfang August, und Karoline Ekenes konnte schwimmen.

Dann bemerkte sie es selbst.

»Bin ich eben allein geschwommen?«, staunte sie.

»Ja, bist du«, bestätigte ich.

Sie drehte sich zu mir um, Wasser bis an die Ohrläppchen. Man sah nichts mehr von ihr als ein einziges großes Lächeln.

»Noch mal!«

Und wir versuchten es noch mal. Und sie schwamm.

An dem Morgen hätte ich sie beinahe nicht mehr aus dem Becken gekriegt. Fast musste ich sie aus dem Wasser ziehen. Als sie sich zitternd mit dem Frotteehandtuch abtrocknete, brachte sie nur eines heraus, nämlich:

»Ich kann schwimmen. Ich kann schwimmen, ich kann schwimmen. Hast du das gesehen, Sedd? Ich kann schwimmen, ich kann schwimmen.«

»Ja.«

»Ich kann schwimmen. Ich kann schwimmen! Mein Gott. Verdammte Scheiße. Ich kann schwimmen.«

»Da werden sich deine Eltern aber freuen.«

»Oh ja! Oh ja!«

»Kommt gar nicht so oft vor, dass jemand in den Bergen schwimmen lernt«, sagte ich.

Sie lachte. Dann meinte sie: »Aber, Sedd, können wir noch warten?«

»Warten?«

»Ja, damit, es ihnen zu erzählen und so.«

»Warum denn?«

»Also, ich hab gedacht, ich will es erst ganz richtig lernen. Richtig schwimmen können. Auch unter Wasser. Richtig gut. So wie du. Oder«, sie schielte mich unsicher an, »sogar noch besser.«

»Klar können wir warten«, sagte ich.

»Ja, also wenn es dir recht ist? Dass wir weitertrainieren?«

»Ist mir recht. Völlig recht.«

Sie sah mich an. Lange. Dann lächelte sie blinzelnd.

»Du bist so lieb«, hörte ich auf einmal.

»Für die Gäste stets das Beste«, sagte ich, denn etwas musste ich ja sagen. »Glückwunsch, dass du jetzt schwimmen kannst!«

»Ja, ich kann es! Mama und Papa werden sich so was von freuen! Sie haben sich schon Sorgen gemacht, was ich hier in der Schule beim Schulschwimmen machen soll, wenn ich gar nicht schwimmen kann.«

»Hier in der Schule? Willst du hier in der Schule anfangen?«

»Ja! Weißt du das denn nicht? Wir ziehen bald hierher. Mein Vater hat schon bei seiner neuen Arbeit angefangen, aber unser Haus, also unser neues Haus, also das, wo wir wohnen werden, ist noch nicht fertig renoviert. Darum wohnen wir so lange im Hotel. Bis unser Haus, also unser neues Haus, fertig ist. Aber das wird es wohl nie.«

Sie verdrehte die Augen gen Himmel. »Handwerker eben«, murmelte sie.

»Verstehe«, sagte ich. »Also dein Vater arbeitet schon unten im Ort?«

»Du bist so öde, Sedd. Ich sag's ja immer.« Sie stupste mich wie immer mit der Faust an, aber mir war schon klar, dass sie mich gar nicht mehr so öde fand. Jedenfalls nicht heute.

»Papa ist der neue Bankdirektor.«

»Ah so«, sagte ich.

»Der vorige ist nämlich gestorben, weißt du.«

»Ja genau. Er ist gestorben.«

»Hummer«, sagte Großvater ernst. »Auf jeden Fall Hummer. Vielleicht Thermidor oder à l'Américaine. Und dazu ein Riesling.«

»Absolut nicht«, sagte Großmutter. »Ein weißer Burgunder. Das ist das Beste.«

»Du hast recht«, stellte Großvater fest. »Burgunder. Warum auch sparen. Und danach – ja. Danach, danach ... was meinst du, Sisi? Rentier? Elch?«

»Auf keinen Fall Elch! Rentier, hm. Vielleicht Schneehuhn.«

»Schneehuhn ist keine dumme Idee. Was meinst du, Jim?«

Jim, der die Verhandlungen bislang stumm verfolgt hatte, nickte: »Schneehuhn. So gut wie niemand kriegt das perfekt hin. Ich schon. Ich denke an Brust. Mit reduziertem Fond und Kirschen. Vielleicht mit Crème de Cassis in der Soße. Dazu Pommes noisette. Oder Rösti. Pilze. Eventuell ein paar halbe Kirschen als Deko. Denke ich.«

Meine Großeltern nickten zufrieden.

»Und dann die Desserts«, hob Großmutter an.

Großvater und Jim blickten einander ungewiss an, sagten aber nichts. Das Wort *Gugelhupf* hing schwer in der Luft. Dann sagte Jim: »Ein leichtes Eis mit Meringues. Danach zum Kaffee Sachertorte. Ihre meisterhafte Sachertorte.«

Großvater: »Ausgezeichnet. Ausgezeichnet.«

Großmutter: »Sollten wir nicht auch Käse anbieten?«

»Tja, die letzten Lieferungen von Oluf Lorentzen waren nicht durchweg so gut.«

»Stimmt«, bestätigte Jim.

»Außerdem«, fügte Großvater hinzu, »könnte das alles ein bisschen ... wie soll ich sagen? ... üppig werden.«

»Gut, gut«, sagte Großmutter. »Dann machen wir das so. Obwohl Käse streng genommen zu einem klassischen Menü dazugehört. Vor allem, wenn wir uns von unserer besten Seite zeigen wollen.«

»Dann schlage ich noch eine Consommé vor. Einfach. Elegant. Klassisch.«

Seit einer Stunde schon saßen sie da und berieten die Speisenfolge. Sonst dauerte eine solche Planungssitzung nicht länger als eine Viertelstunde, doch diesmal steuerten sie alle drei immer neue Vorschläge bei, mit einem Eifer, der geradezu übertrieben wirkte.

Großmutter dachte laut nach. »Oder vielleicht geeiste Gurkensuppe. Die bekommt man nicht jeden Tag ...«

»Bordeaux«, meinte Großvater. »Zum Schneehuhn. Auf jeden Fall ein guter Bordeaux. Den musst du dann dekantieren, Sedd.«

»Ja, Großvater. Natürlich.«

»Obwohl, nein. Lieber Consommé.« Großmutter schien beiden Möglichkeiten nachzuschmecken.

»Eine Frage gibt es noch«, sagte Großvater: »Wer sonst?«

Erst verstand ich nicht, was er meinte, doch dann sagte er: »Nur Bankdirektors, oder sollen wir noch jemand anderen dazu einladen?«

»Gute Frage«, meinte Großmutter.

»Sodass es eine Art Vorstellungsabend wird? Und sie, wie soll ich sagen, ein paar zentrale Gestalten des Landkreises kennenlernen können?«

»Gute Frage, Schatzerl. Aber es sollten nicht zu viele werden. Sonst wirkt es auf eine andere Weise üppig, du verstehst, was ich meine?«

»Genau, genau. Und wir müssen einen Tag finden. Also einen Abend. Sedd?«

»Ja, Großvater?«

»Hat diese Karoline etwas darüber gesagt, wie lange ihre Eltern noch bei uns bleiben wollen?«

»Und sie, Großvater.«

»Wie bitte?«

»Und sie, Großvater. Sie selbst auch.«

»Ja, ja, genau, genau, sie auch, ja, ja, aber hat sie etwas darüber gesagt? Das würde ich gern wissen.«

»Nein. Hat sie nicht.«

»Genau.«

»Warum fragst du sie nicht selbst?«

»Es wäre praktisch gewesen, es so unter der Hand zu erfahren, Sedd, das verstehst du sicher. Es ist wichtig, weißt du?«

»Ja.«

»Nach Bjørns Fortgang und alldem. Es ist wichtig, zu dem neuen

Bankdirektor ein gutes, persönliches Verhältnis aufzubauen. Wenn wir das nur etwas früher gewusst hätten.«

»Ja«, stimmte Großmutter zu: »Warum hast du uns das nicht früher gesagt, *Buberl*?«

»Ich habe es selbst vor ganz Kurzem erfahren. Und ich dachte nicht, dass es so wichtig ist. Absolut nicht.«

Sie sahen mich erschrocken an.

»Aber es muss dir doch klar sein, Sedd, dass das wichtig ist«, sagte Großvater. »Ein Bankdirektor ist immer wichtig.«

»Ich verstehe«, sagte ich.

»Wie auch immer«, er wandte sich wieder an Großmutter. »Viele oder wenige? Oder nur sie? Und Bordeaux?«

»Bordeaux«, sagte Jim.

Dass ich ging, schienen sie nicht einmal zu bemerken.

24

Schon seit Längerem war ich nicht mehr im Dachgeschoss des Altbaus gewesen. Jetzt ging ich den Flur entlang, ich wusste nicht einmal, warum.

Die Tür zum Olymp wirkte genauso verschlossen wie immer, trotzdem fasste ich an die Klinke, sozusagen der guten Ordnung halber. Ich drückte sie herunter, zog daran.

Eine Zeit lang schaute ich sie noch an, als würde das etwas bewirken. Misttür, dachte ich. Dann rüttelte ich noch einmal an der Klinke.

Gott allein weiß, wie lange diese Tür schon abgesperrt war. Vielleicht mein ganzes Leben lang. Ja, möglicherweise lauerte sie schon seit meiner Geburt auf mich? Befand sich im Olymp vielleicht eine Art Altar zum Andenken an meinen verstorbenen exotischen Medizinervater? Oder wurden hier die Tagebücher meiner Mutter aufbewahrt, Tausende Seiten, ihre gesammelten Gedanken, festgehalten seit dem Zahnwechsel bis hin zu dem Moment, da die Zeit sie verwehte? Aufzeichnungen, die mir, wenn ich nur diese verfluchte Tür aufbekam, alles erzählen würden, alles, was ich wissen wollte, Aufzeichnungen, die mir alle Fragen über meine Mutter beantworten würden, wer sie war, warum sie sich in diesen Inder aus Bergen verliebt hatte und natürlich, warum sie sich von der Zeit hatte verwehen lassen, warum sie uns alle im Stich gelassen hatte und nicht mehr hier war.

»Nicht mal eine Postkarte.« Mehrmals hatte ich zufällig gehört, wie Großmutter diesen Satz zu Großvater sagte, auf Norwegisch oder auf Deutsch, wenn sie mich außer Hörweite wähnte. Nicht mal eine Postkarte. Oder hatte ich mir nur eingebildet, dass es eine Art verschlüsselte Nachricht an ihn war, ein kurzes Abweichen von der Norm, niemals über das zu sprechen, was doch nicht zu ändern war.

Vielleicht verlieh dieser Satz ja nur ihrer Enttäuschung darüber Ausdruck, dass der eine oder andere Gast, für den wir uns besondere Mühe gegeben hatten, oder dass ein Brautpaar, für dessen junges Glück meine Großeltern einen funkelnden Rahmen gegeben hatten, nicht mal eine Postkarte aus Ålesund zum Dank schicken konnten.

Ich verpasste der Tür einen Tritt. Na gut, keinen richtigen Tritt, eher einen Stupser mit der Spitze meines Turnschuhs.

Vielleicht befand sich am Ende ja auch gar nichts hinter dieser Tür, nichts von Bedeutung, ein ungenutztes, altmodisches Hotelzimmer mit verblichener Blümchentapete, eine Rumpelkammer wie so viele andere Zimmer hier oben, voller alter, verstaubter Einrichtungsgegenstände, die wegzuwerfen sich niemand die Mühe gemacht hatte, Schachteln mit alten Broschüren für die Touristen und Kartons voller Ringhefter mit vergilbten, brüchigen Durchschlägen. Vielleicht hatte nur jemand den Schlüssel verloren. Das war denkbar. Auf dem Weg die Treppe hinab, über den Vorplatz, über den Rasen oder die Terrasse, in einem der Aufenthaltsräume, in einer Ritze am Boden, hinter einer Fußleiste, unter einer Steinplatte, zwischen zwei Blumenzwiebeln, in einem Loch. Vielleicht war es so und nicht anders, und es war überhaupt nichts Außergewöhnliches daran.

Leise Schritte auf der Treppe, auf Zehenspitzen, aber ich hörte sie trotzdem.

»Sedd?«

Ich antwortete nicht.

»Sedd? Bist du da?«

Und Karolines Gesicht tauchte um die Ecke des Flurs auf. Um die Ecke, im Halbdunkel.

»Zu diesem Gebäudeteil haben Gäste keinen Zutritt.«

»Synnøve hat gesagt, du bist hier hochgegangen.«

»Wegen der Brandgefahr. Wegen der Brandgefahr haben Gäste keinen Zutritt.«

Sie kam zu mir.

»Hast du geweint?« Sie blickte verwundert zu mir herauf.

»Nein«, sagte ich.

Ich drehte das Gesicht wieder zur Tür. Eine Weile sagte keiner von uns beiden etwas. Still stand sie neben mir in dem dunklen Flur, zum Glück bettelte sie nicht um irgendetwas; sie sah mich nicht einmal an, sondern die Tür. Dann hob sie die Hand, wollte sie auf den Türgriff legen, ließ sie aber wieder fallen.

Stille. Dann flüsterte sie geheimnisvoll:

»Was ist das für eine Tür?«

»Eine ganz gewöhnliche Tür«, flüsterte ich zurück. »Nichts Besonderes.«

»Ach so? Verstehe.«

Noch eine Weile standen wir so da. Dann fragte ich: »Sollen wir schwimmen gehen?«, aber sie sagte:

»Was ist da drin?«

»Ich weiß nicht. Ein Lager, vielleicht wird etwas in dem Zimmer aufbewahrt.«

»Aha. Kommst du oft hierher?«

»Nein.«

Wieder waren wir still. Sogar ziemlich lange. So lange, bis Karoline irgendwann flüsterte, immer noch geheimnisvoll:

»Sollen wir diese ganz gewöhnliche Tür noch lange anschauen? Ist das normal?«

»Normal?«

»Ja, ich meine, wenn du hier oben bist?«

»Ja. Ich meine, nein. Ich bin fast nie hier oben.«

»Ach so.« Sie schien über meine Antwort nachzudenken. Dann fragte sie: »Bist du sicher, dass sie abgeschlossen ist?«

»Ganz sicher.«

»Gut«, sagte Karoline, »dann kommen wir nicht weiter.« Sie lächelte. Dann nahm sie meine Hand. Verstohlen und behutsam, aber sie nahm sie. Dann hob sie unsere Hände zur Klinke, und wir drückten sie gemeinsam herunter. Kurz dachte ich, jetzt geht es wie im Film, zum Beispiel einem Film von Walt Disney, dem unsterblichen Genie, in dessen Filmen absolut alles möglich ist, und die Tür öffnet sich, nein, gleitet auf zu Harfenklang und sprühenden Sternschnuppen. Doch nein. Natürlich nicht. Sie rührte sich keinen Millimeter.

Karoline ließ meine Hand los. »Gut, wir wissen Bescheid«, sagte sie. Dann gingen wir schwimmen. Sie wurde jeden Tag besser.

In Doktor Helgesens Wartezimmer roch es sauber und nach allerlei Medikamenten, all denen, die man selbst nie von einem Arzt bekommen wird, die aber so gut riechen. Meine Tür steht dir immer offen, so hatte er gesagt. Doch sie stand nicht offen, im Gegenteil, sie war geschlossen, denn gerade war eine alte Frau bei ihm drin, und vor ihr noch eine – und im Wartezimmer waren noch zwei andere alte Frauen vor mir dran, nach mir waren noch drei weitere gekommen, ich fühlte mich fast wie eine Art schwarze Perle in einer unendlich langen Kette von perlmuttbleichen, leidenden Frauen, und auf einmal erschien mir der Arztberuf gar nicht mehr so erstrebenswert, von einer höheren Warte aus betrachtet. Es ist wichtig, die Dinge von einer höheren Warte aus zu betrachten.

Ich hatte keinen Termin vereinbart oder so, sondern den Bezirksarzt beim Wort genommen, also dass seine Tür mir immer offen stehe, doch als er einmal hereinschaute, um eine seiner leidenden Frauen hereinzurufen, hatte er mich nur erstaunt angesehen und leicht genickt. Hier saß ich nun also.

Und auf einmal bereute ich, gekommen zu sein. Ich war nicht krank, litt nicht einmal unter einer frühen herbstlichen Erkältung. Plötzlich meinte ich, ich müsse etwas erfinden, ein paar recht dramatische Symptome, Symptome, die Anlass zur Wachsamkeit gaben und daher zu einem Arztbesuch, freilich ohne auf eine ernsthafte Krankheit hinzudeuten. Fieberhaft suchte ich nach ein paar eher diffusen Krankheitszeichen; fieberhaft, doch Fieber hatte ich keins, das würde Doktor Helgesen sofort feststellen können. Ich räusperte mich, um zu prüfen, ob ich möglicherweise ein klein wenig Halsweh hatte, doch nein. Also würde der Arzt auch Halsschmerzen mit einem flüchtigen Blick in meinen Schlund ausschließen können.

Apropos Blick. Vielleicht konnte ich sagen, dass ich schattige

Flecken im Blickfeld hatte, Flecken, die kamen und verschwanden. Aber dann würde er mir vielleicht eine Brille verschreiben, die ich unablässig tragen musste, und dazu hatte ich wirklich keine Lust. Bauchweh war selbstverständlich eine Möglichkeit, doch man sollte schon selbst wissen, was man bei Bauchweh zu unternehmen hat. Man sollte wissen, wo die verschiedenen Organe sitzen und so weiter, damit man nicht zufällig und blind Schmerzen an Orten vorgab, die den Arzt in Alarmbereitschaft versetzen, sodass er einen schnurstracks auf den Operationstisch verfrachtete, um einem den Blinddarm zu entfernen oder etwa lebenswichtige Organe. Das kam also auch nicht infrage. Man bräuchte einen Vater, der Arzt und außerdem am Leben war. Dann würde man schon als Kind am Frühstückstisch die Lage sämtlicher Organe lernen und dazu ihre lateinischen Bezeichnungen, man würde seine Cornflakes mit dem *oesophagus* schlucken, das würde einem der Vater geduldig erklären, um dann aufzustehen und sich ein wenig seine *femora* und *tibiae* zu vertreten, man würde dasitzen und ihm nachblicken, stolz, bewegt, bis zum Rande angefüllt mit medizinischem Wissen, man würde spüren, wie die herzliche Sohnesliebe warm durch die *vena cava superior* und die *vena cava inferior* strömte. Doch so war es bekanntlich nicht; die Tür ging auf, und Doktor Helgesen sah mich freundlich an: »Na, dann komm mal rein, Sedd.«

Er nahm mich außer der Reihe dran, obwohl ein paar von den Frauen vor mir ziemlich schlecht aussahen, und auf einmal fühlte ich mich selbst ganz unwohl. Wer weiß, vielleicht legte ich, ohne dass es mir selbst bewusst war, Symptome an den Tag, die im Adlerauge des Arztes sofort auf ein schweres klinisches Bild hindeuteten.

»Bitte, nimm Platz.«

Ich saß da, Doktor Helgesen sah mich aus müden blauen Augen an, doch dann lächelte er freundlich, und mir wurde klar, dass ich diesen Tag überleben würde.

»Na, Sedd«, sagte er, »wie geht es dir so?«

»Gut eigentlich. Alles in Ordnung.«

»Ach so?«

»Ja, super. Hab mich nie besser gefühlt.«
»Das höre ich ja gern.«
»Das war ein sehr interessanter Sommer. Sehr interessant. Großvater und ich waren in Oslo, als es am Ostbahnhof geknallt hat.«
»Ui!«
»Sehr dramatisch. Aber wir sind nicht zu Schaden gekommen. Wir waren ein gutes Stück entfernt.«
»So ein Glück. Du lieber Himmel.«
»Und dann hatten wir eine Gruppe von hochangesehenen deutschen Ingenieuren zu Gast, ich war ihr Reiseführer im Gebirge. Sie waren zum Angeln hier.«
»Interessant.«
»Keiner von ihnen ist ertrunken.«
»Das höre ich gern.«
»Und ich bin ziemlich viel geschwommen.«
»Ausgezeichnet. Ausgezeichnet.«
»Und fotografiert habe ich. Ich habe Bankdirektor Berges Leica geerbt. Damit fotografieren zu lernen, war sehr stimulierend.«
»Verstehe. Eine Leica, gar nicht übel. Aber auch nicht leicht, oder? Ich fotografiere selbst ein wenig.«
»Zum Glück habe ich von einem der deutschen Ingenieure viele gute Tipps bekommen. Sie wissen ja, die Deutschen können so etwas. Das war sehr lehrreich.«
»Und sonst so, Sedd?«
»Und sonst ist alles gut.«
»Schön. Wie geht es deinen Großeltern?«
»Sehr gut. Es geht ihnen sehr gut. Großvater ist so beweglich wie ein Fohlen, sagt er selbst. Er läuft früh und spät in den Bergen herum. Großmutter hat wehe Füße, aber das ist nichts Besonderes, das war schon immer so.«
»Schon immer.«
»Also ist alles normal, zum Glück.«
»Zum Glück. Aber es scheinen schwere Zeiten für die Hotelbranche zu sein, wie ich höre.«

»Schwere Zeiten. Aber wir kommen zurecht.«
»Das hoffe ich doch.«
»Großvater sagt, nach dunklen Zeiten wird es wieder hell, und so ist es in der ganzen Geschichte des Hotels Fåvnesheim gewesen.«
»Das stimmt wohl so. Und, schläfst du gut?«
»Nicht so richtig. In der letzten Zeit.«
Doktor Helgesen nahm einen blauen Abreißblock zur Hand und machte oben auf der ersten Seite ein doppeltes Kreuz. Dann schrieb er ein paar Zahlen und Wörter auf, mit so einer Schrift, die nur ein Apotheker entziffern kann. Ich nehme an, das hat mit der Schweigepflicht zu tun.
»Warum haben Sie das Kreuz gemacht?«
»Das Doppelkreuz? So haben wir Ärzte es immer gemacht. Es ist eine Tradition.«
»Interessant.«
»Es bedeutet: In Gottes Namen. Und dahinter schreibe ich *Rp.*, das steht für Lateinisch *recipe*, also Rezept, aber es bedeutet auch *man nehme*. Also, was der Patient einnehmen soll. In deinem Fall ist das Phenergan, ein sehr, sehr mildes Schlafmittel. Eine Tablette eine halbe Stunde bevor du zu Bett gehst.«
»Das ist sehr lehrreich, Doktor Helgesen.«
»Findest du?«
»Mein Vater war Arzt.«
Doktor Helgesen sah mich an:
»Stimmt. Er war Arzt.«
»Haben Sie ihn gekannt?«
»Ja. Ich habe ihn gut gekannt.«

25

Da liegst du großes Hotel, fast leer, wie ein schlafender Drache in der herbstlichen Dämmerung. In meines Großvaters Haus sind viele Zimmer, doch nur wenige sind belegt und noch weniger sind im Voraus gebucht. Hinter den Fenstern im Erdgeschoss brennt Licht, die Leuchten auf dem Parkplatz sind an, doch sonst sind alle Fenster dunkle Flächen im Grauen, in allen Flügeln des Hotels, in allen Anbauten, die im Laufe eines Jahrhunderts entstanden sind. Irgendwo ist ein Licht, dort drinnen sitzt diese Tochter dieses neuen Bankdirektors; ich weiß, was sie tut. Sie malt Herzen. Das ist ihre Marotte. Mindestens eines habe ich schon gefunden, eines Nachmittags, nach dem Schwimmen, unter meinen Sachen in der Garderobe. Aber als kundiger Hotelfachmann ist man natürlich ein Profi und lässt sich nichts anmerken. Eines Vormittags nach dem Minigolf setzte sie sich neben mich auf den Boden, während ich die Schläger im Futteral verstaute, saß da wie ein Hund und blickte zu mir auf. Sie ist unglaublich lästig. Für die Gäste stets das Beste, sagte mein Großvater immer, aber es muss doch Grenzen geben.

Irgendwo dort drinnen in dem seltsamen Hotel steht meine Großmutter und stärkt Servietten. Ich weiß, dass sie das tut. Sie benutzt ihre eigene Appretur nach einem geheimen österreichischen Rezept, das sicher auf Joseph Haydns Zeiten zurückgeht oder so, und sie stärkt die feinsten Damastservietten; wie strahlende Eisberge sollen sie auf den Platztellern leuchten, wenn die Gäste zu Tisch gehen.

Mein Großvater putzt Schuhe. Er putzt sie und poliert sie so lange, bis man sich in ihnen spiegeln kann; er selbst verwendet ein altes norwegisches Rezept, das wahrscheinlich auf Olav Tryggvasons Zeiten zurückgeht und darin besteht, auf den Schuh zu spucken. Die Könige aus den alten Sagas sind ja dafür bekannt, dass sie gewaltig viel ausgespuckt haben. Wahrscheinlich war ihr Schuhwerk äußerst blank, denn nachdem man das Leder eine ganze Weile lang aufmerksam geputzt hat – erst mit Schuhcreme, dann mit Schuhwachs –, muss man draufspucken und die Spucke einreiben, Quadratzentimeter für Quadratzentimeter, wieder und immer wieder, bis der Schuh eines wahren Herren würdig ist. Da steht Großvater also, spuckt und reibt mit jenem duldsamen Gesichtsausdruck, der von ihm bekannt ist, es lässt sich nicht sagen, ob nachdenklich oder geistesabwesend.

In der Küche ist es hell und warm, ein Topf mit Brühe summt, ein Schmortopf brodelt. Jim tourniert Kartoffeln und Wurzelgemüse als Beilagen.

Im Aquarium sind neue Hummer eingezogen. Groß sind sie, schwarz und quicklebendig. Jedenfalls noch. Sie haben strategische Positionen am Grunde des großen Bassins eingenommen, vierzehn Stück an der Zahl, obwohl nur zwölf Gäste angemeldet sind, aber Jim hat noch zwei mehr geliefert bekommen, für ein günstiges Geld, wie er sagt, so sagt er immer, so pflegt er zu sagen. Aber ich weiß, warum wirklich. Nämlich, weil das Hotel Fåvnesheim ohne Hummer im Aquarium weder für Jim noch für mich eine wirklich vollständige kulinarische Institution ist. Zwölf von ihnen sollen also aufsteigen und in die kardinalrote Tracht des Hummertodes gekleidet werden, zwei werden bleiben und das Aquarium bewohnen. Ein leeres Hummerbassin ist nicht gut, ebenso wenig leere Zimmer und alles andere, was leer sein kann. Briefmarkenschachteln. Kassen.

Heute Abend scheint das Hotel wartend auf der Lauer zu liegen, während das Licht der Scheinwerfer von den herbeifahrenden Autos wie leuchtende Parallelogramme die Landschaft entlang der kurvigen Straße absuchen. Wenn du besonders aufmerksam lauschst, ist es, als könntest du das Haus atmen hören. Gehst du von Zimmer zu Zimmer, von Flügel zu Flügel, so kannst du seine Atemzüge fast körperlich in der Luft spüren, wie einen grauen Stoff. Sie legen sich über die Porträts in der Heimdal-Stube, sie wehen über das grüne

Tuch des Billardtischs, wie Gezeitenwasser strömen sie durch die vielen langen, leeren Flure.

Du gehst von Zimmer zu Zimmer und hörst die Atemzüge summen. Sie sickern aus dem abgesperrten Korridor in der Dachetage des Altbaus, plätschern die Treppen hinab und fließen in alle Richtungen.

An solchen Abenden musst du hinaus ins Freie. Du willst das Hotel aus einiger Entfernung sehen, von einem Felsvorsprung, vom nächsten Hügel aus, wie es dort zusammengekauert liegt. Dann drehst du dich um, blickst in die Gegenrichtung, ins Gebirge hinein, wo die Dämmerung bereits alle Farben des Herbstes zu Graublau verwandelt hat, dorthin, wo niedrige, rasch dahinziehende Wolken über die Hänge fegen, dorthin, wo nichts ist.

Und dann musst du dich wieder umdrehen. Bald fährt der erste Wagen auf dem Vorplatz ein, bald werden die Gäste die Räume mit ihrem Lachen und Gesprächen erfüllen, bald wird Großmutter sämtliche Kerzen entzünden, dünne, edle Stearinkerzen von allerhöchster Qualität aus dem Fachhandel in Oslo, und Licht und Lachen werden den grauen Nebel für eine gewisse Zeit vertreiben. Dieser Abend, der heutige Abend, ist entscheidend.

Das begreife ich jetzt.

Es sind nur wenige Schritte zurück zum Hotel, noch dazu bergab, dennoch fällt es mir seltsam schwer. Und auf einmal habe ich Eile. Auf einmal ist mir, als ob das jetzt bevorstehende Abendessen, mit mehr oder weniger denselben zwölf Gästen wie beim letzten Mal – jedenfalls denselben zwölf Rollen, auch wenn zwei der Schauspieler ausgetauscht wurden –, nur eine Art Wiederholung wäre, als ob es abermals um eine Rettung ginge. Allerdings um eine sehr viel folgenreichere diesmal. Ich spüre, wie ich mehrmals tief einatme, wie um Anlauf zu nehmen.

Die Consommé war bereits serviert, diesmal mit kleinen Fleischbällchen, wie kleine, wollige Wolken schwebten sie in der durchscheinend glänzenden Brühe.

Gepflegte Konversation. Der Bürgermeister und seine Frau. Der Gemeinderat. Der Geschäftsführer des Fremdenverkehrsamtes samt Frau. Gemeindekämmerer Knudsen. Und natürlich die Ehrengäste, diejenigen, für die das Ganze veranstaltet wird, der gesellschaftliche Mittelpunkt des Abends: der neue Bankdirektor und seine Frau. Karoline hatte tief gekränkt von ihren Eltern den Bescheid erhalten, dass sie nicht mit den Erwachsenen essen dürfe, umso mehr freute sie sich, als sie erfuhr, dass sie bei mir und Jim essen würde, oder genauer, in der richtigen Reihenfolge, bei Jim und mir. Jetzt saß sie mit den Beinen baumelnd auf einer Arbeitsfläche in der Küche und sah uns mucksmäuschenstill zu, wie wir zutiefst konzentriert arbeiteten. Ein einziges Mal war von ihr ein Geräusch zu hören gewesen, und zwar als Jim gewandt die Hummer aus dem Wasser fischte und sie kopfüber für einen kurzen Moment in dem großen Topf versenkte, um sie dann der Länge nach zu zerteilen. Das fand sie offenbar eklig und sagte das auch, doch Jim lachte nur, er meinte, die Tiere würden nichts spüren, und sie schien es ihm zu glauben.

Mein Großvater sprach Willkommensworte, von denen wir beim Abräumen oder durch die Servierluke nur Bruchstücke mitbekamen; wie froh er und Sisi seien, welche Ehre, wie nett, einander kennenzulernen und so weiter, außerdem natürlich der Landkreis, die Möglichkeiten des Landkreises, sein Potenzial, Entwicklungen, dazu selbstverständlich das Hotel Fåvnesheim selbst, das im Laufe der Jahrzehnte so viele vornehme Gäste und Gesellschaften beherbergt hatte, und wenn man nach der Mahlzeit für Getränke in die Heimdal-Stube hinübergehen werde, werde er die Freude haben, etwas genauer in diese Geschichte einzuführen, die so lang, so reich, so spannend sei, doch lassen Sie mich bereits jetzt einige wesentliche Punkte daraus erwähnen: ...

Die Rede zog sich hin, doch wie immer erwies Jim sich als ein Meister des Timings. Er hatte sich einen gewissen Spielraum geschaffen, in dem er ein Zwischengericht mit Jakobsmuscheln plante, das im Handumdrehen zwischen Consommé und Hummer einzuschieben war. Garnitur und Salat befanden sich bereits kunstvoll symmetrisch auf zwölf Tellern angerichtet, die braune Mandelbutter wurde auf der Herdplatte warm gehalten. Die Muscheln brauchten nur kurz in die Pfanne, und schon war alles servierbereit.

»Weißt du, Sedd, da kommen sicher noch mehr Reden. Wir brauchen also ein bisschen Ellbogenfreiheit.«

Er sollte recht behalten. Umständlich gelangte Großvater zum heutigen Tage, da sich das Hotel Fåvnesheim als tipptopp moderne Anlage präsentierte, Swimmingpool mit einhundertsiebzigtausend Litern Wasser, Sauna, Fitnessraum, Billardtisch und Minigolf, bereit, der Zukunft mit offenen Augen entgegenzublicken, voller Optimismus und Glauben an die Entwicklung, dabei stolz auf die traditionsreiche, klassische Küche, die sich heute Abend von ihrer besten Seite zeige, denn nur das Beste sei gut genug und so weiter, womit er keineswegs unbescheiden klingen wolle, haha, nein, aber die Küche und der Meisterkoch seien das Herz von Fåvnesheim, wenn nicht die Seele, oh ja, und nun hoffe er, dass die Neuankömmlinge sich wohlfühlten, nochmals herzlich willkommen, und vielen Dank auch, wie wir hier heroben sagen.

Höflicher Applaus. Sofort ergriff der Geschäftsführer des Fremdenverkehrsamtes das Wort.

»Hab ich's doch gewusst«, sagte Jim und schob die Bratpfanne resigniert von der Herdplatte, lehnte sich mit dem Rücken an den Küchentresen und verschränkte die Arme. Von drinnen abermals monotones Gemurmel. Der Fremdenverkehrsamtschef konnte sich den Worten meines Großvaters nur anschließen, er wolle lediglich einzelne Punkte noch etwas vertiefen. Berg und Tal, Seen und Wasserfälle, unsere Landschaft habe sowohl für den Sommer als auch für den Winter etwas zu bieten, natürlich auch für Frühling und Herbst, kurz gesagt, für alle Jahreszeiten, und man habe dafür ja auch Pläne. Große Pläne. Und natürlich hoffe er, dass die Bank, hier vertreten durch ihren neuen Direktor, und alle würden ihn mitsamt seiner Familie herzlich willkommen heißen, dass die Bank ihr wichtiges und selbstverständliches Engagement bei dieser großen Arbeit fortführen würde – natürlich in Abstimmung sowohl mit dem Gemeinderat als auch dem Kämmerer, der eine sitze hier, der andere dort, nicht zu vergessen mit dem politischen Kopf der Gemeinde, der natürlich nicht vergessen werden sollte, keinesfalls, und diese wichtigen Interessen hatten Bjørn Berge so am Herzen gelegen, dem armen Bjørn, so sehr am Herzen gelegen, doch leider sei sein Herz dann ja zu schwach gewesen. Räusper. Äh. Ja, und so weiter, und so weiter, und herzlich willkommen noch einmal, und so weiter, und so weiter.

»Jakobsmuscheln!«, rief Jim in derselben Sekunde, als im Speisesaal die Gläser klangen. Schon waren sie in der Pfanne, schon waren sie fertig, da schlug drinnen schon wieder jemand mit dem Messer ans Glas. Jim fluchte. »Verdammte Scheißreden! Mistige Fotzenlecker das!«

Karoline kicherte.

Nicht zu glauben, Großvater war noch einmal aufgestanden. Er wolle nur noch einmal etwas ausführen, das sein Vorredner erwähnt habe. Er selbst habe in seiner Willkommensrede etwas zu den Möglichkeiten der Zukunft vielleicht nicht ganz adäquat erläutert, denn es sei natürlich auch für das Hotel wichtig, eine alte, ehrwürdige Institution der Gemeinde, ja des ganzen Landesteils, mit seiner ehrwürdigen Geschichte, auf die er, hatte er das schon gesagt, nach dem Essen noch genauer eingehen werde, es sei also wichtig für das Hotel, eine gute Beziehung zur Bank zu unterhalten, deren Engagement in all den Jahren ein Grundpfeiler des Hauses gewesen sei, ja, geradezu eine tragende Wand für den ganzen Laden, haha, und Bjørn Berges hilfreiches Interesse sei eine so große Hilfe gewesen, eine unentbehrliche Hilfe.

Die Jakobsmuscheln waren längst wieder kalt geworden und wanderten in den Müll. Mit engelsgleicher Geduld, wenn auch nicht unter engelsgleichen Worten, machte Jim zwölf neue Muscheln bereit. Und als der doch recht spärliche Applaus im Speisesaal sich gelegt hatte, warf er einen kritischen Blick durch die Servierluke.

»Psst, Sedd«, er drehte sich halb zu mir um: »Ob's das jetzt war? Oder kommt noch mehr Blabla?«

»Keine Ahnung, Jim.«

Er spähte hinaus wie ein Kapitän zur See, ein Lotse, der nach Untiefen und Bojen Ausschau hält.

»Gehst du mal deine Großmutter holen.«

Das war keine Frage mehr, das war ein Befehl.

Ich ging hinein. Flüsterte ihr ins Ohr. Nicht mehr als zwei Wörter waren vonnöten, schon stand sie auf, entschuldigte sich und kam mit in die Küche.

Sie sah ganz verzweifelt aus.

»Verzeihung, Frau Zacchariassen«, sagte Jim, »aber will jetzt noch jemand was sagen?«

»Ich weiß nicht. Ich glaube nicht.«

»Ich hab nämlich nur noch diese zwölf.« Jim deutete skeptisch auf das blasse Muschelfleisch, das auf einem Teller bereitlag.

»Ich glaube nicht, Jim. Ich will es wirklich nicht hoffen.« Sie rang die Hände, schlug sie sich dann an die Wangen und drehte sich zu mir um: »Ach, Sedd, wie *konnte* er nur? Das war ja so furchtbar. *So furchtbar!*«

Kurz dachte ich, sie werde gleich anfangen zu weinen. Doch dann riss sie sich zusammen, glättete sozusagen ihr Gesicht, richtete ihre Perlenkette und begab sich wieder hinein zu ihren gesellschaftlichen Pflichten.

Drinnen herrschte angeregtes Gespräch, ich ging kurz hinüber, um nachzuschenken, und als ich wieder in der Küche war, blickte Jim mich entschlossen an:

»Dann bringen wir jetzt die Muscheln raus«, meinte er.

Sobald die Butter in der Pfanne aufschäumte, kamen die Jakobsmuscheln hinein. Rasch bräunten sie auf der einen Seite, dann auf der anderen, schon waren sie fertig, perfekt, vollkommen, gerade eben durch und durch erhitzt, ohne zäh zu werden – und da schlug erneut ein Messer ans Glas.

Diesmal der Bürgermeister. Jim wurde blass. Karoline auch, allerdings vor allem vor Schreck, jemanden derart wütend zu sehen. Ich glaube, in ihrem feinen Westend in Oslo wird niemals jemand so wütend wie in einer Restaurantküche. Das hier war also in mancher

Hinsicht sehr lehrreich für sie. Überhaupt, dachte ich, um mich von dem, was Jim jetzt sagte, abzulenken, hatte Karoline in den Wochen ihres Aufenthaltes bei uns viel gelernt. Sehr viel. Minigolf spielen. Angeln. Schwimmen. Gerettet werden.

Ich unterbrach den Strom von derben Ausdrücken, die aus Jim nur so heraussprudelten:

»Dann kriegen sie die Muscheln eben kalt, Jim.«

»Verfickte Schwätzer.«

Karoline kicherte.

»Wir träufeln einfach etwas Zitrone darüber, Jim«, tröstete ich ihn. »Außerdem ist die Butter ja heiß.«

»Sie werden zäh«, bemerkte Jim finster.

»Ich weiß.«

»Sie dürfen aber nicht zäh werden! Das darf einfach nicht passieren.«

»Nein.«

Und damit, so beendete der Bürgermeister seine Rede, wolle auch er, und seine Frau natürlich auch, den neuen Bankdirektor herzlich willkommen heißen in unserer Gemeinde, eine Gemeinde für alle Jahreszeiten, die so unglaublich, unglaublich, unglaublich viel zu bieten habe, zu jeder Jahreszeit, das würden Bankdirektors sicher auch entdecken, jetzt, da sie hierhergekommen sind, zu uns, unter uns, mit uns, und herzlich willkommen bei uns sollen sie sein, noch einmal, und danke für die Aufmerksamkeit.

Sie bekamen zähe Jakobsmuscheln vorgesetzt.

Während sie kauten, legte Jim letzte Hand an den Hummer Thermidor.

Ein kompliziertes Gericht ist das eigentlich nicht, aber es erfordert Aufmerksamkeit und Timing. Die nur kurz gekochten Hummer lagen bereits halbiert auf den Tellern bereit, aufgeklappt wie Schmetterlinge, das ausgelöste Fleisch in den Schalen. Jetzt mussten sie nur noch mit Soße nappiert, mit Käse bestreut und drei Minuten lang gratiniert werden. Mit üblicher Präzision kümmerte Jim sich um die Soße, ich streute den Käse, Hummer für Hummer. Und dann ab in den Ofen. Mit der Miene eines sorgenzerfurchten Feuerwächters verfolgte Jim, wie die Soße Blasen zu werfen begann. Karoline wollte etwas fragen, doch er zischte nur, ohne seinen finsteren Blick vom Inneren des Ofens abzuwenden.

Als alles auf die Sekunde genau fertig war, wurde das Blech sofort aus dem Ofen gezogen, behände verfrachtete Jim die Hummer auf die fertig garnierten Teller, ohne dass ein einziger von ihnen auseinanderfiel, alle hingen immer noch zusammen. Danach noch fein gehackter Schnittlauch, abermals ein Löffelchen Soße, und los in den Speisesaal. Diesmal bestand Jim darauf, selbst zu servieren, ich schenkte Wein nach.

Wie es sich gehört, bediente er Karolines Mutter als Erste. Von der anderen Seite des Tisches aus, ich schenkte gerade dem Gemeinderat ein, konnte ich sehen, wie sie zu Jim aufblickte, den Kopf schüttelte und bedauernd lächelte; Jim selbst zog eine Grimasse, die eine Art verzeihendes Lächeln bedeuten sollte. Er nahm den Teller mit dem Hummer Thermidor, seinem Meisterwerk, wieder von ihrem Platzteller und setzte ihn stattdessen ihrem Nachbarn vor.

Mit gerötetem Nacken verschwand er in der Küche, um weitere Teller zu holen. Ich hinterher.

Kaum war ich durch die Küchentür, fauchte er:
»Sedd, verdammte Scheiße, sie isst keine Krebstiere. Allergisch! Verflucht noch mal! Los, fix, bring den Rest raus, ich mache schnell einen Salat mit einem pochierten Ei für die Dame!«

Ich schoss los. Hinter mir der verzweifelte Jim: »Verdammt, verdammt, verdammt!«

Als alle bedient waren, standen wir in der Küche und blickten auf den einsamen, übrig gebliebenen Hummer.

»Warum hast du nicht erzählt, dass deine Mutter keinen Hummer essen kann? Ich hab doch nachgefragt, ob deine Eltern irgendwelche Allergien haben?«, fragte ich Karoline.

Sie sah mich unglücklich an:
»Ich hab es nicht gewusst. Wirklich nicht. Bei uns gibt es nie Hummer!«

»Jetzt wissen wir auch warum«, sagte Jim. »Gut, gut. Gut, gut. So was passiert eben«, sagte er mit aller Beherrschtheit, die er aufbringen konnte. Aber ich merkte ihm seine Enttäuschung an.

Noch mehr Reden. Immer über dasselbe. Diesmal der Gemeinderat. Jim hatte es vorhergesehen und das Rentierfilet entsprechend eingetaktet, es lag fertig gebraten im Wärmeschrank. Die Soße wartete blank und geschmeidig in einem Topf, musste nur noch mit etwas kalter Butter aufmontiert werden, um den letzten Glanz zu erhalten, und die Pfifferlinge mussten noch einmal kurz durch die Pfanne. Auch die Rösti lagen bereit, alles unter Kontrolle.

»Sag jetzt bloß nicht, deine Mutter isst keine Pilze«, meinte Jim mürrisch zu Karoline.

»Also Pilze isst sie«, sagte sie. »Doch ja. Fast ganz sicher.«

Die Rede neigte sich ihrem Ende zu, immer noch dasselbe Lied: Fortschritt, Fortschritt, Wachstum und Entwicklung.

Alle klatschten, und als von drinnen wieder Stimmengesumm erklang, begannen wir anzurichten.

Vorsichtig tranchierte Jim mit scharfem Messer die Filets, ich rührte mit dem Schneebesen die Butter in die heiße, aber nicht mehr kochende Soße. Dann brachte er einen säuberlichen Spiegel von Soße auf sechs vorgewärmte Teller auf, verteilte einige Fleischstücke anmutig darauf, tat Rösti und Pilze dazu, die in derselben Minute fertig geworden waren, um dann mit etwas frischem Kerbel und einer perfekten Halbkugel Vogelbeergelee abzuschließen.

Als die sechs Teller so weit waren, nickte er mir zu: »Rein mit dir, Wein einschenken. Ich komme hier drin allein klar.«

Als ich Rotwein eingegossen hatte und wieder in die Küche kam, standen alle zwölf Teller bereit, und Jim nickte: »Raus damit!«

Ich griff zwei Teller, eine Serviette dazwischengelegt, und hob sie an. In dem Augenblick fiel der Strom aus.

Kurz passierte gar nichts, alles war stockfinster, dann stellte ich die Teller mit einem doppelten Klirren zurück auf die Anrichte und legte die Arme an den Leib. Jims Stimme im Dunkeln:

»Steht ganz still, ganz still. Rührt euch nicht. Keinen Millimeter! Wartet, ich hole Licht.«

Ich hörte, dass er durch die Küchentür in Richtung Lager verschwand und dabei hier und da anstieß. Keinen Millimeter, wiederholte er, oder ich schneide euch die Nasenspitzen scheibchenweise ab! Zugleich wurden drinnen verwunderte Stimmen laut, und dann stand meine Großmutter in der Tür, eine der teuren Kerzen in der Hand.

»Was ist passiert?«, fragte sie.

»Der Strom ist ausgefallen«, sagte ich.

»Ja, danke, Sedd, das ist mir auch klar.«

»Das Essen steht bereit«, sagte ich, »und Jim holt Licht.«

Im Schein der Kerze konnte ich sehen, dass sie ein tapferes Lächeln aufsetzte: »Gut, dann wird es ein *candlelight dinner*. Ich sage Großvater Bescheid, dass er im Schaltkasten nachschaut, ob es an der Sicherung liegt.«

Damit verschwand sie, nahm sowohl das Licht als auch ihr Lächeln mit, und die Dunkelheit wurde noch tiefer. Ich stand ganz still. Dann spürte ich Karolines Hand fest in meiner.

»Sedd«, flüsterte sie nur.

Ich antwortete nicht. Sie sagte nichts mehr, drängte sich nur ganz dicht an mich. Atmete.

Doch dann war Jim da, er brachte Kerzenleuchter, Karoline stand an derselben Stelle wie zuvor, Jim fluchte ganz fürchterlich, und alles war wie gehabt – abgesehen davon natürlich, dass der Strom weg war.

Irgendwie gelang es uns, die Teller mit dem mittlerweile nur noch lauwarmen Essen auf die Tische zu balancieren. Großvater saß nicht mehr an seinem Platz, doch Jim stellte ihm seinen Teller trotzdem hin.

»Gottverdammt noch mal«, sagte Jim, als wir das Kunststück hinter uns gebracht hatten.

»Was machen wir jetzt, Jim?«, fragte ich.

»Eins ist sicher«, murmelte Jim, »wenn mit den Sicherungen alles stimmt, muss es an der Leitung liegen, und dann können wir die Zuckerkruste auf der Crème brûlée vergessen.«

»Stimmt«, flüsterte ich.

Dann hörten wir, dass mein Großvater in den Speisesaal zurückkam.

»Es tut mir leid«, sagte er, »es tut mir wirklich sehr leid. Das ist äußerst unangenehm.«

Die Gäste versuchten, ihn zu beruhigen, aber er fuhr fort:

»Es muss an der Stromleitung liegen. Die Sicherungen sind in Ordnung. Es tut mir wirklich furchtbar leid. Wir können nur hoffen, dass der Strom bald wieder da ist, aber man weiß ja nie.«

Alle sagten, es sei wirklich nicht schlimm, das Essen und der Wein seien ganz ausgezeichnet, der Gemeinderat hielt eine kurze Ansprache, während die anderen aßen, es ging um die Notwendigkeit des Ausbaus der Infrastruktur.

Der Strom ging nicht wieder an. Sie bekamen ihre Crème brûlée ohne Zuckerkruste, Jim raspelte etwas Schokolade darüber und taufte den Nachtisch in Crème à la Fåvnesheim um, es wirkte wie beabsichtigt.

Kaffee konnten wir den Gästen dann natürlich keinen anbieten, und auch aus einem Digestif samt dazugehörigem historischem Vortrag in der Heimdal-Stube wurde nichts mehr. Stattdessen brachen alle notgedrungen früh auf. Jim geleitete Karoline und ihre Eltern in ihre Zimmer hinauf, versehen mit einem Päckchen Stearinkerzen, Taschenlampe und Streichhölzern, während Großvater, Großmutter und ich die Gäste zu den wartenden Autos hinauseskortierten, unter einem Sturzbach von Entschuldigungsbekundungen seitens meiner Großeltern. Wie es sich für sie gehörte, schworen die Gäste, alles sei in Ordnung und so etwas könne auch dem besten Haus passieren.

Ich brachte den Bürgermeister und seine Frau zu ihrem Wagen.

Kurz blieb er noch stehen und schaute zur Straße hinüber.

»Seltsam«, sagte er, »wirklich seltsam.«

»Was denn?«, fragte ich.

»Die Straßenlaternen brennen.« Er nickte zu den beiden Laternenmasten hinüber, die auf Kosten der Gemeinde an der Einfahrt zum Hotel aufgestellt worden waren.

»Stimmt, das ist seltsam«, pflichtete ich ihm bei. »Der Stromausfall scheint nur das Hotel zu betreffen.«

»Ja, so sieht es aus«, sagte der Bürgermeister, setzte sich in sein Auto und fuhr von dannen.

26

Man muss zur Tat schreiten. Das ist jedenfalls mein Motto. Nur, indem man zur Tat schreitet, wird man ein Mann der Tat. Das hat auch Großvater immer gesagt.

Mein Großvater schritt zur Tat. Bis in die Nacht hinein saß er bei einer brennenden Kerze und einer Flasche Dubonnet-Aperitif im Wohnzimmer des Privaten und dachte über die Situation nach. Großmutter, nach all den Katastrophen während des Essens völlig außer sich, blickte ihn nur wütend an, dann ging sie zu Bett. Ich nehme an, ihr war nicht bewusst, was sich mir instinktiv erschloss, nämlich dass ein Mann der Tat erst nachdenken muss, bevor er zur Tat schreiten kann. Und wenn er fertig nachgedacht hat, kann er beruhigt in seinem Sessel einschlafen.

Doch bereits im Morgengrauen war er wieder auf den Beinen, wusch sich, zog sich an und richtete sich her, ebenso untadelig wie sonst auch. Danach setzte er sich in den Vauxhall und fuhr in den Ort. Unterdessen frühstückten wir kalt. Jim war sauer, weil ihm sein Kaffee fehlte, und als ich im Speisesaal nachsehen wollte, ob Karoline und ihre Eltern etwas brauchten, waren sie bereits ebenfalls in den Ort gefahren.

Eine geraume Weile vor der Mittagessenszeit kam Großvater lächelnd zurück und berichtete, dass er bei den Stadtwerken vorstellig geworden sei. Man habe sein Anliegen sehr ernst genommen und wolle sofort einen Monteur heraufschicken. Ja, er könne jeden Augenblick eintreffen.

Und tatsächlich war noch keine Stunde vergangen, da kam ein grüner Wagen gefahren, parkte oben an der Straße, und heraus stieg ein beleibter Mann im Overall. Er spazierte zum Hotel hinüber, nahm sich nicht einmal Zeit zum Grüßen, sondern schritt resolut in Richtung Kellertür im Westflügel, hinter der sich der Schaltkasten befand. Er schloss auf, verschwand für einige wenige Minuten, kam dann wieder heraus, schloss die Tür hinter sich wieder zu, schritt ebenso resolut zurück zu dem grünen Auto und fuhr weg. Jetzt konnte Jim seinen Kaffee kochen, und alles war wie sonst.

Womit mal wieder erwiesen war, dass Tatkraft nottat, um rasche Ergebnisse zu erzielen.

Elektrischer Strom ist ja nun wirklich etwas überaus Praktisches. Das weiß jeder, der einmal ohne hat klarkommen müssen. Edisons Erfindung hat die Welt verändert, allerdings auch verwundbarer gemacht. Ein kleiner Stromausfall, ein Kurzschluss, eine defekte Sicherung oder ein winziger Schaltfehler, schon steht die Zivilisation auf dem Spiel. Ein Gedanke, der zu denken gibt. Jederzeit, ja, zu jeder Stunde des Tages, können uns all die modernen Güter, die wir als selbstverständlich erachten, genommen werden: Dann gibt es weder Kaffee noch Fernsehen mehr, weder Radio noch elektrisches Licht. Mit Batterien kommt man nicht weit. In einem Land mit so harscher Witterung wie Norwegen, in dem die Natur besonders unbarmherzig ist, sind wir einem solchen Zusammenbruch der Zivilisation besonders ausgesetzt. Von dort ist es nur noch ein kurzer Weg zum Erfrierungstod und Kannibalismus. Dafür gibt es geschichtliche Beispiele. Ein Glück also, dass Großvater ein Mann der Tat war.

Am darauffolgenden Montag sollte Karolines Vater seine neue Stellung offiziell antreten, und zugleich sollte das Haus des Bankdirektors einzugsbereit sein. Am Sonntag nahm ich Karoline zu einer Abschiedstour durch die Berge mit. Es herrschte strahlender Sonnenschein, uns umgaben die schönsten Herbstfarben, doch wurde es eine seltsame Wanderung. Karoline, die sonst drauflosplapperte wie ein Wasserfall, mindestens wie ein munterer Bach, blieb so gut wie stumm. Ich musste ihr die Wörter einzeln aus der Nase ziehen. Ich versuchte sogar, *Mannen og Kråka* zu singen, doch der Blick, mit dem sie mich bedachte, zeigte mir, dass sie das ganz und gar uncool fand, also beschränkte ich mich auf die erste Strophe.

Ich sah mich nach einem für eine Rast geeigneten Felsvorsprung um und beschloss, danach umzukehren. Wir setzten uns hin und nahmen den mitgebrachten Proviant hervor. Karoline kaute, sagte aber nichts. Und auch meinem Blick wich sie aus.

»Mittwoch fängt die Schule an«, versuchte ich es. »Bist du schon aufgeregt?«

»Nein. Bisschen.«

»Freust du dich darauf, neue Freunde zu finden?«

»Vielleicht.«

»Freunde in deinem Alter.«

Sie antwortete nicht. Blickte nur in eine andere Richtung.

»Es ist doch immer schön, neue Freunde zu finden«, insistierte ich. Keine Reaktion. Da verstummte auch ich. Sie aß rasch auf und kippte die Tasse mit Saft hinunter, als hätten wir es eilig. Dann knüllte sie das Butterbrotpapier zusammen, tat es in die Dose, stopfte die Dose in den Rucksack und stand auf.

»Komm«, sagte sie, »wir gehen nach Hause.«

Gehorsam stand ich auf und folgte ihr. In raschem Marsch strebte sie zurück nach Fåvnesheim.

In der Rezeption trennten wir uns. »Danke für den Ausflug, Karoline«, sagte ich. »Gleichfalls«, sagte sie, ohne sich umzudrehen, und verschwand in ihr Zimmer.

Aus der Heimdal-Stube drangen Stimmen. Es waren Großvater und Karolines Vater. Als ich eintrat, sahen sie mich an, Großvater mit einem seltsam schiefen Lächeln, während Karolines Vater mich ernst und vielleicht ein wenig irritiert anblickte.

»Störe ich?«

»Vielleicht ein klein wenig«, sagte Großvater. »Ich habe dem Bankdirektor die Geschichte unseres Hotels erzählt, weil dafür neulich Abend keine Gelegenheit mehr war, als der Strom ausfiel.«

Karolines Vater nickte.

»Und außerdem habe ich ihn bezüglich, na ja, der sonstigen Situation und so weiter up to date gebracht.«

Karolines Vater nahm einen Schluck aus seiner Kaffeetasse.
»Wir haben ja strahlende Aussichten«, sagte Großvater, »nicht wahr, Sedd?«
»Ja, Großvater«, sagte ich.
»Jede Menge Hochzeiten im Herbst, und gute Aussichten für die Herbstferien.«
»Ja, wir werden viel zu tun haben. Aber ich will nicht weiter stören.«
»Schon in Ordnung, Sedd. Ganz und gar in Ordnung. Ich dachte, du bist mit Karoline wandern?«
»Ja, das war ich, Großvater. Aber wir sind heute nicht so weit gegangen.«
»Hör mal, Sedd«, sagte Karolines Vater, »ich möchte mich bedanken, denn du warst so besonders freundlich und nett zu Karoline. Du sollst wissen, dass wir das sehr zu schätzen wissen. Ihre Mutter und ich hatten mit dem neuen Haus und allem so viel zu tun.«
»Oh, nicht der Rede wert. Gern geschehen. Für die Gäste stets das Beste. Das ist eben unser Motto.«
»Genau, das ist unser Motto«, bestätigte Großvater.
Auf einmal lächelte Karolines Vater.
»Gut, gut«, sagte er, »das ist doch ausgezeichnet.«
»Soll ich euch noch Kaffee bringen?«, fragte ich.
»Nein, Sedd«, sagte Großvater. »Nicht nötig. Aber vielen Dank auch.«
»Keine Ursache«, sagte ich.

In der Küche traf ich auf Großmutter und Jim. Sie blickten finster drein.
»Ist jemand gestorben, Jim?«, fragte ich.
»Nein, nein«, sagte Jim. »Keine Sorge. Alles in Ordnung. Aber es sind schwere Zeiten, oder, Frau Zacchariassen?«
»Ach ja. Schwere Zeiten. Schwere Zeiten. Wir – ja, du bist jetzt groß genug, um das zu verstehen, Sedd – wir fürchten, dass wir beim Personal ein paar Abstriche machen müssen.«

»Es ist doch kaum noch wer da«, platzte ich heraus.

»Das stimmt, Sedd, das stimmt. Möglicherweise können wir bei Bedarf weniger Leute einstellen, als wir brauchen, sondern selbst noch mehr tun. Verstehst du?«

»Ja, Großmutter, kein Problem.«

»Du bist wirklich ein braver Bub. Das habe ich schon immer gesagt.«

»Das bedeutet für uns ziemlich viel Mehrarbeit, Sedd«, sagte Jim. »Bist du darauf eingestellt? Wir Jungs müssen dann wohl auch die Flure aufwischen.«

»Gar kein Problem«, sagte ich.

»Ich sage ja immer, Frau Zacchariassen, ein erwachsener Mann darf vor Putzeimer und Schrubber keine Angst haben.«

»Das ist wirklich kein Problem.« Ich schluckte. »Solange *du* nicht gehen musst.«

»Oh nein«, sagte Jim. »Ich gehe nicht, kein Gedanke. Das ist ganz unmöglich.«

»Aber Synnøve muss wohl ein paar Stunden weniger arbeiten.« Großmutter sah Jim bekümmert an. »Glaubst du, sie spielt da mit, Jim? Ich muss dann eben selbst ein paar Stunden an der Rezeption übernehmen.«

»Sie versteht das sicher, Frau Zacchariassen. Synnøve ist doch schon so lange hier.«

»Ja, eben«, sagte Großmutter.

»Was muss, das muss«, sagte Jim.

»Wenn jetzt bloß nicht noch der Weinladen bestreikt wird«, sorgte Großmutter sich.

»Oh nein. Das passiert sicher nicht. Und falls doch, dann kaufen wir auf Vorrat ein. Rechtzeitig vorher, alles, was wir brauchen. Also, kein Grund zur Sorge.«

»Nein«, seufzte Großmutter, »da hast du wohl recht. Ich mache mir immer so viele Sorgen.«

»Vielleicht solltest du ein wenig backen, Großmutter?«, schlug ich vor. »Das bringt dich doch immer auf andere Gedanken.«

»Ach nein, Buberl. Das geht wohl nicht. Das wäre jetzt nicht passend.«

Sie breitete resigniert die Hände aus.

»Ach, Frau Zacchariassen, ich habe jede Menge Mehl und Eier da«, tröstete Jim sie. »Jede Menge.«

»Bjørn, Gott hab ihn selig, der hätte so etwas nie zugelassen«, seufzte Großmutter. »Nie.«

»Stimmt, Großmutter«, pflichtete ich ihr bei. »Er hat ja Kuchen so geliebt. Das wurde ihm dann ja auch zum …«

Sie sahen mich erschrocken an.

»… ich meine, Bjørn Berge, der war wirklich ein Ehrenmann.«

»Das war er«, stellte Großmutter fest. »Ach, Jim, ich fürchte, der Neue da, der ist kein Ehrenmann.«

27

Und dann auf einmal waren sie fort, Karoline und ihre Eltern, sie hatten ausgecheckt und uns verlassen, und dann war der Sommer vorbei. Sie waren einfach weg, sie war weg, wie ein Fetzen Wollgras, vom Winde Gott weiß wohin getrieben, obwohl ich wusste, wo sie geblieben waren. Im Bankdirektorenhaus, dem gelben, das jetzt grün war und wo Küche und Bad und alles andere jetzt wohl für teures Geld umgebaut worden war, um eines neuen, modernen Bankdirektors würdig zu sein.

Als die Schule wieder begann, sah ich Karoline zwar wieder, doch sie sagte nur kurz Hallo, wenn überhaupt. Ging auf dem Schulflur an mir vorüber, ihre Beine steckten in neuen roten Jeans, sie trug eine zu der Zeit angesagte Jeansjacke mit kleinen Pelztupfen darauf und eine neue, schöne Schultasche. Bei ihr waren zwei andere Mädchen mit so dünnen Beinen und Armen, ich sagte Hallo, wie es sich gehört, sie erwiderte den Gruß, das muss man ihr lassen, doch kaum hörbar.

Eigentlich konnte es mir egal sein, ihre Familie wohnte ja nicht mehr im Hotel, und so blieb mir auch ihre Anhänglichkeit tagaus, tagein erspart; schließlich war ich ja auch kein Babysitter, der für allerlei Zeitvertreib zu sorgen hatte, also war eigentlich alles in Ordnung, dennoch fand ich, sie könnte einfach etwas höflicher sein. Aber nun gut, mit jemandem, der so jung ist, kann man nicht befreundet sein, das weiß man ja. Die Jugend ist an junge Leute verschwendet, wie Großvater zu sagen pflegte. Ihnen ist einfach nicht klar, wie gut sie es haben, und schon gar nicht wissen sie, was am besten für sie ist.

Dann ging die Hochzeitssaison wieder los, und zwar ziemlich unvermittelt, mit gleich zwei Gesellschaften an den beiden letzten Augustwochenenden. Und da wir weniger Personal hatten, wurde die Verantwortung größer. Mit Verantwortung ist hier natürlich gemeint, die Pflichten. Hätte zu diesen Pflichten immer noch gehört, für Karolines Unterhaltung zu sorgen, neben all den Hochzeitsvorbereitungen, so wäre mir keine Zeit mehr für irgendetwas anderes geblieben, schon gar nicht für meine Hausaufgaben. Ganz zu schweigen vom Fotografieren, das in den Hintergrund geraten war, je mehr Karolines Freizeitbeschäftigungen sich in den Vordergrund gedrängt hatten. Außerdem standen meine Extra-Einnahmen aus diesem Sommer in keinem Verhältnis zum Einsatz, nicht einmal mit Karolines Minigolfgebühren, also hatten meine Pläne für eine Dunkelkammer noch nicht das Licht der Welt erblickt, um es so zu sagen.

Zu meinen neuen Pflichten gehörte unter anderem, dass ich Jim beim Warentransport zu helfen hatte. Bislang hatte Ivar, der manchmal bei uns als Aushilfe arbeitete, das getan, doch jetzt hatte Großvater beschlossen, ihn nicht mehr zu beschäftigen. Das konnte ich gut verstehen. Ivar war schon in Ordnung, aber man glaubt ja nicht, wie teuer sich die Leute mittlerweile für das kleinste bisschen körperlicher Arbeit bezahlen ließen. Zum Beispiel für das Ein- und Ausladen von Weinkisten. Gewiss, die sind nicht leicht, aber eine im Grunde so primitive Arbeit kann doch unmöglich all das Geld wert sein, das Ivar dafür haben wollte, also mochte ich Großvater hier in seiner Einschätzung folgen. Ich schaffte es selbst ja auch sehr gut; das merkte ich, als Jim und ich ein paar Tage vor der ersten Hochzeit unten beim staatlichen Weinmonopol waren, um die bestellten Getränke abzuholen. Die Kisten standen ordentlich gestapelt im Lager bereit, daneben wartete der Filialleiter Skarpjordet schon mit den Papieren. Er lächelte Jim herzlich an, begrüßte mich, meinte, ich sei ja enorm gewachsen und so weiter, aber ich sei jedenfalls noch zu jung, um etwas von der Fracht zu trinken, hehe.

Jim wurde in Anwesenheit von so vielen Flaschen immer nervös, das wusste ich, doch verbarg er es gut, zwinkerte Skarpjordet zu und sagte, er führe oben in Fåvnesheim immer genau Buch über die Anzahl der Flaschen, ich könne es also getrost versuchen.

Ich lachte bemüht.

»Außerdem«, meinte Skarpjordet, als wir einluden, »sollte dein Großvater, also Direktor Zacchariassen, mal überlegen, ob er nicht jetzt schon nachbestellen will. Ich meine, falls Bedarf besteht, und das ist ja wohl so, weil Getränke für noch weitere Hochzeiten jetzt im Herbst, und so weiter, und so weiter.«

Jim, der zeigen wollte, dass er dann doch der Ranghöhere und ich nur ein Handlanger war, sagte:

»Du denkst doch nicht, dass es wirklich zu diesem Streik kommt, Skarpjordet?«

»Das weiß der Himmel«, sagte der Filialleiter. »Der Himmel. Die Verhandlungen mit der Gewerkschaft scheinen festzustecken, hat es heute in den Nachrichten geheißen. Ja«, erklärte er mit einem Seitenblick zu mir, »ich habe ein kleines Radio im Büro stehen, manchmal. Natürlich nicht im Laden.«

»Glaubst du, dass es länger dauert? Ich meine, wenn es zum Streik kommt?«

Jim blickte den Filialleiter fragend an, doch der zuckte nur resigniert mit den Schultern:

»Frag mich nicht. Frag mich nicht. Was die sich da unten in Oslo ausdenken, versteht ja kein Mensch.«

»Man kann doch nicht einem ganzen Land das Trinken untersagen«, sagte Jim mit unterdrücktem Zorn in der Stimme.

»Das kann man wohl sagen«, meinte Skarpjordet. »Es geht verdammt noch mal schlimmer zu als in der Sowjetunion.«

»Die reinste Sowjetunion, ja«, pflichtete Jim ihm bei.

»Aber du hast recht, Jim. Sie können nicht einem ganzen Land den Getränkehahn dichtmachen. Das wäre ja die reinste Prohibition.«

»Bei Gott, ja«, sagte Jim finster.

»Also deswegen denke ich ja, zur Sicherheit, denn es kann eine Weile dauern. Falls es überhaupt einen Streik gibt. Aber dann geht es erst einmal eine Zeit lang, bevor die Schlichtung kommt, damit die Leute das Gefühl haben, sie haben ordentlich gestreikt. Darum ...«

»Ich sag Zacchariassen Bescheid«, meinte Jim entschlossen. »Dann sind wir auf der sicheren Seite, das wär nicht dumm.«

»Gut, gut. Sehr schön. Und übrigens, wenn du sowieso mit ihm sprichst, Jim ...« Skarpjordet blätterte in seinen Papieren: »Könntest du ihn an das hier erinnern?«

Er gab Jim einen Bogen. Jim las ihn und runzelte die Brauen.

»Und an das hier«, sagte Skarpjordet leise. »Und an das hier.«

Jim räusperte sich und blickte die Papiere an. Dann steckte er sie sich in die innere Brusttasche.

»Na klar, Skarpjordet. Klar, mach ich.«

»Gut, Jim. Danke. Also, Jungs, dann ladet mal auf!«

Auf dem Heimweg fragte ich Jim, ob wir kurz am Fotoladen halten konnten. Ich hatte ein paar Filme zum Entwickeln dabei, außerdem wollte ich neue kaufen.

In Tvon Titlestads Laden war es wie stets. Kameras, Objektive und anderes Zubehör schimmerten in den Vitrinen, an den Wänden hingen Porträts von wohlgeratenen Familien in wohlgeratenen Familienrahmen, hinter dem Tresen stand Titlestad, groß und schwer, unerschütterlich in dem schwach nach Essig riechenden Zwielicht seines Geschäfts. Ich begrüßte ihn: »Guten Tag, Herr Titlestad! Gutes Wetter heute!«

Titlestad blickte mich nur mürrisch an.

»Die beiden Filme hier würde ich gern entwickeln lassen«, sagte ich und legte sie auf den Tresen. »Und dann hätte ich gern zwei neue, Kodacolor 100 ASA, 24 Bilder.«

Titlestad stand reglos hinter seinem Tresen. Er machte weder Anstalten, meine Filme zu nehmen, noch neue hervorzuholen. Stattdessen starrte er mich unverwandt an, noch verdrossener, und ich dachte kurz, es könne unmöglich gut für die Gesundheit sein, den ganzen Tag hier drin in dem Chemikaliendunst zu stehen. Vielleicht versauerte man einfach innerlich, wenn man dem so viele Jahre lang ausgesetzt war.

Ich sagte nichts weiter, blickt ihn nur fragend an. Er starrte zurück, immer noch, ohne mit der Wimper zu zucken, einer Kameralinse bei einer Langzeitbelichtung gleich, vollkommen reglos.

Eine dicke, müde Herbstfliege beschrieb matte elliptische Bahnen um einen der Vitrinenschränke herum. Ansonsten war alles unbewegt, als ob der Augenblick eingefroren und die Zeit stehen geblieben wäre. Titlestad stand da wie ein Denkmal, nur␣lebloser.

Er starrte mich an. Ich starrte ihn an.

Irgendwann bewegte er sich dann doch, legte die Hände auf den Tresen und schüttelte den Kopf.

»Leider«, sagte er schwer. »Leider. Nicht möglich.«

»Nicht möglich? Ist der Entwickler kaputt?«

»Ich kann keine neuen Entwicklungsaufträge auf Kredit annehmen und dir auch keine Filme mehr geben.«

»Ach, haben Sie neue Geschäftsbedingungen eingeführt? Kein Problem. Dann zahle ich bar.«

Ich nahm mein Portemonnaie zur Hand und blätterte einen ansehnlichen Stapel von Karolines Zehn-Kronen-Scheinen auf den Tresen.

Er nahm das Geld. »Danke«, sagte er. Doch immer noch nahm er meine Filme nicht und gab mir keinen neuen.

»Ja?«, sagte ich, schaute auf die beiden Filmrollen, die zwischen uns lagen, und schaute dann wieder ihn an.

»Dann wäre da noch der Rest offen.«

»Der Rest?«

»Ja, der Rest.«

»Ich habe Ihnen doch eben dreihundertsechzig Kronen gegeben. Das sollte wohl für die Entwicklung und zwei neue Filme genügen.«

»Das ist nur ein Bruchteil von dem, was du mir schuldig bist«, sagte Titlestad, kein bisschen weniger verdrossen.

»Was ich Ihnen schuldig bin?«, rief ich mit einer Stimme, die ich als angemessen erregt, doch immer noch kontrolliert verärgert bezeichnen würde. »Ich bin nichts schuldig! Ich kaufe hier ein, ich bin Ihr Kunde, auf Großvaters Rechnung.«

»Ja, du sagst es. Du sagst es.«

»Das ist eine Tatsache. Fragen Sie doch Großvater. Direktor Zacchariassen.«

»Direktor Zacchariassen, jaja. Es ist gar nicht so leicht, diesen Direktor Zacchariassen zu fassen zu kriegen. Du musst dir einen anderen Fotoladen suchen, ich mache das nicht mehr mit, oder erst wieder, wenn du deinem Großvater erzählst, dass du hier auf Kredit einkaufst, und er die Rechnung beglichen hat. Verstanden?«

»Verstanden? Das muss ein Missverständnis sein. Mein Großvater hat hier ein Kundenkonto.«

»Jetzt nicht mehr.«

»Dann hätte ich gerne mein Geld zurück«, sagte ich. »Dann gehe ich eben in einen anderen Laden. Wenn ich in Oslo bin zum Beispiel.«

»Dein Geld? Mein Geld viel eher.«

Ich sah ihn an. Manchmal geschieht es, dass sogar dem Wortgewandtesten die Sprache versagt, selbst wenn er an der Schule im mündlichen Norwegisch die beste Note hat. Ich wusste tatsächlich nicht, was ich sagen sollte. Mir war klar, dass ich jetzt etwas Schlagfertiges bringen müsste, etwas Zerschmetterndes, doch stattdessen brachte ich nur kläglich hervor: »Aber ich brauche das Geld!«

»Ich auch«, sagte Titlestad und drehte mir den Rücken zu. Offensichtlich war die Audienz beendet. Also ging ich. Ich nahm meine Filme vom Tresen und ging. Draußen herrschte scharfes Herbstlicht. Jim rauchte neben unserem Lieferwagen.

»Mann Gottes, das hat ja lang gedauert.« Er warf die Kippe weg.

»Ja«, sagte ich.

»Ist irgendwas«, fragte Jim.

»Nein.«

»Hast du, was du wolltest?«

»Nein. Er wollte mir nichts geben. Obwohl ich es aus eigener Tasche bezahlt habe. Dreihundertsechzig Kronen.«

Jim sah mich nachdenklich an.

»Dreihundertsechzig Kronen, aha. Du hast ihm dreihundertsechzig Kronen gegeben, und er wollte keinen Film rausrücken?«

Ich schüttelte den Kopf. Jim kratzte sich im Ohr. »Hm«, meinte er. »Nicht gut.«

Mit einem gefährlichen Glanz in den Augen blickte er zur Tür des Ladens.

»Komm, Jim«, sagte ich. »Wir fahren.«

»Hm.« Er schaute immer noch zur Tür.

»Das war nur ein Missverständnis, Jim«, sagte ich. »Offenbar dachte er, es ist Großvater gar nicht recht, dass ich ...«

»Setz dich ins Auto und warte, Sedd.«

Ich setzte mich ins Auto, und Jim enterte den Laden resoluten Schritts. Obwohl ich die Wagentür schon geschlossen hatte, konnte ich hören, wie er die Tür zuschlug.

Dann passierte lange nichts, bis sich die Tür schwungvoll öffnete und Jim heraustrat, mit rotem Gesicht und gesträubten Haaren. Ebenso resolut kam er zum Lieferwagen zurück, setzte sich hinein, knallte die Tür zu.

»Hier.« Er reichte mir eine Tüte. »Deine Filme.«

Er startete den Wagen, und wir fuhren los. In der Tüte befanden sich sechs Rollen Kodacolor 100 ASA, bereit zum Gebrauch.

28

Laut meinem Großvater war der Streik in den Läden des staatlichen Weinmonopols etwas, das sich der Abschaum ausgedacht hatte, um die Bevölkerung zu schikanieren und uns ehrliche Geschäftsleute fertigzumachen. Gottlob hatten wir genug Getränke für die erste Hochzeit der Saison, noch herrschte keine Not. »Aber es ist doch Irrwitz«, sagte Großvater, während er mit Großmutter im Wohnzimmer des Privaten saß, um die Hochzeit dieses Wochenendes vorzubereiten, »dass ein kleiner Haufen Pöbel – und die haben alle ihre Arbeitsplätze sicher –, all diejenigen in Gefahr bringen darf, die versuchen, hier im Lande etwas zu bewegen.«

Großmutter nickte.

»Uns, die wir Arbeitsplätze schaffen«, sagte Großvater. »Nein, Schatz.«

»Die ganze Sache mit diesem Weinmonopol ist sowieso Unsinn. Was bringt uns das? Ja, was bringt so eine merkwürdige Einrichtung? Wieder mal typisch, das haben wir uns von den Schweden abgeschaut, und die Schweden hatten diese Idee ganz sicher aus der Sowjetunion.«

»Ich glaube nicht, dass es ein Weinmonopol in der –«

»Dann eben aus irgendeiner anderen kommunistischen Diktatur! In einem freien Land kann ein freier Mann *free Whisky* über dem Ladentisch kaufen, wann und wo er will, ohne dass es eine Menschenseele etwas angeht!«

»Ja, Schatz.«

»Zum Glück haben wir jetzt endlich eine ordentliche Regierung, da kann es nicht lange dauern, bis sie den Pöbel in die Schranken weist.«

»Aber, Liebling, sollten wir nicht trotzdem, nur zur Sicherheit ...«

»Allerhöchstens eine Woche, darauf würde ich wetten.«
»Schon, aber trotzdem, man weiß doch nie, nicht wahr?«
»In China! Da haben sie auch ein staatliches Weinmonopol. In China kann ein freier Mann nicht einfach ins Geschäft gehen und seinen Reiswein kaufen, nicht wahr, denn in China gibt es gar keine freien Männer! Und so soll es hier jetzt auch zugehen, dass wäre diesen Dummbeuteln am liebsten!«
»Ja, Schatzerl, da hast du sicher recht, aber willst du nicht als freier Mann bei Skarpjordet anrufen und dafür sorgen, dass wir auch für die nächsten beiden Hochzeiten genug zu trinken im Haus haben?«
»Das tut nicht not, Sisi. Das garantiere ich dir. Warte nur, was passiert, wenn der Premierminister zeigt, wer hier die Hosen anhat.«
»Ich meine doch nur, *Schatzerl*, also es ist auch vorstellbar, man weiß ja nie, wirklich nie, dass Premierminister Willoch etwas länger zum Aufräumen braucht, als du, ein freier Mann, es vielleicht denkst, darum *sei doch bitte endlich mal vernünftig* und bestelle bei Skarpjordet ausreichend Getränke, bevor sein Lager völlig leer gekauft ist. *Bitte!*«
Großvater blickte sie kleinlaut an.
Ich sagte: »Studienrat Dahl hat uns im Orientierungsfach beigebracht, das staatliche Weinmonopol ist ein Erbe aus der Zeit der Prohibition, die bei uns ebenso galt wie in den USA.«
»Schön, dass du so gut orientiert bist«, sagte Großvater. »Schön, schön. Ich werde es machen, Sisi, natürlich.«
»Gut. Wir wollen ja sicher nicht riskieren, den ganzen Herbst über ohne Getränke dazustehen?«
»Nein«, gab Großvater zu, »aber warte nur. Denk an meine Worte. Wenn der Premierminister erst mal ...«
»Außerdem«, unterbrach Großmutter ihn, »gibt es ja das Rückgaberecht für ungeöffnete Flaschen. Wir sollten einfach genug für drei Monate einkaufen.«
»Das gibt aber viel zu schleppen«, wandte Großvater ein.
»Quatsch! Dann müssen Sedd und Jim eben mehrmals fahren. Hauptsache, wir sitzen nicht auf dem Trockenen.«

»Ja«, sagte Großvater, »du hast natürlich recht, Sisi. Gleich morgen kümmere ich mich darum.«

»Warum nicht heute? Es ist erst kurz nach drei.«

»Es ist Mittwoch, und mittwochs macht Skarpjordet früh zu. Aber morgen früh rufe ich ihn sofort an, wenn das verfluchte Verbotsmonopol aufmacht.«

Der nächste Tag war ein Donnerstag, kein Wunder, da der Tag zuvor ein Mittwoch war, an dem Skarpjordet, der Filialleiter des Weinmonopols, früh nach Hause zu gehen pflegte. Leider, so beschied Großvater meiner Großmutter später auf ihre Nachfrage, war Skarpjordet auch an diesem Tag nicht im Laden, da er sich auf einer Informationsveranstaltung für Filialleiter in Oslo anlässlich des Streiks befand.

»Dann bestellst du eben bei den Angestellten«, sagte Großmutter, »das wird doch kein Problem sein.«

»Ach, die taugen nichts. Die bringen alles durcheinander, weißt du. Die taugen überhaupt nichts. Staatsbedienstete eben. Weißt du noch, wie wir mal Dubonnet statt Cinzano bekommen haben? Und wie wir auf einmal mit zwei Kartons weißem Burgunder dagestanden haben statt einem weißen und einem roten? Nein, nein, als Direktor unseres Hotels ziehe ich es doch vor, meinen Einkauf direkt beim Filialleiter zu tätigen.«

»Nur ausnahmsweise einmal, schließlich ist es eine besondere Situation. In den Zwölf-Uhr-Nachrichten wurde gemeldet, dass die Regale des Weinmonopols in den großen Städten schon so gut wie ...«

»Skarpjordet ist morgen früh um neun wieder im Geschäft, Sisi, wir haben alle Zeit der Welt. Ganz sicher.«

Der nächste Tag war ein Freitag, kein Wunder, da der Tag zuvor ein Donnerstag war, und Großmutter drängelte, doch auf einmal gab es wegen der Hochzeitsvorbereitungen so viel zu tun, am Swimmingpool musste der Filter gewechselt werden, und Großvater meinte nur verärgert zu ihr, er habe jetzt dafür keine Zeit. Überhaupt sei so viel zu tun, um die ganze Anlage für den Herbst pikobello instand zu setzen, und schon war es Samstag, kein Wunder, denn dies war ja an einem Freitag gewesen. Samstags war das Weinmonopol bekanntlich allerhöchstens ein paar Minuten geöffnet, außerdem seien erstens die Filialleiter am Samstag nicht im Hause, erklärte Großvater, zweitens fülle sich das Hotel allmählich mit feierfreudigen Hochzeitsgästen aus nah und fern, sie waren erwartungsvoll, hungrig und durstig. Das ganze Wochenende über aßen und tranken sie, gründlich und ausführlich, von früh bis spät. Und dann war Montag.

29

Am Tag des ersten Herbstnebels wollte ich mit zu Hans nach Hause gehen. Aus keinem besonderen Grund, nur das Übliche, wir wollten Briefmarken anschauen und so. Doch als wir bei ihm ankamen, trat sein Vater aus dem Nebel, so plötzlich wie ein Troll, groß und vierschrötig. Mir war Hans' Vater immer ein wenig unheimlich gewesen, und ich zuckte zusammen. Hans ebenfalls, dabei musste er doch an ihn gewöhnt sein. Wie sich herausstellte, konnte Hans an diesem Tag auf gar keinen Fall jemanden mit nach Hause bringen, wo hatte er nur seine Gedanken? Konnte er sich nie etwas merken? Hans sah den Troll schuldbewusst an, schien sich aber immer noch an nichts erinnern zu können, und ihm ging erst ein Licht auf, als er mit unmissverständlichen Worten daran erinnert wurde, dass sie doch heute Tante Ninne besuchen wollten, das wisse er doch schon seit Wochen; erst gestern und vorgestern und am Tag davor hätten sie ihn daran erinnert, noch heute am Frühstückstisch hätten sie gesagt, Hans, hätten sie gesagt, jetzt vergiss aber nicht, dass wir heute zu Tante Ninne wollen, hätten sie gesagt, und zwar gleich nach der Schule, denk daran, Junge, und vergiss es nicht, und was macht Hans, ja, das ist jetzt ja sehr dumm, Sedd, tut mir leid, aber Hans kann heute niemanden mit nach Hause bringen, verstehst du, wir fahren mit Hans zu unserer Tante Ninne, das weiß er schon lange, willst du vielleicht mit reinkommen und in Fåvnesheim anrufen, dass sie dich abholen kommen; ich kann dich nicht hochbringen, wir müssen jetzt gleich zu Tante Ninne aufbrechen. Aber du kannst gerne drinnen warten, bis du abgeholt wirst, das ist ja das Mindeste, was wir tun können, wenn Hans schon alles vergisst, und das wird dir jetzt aber eine Lehre sein, Hans.

Ich ging hinein, um zu Hause anzurufen, während Hans draußen weitere Anmerkungen über sein schlechtes Gedächtnis über sich ergehen lassen musste. Drinnen standen Hans' Mutter und Schwester aufbruchbereit für ihren Besuch bei Tante Ninne, und ich erklärte ihnen die Lage. Dieser Hans, dieser Hans, was ist der nur vergesslich, seufzte die Mutter von diesem Hans, sie holte mir eine Flasche Solo und eine Tüte Kartoffelchips, damit konnte ich es mir gemütlich machen, während ich auf unseren Wagen wartete. Hans ist ja so was von öde, stöhnte seine große Schwester.

»Da steht das Telefon, mach dir den Fernseher an, wenn du willst, zieh einfach die Tür gut zu, wenn du gehst, und entschuldige noch mal, Sedd«, sagte die Mutter in einer Wolke von eiliger Fürsorge, tätschelte mir die Wange und verschwand draußen in den Nebelschwaden, wo ihr Mann immer noch über die Probleme von akutem Gedächtnisverlust predigte.

Kurz darauf hörte ich sie wegfahren. Ich wählte unsere Telefonnummer. Es läutete nur einmal, dann wechselte es zu den drei raschen Tönen, die eine Störung der Leitung anzeigen. Ich drücke auf die Gabel, erhielt neu das Freizeichen und versuchte es in der Rezeption. Das Gleiche. Beide Nummern versuchte ich noch je ein Mal, dann gab ich auf. Offenbar wirklich eine Störung. Norwegen ist ein stolzes, aber schwer vom Wetter heimgesuchtes Land, so viel ist sicher. Wir hatten vereinbart, dass Jim mich nach drei Stunden abholen sollte, also abends um sechs, ich hatte genug Zeit totzuschlagen.

Mit Limonade und Kartoffelchips setzte ich mich in dem großen Ledersessel, wo Hans' Vater sonst thronte, vor den Fernseher. Gerade lief das Ende einer Nachmittagssendung über Schweizer Uhrmacher, wahrscheinlich war sie sogar recht interessant, aber schon kam das Testbild.

Ich schaltete ab und versuchte noch einmal, zu Hause anzurufen. Dasselbe Ergebnis. Die Wunder der Telekommunikation waren an diesem Tag ganz offenbar nicht auf meiner Seite, erst die gestörte Telefonleitung, jetzt der Fernseher.

Ich trank die Limonade aus und begab mich auf Entdeckungsreise.

Sehr vorsichtig natürlich, niemand sollte entdecken, dass ich geschnüffelt hatte. Viel Interessantes fand ich allerdings nicht. Im Zimmer von Hans' Schwester war alles voller Pferdesachen, im Schlafzimmer der Eltern herrschte eine derart peinliche Ordnung, dass ich mich nicht einmal hineintraute. In einem Schrank im Obergeschoss standen etliche Kartons mit Wein und Schnaps, Likör und Sherry, fast wollte ich schon fürchten, dass Hans' Eltern heimliche Trinker waren, doch dann wurde mir klar, dass sie vorgesorgt und vor dem Streik im Weinmonopol eingekauft hatten. Mein Großvater hatte das ja nicht getan, und mittlerweile waren die Regale in dem Laden schon ziemlich lückenhaft, doch gab es für ein zweites Hochzeitsfest noch genügend Getränke, und dieser Streik würde ja sowieso jederzeit aufhören. In einem kleinen Metallschränkchen im Eingang hingen sehr viele Schlüssel. Kellerschlüssel, Schlüssel zu Dachboden und Schuppen, Garage und Fahrrädern, alle säuberlich mit grünen Schlüsselschildern versehen, dazu zwei Bunde mit Schlüsseln zum Steinbruch, dabei hätte ich gedacht, dass die Arbeit dort vor allem im Freien stattfand, aber hier hingen Schlüssel zum Tor und zum Büro, zum Sprengstofflager und zur Wärmestube, zur Garderobe und zu manch anderen Türen. Außerdem gab es zwei weitere Bunde zu dem Haus, in dem ich mich gerade befand. Ich schnappte mir einen davon und auch einen von denen zum Steinbruch, ohne mir weiter etwas zu denken, außerdem den Schlüssel zum Schuppen und ging hinaus, um nachzuschauen, ob dort vielleicht etwas Interessantes zu finden war. Das war jedoch nicht der Fall. Also ging ich wieder hinein und in Hans' Zimmer, vielleicht hatte er ja irgendwelche Geheimnisse. Nein, Hans hatte keine Geheimnisse, nur Briefmarken und Modellflugzeuge.

Ich ging wieder hinunter und versuchte es noch einmal zu Hause, bekam aber nur wieder den Störungston. Und als ich dort in dem Hauseingang auf dem Steinboden saß, spürte ich auf einmal, wie mir dieses so aufgeräumte und langweilige Haus mit dem Testbild im Fernseher gewaltig auf die Nerven ging. Heute war es hier noch langweiliger als sonst.

Also beschloss ich, etwas spazieren zu gehen. Jim würde mich sowieso nicht vor sechs Uhr abends abholen. Also zog ich meine Jacke an und nahm auch den Hausschlüssel mit, falls ich noch einmal ins Warme oder auf die Toilette musste, bevor Jim kam.

Und dann ging ich los, die Straße hinab.

Kein Mensch war zu sehen, kein Wagen kam gefahren, überall dichter grauweißer Nebel, der alles Licht zu zerreiben schien. Die Kiefern reckten lange Finger in den Schein der Straßenlaternen. Wie schon manchmal, wenn ich allein unterwegs war, stellte ich mir kurz vor, ich wäre der einzige Mensch auf Erden. Natürlich wusste ich, dass dem nicht so war, aber ich stellte es mir dennoch vor, es war ein Gedanke, der mich nie ängstlich, sondern höchstens kurz etwas traurig gemacht hatte. Was hatte Doktor Helgesen gesagt?

»Ich habe ihn gut gekannt. Hervorragender Arzt. Aus Indien, aber in Manchester ausgebildet. Ein echtes Original, das muss man schon sagen. Nachdem er, ohne jemals Ferien zu machen, fünfundzwanzig Jahre lang in einem kleinen Städtchen in Nordengland praktiziert hatte, ohne Ferien, denn Inder machen nie Ferien, jedenfalls erklärte er mir das so, machte er doch Urlaub. Er nahm in Newcastle die Fähre und fuhr über die Nordsee nach Norwegen. Er wollte nur eine Woche lang bleiben. Doch als er den ersten Fjord und den dritten Wasserfall gesehen hatte, war es um ihn geschehen. Wissen Sie, Doktor Helgesen, sagt er lachend zu mir, ich dachte, ich wäre im Paradies. Offenbar hatte er noch nie etwas so Schönes gesehen. Rasch fuhr er nach England zurück, verkaufte sein Haus, packte seinen Besitz zusammen, klärte die Frage der Aufenthaltsgenehmigung und zog mit Frau und zwei Kindern nach Norwegen um. Sogar Norwegisch lernte er ziemlich gut. Aber, wie er sagte: Doktor Helgesen, alle hier sind so freundlich, und die meisten können Englisch, und die Gastfreundschaft ist groß. Am wichtigsten ist doch, dass ich die Namen der Krankheiten und Organe beherrsche. Nicht einmal die Norweger wissen die Namen für all ihre Organe.

Und dann? Ja, dann legte er in Bergen bald die Nachprüfungen ab, die von ihm verlangt wurden, und bekam eine Stelle im Gebirge in Valdres, wo es ihm wohl sehr gut ging. Bis zum ersten Schnee. Das heißt, Doktor Kumar, also Vikram, liebte den Schnee. Er rutschte darauf herum und fiel hin und war jedes Mal glücklich. Seine Frau hingegen mochte die Begeisterung nicht teilen. Aber er erzählte, sie habe tapfer ausgehalten, solange sie konnte, wahrscheinlich sogar noch länger, doch im zweiten Winter nahm sie die Kinder und zog mit ihnen zurück nach England. Können Sie das begreifen, Doktor Helgesen, sagte er, dass jemand Rentiere und weißen eiskalten norwegischen Schnee gegen Regenwetter, Regenschirme und Gummistiefel eintauschen will? Er machte ihr jedoch keine Vorwürfe, denn er hatte ja nach Norwegen gewollt. Später kam er in unsere Gegend, und in der kurzen Zeit, die ich ihn kannte, war er ein ganz hervorragender und äußerst beliebter stellvertretender Distriktarzt, obwohl er schon hoch in den Fünfzigern war. Vielleicht auch eben deswegen. Es kommen so viele junge Ärzte aufs Land, bleiben eine kleine Weile und verschwinden wieder, sobald sie eine Stelle in der Stadt finden. Das gefällt den Leuten nicht. Dafür gefällt ihnen, wenn ihr Arzt älter ist als sie selbst, zumindest sollte er seit einiger Zeit erwachsen sein und Erfahrung und Autorität ausstrahlen. Ich bin ganz sicher, dass graue Haare ausgesprochen hilfreich sind, mindestens grau melierte. Wahrscheinlich haben Ärzte, deren Haare allmählich grau werden, auch größere Heilungserfolge. Dein Vater Vikram hatte genügend weiße Haare zwischen all den schwarzen. Er war geduldig, lächelte viel und hörte gut zu, und fast immer stellte er die richtige Diagnose. Und wenn mal etwas nicht so gut funktionierte, begleitete er den Patienten, bis er sicher sein konnte, dass alles wieder in den richtigen Bahnen lief.

Ob die Leute Vorbehalte hatten, weil er Inder war? Das war wohl schon so. Einige der älteren Damen fürchteten, er würde sie mit Knoblauchatem anhauchen. Doch Doktor Kumar war der Ansicht, er hätte eigentlich gleich als Norweger reinkarniert werden sollen, und er hatte fast vollständig die norwegischen Essgewohnheiten angenommen. Es schmeckt zwar an sich nach nichts, sagte er, nach überhaupt rein gar nichts, aber es fühlt sich richtig an. Und weil er so charmant war und keinerlei Gewürzgerüche von ihm ausgingen, hatte er viel Erfolg, auch bei den älteren Damen. Aber nicht nur bei ihnen.

Nein. Durchaus nicht nur bei ihnen. Durchaus nicht. Mehrmals pro Jahr fuhr er mit dem Auto über die Berge und nahm die Fähre nach England, um seine Frau zu besuchen, vielleicht auch Ex-Frau, ich bin nicht ganz sicher, was sie jetzt genau war, denn er bezeichnete sie abwechselnd mal so und mal so, und natürlich, um nach seinen Kindern zu sehen. Und Sie können sich vorstellen, Doktor Helgesen, da kriege ich mein Fett weg. Oh ja, und zwar gründlich! Es ist ganz furchtbar, aber ich habe es wohl verdient. Ich nehme es entgegen wie eine Strafe, verstehen Sie, Doktor Helgesen. Auch darum fahre ich hin. Es erspart mir, später bestraft zu werden.

Darum fuhr er also durch das Gebirge, auf dem Weg zu seiner Strafe, doch dann geschah es eines Nachts, dass er in Fåvnesheim Station machte, um sich noch ein wenig zu stärken. Jim war seinerzeit schon da, der Standard war hoch, sogar höher als heute, wenn man die Wahrheit sagen will, Doktor Kumar wollte sich eine ausgezeichnete Mahlzeit gönnen, und außerdem …

Ja, außerdem. Außerdem hatte das Direktorenehepaar eine Tochter. Du wirst dich wohl nicht so genau an sie erinnern, aber deine Mutter war äußerst bezaubernd, obwohl sie ja ziemlich …

… ziemlich jung war. Ja. Sie war sogar sehr jung. So jung, glaube ich, dass deine Großeltern – ich kann wohl schon mit dir reden wie mit einem Erwachsenen? – kaum ahnten, was jedes Mal geschah, wenn der charmante exotische Bezirksarzt zu Besuch war. Nach einer Weile kam er auch, wenn er gar nicht nach Lincolnshire unterwegs war. Sie war siebzehn, er sechsundfünfzig. So etwas gibt es eben.

Was passierte? Es passierte. Plötzlich wurde ich eines Abends, das heißt, es war schon spätnachts, gegen drei Uhr, in aller Eile zum Hotel gerufen. Blass wie ein Bettlaken machte mir deine Großmutter die Tür auf, ohne ein Wort, und ohne ein Wort geleitete sie mich hinauf in Doktor Kumars Zimmer, in dem dein Großvater versuchte, deine Mutter zu trösten, sie hatte einen Nervenzusammenbruch, saß auf dem Bettrand und wollte Doktor Kumars Hand nicht loslassen – und Doktor Kumar lag tot im Bett. Es gab keinen Zweifel. Er war tot. Da gab es keinen Zweifel.

Und dann passierte es. Ja, es passierte. Neun Monate später, genau zum errechneten Termin. Auf den Tag genau. Das heißt, es war Nacht. Du bist ja um drei Uhr nachts zur Welt gekommen.«

»Um drei Uhr nachts. Aha. Wahrscheinlich schlafe ich deswegen so schlecht.«

»Ich glaube nicht. Und du bist sicher, dass deine Großeltern dir nie etwas von alldem erzählt haben?«

»Das ist jedenfalls eine sehr interessante Geschichte. Eine sehr spezielle.«

»Und sie haben dir nie ein Wort erzählt?«

»Nicht, soweit ich mich erinnern kann.«

Der Nebel zog in langen Schwaden durch das Villenviertel. Ich wanderte ziellos umher, ließ mich sozusagen durch das Grau treiben wie durch eine zähflüssige Masse, in der alles lichtlos und entstellt wirkte. Ich ging weiter. Und auf einmal stellte ich fest, dass ich – sicher ganz und gar zufällig – vor dem Bankdirektorenhaus stand, Bjørn und Yvonne Berges altem Haus, in dem jetzt Karoline und ihre Eltern wohnten, dem Haus, das zuvor gelb gewesen und jetzt grün gestrichen war.

Eine Weile spähte ich über den Lattenzaun. Aus einigen Fenstern im Erdgeschoss fiel warmes gelbes Licht. In der Küche konnte ich Karolines Mutter sehen, wahrscheinlich machte sie Abendessen, wie Mütter es wohl tun. Ich nahm an, dass Karolines Vater im Wohnzimmer im Sessel saß, sicher in einem Stressless, wie Hans' Vater einen hatte, und die Abendzeitung las, wie Väter es zu tun pflegen. Es gibt ja Väter, die freundlicherweise vermeiden, im Moment der Empfängnis zu sterben. Ich bin darüber ganz gut orientiert, nicht nur durch die Orientierungsfächer in der Schule, sondern auch dank der übel beleumdeten Bücher *Ein Kind entsteht* und *Zeig mal!*, sodass ich mir das damalige Geschehen lebhaft vorstellen kann: Vikram, mein exotischer Vater, legt mit einem allzu jungen Mädchen los, erlebt sozusagen die endgültige Vereinigung mit seiner neuen Heimat, er schreit Ah und sie Oh, er ergießt sich in ihr, schickt einen tatendurstigen und lebensvollen Trupp Samenzellen auf die Reise, befruchtet sie, oder, wie Jim sagen würde, spritzt in ihr ab, macht ihr ein Kind, und als er nichts mehr zu sagen hat – seine Lebensaufgabe ist erfüllt, seine Sache getan, er ist entbehrlich, beim Abgang abgetreten, dahingeschieden, eingeschlafen, in die Zeit eingegangen oder aus ihr hinaus, im selben Moment, da er aus Fräulein Norwegen herausrutscht, ist er verschwunden, kaputt, kurz gesagt tot und gestorben, er gibt kein Tönchen mehr von sich, vielleicht noch einen kurzen Kieks. Jetzt ist er ein toter Vater. Er ist ganz und gar stressless und wird nie mit der Abendzeitung dasitzen. Und sie, die da unter ihm liegt, hat gewiss eine emotionale Reaktion, denn so nennt man das. Ob sie schreit oder weint, kommt auf dasselbe hinaus, es spielt keine Rolle, bedeutet nichts, ist belanglos, irrelevant, ohne Bedeutung, es lohnt sich nicht, darüber nachzudenken. Und ebenso ist es für den Sachverhalt unerheblich, ob sie gar nicht so viele Jahre später in Amsterdam oder Kopenhagen landete, in Marokko oder Tunesien, in Nepal oder Bhutan, oder ob sie ihren Wunsch verwirklichen konnte, sich in Indien einem Ashram anzuschließen oder der internationalen Hexenbewegung. Ob tot oder lebendig, es spielt keine Rolle, sie war von der Zeit verweht, hatte Fåvnesheim verlassen wie ein fuchsroter Schemen, durch die Zimmer huschend. Ich weiß noch, an dem Tag gab es laute Worte und Geschrei, Großmutter weinte. Ich in meinem Gitterbettchen weinte auch, reckte die Arme, mein eigenes Weinen stand tönend vor mir in der Luft. Dann war sie bei mir, einen kurzen Moment lang, sagte irgendetwas, küsste mich mitten auf den Kopf, dann war sie weg. Noch mehr Weinen in der Luft, und an mehr erinnere ich mich nicht.

Vielleicht, dachte ich, waren da Kinder in Lincolnshire, die auch geweint haben, nach einem Vater, der nie zu Hause war.

Die Straße herauf kam Karoline, offenbar auf dem Heimweg von der Schule oder von einer Freundin, den Ranzen auf dem Rücken. Als sie mich sah, glaubte ich durch den Nebel zu sehen, wie sie strahlte, jedenfalls ging sie schneller.

»Hallo, Sedd, hallo«, sagte sie bereits in zehn Schritt Abstand.

»Hallo.«

»Wie schön, dass ich dich treffe. Willst du zu uns?«

»Ich gehe nur spazieren«, informierte ich sie. »Ich wollte mit zu jemandem nach Hause, aber daraus wurde nichts. Also gehe ich stattdessen spazieren. Das soll ja auch gesund sein.«

»Zu wem denn?«

»Hm?«

Sie blickte mich mit irgendwie misstrauisch funkelnden Augen an: »Zu wem wolltest du mit nach Hause?«

»Ach, zu niemand Besonderem.«

»Aha.«

»Einem Klassenkameraden.«

»Verstehe. Willst du einen Kaugummi?«

»Nein danke.«

»Ich nehme einen. Ist entspannend.«

Aus einer Tasche ihrer Cordjacke zog sie ein längliches rosafarbenes Päckchen Bubble Gums. Sie manövrierte einen dicken, kissenförmigen Kaugummi in ihren Mund und kaute drauflos.

»Du, Sedd«, sagte sie mit mahlenden Kiefern, »komisch, dass ich dich ausgerechnet jetzt treffe.«

»Wieso?«

Sie blickte auf den Asphalt hinab und zeichnete mit der rechten Fußspitze eine Art unsichtbaren Halbkreis.

»Am Samstag habe ich Geburtstag.«

»Herzlichen Glückwunsch im Voraus.«

»Ja. Und da hab ich gedacht ... Also.«

Fieberartig zeichnete sie mehrere weitere Halbkreise und kaute eifrig zur Entspannung.

»Was hast du gedacht?«

»Ich hab gedacht, ich mache kein Geburtstagsfest. Ich kenne hier eigentlich niemanden so richtig.«

»Das tut mir leid.«

»Abgesehen von dir«, fügte sie rasch hinzu. »Abgesehen von dir, Sedd. Du warst so nett zu mir im Sommer und so, nicht wahr. Da hab ich gedacht ... ja, ja, und außerdem finde ich, ich bin für so kindische Geburtstagsfeste jetzt zu groß, immerhin werde ich schon zwölf. Ja, du verstehst?«

Ich dachte ordentlich nach. »Nicht so ganz«, sagte ich.

»Sei nicht so öde, Sedd. Manchmal bist du so öde.«

»Aha.«

»Ich hab gedacht, ob du vielleicht zum Essen zu uns kommen willst, und danach könnten wir beide ins Kino gehen oder so.«

Ich überlegte kurz. »Gut«, sagte ich, »gerne. Was wollen wir sehen?«

»Es gibt einen Film, der heißt *Arthur*. Der läuft gerade hier. Ich hab gehört, der soll sehr lustig sein.«

»Das habe ich auch schon gehört.«

»Ich hab mit Mama und Papa darüber geredet, sie sind einverstanden. Sie finden das sehr nett. Außerdem entscheide ich das selbst.«

»Gut«, sagte ich, »aber bist du sicher, dass du kein Fest feiern möchtest?«

Sie zog eine Schnute.

»So Feste sind so öde. Noch öder als du. Aber jetzt muss ich gehen. Sonst komme ich zu spät zum Essen.«

»Gut«, sagte ich. »Danke. Dann sehen wir uns am Samstag.«

Sie ging bereits durch das Gartentor, drehte sich nicht um, aber ich hörte, wie sie eine große Kaugummiblase zum Platzen brachte. Aus der Blase kam: »Dann bis Samstag um sechs Uhr abends.«

»Sechs Uhr, wird gemacht. Bis dann.« Doch da war sie auf ihren langen, dünnen Beinen schon den Gartenweg hinaufgegangen und verschwunden.

Ich trieb mich noch eine Weile in dem Viertel herum. Auch der Nebel trieb durch die Straßen. Erst kurz vor sechs ging ich wieder zu Hans' Haus hinauf. Ich ging nicht hinein, sondern warf den Schlüssel durch den Briefschlitz und wartete auf Jim, der um fünf nach sechs ankam.

»Na, war es nett bei Hans?«, fragte er.

»Sehr nett«, sagte ich.

Als wir in die Höhe kamen, blieb der Nebel hinter uns zurück. Dann waren wir zu Hause.

30

So etwas passiert eben: Auf einmal war meine Uniform, die schneidige rote, mir zu klein. Es passiert, wie gesagt, und es ist nichts daran zu ändern; bei der letzten Hochzeit vor den Sommerferien war sie noch groß genug gewesen, bei der ersten im Herbst war sie zu klein, oder ich war so groß geworden, dass sie in den Fugen krachte, genauer gesagt in den Nähten. Du wächst ja so schnell, bald passt dir deine eigene Haut nicht mehr, so etwas und Ähnliches sagten die Erwachsenen, doch machte niemand Anstalten, mir eine neue Uniform zu bestellen, und das war auch nicht weiter schlimm. Um die Wahrheit zu sagen, gab es keine Notwendigkeit dafür. Denn nach der zweiten Herbsthochzeit, zu der ich die Sachen trug, die Großvater und ich bei Ferner Jacobsen angeschafft hatten, gab es keine weitere Hochzeit mehr. Im eklatanten Widerspruch zu allen Prognosen kluger und einsichtsvoller Männer wollte Premierminister Willoch den Bedarf von Tourismus und Gastronomie nicht erkennen, sondern ließ die furchtbaren Angestellten des Weinmonopols weiterstreiken, Woche um Woche, während die Hotelgäste im ganzen Land, nicht zuletzt die Hochzeitsgäste, vor Durst schier verschmachteten. Jedenfalls in denjenigen Hotels und Lokalen, wo man nicht vorausschauend gehamstert hatte. Die Absagen trudelten ein wie Perlen an einer Schnur; jedenfalls, nachdem unsere Telefon- und Telexleitung wieder freigeschaltet war, denn eine hartnäckige Störung schnitt Fåvnesheim für mehrere Tage von der Umwelt ab, oder die Umwelt von Fåvnesheim, je nach Perspektive, bis Großvater abermals in den Ort hinabfuhr und die Sache in die Hand nahm. Da stand die Leitung nach einer Stunde wieder, und gleich kamen die Absagen herein.

»Fahr doch nach Schweden«, sagte Großmutter ärgerlich, »warum fährst du nicht nach Schweden?«

»Es ist so weit nach Schweden.« Großvater sah sie gequält an.

»Quatsch«, stellte Großmutter fest. »Es darf uns doch nicht eine Hochzeit nach der anderen entgehen, nur weil die Kunden lieber an einem anderen Ort buchen, wo sie etwas zu trinken bekommen. Wenn der Berg nicht zu Mohammed kommt, so muss Doktor Zacchariassen eben über die Grenze fahren.«

»Der Wein in Schweden ist nicht von derselben Qualität wie hier«, wand Großvater sich.

»Quatsch! Qualität? Als hätten die Norweger sich je um die Qualität ihrer Getränke geschert! Das Einzige, was hierzulande zählt, ist doch, dass genügend da ist. Und das weißt du, *Schatz*.«

Großvater antwortete nicht, sondern blickte sie nur lange mit demselben gequälten Gesichtsausdruck an. Dann schielte er kurz zu mir hinüber, dann zurück zu Großmutter, das übliche Signal dafür, dass etwas nicht für meine Ohren bestimmt war. Doch Großmutter schaute ihn nur herausfordernd an:

»Ja? Und was nun?«

Da verlor Großvater die Fassung. Es war fast sichtbar, wie wenn jemand sich an der Reling eines Schiffs festklammert und irgendwann loslassen muss.

»Ich kann nicht nach Schweden fahren und dort einkaufen! So versteh das doch endlich, Mensch! Es geht nicht! Begreif das doch, zum Teufel noch mal.«

Mit dunkelrotem Gesicht drehte er sich auf dem Absatz um und ließ Großmutter stehen, ohne einen weiteren Blick zu mir. »Zum Teufel noch mal« war für seine Verhältnisse ein ausgesprochener Kraftausdruck, so kraftvoll, dass die Luft für einen Augenblick elektrisch aufgeladen zu sein schien, um ihn herum schien sie zu knistern, und zum ersten Mal wurde mir die Tragweite des Begriffs Kraftausdruck so ganz klar.

Einmal im Leben mit Stummheit geschlagen, blickte Großmutter ihm verblüfft hinterher. Sie folgte ihm nicht. Stattdessen machte auch sie kehrt und marschierte in der entgegengesetzten Richtung ab, sie murmelte etwas davon, dass sie nach Hause wolle, nach Wien, wo keine Streiks im Wein- und Schnapshandel drohten.

Die Garderobe lag verlassen da. Keine Gäste, kein Tagesbesuch. Jim war unterwegs, Synnøve hatte keinen Dienst. Auch keiner der anderen Angestellten war da. Ohne Gäste benötigt man keine, und ebenso wenig eine Piccolouniform mit einem Piccolo darin. Nicht einmal das Telex oder das Telefon gaben einen Laut von sich, obwohl die Leitung wieder stand.

Ich ging in die Küche, wie immer, wenn unter den Erwachsenen Krieg herrschte. Verlieren, verlor, verloren. Die Wärme von Jims Öfen vermittelte immer ein Gefühl der Sicherheit, man war von Düften und Aromen umgeben. Doch jetzt waren alle Arbeitsflächen leer, mit Stahlreiniger gescheuert, keine Kraftbrühe blubberte, nicht einmal ein Blech mit Brötchen stand im Ofen und verströmte seinen Duft. Die Neonlampe an der Decke war kalt und blauweiß, sie summte leise; das Kühlaggregat brummte. Alles fehlte, nicht nur Jim. Eine Küche ohne Koch und ohne Essen ist ein trostloser Ort. Man wird nicht einmal hungrig, nur traurig.

Auf einmal fiel mir etwas ein. Es wusste ja niemand, dass sie mich zu meiner Verabredung mit Karoline hinunterbringen mussten. Ich ging wieder in die Rezeption, sie war so leer wie zuvor. Aufenthaltsräume und Speisesaal, Bar und Billardzimmer, alles leer, ebenso das Schwimmbad und das Private. Ich ging von Zimmer zu Zimmer.

Ich sah auf die Uhr, vielleicht vertreten sie sich beide die Beine, dachte ich, vielleicht saß Großmutter im Auto und fuhr weg, möglicherweise in Richtung Wien wie üblich. Ich schaute auf den Parkplatz, die Wagen standen dort. Wieder schaute ich auf die Uhr, erst jetzt fiel mir auf, wie spät es wirklich war. Ich hatte noch gut Zeit. Auf Großvater, so dachte ich, war trotz allem Verlass, kein Grund, etwas anderes anzunehmen, und er hatte mir ja versprochen, mich zu fahren.

Also ging ich mein Zimmer hinauf, holte den Anzug von Ferner Jacobsen heraus, bürstete ihn ab, stellte fest, dass das Hemd sauber und frisch gebügelt war, dann putzte ich meine Schuhe. Kämmte mich. Zog mich an. Niemand sollte mir nachsagen dürfen, ich würde zum Geburtstag der armen Karoline nicht ordentlich angezogen erscheinen. Für die Gäste stets das Beste. Ja, was tut man nicht alles für die Gäste.

Fertig angezogen, stellte ich mich vor den Spiegel. Ich darf zugeben, das Ergebnis war gar nicht schlecht; man hätte mich sofort in einer Werbung für bessere Maßschneiderei verwenden können.

Die Rezeption unten war immer noch leer, ich setzte mich hin und wartete.

Und ganz recht, auf den Glockenschlag zur verabredeten Zeit stand Großvater plötzlich vor mir, in Anorak und Stiefeln. Offenbar war er wirklich draußen gewesen. »Du bist ja elegant«, sagte er. In seiner Linken klimperten die Schlüssel.

»Dann wollen wir mal.«

Die kühle blaue Dunkelheit, die uns empfing, als wir aus dem Kino kamen, war wie immer eine ganz andere als die Dunkelheit drinnen im Kinosaal. Da standen wir nun. Karoline zog Mantel und Schal über, ich fröstelte ein wenig in meiner modischen Anzugjacke.

»Das war unheimlich lustig«, sprudelte Karoline, als wir losgingen. »Ich glaube, einen so lustigen Film habe ich noch nie gesehen.«

Jetzt musste ich sie nur noch nach Hause bringen.

»War der nicht wahnsinnig komisch, Sedd?«

»Ja. Wahnsinnig komisch.«

»Mann, du bist manchmal so öde.«

»Unheimlich wahnsinnig komisch sogar.«

»Aber gelacht hast du nicht viel.«

»Ich habe innerlich gelacht. Viele Leute machen das so. Das ist ganz praktisch. Dann stört man niemanden damit.«

»Ah.«

Ich konnte ihr ansehen, dass sie sich bei mir einhaken wollte, aber ich tat so, als ob ich es nicht bemerken würde, und hielt meinen linken Arm dicht am Leib.

»Jedenfalls lachst du nicht so wie Arthur. Also als er voll war. Ha! Das war so lustig!«

»Dudley Moore ist vielleicht der komischste Schauspieler der Welt«, sagte ich.

»Heißt der so? Aber die Schauspielerin war auch super. Sehr komisch.«

»Liza Minelli.«

»Aber nicht so komisch wie er. Duddie oder wie er heißt. Arthur.«

Eine Weile ging sie wortlos neben mir her. Dann schob sie ihre Hand doch entschlossen unter meinen Arm. Ich ließ sie gewähren. Die Dunkelheit des Kinosaals war uns sozusagen immer noch auf den Fersen, warm und braun.

Und eben diese Hand hatte mich mitten in einer Welle von Lachen plötzlich in der Kinodunkelheit gesucht, fliegend, eifrig und orientierungslos, aber doch mit einem Ziel, und am Ende hatte ich sie im Fluge greifen und in meine Hand betten müssen, fast, wie man ein Vogelküken zurück ins Nest legt. Dort war sie dann die meiste Zeit über liegen geblieben, unter weiterem Gelächter, während Arthur seinen Freund, den Butler, verlor, und langsam auch sein Erbe; nur ein paar kurze Ausflüge, sonst lag sie ruhig in meiner, während der Rest von uns lachte.

Ihr Arm jetzt aber war sehr viel bestimmter; er zog mich vom Lichtschein einer Straßenlaterne zum nächsten, unterwegs, wie ich hoffte, zum Ende eines langen Abends.

Unterwegs? Zur Bankdirektorenvilla, die gelb gewesen, jetzt aber grün war, gingen wir jedenfalls nicht.

»Stell dir mal vor, so reich zu sein«, sagte Karoline verträumt. »Wenn man so viel Geld hat, dass man tun kann, was man will, so viel ausgeben, wie man will, jeden Tag teure Sachen kaufen und Rennautos fahren kann, und du musst keine Angst haben, dass es irgendwann alle ist.«

»Das muss schön sein«, pflichtete ich bei. »Und sehr praktisch.«

»Hm. Reisen, wohin du willst. In den Süden.«

»Den verteufelten Süden«, sagte ich

»Häh? Den was?«

»Ach, so sagen wir in der Hotelbranche.«

»Warum denn? Ich hätte total Lust, in den Süden zu fahren ... Sonne, warme Abende ... und dann ...«

»Die Norweger machen nicht mehr so viel in ihrem eigenen Land Urlaub wie früher. Darum haben wir jetzt den Slogan ‹Norwegen – der Urlaub liegt so nah›. Das sollten sie aber.«

»Was sollten sie?«

»Zu Hause Urlaub machen, im Hotel, und weniger im Süden.«

Sie sagte nichts mehr, zog mich nur weiter, immer weiter weg vom Bankdirektorenhaus und der Erlösung in Gestalt meines mit dem Wagen wartenden Großvaters. Ich dachte, er müsse sicher schon da sein, wahrscheinlich war es nach elf Uhr abends, aber ich konnte nicht auf die Uhr sehen, sie saß an dem zu dem Arm gehörenden Handgelenk, den Karoline gekidnappt hatte.

Wir gingen durch die Straßen. Es war fröstelig, wenig Menschen waren unterwegs, die Dunkelheit zwischen den Lichtkreisen verschluckte uns, um uns dann wieder freizugeben.

Karoline blieb stehen. »Da arbeitet Papa.« Wir standen vor der Bank, einem weißen Kasten mit vielen länglichen Fenstern, der Kundenraum mit drei großen Scheiben. Drinnen war es ganz dunkel.

»Da drin schläft das Geld«, sagte sie leise und ließ ein seltsames kleines Lachen hören.

»Dann hoffen wir mal, dass das Geld im Dunkeln keine Angst hat«, sagte ich. Sie lachte noch einmal und fasste meinen Arm fester.

»Manchmal«, flüsterte sie, »manchmal habe ich heimlich Papas Schlüssel genommen.«

»Wirklich?«

»Ja, und dann bin ich im Dunkeln hierhergegangen. Keiner weiß davon.«

Und fast unhörbar, wie ein leiser Atemzug, sagte sie: »Und dann bin ich reingegangen.«

»Aber ...«, setzte ich an. »Gibt es keinen Alarm? Und was willst du –«

»Geld ist so toll«, flüsterte sie ebenso leise. Dann lachte sie noch einmal, diesmal etwas schriller, fast erschreckend. »Außerdem«, fuhr sie fort, »ist der Alarmknopf in einem Kästchen gleich drinnen neben der Tür, und der Schlüssel dazu hängt mit am Bund. Ist also ganz einfach.«

Sie drückte ihr Gesicht an meine Schulter.

»Aber, Karoline«, sagte ich, »gehst du in die Bank, um … also ich meine, kriegst du denn kein Taschengeld?«

»Doch, schon«, klang es aus meiner Achsel.

»Aber warum …«

»Du bist so öde«, murmelte sie da unten.

Jetzt standen wir eine Weile einfach da, sie sagte nichts mehr. Ich wusste auch nicht, was ich tun sollte, ich wartete ab.

Auf einmal sah sie mich an.

»Ich hab gedacht«, sagte sie mit jenem leichten Beben in der Stimme, »wir könnten ja jetzt in die Bank gehen. Uns einfach mal ein bisschen umschauen.«

Sie ließ meinen Arm los, und ich hob mein Handgelenk eilig in Augenhöhe.

»Äh … Ich weiß nicht.«

»Komm schon«, sagte sie etwas selbstsicherer. »Es ist ziemlich klasse, weißt du, da drin beim Geld. Es schläft. Es ist ganz still. Geld schnarcht nicht.«

»Also«, murmelte ich, »ich würde gern …« Sie griff meine Hand und legte sie auf die Brusttasche ihres Mantels. »Hier drin hab ich sie«, sagte sie. »Die Schlüssel.«

»Ja, aha«, sagte ich, »vielleicht ein andermal. Ich glaube, Großvater wartet schon auf mich. Und deine Eltern auch. Die fragen sich wahrscheinlich schon, wo wir bleiben.«

Ich zwinkerte sie an. Und mein kleiner psychologischer Trick funktionierte.

»Verstehe«, sagte sie. »Verstehe.«

Sie blickte mich verschwörerisch an, dann schloss sie die Augen. Stand ganz still.

Ich wand mich los, nahm ihre Hand und zog sie vom Tatort ihrer Verbrechen weg.

»Komm«, sagte ich munter, »Großvater wird ziemlich sauer, wenn man ihn warten lässt. Und ich meine so richtig sauer.«

»Du und dein Großvater«, sagte Karoline etwas kurz angebunden, zog ihre Hand aber nicht weg.

Als wir ein Stück gegangen waren, sagte sie: »Papa sagt übrigens, dein Großvater ist insolvent.«

»Insolvent? Was bedeutet das?«

»Mann, bist du öde. Insolvent ist man, wenn man kein Geld mehr hat, um seine Minigolfstunden zu bezahlen. Insolvent heißt, man ist nicht mehr flüssig. So, da hast du deinen Großvater.«

Ich sagte nichts.

»Genau wie Arthur, wenn er das Ganze nicht im letzten Augenblick gerettet hätte, dann wäre er in die Insolvenz geraten.«

»Das hätte er nie überlebt«, sagte ich.

Zu Hause bei Karoline saßen die Erwachsenen und warteten. Im Wohnzimmer. Großvater hatte ein Glas mit einer durchscheinenden braunen Flüssigkeit vor sich und sah sehr zufrieden aus. Karolines Mutter hatte Kekse auf den Tisch gebracht.

Alle drei wollten sie wissen, ob uns der Film gefallen habe, und das konnten Karoline und ich von ganzem Herzen bejahen. Auch wollten sie wissen, ob er genauso lustig sei, wie sie gehört hätten, und auch das bestätigten wir. Zum Schluss erkundigten sie sich, und dabei blickten sie Karoline und mich forschend an, ob es uns gut ergangen sei. Ja, war es. Nun blieb nichts mehr übrig, als gute Nacht zu sagen; Großvater dankte herzlich für die Bewirtung, es sei gerade nur so stark gewesen, dass er noch sehr gut fahren könne, außerdem für Kekse und Kaffee, nicht zu vergessen das angenehme Gespräch, das wirklich sehr angenehm gewesen sei, ja, sowohl angenehm als auch ergiebig.

»Na ja, Sie wissen ja, Herr Direktor.«

Karoline und ich verabschiedeten uns kurz voneinander. Sie

schaute mich schief an und sagte, bis dann. Ihre Eltern dankten mir, dass ich Karolines Geburtstag mit ihr gefeiert hatte.

Rundherum von Dank umgeben, setzten wir uns in den Vauxhall und fuhren los. Großvater war ganz ungewöhnlich guter Laune.

»Wirklich niedlich, diese Karoline«, kicherte er und zwinkerte mir zu.

»Hör doch auf, Großvater.«

»Ich glaube schon, dass sie ein Auge auf dich geworfen hat, mein Junge. Wer weiß, wer weiß, vielleicht haben wir da eine zukünftige Gastgeberin für Fåvnesheim, Sedd. Was meinst du?«

»Sag nicht so was, Großvater. Ich bin nur hingegangen, um nett zu sein. Und weil es so gute Gäste waren.«

»So ist das also. Ja, ja, Sedd, das ist gut. Das ist gut. Und klug ist es auch.«

Eine Weile fuhren wir schweigend die Kurven bergan. Und als wir oben waren, sagte Großvater: »Er ist übrigens doch ein ziemlich netter Kerl.«

»Wer?«

»Der Bankdirektor. Der neue. Karolines Vater.«

»Ja, er wirkt nett. Ziemlich in Ordnung so.«

»Ich hatte befürchtet, er könnte sehr viel weniger umgänglich sein als Bjørn Berge. Offen gestanden habe ich mir eine ganze Weile ziemlich Sorgen gemacht. Wirklich. Aber du wirst sehen, er passt sich an. Ja. Passt sich an den Ort und die Verhältnisse an. Genau, wie es in den Bergen Usus ist.«

»Der Mensch ist ein sehr anpassungsfähiges Wesen«, sagte ich.

»Du wirst sehen, das ruckelt sich alles zurecht«, fuhr Großvater fast träumerisch fort. »Jetzt versteht er das Ganze allmählich. Das mit dem Streik und alles.«

»Dann ist es ja gut.«

»Gut? Es ist noch viel besser. Das ist unsere Rettung, verstehst du, Sedd? Jetzt haben wir noch etwas Aufschub. Und jetzt müssen wir zusehen, dass wir den Karren aus dem Dreck ziehen.«

Wohlbehalten zu Hause angelangt, setzte Großvater sich gemütlich in seinen Lehnstuhl, mit einem jetzt etwas stärkeren Getränk, und las in einem Geschichtsbuch über den Krieg. Mir fiel auf, dass ich ihn schon lange nicht mehr so gesehen hatte, zufrieden lesend, ein leichtes Lächeln auf den Lippen, einen guten Schluck im Glas.

Großmutter und ich gingen recht früh zu Bett, aber ich glaube, er saß noch lange genüsslich da und ließ es sich gut gehen.

Schließlich darf und soll man es sich gut gehen lassen, wenn man es wirklich verdient hat, und das hatte Großvater, so will ich meinen.

31

Am nächsten Morgen jedoch stand der Polizeichef vor dem Hotel, dazu ein paar Leute, bei denen ich nicht wusste, wer sie waren; eine ernst wirkende bleiche Dame in grauem Rock und dunkler Jacke, dazu ein Mann im Overall mit Werkzeugkasten. Das schwarz-weiße Polizeiauto stand neben einem roten Lieferwagen auf dem leeren Gästeparkplatz.

Ich stand allein in der Rezeption und sah sie als Erster. Vielleicht, dachte ich, suchten sie einen gefährlichen Kriminellen, der sich auf der Flucht befand. Die Dame im grauen Rock sah mir ganz nach einer Zivilfahnderin der Kriminalpolizei aus Oslo aus. Zwar wusste ich nicht, wie solche Zivilfahnderinnen aussehen, aber hätte ich mir eine Zivilfahnderin vorstellen sollen, dann wäre es genau so eine gewesen. Was der Handwerker in ihrer Gesellschaft sollte, war schon schwerer vorstellbar, vielleicht war er Kriminaltechniker und hatte in seinem Werkzeugkasten Zubehör, um Fingerabdrücke abzunehmen oder Reifenspuren und Fußabdrücke mit Gips auszugießen. Nun war es bislang noch nie geschehen, jedenfalls soweit ich wusste, dass sich ein gefährlicher Bandit in unserem Landkreis aufhielt; allenfalls hätte sich der Betreffende auf der Durchreise befunden. Aber irgendwann ist ja immer das erste Mal, und wenn man Schwerkriminalität bekämpfen will, gilt es, auf alles vorbereitet, für alles gewappnet zu sein. Die Gesetzlosigkeit nimmt in allen Schichten der Gesellschaft zu, überall, man weiß gar nicht, worauf man sich noch gefasst machen soll. Heute lassen Jugendliche eine gewaltige Ladung Dynamit in einem Steinbruch bei Oslo hochgehen, wahrscheinlich hatten sie sich das Hirn mit Klebstoff weggeschnüffelt. Morgen legt ein Verrückter am Ostbahnhof eine Bombe, um den Behörden Geld abzupressen. Vielleicht hatte er ja auch geschnüffelt, wer weiß. Und noch davor hatte einer versucht, oben in Nordnorwegen in der Finnmark die Brücke bei Alta zu sprengen, der aber ganz sicher ohne zu schnüffeln. Er war durch zivilen Ungehorsam verblendet, so lautete Großvaters Erklärung. Verfall allenthalben, man musste die Polizei bei ihrer wichtigen Arbeit bestmöglich unterstützen, und mit diesem festen Vorsatz ging ich hinaus zum Polizeichef, um zu hören, worin meine Unterstützung bestehen könnte.

Der Polizeichef war meist freundlich und gelassen, jedenfalls bei unseren bisherigen Begegnungen, aber ich bin ja auch kein Verbrecher. Heute jedoch wirkte er eigenartig ernst und förmlich.

»Hallo, Sedd«, sagte er ohne ein Lächeln.

»Einen schönen guten Morgen, was gibt's?«

Er blickte zu Boden. Dann schaut er wieder auf und sagte ebenso ernst:

»Wir würden uns gerne einmal mit deinem Großvater unterhalten, Sedd. Ist er zu Hause?«

»Er schläft heute lange. Ausnahmsweise. Ich glaube, er muss sich etwas ausruhen.«

Der Polizeichef und die Dame in Zivil sahen gleichzeitig auf ihre Armbanduhren.

»Zehn vor zehn«, sagte sie zu ihm.

»Ja, stimmt. Sedd, sei so nett und wecke deinen Großvater sofort. Sag ihm, es eilt. Wir müssen mit ihm reden.«

Wieder schaute er auf die Uhr.

»Okay«, sagte ich, »natürlich, aber vielleicht möchten Sie drinnen so lange eine Tasse Kaffee trinken? Es ist ja ziemlich kühl heute.«

Bei diesem Angebot leuchtete die Miene des Mannes, den ich für einen Kriminaltechniker hielt, auf, er schien durchaus Lust auf eine gute Tasse Kaffee zu haben. Kriminaltechniker müssen ja bei jedem Wetter draußen arbeiten und frieren sicher oft. Viele unschöne Dinge zu sehen bekommen sie auch. Aber der Polizeichef sagte:

»Nein, vielen Dank, Sedd. Das ist nicht nötig.«

»Kann ich Ihnen sonst irgendwie behilflich sein, während Sie warten?«, fragte ich.

»Nein danke. So. Jetzt hole bitte schnell deinen Großvater.«

In der Rezeption begegnete ich Großmutter, sie wirkte erregt. Offensichtlich hatte sie die Ermittler von einem Fenster aus gesehen.

»Was ist los?«, fragte sie.

»Ich weiß nicht genau, Großmutter, vielleicht suchen der Polizeichef und die beiden Ermittler jemanden. Vielleicht. Aber sie wollen mir nichts verraten. Abgesehen davon möchten sie Großvater sprechen.«

Sie warf einen prüfenden Blick auf die drei Gestalten, die vor dem Eingang warteten.

»Dann geh ihn wecken, Sedd. *Sofort*. Ich rede mit ihnen.«

»Gut, Großmutter.«

»Und hol Jim.«

»Mache ich, Großmutter.«

Großvater schlief tief und fest, als hätte er seit Langem nicht mehr genug Schlaf bekommen und wollte ausgerechnet heute das Versäumte nachholen. Außerdem roch er noch ziemlich stark nach den wohlverdienten Absackern, die er sich am Abend zuvor gegönnt hatte. Es braucht also eine Zeit, bis er bei sich war, doch als ihm klarwurde, dass der Polizeichef in Person draußen wartete, zusammen mit zwei Ermittlern, war er als gesetzestreuer Bürger schnell auf den Beinen, um die Polizei zu unterstützen. Er eilte ins Bad, wo er sich rasch zurechtmachte.

Unterdessen ging ich in den Personalflügel und klopfte bei Jim an. Jim war schon aufgestanden, aber auch noch nicht angezogen. Als ich ihm erklärte, die Polizei sei da, schaute er zu, dass er in seine Klamotten kam. Er zog die Hose hoch und die Kochjacke über, schlüpfte in seine Holzschuhe und lief los.

Zurück in der Rezeption, sah ich, dass Großmutter und Jim sich mit den drei Besuchern unterhielten, es war ein recht lautstarkes Gespräch. Großmutter griff sich an den Kopf und drohte mit dem rechten Zeigefinger. Jim gestikulierte mit beiden Händen und wanderte dabei vor der aufgereihten Polizeimacht auf und ab.

Kurz darauf kam auch Großvater dazu, eine ebenso soignierte Erscheinung wie stets.

Bei seinem Eintreffen beruhigte sich alles ein wenig, jedenfalls zunächst. Die Dame im grauen Rock zog einige Papiere aus einer Dokumentenmappe und hielt sie meinen Großeltern hin.

Wieder griff Großmutter sich an den Kopf, drohte jetzt aber nicht mehr mit dem Finger. Großvater nahm eines der Papiere, breitete angeregt und lächelnd einen Arm aus und äußerte sich offensichtlich sehr wortreich.

Ich dachte: Ich sollte zu ihnen hinausgehen.

Ich dachte: Ich sollte nicht zu ihnen hinausgehen. Ich bleibe hier drin, nachher ist die Polizei weg, und alles ist wie immer.

Der Mann im Overall wühlte in seiner Werkzeugkiste, holte Schraubenzieher und Handbohrer hervor. Dann ging er zur Eingangstür und nahm das Schloss in Augenschein.

Jim hinterher. Er riss die Tür auf, und ich hörte ihn sagen: »Ho, ho, ho, immer schön langsam. Moment mal, verfluchte Scheiße!«

Großvater reichte der Dame das Papier zurück, dann bugsierte er den Polizeichef in die Rezeption, zu dem Tresen, bei dem ich stand.

»Sedd«, sagte er finster, »sei so lieb und geh woanders hin. In dein Zimmer oder so.«

»Aber Großvater …«

»Tu, was ich dir sage. Der Polizeichef und ich müssen telefonieren. In Ruhe. Es ist wichtig.«

Der Polizeichef: »Mit allem Respekt, Herr Zacchariassen – aber das müsste Ihnen alles bekannt sein. Zu diesem Anruf hätten Sie längst Gelegenheit gehabt.«

Großvater: »Es tut mir wirklich sehr leid, wie gesagt, aber ich kann jetzt nur wiederholen, dass …«

Der Polizeichef: »Datum und Uhrzeit sind Ihnen schon vor Langem mitgeteilt worden. Da gibt es keinen Zweifel. Aber bitte, selbstverständlich, rufen Sie bei der Bank an.«

»Sedd, verschwinde jetzt!«

Ich ging. Aber nicht in mein Zimmer. Sondern die Treppe zum Westflügel hinauf, wo ich mich im zweiten Stock ans Fenster stellte und auf den Vorplatz vor dem Eingang hinunterblickte. Die graue

Dame stand unverrückbar am selben Platz wie zuvor, Großmutter schwirrte umher, redete offenbar auf Deutsch auf sie ein, während Jim den Mann mit der Werkzeugkiste im sicheren Abstand zum Haus festhielt und ihm den Weg zum Eingang verstellte.

Ich weiß nicht mehr, wie lange ich so stand. Vielleicht zehn, vielleicht zwanzig Minuten. Auf einmal bekam ich nur noch schwer Luft. Man kommt überraschend lange ohne Sauerstoff aus. Und auf einmal kamen Großvater und der Polizeichef wieder heraus; sie reichten einander die Hand, Großvater lächelte verbindlich, die Delegation setzte sich in ihre Autos und fuhr wieder von dannen.

Großvater und Jim gingen ins Haus, Jim hatte Großvater den Arm um die Schultern gelegt.

Eine Weile ging Großmutter noch allein hin und her, unaufhörlich redend. Jetzt drohte sie auch wieder mit dem Finger.

32

Es gilt, einfach nicht darüber zu sprechen. Das habe ich jetzt begriffen. Es gilt, nicht darüber zu sprechen, denn dann gilt es nicht. Und was nicht gilt, das ist nicht wahr. Solange man über Schulden nicht spricht, gelten auch sie nicht, selbst wenn der Polizeichef zum dritten Mal vor der Tür steht und seine Forderungen geltend macht, gelten sie nicht: Jedenfalls nicht, solange er unverrichteter Dinge wieder abziehen muss. Ohne seine Verrichtung durchzuführen. Eine sehr unerfreuliche Verrichtung, wenn man mich fragt. Wenn sie gegolten hätte, hätte sie darin bestanden, dass die eine Seite alles nimmt, die andere nichts mehr behält, ungefähr so, wie wenn man mit einem Kinderspaten Schnee in die Luft wirft: So viel hatte ich – – so viel habe ich weggegeben – so viel ist mir geblieben.

Also gilt es, nicht darüber zu sprechen. Es gilt, den Spaten gar nicht erst zu bewegen, denn dann kann man sich vorstellen, wohin es führt, dass womöglich jemand ernsthaft wegfährt, nach Wien, dass Zimmer geleert, Arbeitsplätze gekündigt werden müssen, dass vier Generationen kämpfende Helden wie Flocken im Schneetreiben verwehen, und die fünfte Generation tatenlos dasteht und in die leere Luft glotzt: So viel ist mir geblieben. Gilt, galt, gegolten.

Der Schnee kam früh in diesem Herbst. Wie ein schwerer weißer Schlaf legte er sich über Fåvnesheim, es schneite unaufhörlich, alles schneite zu, und es half auch nichts, dass der verteufelte Streik endlich zu Ende ging. Die Hochzeitssaison war vorbei, unsere letzte Hoffnung bestand jetzt in den Weihnachtsfeiern.

Im Nachhinein bedaure ich, dass ich in dieser höchst eigenartigen Zeit kein Foto von Großvater gemacht habe. Er war blicklos. Seine Augen flackerten unstet umher. Das Hotel war leer, abgesehen von Jim, Großmutter und mir, dennoch stand er tagtäglich tadellos gekleidet an der Rezeption und führte die Geschäfte. Synnøve war vorübergehend freigestellt, wie er es ausdrückte. Näherte sich einer von uns der Rezeption, eilte er woandershin, in so einem großen Hotel muss man sich um so vieles kümmern, er hatte alle Hände voll zu tun. Großmutter ebenso. Die Vorbereitungen für die Wintersaison. Zahllose Zimmer in zahllosen Flügeln.

Der Strom fiel wieder aus und kam wieder zurück, Großvater zufolge lag es an Instandhaltungsarbeiten im Netz. Die Anzeigen für Reisen in den verteufelten Süden auf der ersten Seite der *Aftenposten* wurden immer größer. Am Ende füllten sie die erste Seite gänzlich aus. Ja, an den Tagen, bevor die *Aftenposten* dann nicht mehr kam, bestand die Zeitung ausschließlich aus Anzeigen voller Sonnenschirme und langweiligen Stränden, sodass die Meldungen von den wirklich wichtigen Dingen in zwei Spalten links von den Todesanzeigen verbannt waren. Der Tote wünscht keine Blumen. Verhandlungen um Atomabkommen. Ein erfülltes Leben hat geendet. Komm ins schöne Benidorm.

»Es muss doch möglich sein, *Schatz*«, sagte Großmutter eines Tages am Küchentisch beim Frühstück, draußen schneite es noch immer ohne Unterlass, »sich mit diesem neuen Bankdirektor irgendwie gütlich zu einigen?« Großvater blickte von seinem Brot mit Heringssalat auf, denn er hatte schließlich keine *Aftenposten* mehr, von der er aufblicken konnte, wandte sich kurz mir zu und bedachte sie dann mit einem warnenden Blick. Danach schaute er wieder auf seinen Heringssalat und studierte ihn eingehend. Er sagte nichts. Ich folgte zur Sicherheit seinem Beispiel und versuchte, mein Käsebrot zu entziffern.

»Nein, also wirklich«, sagte Großmutter. Dann tat sie etwas, was ich von ihr so gut wie nie zu sehen bekommen hatte; sie legte ihre Hand auf Großvaters, quer über den Tisch. Großvater antwortete immer noch nicht, hörte aber auf zu kauen und starrte stumm auf sein Essen.

»Ich bin satt«, sagte ich fröhlich. »Es war sehr gut. Vielen Dank für das Essen. Darf ich aufstehen?«

»Ja«, sagte Großmutter, »steh ruhig auf, *Buberl*.«

Ich stand auf. Die beiden saßen ganz still, in derselben Haltung, so unbewegt wie zwei Wachsfiguren, während ich den Stuhl an den Tisch schob, aber nicht ganz eng daran, denn das sieht nicht gut aus. Es muss immer ein gewisser Abstand zwischen der Rückenlehne des Stuhls und der Tischkante bleiben. Das scheint nicht allgemein bekannt zu sein.

Auch als ich die Tür hinter mir schloss, saßen sie noch genauso da. Unverändert. Und ich glaube, so blieb es auch während der folgenden schweigenden Minuten, ich stand ganz nahe an der Wand des Flurs vor der Küchentür, reglos, vorsichtig durch den offenen Mund atmend, und konnte von drinnen nicht einmal einen Brotkrümel fallen hören. Schließlich jedoch sagte Großmutter, ungewöhnlich leise und mild für ihre Verhältnisse: »Er ist doch kein Unmensch, dieser Neue.«

»Nein, aber er ist neu.«

»Wenn du jetzt aber ...«

»Er begreift einfach nicht, was Fåvnesheim für die Gemeinde bedeutet.«

»Nein, aber ...«

»Was es bedeutet, und was es bedeutet hat. Er sagt, es gälten jetzt neue Konditionen. Die Bank gehört neuerdings zu einer Gruppe.«

»Ja, das hast du aber gewusst, das ist doch schon eine ganze Weile so?«

»Ja, schon, Sisi, ganz klar. Aber Bjørn Berge, unser guter alter Bjørn, wäre nie auf die Idee verfallen, diese Konditionen rückwirkend anzuwenden. Bjørn Berge hatte schließlich das Grundgesetz gelesen.«

»Ich glaube nicht, dass das ausgerechnet im ...«

»Was hast du gesagt?«

»Nichts. Nichts.«

»Aha.«

»Aber es muss doch möglich sein, ihm vernünftig zuzureden?«

»Sisi, darüber zerbrich dir lieber nicht den Kopf.«

»Also bitte. Das ist schließlich mein Kopf.«

»Außerdem habe ich genau das versucht und nichts anderes. Er hat begriffen, dass der Streik des Weinmonopols eine außergewöhnliche Situation war. Aber jetzt ... jetzt schneit es.«

»Ja und? Umso besser. Dann läuten wir die Saison für die Weihnachtsfeiern etwas früher ein. Wir müssen jede Menge tolle Weihnachtsfeiern verkaufen. Das funktioniert sicher, du wirst schon sehen.«

»...«

»Viele Weihnachtsfeiern. Hörst du? Ach, mein lieber Süßer ...«

»...«

»Hörst du? Es kommt sicher in Ordnung. Ja, vielleicht kriegen wir auch noch ein, zwei Winterhochzeiten ins Haus.«

»...«

»Und er muss einfach so nett sein und dir etwas beistehen. Vielleicht sogar den Kredit ein wenig erhöhen. Bis wir wieder in tieferes Fahrwasser kommen. Glaubst du nicht, dass das geht? Es muss gehen.«

»...«

»Ich werde mal selbst mit ihm sprechen. Außerdem sind doch Karoline und Sedd so gute Freunde.«

»Du musst nicht denken, Sisi, dass ich das nicht versucht habe. Gerade das Bild mit dem Fahrwasser.«

»Und?«

»Ich denke schon, dass er verstanden hat, was ich meinte. Aber es half irgendwie nichts. Es gebe gewisse Konditionen, sagte er. Gewisse neue Konditionen.«

»Quatsch«, sagte Großmutter. »Jetzt werde *ich* mal mit ihm reden. Du wirst schon sehen, dann gibt er bei den Konditionen nach.«

»Ich finde, du solltest dich nicht belasten mit so ...«

»Schluss jetzt! Mein Kopf, wie gesagt.«

Als ich an diesem Nachmittag im Werkzeugschuppen Skiwachs suchte, schaute ich auch gleich nach Großvaters Schachtel. Sie war nicht mehr da.

Und als ich vom Skifahren zurückkam, brannte im Büro hinter der Rezeption Licht. Ich schaute von außen durchs Fenster. Großmutter saß über den Schreibtisch gebeugt da, Großvaters Schachtel vor sich. Auf dem Tisch waren Papiere und Umschläge weit verstreut.

Ich stellte die Skier draußen neben dem Haupteingang ab und ging durch die halbdunkle Rezeption. Dort in der Halle lief Großvater zwischen den Postkartenständern und den braunen Ledersesseln auf und ab. Hin und her durch den großen Raum. Wir taten so, als ob wir einander nicht gesehen hätten, und ich ging hinauf ins Private.

Am nächsten Tag, einem Sonntag, setzte Großmutter sich ins Auto und fuhr in den Ort, dabei fuhr sie gar nicht gern, wenn der Schnee unzureichend geräumt war. Mich nahm sie mit, für den Fall, dass sie sich festfahren sollte, damit ich den Wagen freischippen konnte. Aber ich war es, der sie dann daran erinnern musste, dass wir auch eine Schaufel mitnehmen sollten.

Wir kamen irgendwie unversehrt an, und ich konnte mich entspannen. In dem ehemals gelben Haus des Bankdirektors war die Familie offensichtlich zu Hause, in Küche und Wohnzimmer brannte Licht. Die Einfahrt war sauber von Schnee geräumt, und das Tor stand offen, aber wir parkten unten auf der Straße.

Raschen, entschlossenen Schritts trippelte Großmutter zur Haustür, mich im Schlepptau. Schlepptau sage ich, weil ich offen gestanden doch ein wenig skeptisch war. Während der Fahrt hatte Großmutter nicht viel gesagt, nur, es sei gut, dass ich dabei sei und schippen könne, und es sei gut, dass ich dabei sei, weil Karoline sich mir angeschlossen hätte. Genau das hörte ich nicht so gern. Offenbar kam Großmutter nicht auf die Idee, mich zu fragen, ob ich mich auch Karoline angeschlossen hatte. Es lag ja im Bereich des Möglichen, dass das gar nicht der Fall war. Ich finde, jeder sollte selbst entscheiden können, wem er sich anschließt. Darum also fühlte ich mich im Schlepptau, eine Art Pfand oder Mittel zum Zweck. Ich finde, jeder sollte selbst entscheiden können, ob er ein Mittel zum Zweck sein will. Protest erhob ich jedoch keinen, es hätte nichts genutzt. Nicht bei Großmutter, die jetzt ihren langen, bebenden österreichischen Zeigefinger auf die Türklingel drückte. Karolines Mutter machte auf. Sie wirkte etwas überrascht, was kein Wunder war, denn wir hatten uns nicht angekündigt. Großmutter jedoch entschuldigte sich auf das Liebenswürdigste für die Störung und bat darum, in einer wichtigen Angelegenheit mit dem Herrn Bankdirektor sprechen zu dürfen, und wir wurden eingelassen. Im selben Augenblick kam Karolines Vater in die Diele; er wechselte erstaunte Blicke mit seiner Frau, während Großmutter abermals die sonntägliche Störung entschuldigte und fragte, ob sie mit ihm sprechen könne.

Karoline stand ganz oben auf der Treppe und sah zu. Ich bemerkte sie erst nach einer Weile. Mit großen grauen ernsten Augen verfolgte sie das Geschehen.

»… ja, und dann habe ich auch noch Sedd bei mir«, sagte Großmutter munter, »er wollte so gern mitkommen und Karoline hallo sagen«.

»Und um zu schippen, Großmutter«, sagte ich leise. »Vor allem, um zu schippen.«

»Haha, ja, selbstverständlich, das auch. Natürlich. Es ist bei uns da oben so viel Schnee gefallen, so etwas habe ich noch nicht gesehen.«

»Ja, da hat man sich schnell festgefahren«, sagte Karolines Vater.

»Sehr schnell«, sagte ich.

»Ja«, sagte Großmutter. »Sehr schnell.«

»Vielleicht setzen wir uns ins Wohnzimmer, Frau Zacchariassen, Sedd und Karoline können solange nach oben gehen, und du hast vielleicht noch etwas Kaffee übrig?« Er sah seine Frau an.

»Ich wollte gerade noch welchen aufsetzen. Kommen Sie bitte herein.«

»Danke, danke«, sagte Großmutter. Sie verschwand mit dem Bankdirektor im Wohnzimmer, Karolines Mutter ging in die Küche.

Ich sah die Treppe hinauf. Karolines große graue Augen waren immer noch dort.

»Du bist so öde«, sagte sie.

»Findest du«, sagte ich. Ich ging die Treppe hinauf, denn es gefiel mir nicht, dass sie über mir stand. Sie sollte auf keinen Fall den Eindruck bekommen, ich könnte eine Art Pfand oder Mittel zum Zweck sein. Oder eine Trophäe.

»Schippen, also echt«, sagte sie, als ich auf halbem Wege war. Doch als ich oben ankam, sagte sie nichts mehr, sondern ging nur in ihr Zimmer voran.

Das Zimmer war kindlich und mädchenhaft, genau wie erwartet. Eigentlich erinnerte es ein wenig an mein eigenes Zimmer, das schließlich meiner Mutter gehört hatte, und sie war auch ein Mädchen gewesen, natürlich.

Karoline setzte sich aufs Bett, ich mich auf einen Stuhl. Plötzlich fiel mir ein, dass ich noch nie im Leben mit einem Mädchen alleine im Zimmer gewesen war. Worüber machte man in einer solchen Lage Konversation?

»Schönes Zimmer«, sagte ich.

»Danke.«

»Sehr schön.«

»Frisch renoviert«, bemerkte Karoline.

»Ach ja? Ich meine, ja, natürlich.«

»Du bist so öde.«

Dann sagten wir eine ganze Zeit lang nichts. Das graublasse Schneelicht von draußen legte sich wie eine Art Schleier über alles, es war, als würde das Zimmer seine Tiefe verlieren, und es wurde schwierig, Abstände einzuschätzen, zum Beispiel den Abstand zu Karoline. Bald fand ich es schwierig, sie zu sehen. Sie glitt im Licht davon.

»Also, Sedd.«

Ich blickte auf meine Stiefel, die ich auszuziehen vergessen hatte. Das war nicht gut. Jetzt schmolz der Schnee auf ihnen. Vor den Spitzen hatten sie schon zwei Pfützen gebildet.

»Sedd ... weinst du?«

»Nein«, sagte ich. »Ich glaube nicht.«

Dann stand sie neben mir. Ganz still, lange. Jetzt bildeten sich auch an den Absätzen meiner Stiefel zwei Pfützen. Dann nahm Karoline vorsichtig mein Gesicht zwischen die Hände.

Sie sagte meinen Namen. Meinen vollständigen Namen. Sie sprach ihn nicht ganz richtig aus, aber das war auch nicht anders zu erwarten. Nicht alle kennen sich mit ausländischen Namen aus.

Eine Weile herrschte Stille. Dann sagte sie: »Es kommt ganz sicher alles in Ordnung.«

»Glaubst du?«, fragte ich. Ich schaute nicht auf. Aber sie hob mein Gesicht hoch, sodass ich sie ansehen musste. Wieder war sie über mir, aber sie nutzte es nicht aus, sie sagte einfach: »Dafür sorgen wir. Wir beide. Das verspreche ich dir.«

»Glaubst du?«

»Ja natürlich. Ganz sicher. Du bist so öde.«

»Ja.«

Es klopfte an der Tür. Innerhalb eines Sekundenbruchteils stand ich am Fenster und blickte ins Weiße hinaus, Karoline machte einen Satz quer durchs Zimmer, um zu öffnen.

Es war ihre Mutter. »So«, sagte sie, »Sedd und seine Großmutter fahren jetzt nach Hause.«

»Oh«, sagte Karoline.

»Es ist ja auch ein weiter Weg. Und es schneit immer noch. Sie können hier ja nicht übernachten«, scherzte sie.

»Nein«, antwortete Karoline nachdenklich. »Haben sie alles miteinander besprochen?«

»Ja, haben sie. Sedd. Sedd?«

Ich drehte mich um.

»Ich glaube, sie haben sich geeinigt, Sedd«, sagte Karolines Mutter.

»Tatsächlich«, sagte ich.

»Wir kommen gleich runter«, sagte Karoline. »Ich möchte Sedd nur noch etwas sagen.«

Als wir wieder allein waren, sagte sie es. Und dann bat sie mich, dass es ein Geheimnis bleiben sollte.

»Ja«, sagte ich, »okay.«

»Dann ist es abgemacht«, sagte Karoline.

Auf der Heimfahrt war Großmutter glänzender Laune. Sie summte qualitätsvolle österreichische Schlager, ganz offensichtlich war sie zufrieden mit dem Ergebnis ihrer Unternehmung.

»Du wirst schon sehen, Sedd, jetzt kommt alles in Ordnung.«

»Ja, Großmutter.« Aber ich wunderte mich, wie leichtfertig die Menschen sagten, alles werde in Ordnung kommen. Das war jetzt schon das zweite Mal innerhalb einer Stunde, dass ich es hörte.

»Ja, denn jetzt, Sedd, *Buberl*, haben wir eine Frist. Eine Gnadenfrist.«

»Verstehe, Großmutter.«

»Jetzt müssen wir nur noch alles Nötige tun. Dann kommt hoffentlich alles in Ordnung.«

Auch auf dem Heimweg musste ich nicht schippen.

33

»Kommt nicht infrage!« Großvater wurde blass. »Das kommt überhaupt nicht infrage. Nie wieder.«

Großmutter schaute ihn fest an.

»Schatz, wir müssen«, sagte sie schwer.

»Unsinn«, sagte Großvater, »wir müssen gar nichts, absolut nichts müssen wir.«

»Das ist ein sehr lukratives Geschäft. Sie zahlen das Dreifache. Ich glaube, sie würden sogar noch höher gehen. Auf eine solche Gelegenheit können wir nicht verzichten. Und kein anderes Hotel in Südnorwegen will sie nehmen.«

»Das wundert mich nicht.«

»Und?«

»Ausgeschlossen«, sagte Großvater. »Vollkommen ausgeschlossen. Nach dem letzten Mal ...«

»Ich habe mich erkundigt«, sagte Großmutter. »Sie haben es überall sonst versucht und lauter Absagen kassiert.«

»Und hier genauso«, sagte Großvater. »Ich will die hier nie wieder sehen.«

»Liebling, ich fürchte, wir haben keine andere Wahl. Sie haben uns auch schon drei Mal geschrieben und ihre Anfrage wiederholt.«

»Ach ja?«

»Ja. Nur dass du das nicht wissen kannst, die Briefe waren schließlich in deiner geheimen Schatztruhe begraben.«

Großvater antwortete nicht.

»Und wenn wir eine Klausel in den Vertrag aufnehmen, dass sie für sämtliche eventuellen Schäden und Sonderausgaben aufkommen müssen?« Großmutter starrte ihm in die Augen wie ein österreichischer Adler. Großvater wusste genau, wenn sie diese kaiserliche Miene aufsetzte, war mit ihr nicht zu spaßen.

»Mit einem solchen Umsatz wären wir aus dem Gröbsten raus. Die Bank ist bereit, einen letzten kleinen Kredit vorzuschießen, damit Steuern und Arbeitgeberanteil gezahlt werden können.«

»Und die Umsatzsteuer.«

»Ja, die Umsatzsteuer. Die hatte ich ganz vergessen. Die war auch in deiner Schachtel begraben, zusammen mit …«

»Sisi …«

»… zusammen mit dem ganzen anderen Elend, und was für ein Mann bist du eigentlich? Das frage ich mich, seit ich das erste Mal in dieses fürchterliche Land gekommen bin.«

»Sisi … Also, ich meine mich zu erinnern, dass Jim mit Kündigung gedroht hat, als sie das letzte Mal hier waren.«

»Das hatte ich ganz vergessen«, sagte Großmutter bekümmert.

»Also«, sagte Großvater. »Wenn Jim mit sich reden lässt, was ich stark bezweifle, dann in Gottes Namen ja. Aber Jim muss mit an Bord sein. Ohne Jim schaffen wir es nicht.«

»Nein. Ohne Jim schaffen wir es nicht.«

»Wie bitte, machen Sie Witze?« Jim sah Großvater bestürzt an. »Nein, Zacchariassen, das kommt nicht infrage. Absolut nicht. Nie mehr. Nie wieder. Kein einziges Mal.«

»Aber, Jim«, bettelte Großvater, »das ist ein ganz ungewöhnlich lukratives Geschäft. Sie zahlen …«

»Zacchariassen«, sagte Jim streng. »Ich sage dasselbe wie letztes Mal, als die hier waren: Wenn die kommen, dann kündige ich. Und zwar sofort.«

»Aber, lieber Jim …«, wollte Großmutter es wieder versuchen.

»Und selbst, wenn sie eine Million zahlen, es ist mir egal! Das wäre mein Tod. Und selbst wenn diese Leute mir ein Staatsbegräbnis im Dom von Trondheim versprechen – ich will nicht. Auf gar keinen Fall. Ausgeschlossen, völlig ausgeschlossen.«

»Lieber Jim …«

»Nichts da, von wegen lieber Jim, danke.«

Großmutter schaute ihn vorwurfsvoll an, Großvater seufzte nur und breitete die Arme aus.

»Gut, gut«, sagte er, »ich kann auch nur sagen, dass ich dich verstehe, Jim. Glaub mir. Ich verstehe dich wirklich. Das kann ich beschwören.«

»Gut so«, brummte Jim.

»Und ich respektiere dich und deine Entscheidung. Ich verstehe und respektiere dich wirklich. Das weißt du auch, Jim.«

»Ja«, sagte Jim, »das weiß ich.«

»Ich hoffe, daran hast du nie gezweifelt«, sagte Großvater.

»Nein, daran habe ich nie gezweifelt«, sagte Jim, der die Schlacht für gewonnen hielt.

»Du weißt, für Sisi und mich bist du fast wie ein Sohn, Jim.«

Jim schluckte.

»Und für unseren Sedd« – Großvater deutete in meine Richtung –, »für Sedd bist du wie ein großer Bruder, ja fast wie ein Vater, da kann ich alter Mann gar nicht mithalten.«

Jim schluckte abermals und senkte den Blick auf die Arbeitsfläche seiner Küche.

»Bist du nicht schon seit bald sechzehn Jahren bei uns«, fragte Großvater.

»Siebzehn.«

»Ja, siebzehn.« Großvater seufzte. »Mein Gott, wie schnell die Zeit vergeht. Siebzehn Jahre, ja, ja. Da war unsere Elisabeth – grundgütiger Himmel. Ja, ich kann es nicht anders sagen, Jim, für Sisi und mich bist du eine lebenswichtige Stütze. Sedd ist ja noch jung« – wieder deutete er in meine Richtung –, »und Fåvnesheim braucht dich, Jim. So viel ist sicher. Wir brauchen dich. Und jetzt brauchen wir diese Weihnachtsgesellschaft. Die brauchen wir wirklich.«

Jim sah Großmutter an. Dann mich.

Ich nickte.

»Nun gut«, sagte Jim, »soll so sein, sie sollen kommen. Unter einer Bedingung.«

Großvater strahlte: »Ja?«

»Es muss das absolut allerletzte Mal sein«, sagte Jim. »Im nächsten Jahr und in allen kommenden Jahren sollen sich die verfluchten Frankensteins ein anderes Hotel für ihr Weihnachtstralala suchen. Und wenn sie bis auf die Färöer müssen. Die zweite Bedingung ist ...«

»Du hast gesagt, eine Bedingung, Jim, eine.«

»Dann sind es eben zwei Bedingungen«, sagte Jim irritiert. »Ich will doppeltes Weihnachtsgeld und eine Woche Extraurlaub. Nein, ein dreifaches.«

»Jetzt aber mal langsam«, sagte Großvater.

»Gut, dann nur doppeltes«, sagte Jim. »Aber es soll nicht auf den Lohnstreifen auftauchen.«

»Kein Problem, Jim.« Großvater atmete auf und verließ die Küche. Ihm war anzusehen, dass er bereits im Kopf ausrechnete, wie viel vom Gewinn Jims Forderungen verzehren würde, doch er wirkte so erleichtert, dass ich begriff, hier musste es sich um ein in jeder Hinsicht lukratives Geschäft handeln.

»Gott Gnade uns allen«, sagte Jim schwer. »Du kannst dich nicht erinnern, letztes Mal warst du noch zu klein, du hast im Bett gelegen und geschlafen. Als Einziger, nehme ich an.«

»Aber Jim«, fragte ich: »Wer sind diese Leute eigentlich?«

»Das wirst du noch früh genug herausfinden, Junge«, sagte Jim finster. »Die bringen uns ins Grab. Das kannst du mir glauben.«

An den Tagen vor der Weihnachtsfeier traf meine Großmutter gewisse Vorkehrungen. Ich habe gelernt, dass das ein anderes Wort für Vorsichtsmaßnahmen ist, Maßnahmen, die man vorher trifft, denn hinterher kann man sie nicht mehr treffen, so viel ist sicher. Hinterher kann man nicht mehr vorkehren, nur noch auskehren, Scherben und Schmutz, und sicher ist nur eins: Trotz aller Vorkehrungen kann man nie zuverlässig vorhersehen, was für eine Art von Unglück schließlich eintrifft.

Viel musste getan werden. Wir erwarteten ein volles Haus und mussten versuchen, das Personal, für das wir schon länger keine Verwendung mehr gehabt hatten, als Aushilfen einzustellen. Synnøve war natürlich bereit anzutreten, viele andere waren anderweitig untergekommen, und wir waren eindeutig zu wenige. Andererseits achteten meine Großeltern auch sehr auf die Kalkulation – für jede helfende Hand wurde Lohn fällig, und das schmälerte den Gewinn, von dem wiederum Steuern, Arbeitgeberanteil und nicht zuletzt die Mehrwertsteuer bezahlt werden mussten, dass wir bloß die Mehrwertsteuer nicht vergessen, und vor allem: die erste hohe Rate für den erweiterten Bankkredit war abzuzahlen, die von nun an pünktlich zu jedem zwanzigsten des Monats fällig wurde, wenn wir weitere Besuche von Repräsentanten der Ordnungsmacht vermeiden wollten.

Darum waren sie beide entschieden dagegen, eine größere Mannschaft anzuheuern als absolut nötig, und wie so oft zuvor war Jim bereit, nach der Abendmahlzeit in die Rolle und die seidene Weste des Barkeepers zu schlüpfen. An sich fand er bunte Getränke mit Apfelsinenscheiben etwas lächerlich; alles, was über Gin Tonic hinausging, hatte für ihn keinen Sinn. Andererseits war er ein großes Verkaufstalent, und hier galt es, möglichst reichlich zu verkaufen. Aber, sagte Jim, wenn er hinter der Bar stehen solle, dann bräuchte es ein paar Hände extra zum Spülen und um die Küche aufzuräumen. Man könne nicht erwarten, dass ich, Sedd, das alles alleine machte.

Großvater sagte zwar, das könne ich ohne Weiteres, und ich sah das ebenso, doch Großmutter hatte Gefallen an der Anführerrolle gefunden und eine sogenannte gute Idee. Worin diese bestand, wollte sie allerdings nicht sagen, sondern sie teilte Jim nur strahlend mit, keine Sorge, darum kümmere ich mich.

Danach machte sie sich wieder an ihre eigenen Vorbereitungen, die im Wesentlichen darin bestanden, Kunst und alte Fotos in Sicherheit zu bringen, Vasen und Nippes, teure Bauernantiquitäten, und nicht zuletzt wurde in den Salons eine Reihe von Teppichen zusammengerollt und verschnürt. Jim und ich mussten alles im Schuppen neben dem Skistall einlagern. Die Bilder von Thaulow und Wentzel gingen denselben Weg, sorgfältig gepolstert und verpackt. Mir war immer noch nicht klar, warum all diese Vorkehrungen sein mussten, doch Jim erhob keine Einwände dagegen.

Die Weihnachtsfeier sollte an einem Samstag steigen, ab Dienstag wirbelte Jim in der Küche. Sonst servierten wir bei solchen Gesellschaften gern Braten, auch in der Weihnachtszeit, doch diesmal hatten wir uns für Rippchen entschieden, die im Einkauf am billigsten sind, außerdem hatte Jim landauf, landab nach den allerbilligsten gesucht. »Damit müssen sie vorliebnehmen«, sagte er, »kein Mensch sonst will sie bedienen. Außerdem kommen sie nicht um des Essens willen.«

Ich hobelte zwei Dutzend Kohlköpfe, zweite Wahl, für Sauerkraut, und Jim briet Bouletten mit einem hohen Anteil an altbackenen Brötchen.

Dann kam der Samstag, und mit ihm kam Karoline. Natürlich. Das übrige Personal war schon zugange, jeder mit seinen Aufgaben, so auch ich, als Großmutter freudestrahlend mit Karoline in der Küche aufkreuzte.

»Hier hast du deine Küchenhilfe, Jim«, lächelte sie und zwinkerte mir zu. Karoline blickte verlegen drein, und Jim schaute Großmutter verblüfft an. Aber er sagte nichts.

»Sie hat doch letztes Mal so gut geholfen«, wollte Großmutter erklären, doch Jim sagte: »Das ist völlig in Ordnung, Frau Zaccariassen.«

»Ich habe mit ihren Eltern gesprochen, dass sie sie morgen früh abholen. Sedd, würdest du ihr bitte ihr Zimmer zeigen, sie soll oben in 321 wohnen, dem kleinen. Und dann bringst du sie wieder hier runter und weist sie ein.«

Karoline und ich schauten uns an.

»Wird gemacht, Großmutter«, sagte ich.

Ich trug ihr den Koffer die Treppe hinauf, sie immer hinter mir her, und ich dachte starke, disziplinierte Gedanken. Für die Gäste stets das Beste. Und für die Bank schon gar.

Mit einem kleinen Knall stellte ich ihren Koffer hinter der Zimmertür ab.

»So, willkommen. Hier schläfst du heute Nacht.«

»Danke.«

»Willst du bei der Küchenarbeit Rock und Bluse tragen?«

»Ja«, sagte sie. »Gar kein Problem.«

»Wie du willst.«

Auf der Treppe zurück ins Erdgeschoss sagte sie:

»Ich hab gedacht, vielleicht willst du hinterher ein bisschen mit mir schwimmen gehen?«

»Nein.«

»Oder mir Billard beibringen.«

»Nein. Dazu haben wir keine Zeit.«

»Schade.«

»Wir haben wahnsinnig viel zu tun. Es kommen über hundert Gäste.«

»Aha. Dann vielleicht später?«

»Abwarten.«

In der Küche zog ich eine weiße Jacke und eine Schürze über, Karolines Schürze musste ihr dreimal um den Leib gebunden werden, damit sie nicht darin ertrank.

Jetzt konnte die Weihnachtsfeier vom Stapel laufen. Der erste Bus mit Gästen kam schon um vier Uhr nachmittags, als es gerade richtig dunkel wurde.

Insgesamt kamen drei Busse aus verschiedenen Himmelsrichtungen, die Passagiere wirkten auffallend still und korrekt. Ja, ich würde sogar sagen: geradezu düster.

Sämtliche Herren sahen genau gleich aus, obwohl es falsch wäre zu sagen, sie ähnelten einander wie alle Herren im dunklen Anzug. Ihre Anzüge waren nicht nur dunkel, sondern ausgesprochen dunkel. Kohlrabenschwarz. Dasselbe galt für die Krawatten der Herren, ebenso ausgesprochen dunkel. Übrigens waren sie auch tadellos mit einem doppelten Windsorknoten gebunden, einem der anspruchsvolleren Knoten, den mir mein Großvater beigebracht hatte und den Menschen in repräsentativer Stellung beherrschen sollten. So war also deutlich zu erkennen, dass die Herren in Anzug und Krawatte, die nacheinander aus den Bussen stiegen und das Hotel betraten, repräsentative Funktionen innehaben mussten. Den Frauenanteil schätzte ich auf rund ein Viertel, und auch sie waren gedeckt gekleidet, in dunkle, glatte knielange Röcke mit dazugehöriger weißer Bluse und dunkler Jacke.

Jim und ich trugen die Koffer, Karoline half bei leichteren Gepäckstücken. Es war, als ob eine Gruppe Prediger im Hotel einziehen würde, eine Wolke aus Ernst und Gemessenheit schwebte über ihnen, während wir ihnen die Zimmer zeigten. Kein lautes Lachen, gerade einmal ein Lächeln hier und da. Ich meinte zu Jim, diese Gäste wirkten doch sehr umgänglich, doch er flüsterte nur verbissen, so sei es letztes Mal auch gewesen, wart nur ab.

Es war noch einige Zeit bis zum Essen, und als wir den letzten Koffer geschleppt hatten, zog Karoline mich plötzlich am Arm weg.

»Zeig mir dein Zimmer«, sagte sie, und dann ging sie als Erste die Treppe ins Private hoch, ich hinterher, als wüsste sie schon, wo es sich befand.

Ich wollte das Licht anmachen, aber sie hinderte mich daran. Eine Weile stand sie nur im Dunkeln ganz nah bei mir, die Arme um meinen Hals gelegt, und atmete.

Ich stand ganz still. Rührte mich nicht vom Fleck. Doch als sie meinen Kopf zu ihrem Gesicht herunterziehen wollte, riss ich mich los und machte das Licht an.

»Dafür haben wir jetzt keine Zeit«, stellte ich nüchtern fest. »Das Haus ist voller Gäste.«

»Du bist so öde«, sagte sie säuerlich. »Schau mal!«

Sie ging zu meinem Schreibtisch und begann, Banknoten aus ihren Taschen zu ziehen. Blaue Geldscheine und grüne, ein Meer von roten, und ein paar rostrote waren auch dabei. Immer holte sie noch neue hervor und legte sie auf den Tisch.

»Hier!«, sagte sie. »Bitte!«

Ich starrte all dieses Kapital an.

»Aber Karoline, wo kommt das ganze Geld her? Was hast du gemacht?«

Auf einmal stand sie wieder ganz dicht bei mir: »Die kommen nie auf die Idee, dass ich das war«, sagte sie leise. »Man darf nie zu viel nehmen, nur manchmal hier ein wenig oder da.«

Mehr sagte sie nicht, lehnte sich nur mit geschlossenen Augen an mich.

»Aber hör mal«, sagte ich nach einer Weile, »was soll ich mit diesem Geld anfangen?«

Sie zuckte mit den Schultern.

»Nimm es halt«, sagte sie. »Vielleicht kann es helfen. Es gibt noch mehr, wo das herkommt.«

Ich setzte mich aufs Bett. Schüttelte den Kopf. »Das geht doch nicht«, sagte ich. »Verstehst du das nicht?«

Sie setzte sich neben mich. »Wenn wir Dynamit hätten«, kicherte sie, »könnten wir die Tür zum Tresorraum sprengen. Wir müssten es einfach tun.«

»Und Bankräuber werden, meinst du?«

»Oh ja.« Sie biss sich auf die Unterlippe bei dem Gedanken.

Ich stand auf, ging zum Schreibtisch und zog die oberste Schublade heraus.

»Hier«, sagte ich und setzte mich neben sie. »Hier ist das Dynamit.« Ich zeigte ihr den Schlüsselbund.

»Dynamit?«

»Ja«, sagte ich, »einer von diesen Schlüssel passt auf das Tor zum Steinbruch. Sie gehören Hans' Vater. Der den Steinbruch betreibt.«

»Hast du sie gestohlen?« Die Frage wurde von einem seltsamen hektischen Keuchen begleitet.

»Ja«, sagte ich, »das heißt, nein.«

»Cool.«

»Ich habe nur vergessen, sie zurückzugeben.«

»Aha.«

»Vielleicht dachte ich, es sei nicht so eilig.«

»Verstehe.«

Ohne weiter nachzufragen, nahm sie den Schlüsselbund und tat ihn in ihre Jackentasche.

»Jetzt können wir die Bank sprengen«, kicherte sie. »Und zwar richtig. So, dass es sich wirklich lohnt.«

»So was können wir nicht machen«, sagte ich mit Nachdruck, aber sie ließ nicht locker:

»Du weißt, das bisschen Geld da« – sie nickte zu dem Häufchen Geldscheine auf meinem Schreibtisch – »hilft nicht viel weiter. Nicht bei dem, was dein Großvater schuldig ist.«

»Davon weiß ich nichts«, sagte ich.

»Er hat riesige Schulden. Auf dem Hotel liegt eine Menge abgelaufener Kredite. Alte Kredite. Kredite, bei denen nie eine Rückzahlung gefordert wurde. Ich habe gehört, wie meine Eltern sich darüber unterhalten haben.«

»Das ist ja interessant. Aber du, ich kann nicht das ganze Geld hier rumliegen lassen.«

»Dann tu es eben woanders hin. Manchmal bist du so öde.«

Ich stand auf, wischte die Geldscheine zusammen und schob sie in die Schublade.

Schon wieder stand sie ganz nahe bei mir. »Jetzt werden wir Bankräuber«, sagte sie. »Panzerknacker.«

»Jetzt werden wir runtergehen und arbeiten«, sagte ich ratlos.

»Und morgen früh will ich mit dir zusammen schwimmen. Ich bin ziemlich gut geworden.«

»Die Gäste warten«, sagte ich verzweifelt.

Sie bedachte mich mit einem zugleich ernsten und spöttischen Blick:

»Das tun sie wohl.«

Die Gäste waren wie verwandelt. Es gibt kein besseres Wort dafür. Sie hatten sich zu einer kleinen Erfrischung vor dem Essen in den Salons versammelt, meine kluge Großmutter hatte die kleinsten Champagnerflöten herausgesucht. Die Herren schienen zwar auf ihren Gesichtern immer noch eine vaselineartige Schicht von Repräsentativität zu tragen, doch bei etlichen von ihnen war diese Schicht bereits reichlich dünn geworden. Alle hatten die Zeit genutzt, um Hawaiihemden oder andere bunte Kleidung und Röcke anzuziehen, manche hatten bereits auf ihren Zimmern so gründlich Erfrischungsgetränke zu sich genommen, dass sie bereits jetzt etwas unsicher auf den Beinen waren. Zum Ausgleich sangen sie ein Lied, eines, das wir den Abend über noch einige Male zu hören bekommen sollten.

Auf unserem Friedhof stehen die Gräber dicht,
doch ist da noch Platz für eine ganze Herde.
Willkommen sei uns jede Seele, bei der erlischt das Licht.
Je mehr, desto besser, wir bringen euch unter die Erde.

Das ist nur die erste Strophe. Und das Lied hatte viele Strophen. Die zweite ging zum Beispiel so:

Unser alter Daimler-Benz mit Erster-Klasse-Brimborium
qualmt aus dem Auspuff wie ein Krematorium.
In ihm saust ihr auf den Friedhof vor Ort –
je schneller, je besser, ab unter die Erde, hinfort!

Karoline schien dieses groteske Lied ziemlich lustig zu finden, aber ich konnte sehen, dass Großmutter – wir trugen Tabletts mit Gläsern herum – bis ins Innerste erschüttert war. Diejenigen, die sich schon am gründlichsten erfrischt hatten, waren noch nicht einmal bis zur dritten Strophe gekommen, da ging die Gesellschaft zu Tisch; dort allerdings stimmten es alle zusammen wieder an. Das heißt, zuerst hieß der Vorsitzende des Berufsverbandes norwegischer Bestattungsunternehmer seine Mitglieder zur diesjährigen traditionellen Weihnachtsfeier herzlich willkommen, eine lieb gewordene Sitte, heuer zum zweiten Mal in Fåvnesheim, ein Ort, an den, so meinte er, sich mindestens einige der Anwesenden vage erinnern konnten. »Als Vorspeise bekommen wir Gravet Laks«, führte der Vorsitzende aus. »Danach geht es weiter im Menü, zum Nachtisch gibt es flambierte Eisbombe. Besonders in kleinen Orten ist es, das wissen wir alle, nicht leicht, unsere schweren Aufgaben und Pflichten zu erfüllen. Viele Menschen wollen unseren Beruf nicht verstehen, sie fürchten ihn, und zugleich sind wir unentbehrlich. Jemand stirbt« (hier nickte die Versammlung andächtig), »und wir stehen bereit, um ihn entgegenzunehmen, mit stets fürsorglichen Händen machen wir ihn für die letzten Reise, die ihm jetzt bevorsteht, bereit, wie der Dichter sagt. Mitten im Leben sind wir vom Tod umfangen – aber wir, ihr, wir wissen besser als sonst jemand, dass wir mitten im Tode auch vom Leben umfangen sind« (leise zustimmende Ausrufe der Versammlung); »aber wir sind auch Menschen, hinter unseren fürsorglichen Händen, hinter dem gemessenen Benehmen. Auch wir stehen mitten im Leben, selbst in der für die Hinterbliebenen schwersten Stunde. Wir sehen schreckliche Dinge und die Trauer unserer Mitmenschen, doch wie der Dichter ebenfalls sagt: Trauer und Freude, sie gehen Hand in Hand.« (Die Versammlung: »Freude!«) »Daher wird es uns, die wir durch die Geheimnisse unseres Berufes wie gefesselt leben, ja, auf verschiedene Weise gefesselt, wird es uns guttun, auch dieses Jahr wieder einen schönen Abend mit – äh – Gleichgesinnten zu verbringen. Herzlich willkommen also noch einmal zu unserer Weihnachtsfeier und: Skål!«

Wir standen hinter der Durchreiche, Jim flüsterte Karoline und mir bärbeißig zu: »Ihr versteht, diese Leute können dort, wo sie herkommen, nie mal so richtig die Sau rauslassen, das wollen sie jetzt hier tun. Das meint er mit seiner Rede.«

Der Lachs kam auf den Tisch, dazu ein winziges Glas Sherry für jeden, kaum größer als ein Fingerhut. Etliche Gäste behalfen sich jedoch zusätzlich mit einem Schluck aus silbern schimmernden Flachmännern, während der Generalsekretär des Verbandes eine kleine Rede zum Gravet Laks hielt, diesem so passenden Gericht, dessen Name nichts anderes als *vergrabener Lachs* bedeutet. Dabei erinnerte er an diejenigen Mitglieder des Verbandes, die sich im Laufe des vergangenen Jahres auf die Seite der Kundschaft geschlagen hatten, und verlieh danach die jährlichen Auszeichnungen der Vereinigung. Zum Beispiel hatte Brynhildsens Bestattungen in Volda sich nach einer Lawinenkatastrophe besonders bewährt, eine gar nicht einfache Situation war das gewesen. »Hellbergs Beerdigungs-Büro aus Trondheim begeht ein rundes Jubiläum, und wir dürfen heute Abend zu unserer Freude unseren Kollegen Hellberg in vierter Generation begrüßen, und auch seine Frau, die ebenfalls im Betrieb mitarbeitet, übrigens feiern die beiden im nächsten Jahr Silberhochzeit, dazu gratulieren wir und stoßen auf sie an, aber dafür brauchen wir noch etwas in unseren Gläsern, ja, hm …?«

Jim warf von der Anrichte her einen fragenden Blick quer durch den Saal zu Großvater, der bei der Eingangstür stand, und dieser nickte resigniert zum Zeichen, dass man noch ein paar Milliliter Dry Sack nachschenken dürfe.

Bereits jetzt musste ich an den Film über die Sabotageaktion gegen die norwegische Schwerwasserfabrik während des Zweiten Weltkriegs denken, einen von Großvaters Lieblingsfilmen. Der Film zeigt den langen, beschwerlichen Weg der Helden aus der Telemark durch den Schneesturm und über verschneite Höhen. Sie wandern lange und beschwerlich zu der Norsk-Hydro-Fabrik in Rjukan. Ein weiter Weg. Und während dieses langen Weges sehen wir Wasser aus einem Röhrchen tropfen, unterlegt vom Geräusch der Skier im Schnee. Langsam. Einen winzig kleinen, kostbaren Tropfen Schwerwasser. Und dann noch einen. Und unterdessen überwinden die Helden aus der Telemark einen weiteren Teil der Strecke. Der Getränkeausschank an jenem Abend folgte dem Schwerwasserprinzip. Leider half es nichts. Entweder gab es zu viele Flachmänner, oder diese Leute tranken sonst nie und vertrugen einfach nichts.

Bereits als wir zum ersten Mal Rippchen servierten, wurden die ersten Hüte und Masken aufgesetzt. Besonderen Eindruck machten die beiden Gäste, die auf allen vieren zwischen den Tischen umherkrochen, Schweinemasken auf dem Gesicht.

Karoline, Jim und ich beobachteten die Festgesellschaft von der Durchreiche aus.

»Danach ist der Tod nie wieder der alte«, kommentierte Jim.

»Nein«, schluckte ich. Etwas anderes fiel mir nicht ein.

Karoline allerdings starrte fasziniert auf diese Entfaltung des Lebens mitten im Tode. Zwei der Beerdigungsdamen waren jetzt dabei, die beiden Vierbeiner als Schweinehirtinnen zurück zu ihren Plätzen zu treiben.

»Fällt dir nicht was auf?«, fragte Jim. »Dass jemand fehlt?«

Ich begriff nicht, was er meinte.

»Dir könnte auffallen, dass von Gottlob Uttorpet oder seinen Leuten nichts zu sehen ist.«

Tatsächlich. Der blasse, stille, stets ernste Uttorpet, unser örtlicher Begräbnisunternehmer, dessen Haar so dünn und gelb war wie Kükendaunen, fehlte. Auch die stets freundliche, aber schweigsame Frau Uttorpet war nicht zur Stelle.

»Es ist nämlich so«, sagte Jim, »dass die ortsansässigen Mitglieder des Verbandes nie an den Weihnachtsfeiern teilnehmen. Sie dürfen nicht. Sonst würden sie die Bedienung und das übrige Personal so abschrecken, dass die auf keinen Fall sterben wollen.«

»Aber das muss doch ein schwerer Beruf sein«, sagte Karoline. Ich sah, es schauderte sie, dennoch war sie fasziniert. »Die sehen sicher viele schlimme Sachen, oder?«

»Sicher«, sagte Jim. »Ganz sicher. So, aber jetzt müssen wir nachservieren, auf geht's.«

Als wir durch waren, wollte Karoline mich unbedingt in den Kühlraum ziehen, um eine Flasche Solo zu holen.

»Die kannst du doch selbst holen«, sagte ich. »Du weißt, wo sie stehen.«

»Ja, aber mir ist da drin ein bisschen unheimlich«, behauptete sie.

»Was soll an gekühltem Gemüse unheimlich sein«, sagte ich.

Aber ich ging mit. Drinnen im Kühlraum zog sie mich wieder an sich heran und sah mir erwartungsvoll in die Augen. Aber ich wollte nicht.

»Wolltest du nicht ein Solo«, sagte ich. Sie war doch noch ein kleines Mädchen.

Sie schob mich weg. »Du bist so öde.« Dann griff sie sich eine Flasche Solo, und wir gingen wieder zu Jim hinaus, der das Geschehen interessiert durch die Durchreiche verfolgte.

»Zeit zum Abräumen«, sagte er. »Und dann müssen wir die Eisbombe anrichten. Letztes Mal haben sie Reiscreme mit einer Mandel und Himbeersoße bekommen. Ist ziemlich schiefgegangen. Keiner hat die ganze Mandel gefunden. Aber sie haben sie gesucht, als ging es um Tod oder Leben. Wir haben einen Tag lang Reiscreme vom Boden und den Wänden gekratzt. Hoffentlich gibt es heute mit dem Omelette à la norvégienne nicht wieder so eine Sauerei.«

Es ist tatsächlich möglich, Eis zu flambieren. Man muss es nur schnell genug servieren. Geplant war, dass jeder Gast seine eigene kleine Eisbombe mit einer Haube aus Eischnee und einer blauen Flamme darauf bekommen sollte. Während wir die Schalen auf große Tabletts stellten, stimmte die Gesellschaft drinnen noch eine Strophe ihres Liedes an:

Manch einer frisst sich im Leben einen Wanst.
Was soll's, über den freuen wir uns doch.
Ein Kapitalistensarg, den du kaum heben kannst,
wird teuer gepolstert, und dann kommt er ins Loch.

Auf Jims Zeichen zündeten Karoline, ich und die beiden Aushilfskräfte rasch den Schnaps in den fertig angerichteten Dessertschalen an. Es sah grandios aus. Karoline starrte mit runden Augen in das Feuer, doch nur ein paar Sekunden, denn sofort ging es hinaus in den Speisesaal, wo wir mit großem Applaus empfangen wurden, ja, einzelne Gäste nahmen vor lauter Andacht den Papierhut ab. Man kann ohne Übertreibung sagen, das Dessert war ein Erfolg.

Bei brennend servierten Gerichten ist es nun leider so, dass egal, wie leichtfüßig die Kellner sind, die letzten Teller mit ersterbendem Feuer oder bereits erloschener Flamme auf den Tisch kommen. Das ist unvermeidlich. Üblicherweise bewirkt das eine etwas gespielte, höfliche Enttäuschung bei den Gästen, aber so ist es nun einmal.

Hier nicht. Hier war die Enttäuschung real. Und groß. Und der

Wille, Abhilfe zu schaffen, war nicht kleiner. Die Flachmänner wurden gezückt.

Es ist wirklich ganz unglaublich, welche Schnapssorten alle zum Flambieren verwendet werden können. Das lernte ich an jenem Abend. Aquavit, Cognac, Whisky, Wodka, Gin, Hausgebrannter, denaturierter Spiritus – es geht mit allem, wenn man nur genug nimmt, und jede Sorte verströmt dabei ihren charakteristischen Duft. Außerdem erwies sich, dass, wenn die Eisbomben aufgegessen sind, sowohl Weihnachtsgebäck als auch die Schokolade zum Kaffee flambiert werden kann. Jim hatte nicht daran gedacht, dass diese Leute sehr guten Einblick in teilweise sehr umfängliche Verbrennungsprozesse hatten und daher das Spiel mit dem Feuer durchaus nicht scheuten. Auch Blumendekorationen, Servietten, Serviettenringe aus Flammbirne und gehäkelte Sets lassen sich mit unterschiedlichem Glück flambieren, wobei manche Versuche freilich auch ein Unglück bewirken können.

Nach und nach gelang es uns dann, die Herde in die angrenzenden Gesellschaftsräume umzulenken, wo es jetzt Tanz und weitere Belustigung geben sollte, und uns einen Überblick über den Zustand des Speisesaals zu verschaffen. Großvaters Blick war schwarz, Großmutter weinte. Karoline war fasziniert angesichts der Trümmer.

Drinnen im Tanzsaal stand Johnny West's Limelight Band bereit, um den heranstürmenden Horden die Stirn zu bieten.

Um es gleich zu sagen, Johnny und seine Jungs standen ihren Mann wie paillettenbehängte Säulen. An diesem Abend allerdings wurde es ihnen schwer. Schon früh wurde deutlich, dass die Festgäste in Sachen Ekstase und Klimax eine ganz andere Progression erwarteten. Bereits mitten in *Für dich soll's rote Rosen regnen* legte sich die Aufmerksamkeit der Beerdigungsleute, und sie sangen noch eine Strophe von ihrem schrecklichen Lied, ein schräges Potpourri zur hochwertigeren Musik der Band; so etwas nennt man Kontrapunkt.

Im Flugzeug ging eine Bombe hoch,
wir standen mit unserem Daimler bereit!

*Die Titanic war für uns keine Kleinigkeit,
wir tauchten fleißig und brachten alle ins Loch.*

Darum wechselte die Band zu raueren Tönen wie *Skateboard* und *Waterloo* und musste Stücke, auf denen Großmutter bestanden hatte, schlichtweg überspringen, so Tom Jones' *Delilah* und Wencke Myhres *Erst beim Tango werd ich richtig munter*. Zugleich konnten sie auch nicht so schnell fortschreiten, dass sie allzu früh am Abend zu ewigen Melodien wie *Dancing Queen* und *By the Rivers of Babylon* kämen. Folglich mussten Johnny West und seine tapferen Gesellen die ganze Zeit mit einer Reihe energiereicher Songs das Tempo hochhalten, was sie ziemlich aus der Puste brachte, *Blue Suede Shoes*, *Twist and Shout*, *These Boots are Made for Walking* und ähnlich intensive Nummern, in einem fort, dabei hätten sie, glaube ich, einfach den ganzen Abend über immer wieder *Dancing Queen* spielen können, den einzigen Song, der die Gesellschaft tatsächlich zu hundert Prozent zufriedenzustellen schien. Das und vielleicht noch *In the Ghetto*. Doch sobald Johnny West es mit einem gefühlvollen, künstlerischen Song versuchte wie zum Beispiel Anna-Lenas *Das Lied vom Glück*, flaute das Interesse ab. Unter den Achseln der Musikanten zeichneten sich große dunkle Flecken ab, der Saxofonist hatte ein knallrotes Gesicht, und Johnny West musste sich schwer auf den Mikrofonständer stützen, als sie zum dritten Mal *Dancing Queen* anstimmten.

Wie auf Kommando drängte sich alles auf dem Tanzboden. Ein faszinierender Anblick, wie ausgerechnet dieses Lied aus Schweden zuverlässig eine Herde sammeln konnte, die zu diesem Zeitpunkt bereits reichlich unstrukturiert und unaufmerksam war.

Karoline nahm meine Hand. Zog daran. »Komm«, sagte sie. Jedenfalls meinte ich, das von ihren Lippen ablesen zu können. Sie wollte tanzen.

Ohne noch viel nachzudenken, ließ ich mich in den bereits überbevölkerten Saal ziehen. Wir gerieten in einen Wirbel aus Hawaiihemden und fuchtelnden Armen, so waren wir gezwungen, dicht beieinander zu tanzen. Sehr dicht. Karoline hing geradezu an meinem Hals wie ein Mühlstein. Sobald ich versuchte, mich ein wenig zurückzuziehen, folgte sie mir. Ich bin kein guter Tänzer. Die Vertreter des Hotels und Wirtsleute sollen nicht mit den Gästen tanzen. Das würde ja bedeuten, sich mit ihnen zu vermischen, und das ist streng verboten. Daran wurde ich erinnert, als es plötzlich eine Lichtung im Haufen der Tänzer gab, und Großvater, der das Ganze überwachte, mich erspähte und mich mit einem tadelnden Blick bedachte.

Doch gleich wurden wir wieder vom Mahlstrom der tanzenden Königinnen, Könige und anderen Adligen verschiedener Kategorien verschluckt; Karoline zog meinen Kopf zu sich herab, vielleicht stand sie auch auf Zehenspitzen, und legte ihren Mund auf meinen.

Es schmeckte ziemlich gut, viel besser als am Blåvann bei der Rettung, zugleich warm und kalt wie flambiertes Eis, und ich stand ganz still. Mir war, als könnte ich sie mit dem Mund ganz und gar erfassen, vom Haarschopf bis zu den Zehen, doch dann erspähte ich im Augenwinkel abermals Großvater, der mir kopfschüttelnd bedeutete, ich müsse den Tanzboden augenblicks verlassen.

Noch eine Sekunde, nur eine, dann schob ich sie weg, so vorsichtig ich konnte, vorsichtig, ich versuchte, vorsichtig zu sein, doch ich musste mich losreißen. Sie sah mich gekränkt an. Wie oft habe ich nicht seitdem gedacht, was wohl geschehen oder nicht geschehen wäre, wenn ich uns noch zwei Sekunden mehr gegeben hätte, vielleicht auch drei.

Sie hatte feuchte Augen und sagte etwas, diesmal konnte ich ihre Lippen aber nicht lesen. Ich sah sie nur an. Ihre Lippen. Sie bewegten sich. Und ich bin sicher, ganz sicher, jedenfalls fast, dass sie mir ebenso wenig von den Lippen ablesen konnte, was ich nun sagte: Ich darf nicht mit Gästen tanzen, das ist verboten. Ja, ich bin überzeugt, dass sie es nicht mitbekam, denn bevor ich es noch ganz ausgesprochen hatte, drehte sie mir den Rücken zu und verschwand im Wirbel tanzender Körper.

In der Tanzpause konnte ich sie nicht finden. Und in der Pause war es auch, dass der Abend richtig aus dem Ruder zu laufen begann. Auf einmal waren sie im ganzen Hotel, in sämtlichen Sälen, mit Gläsern und Flaschen und Flachmännern, und wir konnten nichts mehr ausrichten. Zwischendurch bewegten sie sich zurück zur Bar, um sich mit Nachschub zu versorgen oder eine Runde auf dem Tanzboden zu drehen, wenn die Band noch einmal *Dancing Queen* spielte, dann kehrten sie zurück in die Festlokale.

Ich räumte auf. Wir räumten auf. Trugen Flaschen, Gläser, Teller. Aschenbecher. Noch mehr Gläser. Gerade trug ich ein mit Gläsern schwer beladenes Tablett durch einen der Salons, da erblickte ich Karoline kurz, nur für einen kleinen Augenblick, hinter ein paar Gästen. Sie saß auf der Armlehne eines Sofas und unterhielt sich mit einem der jüngeren Männer, einem blassen rothaarigen Typen. In der Hand hatte sie ein Glas.

Ich konnte das Tablett nicht absetzen. Als ich es in die Spülküche gebracht und eine Maschine befüllt hatte, ging ich rasch zurück, doch das Sofa war leer. Eine Weile streifte ich von Zimmer zu Zimmer, um sie in der Menge von berauschten, lärmenden Gästen zu finden, doch sie war nirgends. Dann musste ich weiter aufräumen.

Um Mitternacht herum drängte es viele unserer Gäste nach draußen in den Schnee, und bald entwickelte sich eine ziemlich heftige Schneeballschlacht. Zwei Beerdigungsinstitute aus Westnorwegen, offenbar Konkurrenten um denselben Kundenbestand, bekriegten sich mit heimtückischen Geschossen, in die sie Eisklumpen einbauten. Die Beerdigungsberater eines Unternehmens im südnorwegischen Sarpsborg standen offenbar nicht auf gutem Fuß mit den Chauffeuren derselben Firma. Schon gab es die ersten blutigen Nasen; ein vierschrötiger Kerl aus dem Süden bekam einen der Eisklumpen von der Fjordküste ins Gesicht. Er wischte sich das Blut mit dem Jackenärmel ab und schielte finster zu den Bürgerkriegern von den Fjorden hinüber, worauf sich alle seine Kollegen um den Verletzten sammelten und sich in den Kampf gegen die Angreifer warfen, deren Reihen sich eng schlossen.

Jim, Großvater, ein paar Kellner und ich standen machtlos in der Tür und sahen zu. Unsere Möglichkeiten zum Eingreifen waren äußerst begrenzt, wenn wir nicht selbst in das weiße Inferno verwickelt werden wollten, das vor dem Hotel wütete.

»Ja, ja«, seufzte Großvater, »sie sollen sich ruhig austoben. Hier draußen können sie wenigstens keinen Schaden anrichten, außer aneinander.«

Er wendete den Todesschwadronen den Rücken zu und steuerte resolut zurück ins Innere des Hotels, um den Karren halbwegs aufrecht zu halten. Von leichtem Zweifel befallen, folgten wir ihm mit einem letzten Blick auf den Winterkrieg, der gerade in eine deutlich brutalere Phase eintrat. Und da sah ich Karoline. Sie hatte ihren Mantel ausgezogen und lag auf dem Rücken im Schnee; sie machte einen Engel.

Ich wollte sie holen, doch Großvater hielt mich zurück. Irgendetwas sollte ich erledigen, ich weiß nicht mehr, was. Ich sah nur noch, wie der Rothaarige ihr aufhalf.

Noch einmal sah ich sie später kurz, sie ging allein die Treppe zu den Zimmern hoch. Ich stand in der Rezeption hinter dem Tresen und war jemandem behilflich, ich weiß nicht mehr, wobei. Von hinten sah ich sie, sie wirkte ein wenig verloren, ging aber noch ziemlich aufrecht. Im Augenblick hatte ich keine Möglichkeit, ihr zu folgen. Unablässig waren irgendwelche akuten Eingriffe vonnöten. Mal mussten zwei Herren, die sich in wüsten gegenseitigen Beleidigungen ergingen, voneinander getrennt werden, mal mussten wir die Topfpflanzen in der Heimdal-Stube retten, dann drei fröhliche Jungs davon abbringen, den Elchkopf von der Wand zu nehmen. Die Preissammlung meines Urgroßvaters vom Landesschützenwettbewerb, also die Pokale, waren zu Trinkbechern umfunktioniert worden, bevor wir etwas dagegen hatten tun können. Auf dem Billardtisch war eine Dame im Begriff, sich für einen Herren auszuziehen, der nicht ihr Ehemann war – dieser fand sich jedoch relativ rasch ein und schleppte den anderen heraus. Später fanden wir ihn in der Herrentoilette im Keller in eine Kabine gesperrt, wo er schaurige Geräusche machte. Den Schlips, mit dem der Türgriff an ein Wasserrohr geknotet war, ließen wir dran, sodass er nicht herauskonnte. Das schien uns das Sicherste.

Für sich gesehen, waren all diese Vorkommnisse etwas, was wir in unserer Branche schon einmal gesehen hatten. Das Besondere an dieser Nacht war die Häufung all dessen. Großmutter war blass vor Angst ins Bett gegangen. Vor dem Haus, im Festsaal, in sämtlichen Salons und vielen Zimmern wütete die Weihnachtsgesellschaft weiter, mein Großvater traute sich nicht, die Bar zu schließen, aus Angst, sie würde dann gewaltsam wiedereröffnet. Das Einzige, dessen wir uns relativ sicher wähnten, war, dass das Hallenbad gründlich verriegelt und verrammelt war: Neben den üblichen Türschlössern hatten Großvater und Jim eine schwere Kette durch die Türgriffe gezogen und sie mit einem massiven Hängeschloss gesichert.

Ungefähr um ein Uhr nachts hatte ich endlich ein paar Minuten Zeit, einige freie Augenblicke, einige Sekunden der Gnade, und so ging ich hoch und klopfte an Karolines Tür. Sie öffnete nicht. Ich wartete eine Weile, klopfte noch mehrere Male, rief ihren Namen. Doch sie schlief.

Um halb zwei, ich stand wieder an der Rezeption, kam Jim atemlos aus dem Keller gerannt und meldete eine Havarie. Nachdem er in seinem Kämmerchen ein wenig geschlafen hatte, war der eingesperrte Don Juan mit neuen Kräften auf die Tür losgegangen und hatte sie tatsächlich aufbekommen. Nun ist Polyester ein modernes, reißfestes Material, daher war der Schlips bei dem Ausbruch nicht gerissen, auch die Tür war noch weitgehend intakt, aber irgendetwas musste ja nachgeben. Leider das Wasserrohr. Ein Strahl Kaltwasser sprühte gegen die Wand, der Boden in den Toiletten stand bereits unter Wasser, das allmählich auf den Teppich im Flur hinauslief.

»Sollen wir die Polizei rufen?«, fragte Jim.

»Die Polizei? Du bist wohl nicht ganz bei Trost, Jim?«, sagte Großvater. »Stell vor allem erst mal den Haupthahn ab.«

Jim rannte los.

»Die Polizei, also wirklich«, murmelte Großvater indigniert, »ist er verrückt geworden? Wenn die jetzt kommt, verlieren wir die Schankbewilligung bis zum Sankt Nimmerleinstag. Nein, das müssen wir alleine durchstehen, Sedd. So ist es einfach.«

»So ist es«, nickte ich.

Jetzt, da das Wasser abgestellt war, war das Frühstück für den nächsten Morgen in ernster Gefahr, ganz zu schweigen davon, dass sämtliche Badezimmer des Hauses zu Katastrophengebieten zu werden drohten, also galt es rasch zu handeln. Das Rohr musste repariert werden, um jeden Preis. »Sonst«, sagte Großvater, »sonst können wir drei Wochen lang die Badezimmer desinfizieren und Kotze wegwischen, also ans Werk, Jungs!«

Ausgerüstet mit Rohrzange, Metallsäge, Schraubenschlüssel, Dichtungshanf, Klebeband und was wir sonst noch alles im Werkzeugschuppen gefunden hatten, knieten wir in der Toilette im Wasser und versuchten, das geborstene Rohr halbwegs wieder in Form zu bringen. Irgendwo aus dem Geschoss über uns hörten wir dumpfes Gebrüll. Es mochte der befreite Liebhaber sein, es mochte etwas ganz anderes sein. Unmöglich zu sagen.

»Verflucht noch mal«, sagte Jim. »Begreifst du jetzt, warum ich nicht wollte, Sedd? Nie wieder, sage ich. Nie, nie wieder. Keine Extragratifikation oder Sonderurlaub ist das wert. Nichts! Verstehst du, Sedd?«

»Es ist ein lukratives Geschäft, Jim«, sagte ich.

Jim ließ kurz von dem verbogenen Rohr ab und starrte mich aus blutunterlaufenen Augen an: »Wenn du das noch einmal sagst, Sedd, dann zieh ich dir eins mit der Rohrzange über. Du bist gewarnt!«

Nach einigen Mühen gelang es uns, das Rohr wieder zurechtzubiegen und es mit einer Muffe und Hanf abzudichten.

»So«, sagte Jim, »das sollte halten«. Er stand auf. Klitschnass staksten wir in die Rezeption hinauf.

»Du weißt aber schon«, sagte Jim, »dass ich nie auf die Idee kommen würde, dich mit der Zange zu schlagen.«

»Weiß ich, Jim.«

»Deinen Großvater würde ich aber gern schlagen«, sagte Jim.

»Weiß ich.«

Im Erdgeschoss hatten sich die Dinge ein wenig beruhigt. Bis auf eine Gang in der Ecke, ein paar schlafende Damen und meinen Großvater, der die teuren und gefährlichen Flaschen hinter der Bar tapfer bewachte, war die Rezeption fast leer. Die Uhr ging auf halb drei, Attilas wilde Horden schienen sich verabschiedet zu haben. Noch stromerte der eine oder andere Festteilnehmer ruhelos durch die Räume, auf der vergeblichen Suche nach seinem Bett oder sich selbst. Die Schlacht vor dem Haus war vorbei, ein paar Blutflecken im Schnee zeugten von der Auseinandersetzung zwischen Südnorwegen und Westnorwegen. Nur in einigen Zimmern am Ende des Neubaus herrschte noch Bohei. Gesang, schräge und typische alarmsirenenartige Quietscher betrunkener, über vierzigjähriger Frauen waren noch zu hören. Großvater sichtete die Lage wie ein erfahrener Feuerwehrmann: Anhand der zu vernehmenden Geräusche schätzte er, dass das Feuer nachließ, dass der Brennstoff bald verbraucht sein und das Ganze alsbald von selbst verlöschen würde. Er verabschiedete die meisten Aushilfen, richtete in der Rezeption eine Nachtwache ein und sagte gute Nacht. Völlig erledigt gingen wir ins Bett. Jim hatte sich eigentlich noch auf ein spätes Bier mit Johnny West und seinen tapferen Mannen verabredet, doch die Reparatur des Lecks hatte einige Zeit beansprucht, und The Limelight Band war ins Tal gefahren.

Um fünf Uhr morgens wachte ich von Schritten auf der Treppe auf, jemand klopfte wie in Panik an Großvaters Tür. Nach den Zumutungen des Abends und der Nacht schlief er wohl tief, denn es dauerte eine Weile, bis er antwortete. Eine erregte Stimme, ich meinte den Mann zu erkennen, der die Rezeption bewachen sollte, redete auf ihn ein, Großvater ließ einen Ausruf hören, was genau gesagt wurde, verstand ich nicht. Großvater war sehr schnell auf den Beinen. Gleich darauf ertönte Großmutters Stimme im Flur, hoch und schrill, dann hastige Schritte treppab.

Ich setzte mich im Bett auf. Es ist eigenartig: Man begreift irgendwie immer, wenn etwas wirklich Ernstes passiert ist. Da gibt es so gut wie nie Zweifel. Kurz überlegte ich, ob ich nicht weiterschlafen wollte, ich war so müde, doch dann riss ich mich zusammen. Allzu viele junge Menschen legen heutzutage kein Verantwortungsbewusstsein an den Tag. Vielleicht begreifen sie nicht einmal, was das Wort Verantwortung bedeutet. Doch wenn man sozusagen zu dem Zweck geboren und aufgewachsen ist, ein Hotel zu führen, dann weiß man, was Verantwortung ist. Dann kann man nicht im Bett liegen bleiben. Egal, wie jung oder wie müde man ist.

Also zog ich mir rasch etwas über und lief zur Rezeption hinunter.

Dort herrsche Krisenstimmung. Zwei Frauen, beide noch in Gesellschaftskleidung, standen schluchzend in der Ecke, der Nachtwächter versuchte, sie zu trösten.

Weder meine Großeltern noch Jim waren zu sehen. Doch in einer anderen Ecke weinte noch eine Frau, und da begriff ich es. Instinktiv begriff ich, was geschehen sein musste, denn sie war nicht nur leichenblass, stand nicht nur offenbar unter Schock, sondern sie trug Badekappe und Badeanzug, sonst nichts, abgesehen von dem hellblauen Handtuch um ihre Schultern.

Ohne weiter zu zögern, rannte ich die breite, leicht abschüssige, mit Schieferplatten belegte Treppe hinunter, auf die Großvater so stolz war. Und ganz recht. Die breiten, vergitterten Glastüren standen weit offen. Von dem einen viereckigen schwarzen Türgriff baumelte die Kette, das Vorhängeschloss war unversehrt. Dicht vor der Tür lag am Boden der lange Bolzenschneider des Hotels.

Und ich begriff. Begriff, was geschehen war, ohne weiter nachdenken zu müssen. Natürlich begriff ich es. Jemand, und das bedeutet Jim und ich, genauer gesagt, Jim oder ich, oder ich oder Jim – jemand, also wir, oder einer von uns hatte vergessen, den Werkzeugschuppen wieder abzuschließen, nachdem wir die Wasserversorgung des Hotels gerettet hatten. Das war passiert. Auf einmal spürte ich mein Herz hämmern. Ganz oben in der Brust und im Hals, bis in die Fingerspitzen und die Zehen. Dieses Herz. Sogar das Bild, das sich auf meiner Netzhaut abzeichnete, schien im Takt des Herzschlags zu pochen. Jetzt waren es nur noch wenige Schritte bis in das Hallenbad, ich musste sie gehen, und ich ging sie schnell, im Rhythmus des Herzschlags, ich spürte, wie meine Knie bei jedem Schritt kälter wurden.

Und im Schwimmbad bot sich mir genau der Anblick, den ich erwartet hatte. Ich nahm alles auf einmal wahr. Jedes einzelne Detail. Die brennende Nachtbeleuchtung. Die halb herabgelassenen Rollläden an den Panoramafenstern. Einen umgestürzten Liegestuhl. Die Bälle und Schwimmringe in der Kiste an der einen Querwand. An der anderen Querwand, ganz dicht am Rand des Wassers, meine Großeltern. Großmutters Kopf an Großvaters Schulter. Der Chlorgeruch. Das Glucksen vom Überlauf. Und im Wasser, reglos und mit weit ausgebreiteten Flügeln wie ein Schmetterling in der Vitrine, eine kleine Gestalt in kurzem Rock. Der Rock perfekt aufgefächert, das lange Haar ebenso, die Arme ausgebreitet. Nur ein fehlender Schuh störte die Symmetrie.

Das Wasser bis über die Brust, war Jim voll bekleidet schon fast bei ihr. Noch ein paar Sekunden lag sie unberührt, wie ein Abdruck, schwebend in Zeitlosigkeit, dann hatte Jim sie erreicht.

Ich stand da und sah all das. Sah es, begriff es, brauchte nicht nachzudenken. Es war ganz und gar überflüssig, nachzudenken, um zu begreifen, was ich da sah. Was Jim jetzt mit langsamen, unsicheren Schritten durchs Wasser an den Rand trug, dies zerzauste, nasse, ertrunkene Etwas, von dem nacheinander Haare, Arme und Beine mit plötzlicher Schwere herabhingen – das war Karoline gewesen, der Friedensengel des Schneeballkriegs, sie, die im Weißen gelegen und ins Schwarze hinaufgeblickt hatte, während die Schneebälle über ihr hinwegzischten und sie langsam mit Armen und Beinen ihre letzten Spuren auf der Welt hinterließ.

Auf einem der Liegestühle am Beckenrand lag ihr Badeanzug. Und ein Handtuch.

Noch war ich unsichtbar. Noch hatte niemand bemerkt, dass ich dort auf den Fliesen stand, mit Straßenschuhen. Wieder spürte ich, wie das Verantwortungsgefühl mich durchwogte; jedenfalls nahm ich an, dass es das war, was ich fühlte, und ich dachte meinen ersten Gedanken. Ich dachte, dass denen, die hier waren, das Ganze schon genügte, dass sie sich nicht auch noch um mich kümmern sollten. Ich will nicht ausschließen, dass ich auch an den nicht abgesperrten Werkzeugschuppen dachte. Doch das glaube ich nicht. Natürlich kann ich auch an andere Dinge gedacht haben, zum Beispiel, dass Karoline gewusst haben musste, wo sich der Bolzenschneider befand. Ich drehte mich um, kehrte diesem Anblick den Rücken zu und ging denselben Weg zurück, durch die aufgebrochenen Türen, immer noch unsichtbar. Ging die flache, mit Schieferplatten belegte Treppe hoch, ging aus der Wärme und dem Chlorgeruch hinauf in die Rezeption.

Dort war alles wie zuvor. Die Frauen weinten. Ich setzte mich in einen der Lehnstühle, und ich bin sicher, ich wirkte ganz genauso wie zuvor.

34

Klopf, klopf. …
 Klopf, klopf. …
 Klopf, klopf, klopf.
 (Es klopft.)
 Klopf, klopf, klopf. »Sedd, mein Lieber.«
 (Wer klopft an meine Tür?)
 Klopf, klopf. »Sedd, Liebling, ich bin es, Großmutter.«
 (Großmutter klopft an meine Tür.)
 Klopf, klopf.
 (Ja, ja. Klopf, klopf. Ich hab's gehört.)
 »Willst du nicht so lieb sein und aufmachen?« Klopf, klopf.
 (Ein armer Tropf, kriegt Schläge auf den Kopf. Klopf, klopf.)
 »Der Arzt ist hier, Sedd. Er möchte gern mit dir reden.« Klopf, klopf. Klopf, klopf, klopf.
 (Ach ja, will er das. Sieh an. Ich dachte, er ist bei solchen Gelegenheiten immer im Süden.) …
 (So. Jetzt hat sie es aufgegeben. Endlich Ruhe und Frieden. Frieden findet der müde Gast in unserem Hotel, Tag und Nacht.)
 Klopf, klopf, klopf. …
 (Man sollte sich nicht zu früh freuen.)
 »Junge, Sedd. Hier ist Großvater.«
 »Und Doktor Helgesen.«
 »Ja, und Doktor Helgesen.« …
 »Doktor Helgesen möchte gern mit dir reden, Sedd. Ich glaube, es täte dir gut, mit jemandem zu reden, Sedd.«
 (Denken Sie das, Herr Doktor. Aha.)
 Kopf, klopf.
 »Aber ich will nicht mit ihm reden.« (Ich will nicht mit ihm reden.) …

(Als hätte ich nicht genug geredet. Irgendwann muss es mit diesem Gerede und diesem Geklopfe ja mal gut sein. Es gibt Grenzen dafür, wie viel Klopfen einem Mann zuzumuten ist, und wie viel Gerede. Alles in allem sind das doch nur Töne ohne Bedeutung; Töne, die nichts wollen, nichts sagen, nichts sind. Ich selbst bringe nur ein einziges Wort heraus, ein Wort mit vier Silben, und dieses Wort wünsche ich nicht zu sagen; ich bringe es nicht über mich. Da nehme ich lieber eine Pille. Eine Doktorpille.

Draußen sehe ich den Widerschein von an- und abfahrenden Autos.)

Klopf, klopf.

(Wie viele Tage sind vergangen? Ich weiß es nicht. Vielleicht drei, aber diese Dezembertage sind so kurz, dass es sich kaum lohnt, sie zu zählen.)

Klopf, klopf.

(Jim hat Brote gebracht. Er bringt immer wieder Brote. Aber er klopft nicht an. Er stellt sie einfach vor die Tür. Und dann sagt er: »Du, hier ist Jim. Ich habe ein paar Brote gebracht. Ich stelle sie dir vor die Tür.«

Das ist gut. Jims Brote sind gut. Aber jetzt, an den letzten Tagen, oder ist es schon eine Woche, schlecht zu sagen, habe ich den Eindruck bekommen, dass meine Großeltern und Doktor Helgesen versuchen, mich auszuhungern. Sie sind böse. Klopfen die ganze Zeit und hungern mich aus. Zusammen mit dem Polizeichef, dabei habe ich mit dem schon geredet. Trotzdem glaube ich, sie wollen, dass ich noch einmal mit ihm rede. Wozu auch immer das nun gut sein soll. Ich habe schon gesagt, was ich zu sagen habe, außerdem werde das doch nichts. Vier Silben. Ein Wort. Wie in einer Quizsendung im Radio. Das Tierreich. Das Tierreich ist menschlich. War menschlich. Abstrakt. Darum abstrakt.

Oder, so habe ich gedacht, sie wollen, dass ich mit dem Polizeichef rede, damit das Hotel nicht verpfändet wird. Falls das geschähe, wäre das ja wirklich sehr unpraktisch. Darin sind wir uns alle einig. Ich finde allerdings, in der Frage habe ich schon genug getan. Auch wenn das Glück vielleicht nicht so besonders auf meiner Seite war. Weder gelang es mir, Bjørn Berge zu retten, als er von Großmutters vergiftetem Gugelhupf gegessen hatte. Und die zweite Rettungsaktion, im Boot, vom Boot aus, im kalten, dunklen Wasser, sie hat nur einen Aufschub gebracht. Ebenso wenig Nutzen hatte es, sie schwimmen zu lehren. Vier Silben. Denn sie hat es einfach wieder vergessen, als sie es gebraucht hätte. Im entscheidenden Augenblick. Außerdem stahl sie. Sie bestahl ihre Eltern, und auch mir stahl sie etwas. Tastete gierig nach etwas, und ich glaube, sie wusste nicht einmal, wonach. Sie war eine Diebin, und jetzt ist sie tot und liegt in ihrem Sarg, wahrscheinlich in einer Kapelle in Oslo, und wartet. Sie soll nicht hier begraben werden, das habe ich mitbekommen. Sie soll nach Hause. Und soweit ich verstanden habe, wollen ihre Eltern das auch. Dann bekommen wir wohl demnächst wieder einen neuen Bankdirektor.

Ist vielleicht auch egal.

Nachts, wenn ich schlafe, schlafe ich nicht. Dabei habe ich versucht, jede Menge Phenergan zu nehmen. Jede Menge. Aber es ist zu schwach, ich glaube, es ist kein richtiges Schlafmittel. Stattdessen schwebe ich in dem warmen Wasser des Schwimmbeckens. Es ist ganz still, abgesehen vom Glucksen der Pumpe. Irgendwo dort im Wasser sehe ich ihr Haar, wie schon einmal; ich versuche, es zu fassen, wie schon einmal, komme aber nicht hin. So vergehen die Nächte, oder sind es die Tage? Wie gesagt, es ist nicht ganz leicht, sie zu zählen.)

Klopf, klopf. ...

(Aber professionell waren sie. Das muss ich sagen. Das wäre ja auch noch schöner, wenn nicht. Schon vor Eintreffen der Ambulanz und des Polizeichefs, das einige Zeit dauerte, hatten ein paar leidlich nüchterne Beerdigungsunternehmer sie zurechtgemacht und gekämmt und sie ungewöhnlich fachgerecht in zwei der Laken des Hotels eingeschlagen. Von der Abwicklung der Weihnachtsgesellschaft nach dem Ereignis haben wir auch nichts mitbekommen. Das Ganze sei unter jeder Kritik gewesen, so erfuhren wir, mit einem Todesfall und allem. Blaulicht vor dem Hotel. Polizeiliche Verhöre. Wer war wo gewesen und wann? Das ist ohnehin schon schwer zu sagen, doch angesichts des Zustandes, in dem sich die allermeisten so spät in der Nacht befanden, wäre selbst Derrick aus den Aussagen nicht klug geworden. Blaulicht vor dem Hotel, wie gesagt. Weinende Eltern.)

Du hattest doch auf sie achten sollen.
    Ja.
    Aber hattest doch auf sie achten sollen.
    Ich dachte …
    Aber wir haben doch extra gesagt, du sollst auf sie achten. …
    Sie hat doch nicht schwimmen können! …

(Mach ein Bild von mir, Sedd.
    Nein.
    Ach komm. Nur eins. Please.
    Das ist aber teuer.
    Nur eins. Damit du eins von mir hast.
    Nein. Ich habe wichtigere Motive.
    Du bist so öde.)

35

Die Zeit ist ein merkwürdiges Ding. Ist sie überhaupt ein Ding? Auf eine Weise, so pflegte Großvater zu sagen, ist die Zeit etwas, das auf uns zukommt. Aber sie vergeht auch, pflegte Großmutter zu ergänzen. Da hast du den Unterschied zwischen uns beiden, erwiderte Großvater dann. Wer in der Zeit etwas sieht, das kommt, der blickt nach vorn und schaut der Zukunft fröhlich entgegen, wer in ihr etwas sieht, das vergeht, blickt zurück und sehnt sich nach dem, was einst war. Zum Beispiel Österreich. Großvater hingegen dachte immer an zukünftige Möglichkeiten, an die Weiterentwicklung des Ortes und des Bezirks und so weiter.

Ich selbst, ich weiß nicht recht. Vielleicht ist die Zeit weder das eine noch das andere, sondern eine Art Messerschneide, die durch das Universum fährt, gnadenlos, ebenmäßig, wie wenn man ein edles Stück Fleisch von Häuten und zähen Stellen säubert – und ganz außen auf dieser Schneide befinden wir uns, leben unser kurzes Leben, während uns Fasern und Sehnen um die Ohren fliegen. So stelle ich es mir jedenfalls oft vor. Wir sind es, die sich bewegen, und wir können weder vor- noch zurückspringen, sondern müssen uns festklammern, so gut wir nur können.

So war also unvermittelt ein neues Jahr angebrochen, fast ohne dass ich Weihnachten und Silvester überhaupt bemerkte, außer an schwachen Äußerungen forcierter Festlichkeit und gezwungenen Versuchen der Freude. Vage erinnere ich mich an den Hirschbraten, mit dem Jim am Weihnachtsabend aufwartete, er hatte ihn aus dem tiefsten Versteck im Kühlraum geholt, und ich erinnere mich an Großmutters Weihnachtskekse, die perfekt waren wie immer. Vanillekipferl. Linzer Augen. Nur Raderkuchen buk sie dieses Jahr nicht, die auf Norwegisch *fattigmann* heißen, Armer Mann.

Synnøve war weg, das Personal war weg, und ich hatte mitbekommen, dass das Hotel praktisch geschlossen war, was freilich niemand erwähnte.

Jim aber blieb. Natürlich blieb er. Niemand fand das weiter merkwürdig. Wo sollte er auch hin? Fåvnesheim war schließlich sein Zuhause. Am Silvesterabend zog er aus einem noch tieferen Versteck im Kühlraum vier tiefgefrorene Hummer heraus, eine Erinnerung an bessere Zeiten. Zubereitet wurden sie à l'américaine, auch daran erinnere ich mich schemenhaft. Und daran, dass Großvater, als ob nichts geschehen wäre, jeden Tag hinter dem Tresen der Rezeption stand, ringsum absolute Reglosigkeit, wie der Kapitän eines auf Grund gelaufenen Schiffs, während Großmutter sich anderweitig beschäftigt hielt.

Sie packte. Ich packe schon mal ein klein wenig, sagte sie, doch dann packte sie ziemlich viel. Jim half ihr dabei, er verpackte noch weitere Bilder und Antiquitäten, über diejenigen hinaus, die wir vor der Weihnachtsgesellschaft gerettet hatten, und schaffte sie mit dem Gepäckwagen in den Lagerschuppen hinaus. Mal aus Stuben und Salons, mal aus dem Privaten. Großvater hob nicht einmal den Blick, wenn neue Pakete vorüberrollten. Ich glaube, ich hielt mich aus allem weitgehend heraus, ließ die Zeit kommen oder gehen, es läuft ja doch auf dasselbe heraus, und klammerte mich fest. Meist war es dunkel, aber es war ja Winter.

Bis zu jener Nacht.

Ich wachte auf. Erst wusste ich nicht, wo ich war. Aber ich wachte auf. Ohne zu wissen, warum, doch ich wusste so klar wie nachtschwarze Tinte, dass es ein Warum, einen Grund gab.

Hellwach war ich. Hatte mich dieser merkwürdige, stoßartige Lärm geweckt? Oder der rote Lichtschein, den ich durch den Spalt über dem Rollo wahrnahm? Eine kurze Weile lag ich ganz still unter der Bettdecke und wusste nur, etwas stimmte nicht. Doch was?

Dann hämmerte jemand auf meine Tür ein, rüttelte am Türgriff, mehrmals, und ich hörte alle drei Stimmen draußen, Großvater, Großmutter und Jim. Sie riefen meinen Namen, immer wieder.

Im selben Augenblick begriff ich, der Lärm, das waren die Alarmsirenen. Jetzt erkannte ich auch, dass die Stimmen riefen, dass es brannte, es brennt, Sedd, es brennt!

Ich sprang aus dem Bett. Draußen standen alle drei, bereits im Mantel, und schauten mich ernst an.

»Es brennt«, sagte Jim. »Wir müssen evakuieren.«

Großvater: »Zieh dich bloß schnell an, Junge.«

Großmutter: »Es ist im neuen Flügel, du hast also noch ein wenig Zeit. Wenn wir jetzt anfangen, kannst du sicher noch ziemlich viel retten.«

Ohne weiter zu warten, bahnte Jim sich mit ein paar großen Pappkartons einen Weg in mein Zimmer und fegte eilig meine Besitztümer aus Regalen und Schubläden hinein.

»Die Schulbücher«, kam es von Großmutter, »vergiss die Schulbücher nicht, Jim.«

»Die Kamera«, sagte ich, während ich mir den Pullover über den Kopf zog. »Pass bloß mit der Kamera auf.«

Jim passte mit der Kamera auf. Doch der Rest ging in fliegender Eile vor sich. Noch bevor ich mir die Schuhe geschnürt hatte, hatte Jim sämtliche Schubladen herausgerissen und unsanft in die Kartons entleert. »Du kannst dann ja später aufräumen«, bemerkte er und machte sich über den Kleiderschrank her. »So«, sagte er, »jetzt fang an zu tragen.«

Und ich trug. Die Treppe hinunter und durchs Private, in dem merkwürdigerweise die meisten Privatgegenstände bereits fehlten, dann hinaus vors Haus, wo ich die Kartons auf andere stapelte, die bereits dort warteten. Ich dachte nicht nach, handelte nur. Als ich mich umdrehte, um den nächsten Karton von drinnen zu holen, sah ich die Flammen, die unter dem Dachüberhang des Neubaus herauslloderten. Nur noch wenige Minuten, und das Dach würde in Flammen stehen. Der Westflügel und der Rezeptionsflügel kämen als Nächstes dran, das Private und der Personalflügel, der Altbau mit der Küche, zum Schluss das Hallenbad und der Ostflügel mit dem Speisesaal und den Gesellschaftsräumen.

Falls der Brand denn so weit kommen würde, bevor die Feuerwehr es aus dem Ort hier hoch geschafft hatte.

Ich traf Jim in der Tür, er trug einen weiteren Karton heraus.

»Wie lang braucht die Feuerwehr, was meinst du?«, fragte ich.

»Oh«, sagte Jim. »Das dauert schon seine Zeit.«

Ich lief in mein Zimmer hinauf. In erstaunlich kurzer Zeit war es so gut wie leer. Ich hätte nicht gedacht, dass man so schnell von zu Hause ausziehen kann. Wenn man von jungen Leuten hört, die ausziehen, dann zieht sich das oftmals eine geraume Weile hin, mit pubertärem Aufbegehren und Temperamentsausbrüchen. Ich schaffte es in siebzehn Minuten. Also noch schneller als meine Mutter.

Dann räumten wir weitere Zimmer aus. In diesem Teil des Hauses gab es sogar noch Strom. Aus der Rezeption zogen Jim und ich die großen alten, mit Bauernmalerei verzierten Holzkisten heraus, die Geschirrregale und all die Kupferkessel, deren Reinigung immer ein Albtraum gewesen war.

»Müssen wir die auch unbedingt retten?«, fragte ich voller Galgenhumor.

Jim grinste, antwortete aber nicht, sondern schleppte weiter. Wir häuften alles auf dem Vorplatz an.

In der Rezeption blinkte der Feuermelder rot, aus dem Gebäude hörte man das Läuten der Brandglocken. Immer und immer wieder, mit kurzen Zwischenräumen, wie einen monotonen Wechselgesang.

Großvater hätte gerne den großen Bauernschrank aus der Rezeption gerettet, doch daran war überhaupt nicht zu denken, den hatten vier starke Kerle verrücken müssen. Ich hingegen fragte mich, ob wir nicht die Ringhefter und andere Papiere aus dem Büro retten sollten, doch Großvater meinte, das sei nicht nötig. Die historischen Gästebücher und die Versicherungspolicen habe er bereits in Sicherheit gebracht, erklärte er, die seien das Wichtigste.

Dann standen wir alle vier ein Stück vom Haus entfernt und betrachteten Fåvnesheim. Flammen leckten aus mehreren Fenstern des Neubaus, und immer wieder barsten Scheiben mit dumpfem Knallen.

Von der Feuerwehr war immer noch nichts zu hören oder zu sehen. Jim lief um das Hotel zur Küche im Altbau; er wollte noch ein paar Messer retten. Meine Großeltern standen eng umschlungen. Ihre Gesichter schienen im Widerschein der Flammen zu glühen. Großmutter lehnte den Kopf an Großvaters Schulter.

Großvater blickte die ganze Zeit zu Boden. Dann wendeten sie beide Fåvnesheim den Rücken zu und gingen langsam ein Stück weg. Großmutter musste ihn stützen.

Ich stand allein da und sah zu. Wenn der Brand sich weiter mit dieser Geschwindigkeit ausbreitete, würde es nicht viel zu erben geben.

Angst hatte ich keine. Wütend war ich, so glaube ich, auch nicht, aber ich spürte, dass mich etwas mit der Wut Verwandtes erfüllte. Genau, wie als ich Karoline aus dem Blåvann rettete. Was muss, das muss. Diese Regung nennt man wahrscheinlich Entschlossenheit.

Also drückte ich den Rücken durch, stampfte einmal hart in den Schnee, dann marschierte ich zum Schuppen, ging hinein, trat zu den Regalen, in denen wir das Werkzeug aufbewahrten, und griff mir das Brecheisen.

Und ohne mich nach rechts oder nach links umzusehen, ging ich ins Hotel, durch die Rezeption und weiter in das brennende Gebäude hinein.

Es roch schon stark, doch vorläufig war nicht viel Rauch zu sehen, jedenfalls nicht in der Rezeption und den angrenzenden Räumen. Weiter drinnen aber, als ich den Flur zum Altbau erreichte, zog Rauch unter den Deckenbalken her. Kurz wollte ich umkehren, dann griff die Entschlossenheit erneut zu, und ich ging rasch zur Treppe. Hier war der Qualm auch schon etwas dichter. Rasch brachte ich die Treppe zum Dachgeschoss hinter mich, schaltete das Flurlicht an und ging um die Ecke. Vor mir lag der lange Korridor mit den alten Zimmern. Und auf einmal bekam ich doch Angst. Obwohl, das ist vielleicht nicht der richtige Begriff. Aber die Kraft wich aus meinen Händen, als ich vor die abgeschlossene Tür des Olymps trat. Vielleicht wegen des Feuers, vielleicht weil ich wusste, dass mir nur wenig Zeit blieb, ganz sicher aber, weil ich wusste, dass ich diese Tür jetzt aufbrechen musste, jetzt oder nie, sonst war es unwiderruflich zu spät.

Es war gar nicht so leicht, nicht einmal mit dem Brecheisen, denn die verschlossene Tür saß so unbegreiflich fest im Rahmen, dass ich mit keinem Ende des Brecheisens einen Ansatz fand. Das Holz war steinhart und glatt wie Glas, ich brachte nicht mehr zustande als kleine schwarze Streifen auf der Ölfarbe. Mir wurde klar, dass ich auch einen Stechbeitel hätte dabei haben müssen, um zwischen Rahmen und Türen einen kleinen Spalt zu schaffen, oder wenigstens ein Messer. Ich hatte aber nichts dergleichen, auch war keine Zeit mehr, so etwas zu holen, und bald wäre es zu spät, vergebens, vorbei. Wenn ich jetzt hinunterginge, käme ich nicht wieder zurück, so viel war klar. Also kämpfte ich eine ganze Weile mit dem Brecheisen und der verflixten Tür, der einfach nicht beizukommen war.

Ich weiß nicht mehr, wie lange es ging, bis ich begriff, dass ich anders an die Sache herangehen musste. Statt weiter sinnlos zwischen Türblatt und Rahmen herumzufuhrwerken, setzte ich jetzt an der Wand an und hebelte den Türrahmen los. Das ging erstaunlich leicht. Drei, vier kräftige Rucke mit dem Brecheisen, und er war ab. Die Planken der Türfüllung leisteten größeren Widerstand, sie waren dick und schwer und saßen mit großen Mengen dreizölligen Nägeln in der Wand, solides Handwerk, wie man es heutzutage nicht mehr zu sehen bekommt, doch endlich gab die äußerste nach, jedenfalls so weit, dass ich das Brecheisen unter die innerste schieben konnte – und unter kreischendem Protest der langen Nägel konnte ich sie gerade so weit weghebeln, dass zwischen ihr und dem Türblatt ein kleiner Spalt entstand. Dank seiner ließ sich die Planke jetzt verhältnismäßig leicht ganz entfernen. Nun bot sich mir eine kleine Öffnung zwischen Tür und Rahmen, recht nah beim Schloss und dem Türgriff, gerade so breit, dass ich das flache Ende des Brecheisens ansetzen konnte.

Es griff. Ich lehnte mich mit voller Kraft dagegen und hoffte, dass etwas nachgeben würde. Erst geschah gar nichts; es war, als ob ich versuchte, Stahl zu biegen. Doch dann wurde ich wütend, Verzweiflung befiel mich, und ich drücke noch fester. Ohne nachzulassen. Der Schweiß rann. Allmählich wurde es ziemlich heiß. Und plötzlich, gerade, als ich aufgeben wollte, als ich nicht mehr konnte, schien tief in der Verankerung der Tür etwas nachzugeben, hörbar, mit einem leichten Knacken, und ich hebelte das Brecheisen vor und zurück. Die Tür bewegte sich ein klein wenig. Ich drückte. Ich zog. Ich drückte erneut. Sie bewegte sich etwas mehr. Ich griff um, zog noch etwas, dann drehte ich das Brecheisen um und packte es neu.

Und plötzlich, ohne Vorwarnung sprang das Schloss mit einem kurzen, schrillen Geräusch auf, und die Tür zum Olymp stand offen.

Ich gab ihr einen Fußtritt, warf das Brecheisen zu Boden und trat auf die Schwelle.

Da ging das Licht aus. Sofort war es stockdunkel im Flur. Das Zimmer vor mir konnte ich gerade so erahnen, das Licht der Flammen draußen, das an den Rändern der zugezogenen Gardinen hereinsickerte, schuf ein paar schwach glühende Konturen. Sehen konnte ich aber nichts.

Jetzt im Dunkeln fiel mir aber viel deutlicher auf, wie stark es mittlerweile verbrannt roch, wenn nicht sogar nach Rauch. Und jetzt bekam ich Angst. Richtige Angst, Todesangst. Sedd retten. Ich hockte mich hin, tastete mit der Hand am Boden hinter mir herum, auf der anderen Seite der Schwelle, im Korridor, nach dem Brecheisen, fand es aber nicht. Also richtete ich mich wieder halb auf und ging in das Zimmer, Richtung Fenster. Weit kam ich aber nicht, sondern stolperte über etwas Niedriges, ein Bänkchen, einen Schemel. Ich lag der Länge nach auf dem Boden und spürte, dieser Sturz war richtig böse gewesen. Etwas Warmes rann mir über die Oberlippe, meine Nase blutete. Auf allen vieren krabbelte ich weiter zum Fenster. Mit der rechten Hand hielt ich mich am Heizkörper fest, zog mich auf die Knie, griff dann mit beiden Händen die Gardinen und zog mit aller Kraft. Sofort löste sich weit oben etwas, als ob diese Gardinen nur aus alter Gewohnheit dort hingen, die Stange traf mich mit einem Knall am Kopf und begrub mich in einem Meer aus halbmorschem, staubigem Stoff.

Ich strampelte mich frei, schlug mir die Stirn hart an den scharfen Rippen des Heizkörpers, als ich mich vorbeugte, um meinen Kopf aus dem Stoff zu befreien, dann war ich endlich erlöst.

Ich stand auf, sah aus dem Fenster, das rote flackernde Licht des Feuers war erstaunlich hell, und mir wurde klar, dass der Brand beträchtlich näher gekommen sein musste. Als ich nach links schaute, konnte ich sehen, dass das Dach des Privaten, nur ein paar Meter entfernt, Feuer gefangen hatte. Ich versuchte, das Fenster zu öffnen, aber es rührte sich keinen Millimeter. Die Scharniere saßen felsenfest, waren mehrmals übermalt worden.

Ich drehte mich um. Jetzt konnte ich alles im Zimmer sehen, wenn auch nur im glühenden Licht der Flammen, wie in einer von der roten Glühbirne beleuchteten Dunkelkammer.

An den Wänden hingen einige Plakate. Donovan schon wieder. Janis Joplin. The Beatles. Auf einer Kommode standen ein Plattenspieler und ein Plattenhalter, in einem Regal erkannte ich eine Reihe Taschenbücher. Der Olymp. So, wie ein weiblicher Teenager seinen Zufluchtsort einrichten würde; eigentlich nichts Unerwartetes zu sehen. Bis auf eines.

Sie selbst saß dort. Auf einem Korbsessel mitten im Zimmer, neben einem kleinen runden Glastisch. Auf dem Glastisch eine Teekanne, eine Zuckerdose und drei Tassen, daneben eine Keksschale, gefüllt mit Großmutters unverkennbaren Weihnachtskeksen. Und ich schrie laut. Schrie laut vor Entsetzen. Denn es war tatsächlich sie. In dem Sessel, reglos, mit ihrem langen fuchsroten Haar. Meine Mutter. Vollkommen reglos, steif, tot.

Mein Großvater musste sie ausgestopft haben, wie er es mit Klein- und Großwild tat.

An der anderen Längswand sah ich alle Fotos. Und wieder schrie ich laut auf. Denn hier waren sie, Fotos von meiner Mutter, in jedem Alter und allen Situationen. Große und kleine. Schwarz-weiß und in Farbe. In der Wiege, im Sandkasten, auf dem Dreirad und unterwegs zum ersten Schultag. Im Konfirmationskleidchen und im Hosenanzug. In Lederjacke und Rock. Mit hochgestecktem Haar und mit offenem Haar und mit Abiturientenmütze. Und auf einmal erinnerte ich mich an alles. An sie. Erinnerte mich genau daran, wie sie aussah, an ihre Stimme, ihr Lachen, die Augen, das Lächeln: an ihr Gesicht. Und da wurde mir klar, dass nicht meine Mutter in dem Korbsessel saß. Ich blickte wieder hin, und tatsächlich, es war eine Puppe.

Das war immer noch unheimlich genug. Eine Schaufensterpuppe. Allerdings mit Haaren wie die meiner Mutter, sie war gekleidet wie meine Mutter auf einem der Fotos, in demselben Hosenanzug.

Ich ging ein paar Schritte näher. Steif und künstlich saß die Puppe da und ähnelte meiner Mutter überhaupt nicht mehr, da saß sie und trank keinen Tee mit niemandem, aß Kekse mit niemandem und starrte ins Leere.

Um den Hals trug sie eine Perlenkette, um das rechte Handgelenk mehrere hübsche Armbänder, am linken eine prachtvolle, brillantenbesetzte Armbanduhr. An jedem Finger saß ein Ring; ein paar davon waren wohl etwas zu groß und mit Klebeband befestigt. Und mitten auf ihrer Brust glitzerte Frau Carstensens Diamantbrosche, unverkennbar, genau so, wie Frau Carstensen sie in ihrer Skizze gezeichnet hatte. Dazu noch ein Schmuckstück, bei dem es sich um Tante Gunvors antiken Diamantenanhänger aus St. Petersburg handeln musste.

Im Halbdunkeln betrachtete ich diese erstarrte, wundersame Ausstellung. Aus ihren blauen Augen sah die Puppe direkt an mir vorbei, durch mich hindurch, durch den Rauch, zum Fenster. Die gestohlenen Juwelen funkelten. Mir wurde unwohl, übel, mir schwindelte. Dann wurde mir schwarz vor Augen, und im nächsten Augenblick lag ich auf allen vieren und musste mich erbrechen. Als ich die Augen wieder öffnete, sah ich, dass das Feuer den Korridor erreicht hatte. Vielmehr sah ich es durch die Rauchwolken. Das Licht war jetzt nicht mehr rot, sondern leuchtend hellgelb, fast weiß.

Es war heiß. Bald würde alles verschwinden. Bald würde die Puppe schmelzen, das Gold würde schmelzen, die Diamanten verbrennen. Es ist nicht allgemein bekannt, dass Diamanten verbrennen können. Wie Kohle. Sie bestehen nämlich aus Kohle, nur unter gewaltigem Druck komprimiert. Aber immer noch sind sie Kohle. Sie verbrennen zu Asche, auch wenn sie das härteste existierende Material sein mögen. Härter noch als Zähne, die nach vollendeter Kremierung übrig bleiben. Sogar kleine Milchzähne, Mädchenzähne, Jungenzähne.

Ich versuchte, auf die Beine zu kommen, schaffte es aber nicht. Dann fiel ich nach hinten, war kurz davor, noch weiter nach hinten zu sinken, ins Dunkle hinab, ins Nichts hinab, da stand auf einmal Jim in der Tür.

Sein Gesicht war verrußt, seine Augenbrauen und sein Haar verbrannt, ein lang gezogenes Brandloch klaffte in seiner Jacke, aber da stand er. Vor Mund und Nase hielt er sich ein Kissen.

Er krächzte etwas. Ich verstand nicht, was er zu sagen versuchte, es war wohl mein Name. Er schwankte, sah sich um. Dann entdeckte er das Brecheisen auf dem Boden des Korridors und nahm es. Kaum hatte er es in der Hand, war ein Zischen zu hören, und er warf es mit einem unterdrückten Schrei wieder weg; es musste glutheiß sein. Selbst die Finger eines Kochs verbrennen sich an einem glühenden Brecheisen. Doch dann nahm er das Kissen in die Hand und damit das Brecheisen wieder auf, mit zwei Schritten war er quer durch das Zimmer und an mir vorbei beim Fenster, Glas zerbarst. Erst mit einem großen Splittern, denn mit einigen leiseren Geräuschen, als er die Fensteröffnung von Scherben befreite. Schließlich brach er die Sprossen los.

Dann war er wieder bei mir. Immer noch sagte er nichts, hob mich einfach auf und schwang mich kraftvoll über die Schulter, ich spürte, wie er in die Knie ging, doch langsam, aber sicher stapfte er zum Fenster, stellte den einen Fuß auf den Heizkörper, griff mit der Linken in den Fensterrahmen und zog uns hinauf.

Dann sagte er mit krächzender Stimme: »Bist du bereit, Sedd?«

»Nein«, sagte ich in seinen Nacken. »Hast du das gesehen? Hast du …«

»Ja«, sagte er. »Ich weiß. Denk nicht daran.«

»Aber, Jim«, sagte ich.

»Wir müssen jetzt hier raus«, sagte Jim.

»Die ganzen Fotos«, sagte ich.

»Das sind nur Fotos.«

»Aber, Jim.«

»Du weißt, ich habe deiner Mutter versprochen, auf dich aufzupassen, während sie weg ist. Und jetzt müssen wir springen. Halt dich fest.«

Dann waren wir in der Luft. Es fühlte sich an, als hingen wir im Leeren, es kitzelte im Bauch, kalter Wind schlug mir ins Gesicht. Mit einem dumpfen Aufprall, viel härter, als ich es mir vorgestellt hatte, waren wir unten.

Schwer keuchend lagen wir im Schnee. Ich verlor nicht das Bewusstsein, aber ich glaube, Jim war einen Augenblick lang weggetreten. Doch dann ächzte er leise und bewegte sich, und mir gelang es, mich von ihm herunterzurollen.

»Scheiße«, sagte er. »Ich glaube, ich habe mir das Bein gebrochen. Au.«

»Au«, sagte ich solidarisch. Dann musste ich übel husten.

»Wie geht's dir?«, fragte Jim, dann musste er selbst husten.

Eine Zeit lang lagen wir da und husteten. Dann rappelten wir uns auf.

Ich musste Jim stützen, mühsam humpelnd näherten wir uns dem Vorplatz des Hotels. Endlich waren in der Ferne, noch etliche Kurven weit, die Sirenen zu hören. Meine Großeltern standen vor dem Haus, Großmutter schluchzte. Großvater hatte den Blick erhoben und schaute in die Flammen. Er sah restlos verzweifelt aus. Dann hörte ich ihn rufen, Sisi, da kommen sie, da kommen sie ja, und sie blickte zu uns herüber. »Gott sei Dank«, rief sie auf Norwegisch, und gleich noch einmal auf Deutsch, *Gott sei Dank!*

Sie kamen uns entgegen, um uns von der kleinen Böschung auf den Vorplatz herabzuhelfen. Sie staksten durch den Schnee, sie winkten, sie wedelten mit den Armen, während Jim und ich einander stützten, Schritt für Schritt.

Immer noch waren sie weit entfernt, immer noch würde es eine Weile dauern, bis wir einander erreichten.

Aber sie kamen immer näher.

Verlag Kiepenheuer & Witsch, FSC® N001512

1. Auflage 2019

Titel der Originalausgabe: *Et Hummerliv*
© Erik Fosnes Hansen 2016
Published by agreement with Copenhagen Literary Agency ApS, Copenhagen
All rights reserved
Aus dem Norwegischen von Hinrich Schmidt-Henkel
© 2019, Verlag Kiepenheuer & Witsch, Köln
Alle Rechte vorbehalten. Kein Teil des Werkes darf in irgendeiner Form (durch Fotografie, Mikrofilm oder ein anderes Verfahren) ohne schriftliche Genehmigung des Verlages reproduziert oder unter Verwendung elektronischer Systeme verarbeitet, vervielfältigt oder verbreitet werden.
Umschlaggestaltung: Barbara Thoben, Köln
Umschlagmotiv: © akg-images
Autorenfoto: © Marcel Leliënhof/Tinagent
Gesetzt aus der DTL Albertina
Satz: Buch-Werkstatt GmbH, Bad Aibling
Druck und Bindung: CPI books GmbH, Leck
ISBN 978-3-462-05007-3